INTUITIO

Laurent Gounelle est l'un des romanciers français les plus lus dans le monde. Ses livres expriment sa passion pour la philosophie, la psychologie et le développement personnel.

Paru au Livre de Poche :

ET TU TROUVERAS LE TRÉSOR QUI DORT EN TOI

JE TE PROMETS LA LIBERTÉ

LAURENT GOUNELLE

Intuitio

CALMANN-LÉVY

ISBN : 978-2-253-07144-0 – 1re publication LGF

À Alexis Champion

NOTE DE L'AUTEUR

Ce livre est un roman. Tous les personnages, même publics, sont imaginaires ainsi que leurs actions. Toute ressemblance avec la réalité serait purement fortuite.

En revanche, les firmes citées existent vraiment et les actions qui leur sont attribuées sont basées sur des faits réels.

Les scènes impliquant l'intuition, même si elles pourront vous sembler bizarres, irréalistes, voire carrément délirantes, sont en fait totalement conformes à ce qu'il est possible de faire dans la réalité. Je peux le certifier pour avoir moi-même vécu sous la conduite d'un professionnel des expériences très similaires à celles accomplies par les personnages de cette histoire…

L'esprit intuitif est un don sacré et l'esprit rationnel son fidèle serviteur. Nous avons créé une société qui honore le serviteur et a oublié le don.

Albert EINSTEIN

L'essentiel est invisible pour les yeux.

Antoine de SAINT-EXUPÉRY

Prologue

Je ne vous dirai pas mon nom : il est imprononçable et vous l'aurez oublié dans cinq minutes. Je préfère vous donner mon nom d'auteur, le pseudo que j'emploie pour signer les polars que j'écris et qui me permettent de vivre : Timothy Fisher. Ça sonne bien, *Fisher*, c'est facile à mémoriser, et puis ça décrit bien mon métier de romancier qui consiste finalement à aller à la pêche aux idées créatives.

Je ne m'étendrai pas non plus sur mon physique. Il est tellement banal que même une description détaillée de ma taille moyenne, ma silhouette ordinaire, mes cheveux châtains ou mes yeux marron n'y ferait rien : vous ne me reconnaîtriez pas dans la rue en m'y croisant dans l'heure qui vient.

Mon intelligence ne sort pas plus de l'ordinaire. J'ai d'ailleurs obtenu des résultats moyens aux études moyennes que j'ai suivies dans une ville américaine moyenne. Et aujourd'hui, les romans que j'écris connaissent un succès très moyen bien que je sois convaincu de leur qualité. Mais sans doute, pour réussir, faut-il avoir la chance d'être une personne sortant de l'ordinaire : être très beau, ou sinon avoir un physique que l'on repère, une *gueule* qui fait qu'on vous remarque et se souvient de vous ; avoir une éloquence qui donne envie de vous écouter, ou un humour qui attire à vous les âmes en quête de bonne humeur.

Je ne suis pas totalement dénué de ces qualités, certes, mais j'en dispose de façon moyenne. Ordinaire.

Ce qui n'est pas ordinaire, en revanche, c'est l'expérience que je viens de vivre, une expérience propre à interpeller tous ceux qui, comme moi jusque-là, croient avoir une existence banale voire insignifiante, et les amener à découvrir qu'en réalité le monde cache des choses qu'on est loin de soupçonner, des choses qui peuvent émerger de notre quotidien comme autrefois une image apparaissait miraculeusement sur le papier que les photographes plongeaient dans leurs bains d'argent, des choses qui font alors voir la vie telle qu'elle est réellement : extraordinaire.

1

Chicago, Illinois.

Un vent nocturne soufflait entre les gratte-ciel, et bien qu'il fût aussi insaisissable qu'invisible, on pouvait sentir sa présence et déplorer sa fraîcheur à quelques jours de l'arrivée du printemps. Rares étaient les clients attablés à la terrasse du *Kitchen American Bistro*, préférant prendre un verre à l'intérieur en attendant le dîner. Seuls quelques fumeurs motivés bravaient le froid, colonisant comme chaque soir cette grande terrasse au bord du canal, en plein centre-ville, face à la forêt de tours illuminées.

La veille, ils étaient des milliers entassés un peu partout sur les quais, à admirer joyeusement l'eau de la rivière que les autorités avaient teinte comme chaque année en vert fluo pour la fête de la Saint-Patrick, en hommage aux Irlandais de la ville.

L'homme assis seul à une table ne fumait pas. Il ne touchait pas non plus à la boisson que le serveur lui avait servie une demi-heure plus tôt. Les cheveux mi-longs rassemblés en queue-de-cheval, une casquette brune vissée jusqu'aux sourcils, le regard obscurci par des lunettes beiges à verres fumés, un ordinateur portable allumé devant lui, il se concentrait sur la scène qui se déroulait sur l'autre rive. Les policiers avaient bloqué toutes les rues, on entendait des ordres d'évacuation hurlés dans des porte-voix, parfois interrompus par des sirènes suraiguës. De puissants projecteurs balayaient les parois de verre et d'acier des tours pour alarmer d'éventuels malentendants qui n'auraient pas été alertés par tout ce vacarme. Dans les rues désertes, des gens couraient, salariés surmenés que seuls les appels vociférés par la police avaient arrachés à leur poste, longtemps après la fermeture des bureaux. Certains faisaient de grands gestes, d'autres se contentaient de s'enfuir en hâte.

— Regardez ! La fumée ! cria l'un des clients sur la terrasse.

— Mon Dieu, murmura une femme à proximité.

L'homme appuya sur quelques touches de son clavier, attendit un instant, puis rabattit lentement l'écran de son ordinateur qu'il glissa ensuite dans sa sacoche, sans le quitter des yeux.

Une épaisse fumée noire s'élevait maintenant d'une tour située sur l'autre rive, plus loin sur la gauche. Les flammes étaient encore invisibles de l'extérieur. De longs jets d'eau convergeaient vers l'immeuble depuis des points d'attaque choisis par les pompiers.

Des éclats de voix jaillissaient de toutes parts.

Des clients sortirent sur la terrasse du restaurant en s'exclamant tandis que d'autres appelèrent à rentrer à l'abri.

L'homme resta immobile.

Subitement, une sorte de grondement se fit entendre, d'abord à peine perceptible, puis un peu plus prononcé, un son sourd qui semblait sortir des entrailles de la terre. La tour donna l'impression de vibrer légèrement. La vibration s'accentua et se propagea vers les étages comme une onde malfaisante.

Des cris déchirèrent la nuit au loin, relayés par d'autres de plus en plus proches. Soudain, des centaines de personnes se mirent à courir en hurlant, fuyant le quartier de la tour. Les clients de la terrasse se figèrent, muets, puis certains se mirent à crier.

Le gratte-ciel s'effondra sur lui-même, comme s'il implosait, presque en silence, comme s'il était aspiré par sa base, s'effaçant humblement du paysage.

Un puissant nuage de poussière sombre et dense jaillit alors de terre comme un énorme champignon atomique qui s'éleva vers le ciel puis se répandit sur le quartier dans toutes les directions.

Tous les clients de la terrasse se levèrent comme un seul homme, le visage pétrifié par l'horreur.

Le nuage fonçait droit sur eux à grande vitesse, comme une ombre maléfique qui s'abattait sur la ville, la plongeant dans les ténèbres les plus sombres…

Alors, ce fut la fuite. Les gens effrayés se sauvèrent à toutes jambes en hurlant.

Un gros rat sorti de nulle part se mit à courir dans tous les sens comme un poulet décapité.

L'homme observa la scène tranquillement, et c'est seulement quand l'épais nuage l'assaillit de sa substance opaque, lourde et étouffante, d'une odeur acide qui piquait le nez, la gorge et les yeux, qu'il sortit de sa poche son porte-monnaie, réunit difficilement dans la pénombre quatre dollars et quinze cents qu'il posa sur la table pour régler sa boisson. Puis il s'évanouit dans les volutes brunes de la ville meurtrie.

2

Burns Street, Queens, New York.

Je traînais bruyamment ma valisette à roulettes sur la surface granuleuse du trottoir devant chez moi quand Lynne, la voisine d'en face, petite rousse aux yeux verts malicieux, m'interpella en sortant de chez elle, pieds nus.

— Salut, Timothy, tu reviens de voyage un lundi matin ?

— Un petit week-end à Hawaï.

— À Hawaï juste pour un week-end ? Tu te refuses rien !

— J'ai eu une offre de dernière minute, moins chère qu'un séjour au bout de la rue.

— Je croyais que t'étais écolo ?! dit-elle en riant.

J'inspirai en haussant les épaules, défaitiste.

— J'avais besoin de vacances.

Dans le caniveau, j'aperçus une petite souris qui s'enfuyait vers une bouche d'égout.

L'air doux du printemps approchant sentait la pluie. Presque le parfum des jours d'orage en montagne.

Claudiquant sur la pointe de ses pieds nus, Lynne

rentra dans son jardin en me souhaitant une bonne journée.

Elle s'arrangeait tout le temps pour apparaître sur mon chemin, comme si elle guettait mes allées et venues, et trouvait toujours un motif pour m'accoster. Elle travaillait chez elle comme traductrice. C'était une ancienne journaliste d'investigation qui avait été contrainte de changer de métier, avec la crise de la presse. Elle était intelligente et plutôt jolie, et dans d'autres circonstances, j'aurais pu me laisser séduire, mais je n'avais pas le cœur à ça. Je venais de vivre une séparation douloureuse et Kristen, mon ex, était encore trop présente dans mon esprit. Jamais je n'aurais pu croire qu'une relation d'aussi courte durée puisse me laisser à ce point désemparé. Nous étions restés trois mois ensemble, trois mois pendant lesquels je ne m'étais pas senti aimé alors que j'étais pour ma part amoureux comme jamais. En amour, la réciprocité ne va pas toujours de soi.

J'ouvris le portillon du minuscule jardin qui séparait la rue de ma maison, une vieille bâtisse en brique rouge avec un toit de tuiles dans le même ton et des fenêtres peintes en blanc. Une demi-maison, devrais-je dire, puisqu'elle avait été coupée en deux habitations par un ancien propriétaire qui avait pris soin de planter une haie assez haute au milieu du jardin pour marquer la séparation sans dénaturer la façade. Je l'avais achetée un an plus tôt grâce au petit héritage que m'avait laissé mon père, disparu brutalement dans un accident de voiture. Je ne m'étais jamais vraiment remis de sa mort, survenue si soudainement que je n'y étais en rien préparé. Il était sorti de mon existence comme ça, du jour au lendemain, alors qu'il était dans la force de l'âge, en pleine forme et débordant de vie.

J'avais choisi le Queens pour sa position d'entre-deux, à mi-chemin entre grande ville et campagne, à quelques stations seulement de Manhattan.

En traversant le jardin ce matin-là, je scrutai attentivement la petite lézarde en façade apparue quelques semaines plus tôt. Quand une maison se fissure, ce n'est jamais bon signe.

Je gravis les trois marches du perron et entrai chez moi. Le grand miroir qui faisait face à la porte d'entrée me renvoya une image de moi fourbu. C'est comme ça, les week-ends : on part pour se reposer, et on revient plus fatigué encore.

Al Capone vint m'accueillir en frottant sa joue contre ma jambe, privilège rarement accordé par un chat tout à fait capable de vous snober pour vous faire vous sentir coupable de l'avoir abandonné deux jours tout seul. J'avais certes laissé quatre écuelles débordantes de croquettes – assez pour nourrir tous les chats du quartier pendant une semaine – et trois bols remplis d'eau à ras bord, au cas où il en renverserait deux.

Abandonnant ma valise dans un coin, je me jetai dans mon vieux canapé Chesterfield en cuir brun, tellement patiné que sa surface en était légèrement craquelée.

Le chat me suivit et entreprit de faire copieusement ses griffes sur l'un des deux fauteuils club qui me faisaient face. Sur le mur de briquettes rouges en arrière-plan, les portraits en noir et blanc signés Ron McGinnis semblaient juger sévèrement mon absence de réaction.

— Al Capone !

Je protestai pour la forme, car lui et moi savions qu'il n'en tiendrait pas compte.

Il s'attaquait toujours au même fauteuil, parfois en me regardant droit dans les yeux, comme s'il me défiait. Le cuir en était lacéré, tandis que l'autre fauteuil demeurait intact. Pourquoi celui-là et pas l'autre, ni le canapé ? Seul Al Capone le savait.

J'avais laissé mon ordinateur portable un peu trop en vue sur le petit bureau devant la fenêtre. D'habitude, je le planquais quand je partais en week-end sans lui. Il contenait mon prochain roman, je ne pouvais pas prendre le risque qu'il tombe entre de mauvaises mains. Et ce n'étaient pas les quelques malheureux barreaux alignés devant mes fenêtres du rez-de-chaussée qui empêcheraient un cambrioleur d'entrer.

La sonnerie de mon téléphone portable fit sursauter Al Capone.

Appel masqué.

— Salut, Timothy, c'est Bill.

— Euh… Bill qui ?

Un soupir à l'autre bout du fil.

— Bill Crimson, l'agent littéraire qui s'évertue à construire jour après jour ta carrière d'écrivain.

— Ça va, te vexe pas, je connais au moins quatre ou cinq Bill…

— T'es bien le seul à pas reconnaître ma voix éraillée de vieux fumeur !

— Tu veux des excuses ?

— Tu seras encore plus honteux quand t'auras entendu ce que je vais te dire.

Je ne répondis rien, mais une lueur d'espoir s'illumina timidement dans mon esprit.

— Je t'ai décroché Oprah, dit-il fièrement.

— Oprah… Winfrey ?

— Ben oui, t'en connais beaucoup d'autres ?

Oprah… J'étais invité chez Oprah… L'émission la plus prisée… Quinze ou vingt millions de téléspectateurs… Une onde d'excitation parcourut mon corps.

— Mais… comment est-ce possible ? Elle m'a invité moi ?

— Si je te le dis…

— C'est incroyable… Je n'en reviens pas…

— Il y a de quoi.

— Quelle chance…

— C'est pas de la chance, figure-toi, c'est du travail. Ça fait des mois que j'use de mon influence auprès d'elle et son assistante. L'attachée de presse aussi.

— Oui, oui, bien sûr, je veux bien le croire…

— Tu peux.

— Et… c'est pour quand ? Il faut que je vérifie dans mon agenda si je suis bien libre ce jour-là.

— Tu es libre, Timothy, crois-moi.

— Dis-moi et je regarde tout de suite…

— Inutile. Même si tu te mariais ce jour-là, tu serais libre. Cette émission, c'est l'événement qui va faire exploser ta carrière d'écrivain.

Il avait raison, naturellement. Les années de galère pour me faire enfin reconnaître étaient terminées. Le vent était en train de tourner pour de bon, en ma faveur. C'était à peine croyable.

— Donne-moi quand même la date, il faut au moins que je la note.

— Dimanche 13 h 30. En direct. Et t'as de la chance : pour une fois, l'enregistrement a lieu à New York.

— Dimanche… *Ce* dimanche ?

— Oui, ce dimanche.

Une vague de trac me submergea littéralement.

— Mais je ne suis pas prêt…

— Ça va, c'est juste pour parler de ton bouquin. C'est toi qui l'as écrit, il me semble. Tu devrais être capable d'en parler, non ?

— Oui… oui… Mais elle va aussi me poser des questions… sur ma vie…

— C'est toi qui la connais le mieux, non ? T'as pas de texte à apprendre.

J'acquiesçai.

Comment lui dire que m'imaginer prendre la parole devant quinze millions de personnes me terrifiait ? Que je risquais d'être tétanisé devant les caméras, de perdre tous mes moyens, de bafouiller, de chercher mes mots…

Si j'étais nul, je saborderais ma carrière en direct. Plus aucun média ne m'inviterait jamais.

— Et… je me demande… pourquoi Oprah invite-t-elle un écrivain peu connu comme moi ?

— Je t'ai dit, on a travaillé pour. Notre attachée de presse est excellente.

— Quand même, c'est bizarre…

— On a convaincu Oprah qu'elle n'avait pas besoin d'inviter une star puisque la star, c'est elle.

J'eus soudain un doute.

— Mais pourquoi elle m'invite à la dernière minute ? Ses émissions sont pas planifiées des mois à l'avance ?...

Bill soupira bruyamment.

— T'es pas possible, Tim ! Au lieu de prendre la vie comme elle vient et de te réjouir, tu te tortures avec des questions à la con.

— Arrête de m'appeler Tim, tu sais que je supporte pas, c'est un surnom de vieux !

— Justement, ça te va bien.

— Sympa.

— Ils se sont gourés, à l'état civil. T'as pas 34 ans, t'en as au moins 70.

— N'empêche que c'est bizarre d'être invité au dernier moment, t'avoueras.

Cette fois, il sortit de ses gonds.

— Si tu veux tout savoir, non, t'étais pas prévu au début, explosa-t-il. C'était Leonardo DiCaprio, excuse du peu. Mais il a chopé un sale virus et est cloué au lit pour au moins quinze jours alors oui, Oprah avait besoin d'un autre invité au pied levé. Voilà, c'est dit. Maintenant, qu'est-ce que ça change ? Qu'est-ce que t'en as à foutre ? L'important, c'est que tu fasses cette émission, non ?

Il avait raison, bien sûr, mais je n'aimais pas qu'on me prenne pour un con.

— 100 % des acteurs, dit-il, 100 % des écrivains tueraient père et mère pour être invités chez Oprah. Pour remplacer DiCaprio, on a quand même réussi à la convaincre de t'inviter toi et pas un autre.

— Je dis pas le contraire, Bill.

Le silence retomba, lourd.

— Dis-moi la vérité. Tu chipotes parce que t'as les pétoches, c'est ça ?

Ce type était un pur instinctif. On ne pouvait rien lui cacher.

— Disons…

— J'appelle un coach, je monte un *media training* en urgence et je te rappelle.

Il raccrocha sans me laisser le temps de valider.

Six jours. J'avais six jours pour me ressaisir, rassembler mes forces, me préparer. Bill allait me trouver un bon coach. Six jours pour apprendre à contrôler mon trac, à parler de moi, à être à l'aise… Il fallait que j'y parvienne. Il fallait que je trouve en moi des ressources, que je prenne sur moi. Ne plus penser à cette expérience désastreuse dans cette télé locale de l'Arkansas, deux ans plus tôt. J'avais visionné l'enregistrement après coup, rouge de honte de me voir bégayer, avec des tics de langage, parlant la main devant la bouche comme si je me cachais, la voix coincée au fond de la gorge. Bill ne l'avait jamais vue, Dieu soit loué !

Par miracle, l'émission n'avait pas été mise en ligne sur le web ; j'avais vérifié cent fois, terrifié à l'idée qu'elle le soit. Celle d'Oprah le serait, en revanche, c'était certain. Il suffirait de taper mon nom sur Google pour qu'elle jaillisse à l'écran en première ligne. Un échec me poursuivrait ma vie entière, je le trimbalerais comme un boulet témoignant à jamais de ma nullité, me grillant auprès des lecteurs, des journalistes et des éditeurs. Le XXIe siècle est impardonnable.

Je me levai et fis quelques pas dans la pièce, nerveusement, sans but précis. Rester positif. Trouver en moi la confiance. Je devais en être capable. Ça pouvait le faire. Ça allait le faire.

Je me rapprochai de la fenêtre donnant à l'arrière de la maison et regardai à travers les barreaux, balayant des yeux le paysage sans vraiment le voir, absorbé par mes pensées.

Il fallait que j'aille chez le coiffeur. Que je me trouve une tenue, aussi. Une tenue qui porte l'image que j'avais envie de transmettre...

Dehors, le ciel obscurci par de grands passages nuageux semblait hésiter entre le soleil et la pluie. Peut-être qu'un orage se préparait. Un oiseau sifflait, comme s'il appelait désespérément le printemps. La rue pavillonnaire qui longeait le bout du jardin était déserte, tous les habitants au travail, et sans doute quelques-uns chez eux, dans leurs confortables maisons entourées de pelouses et de quelques arbres. La rue marquait un virage devant chez moi et s'éloignait au loin. Je m'imaginai la prendre sans but précis puis, à chaque croisement, choisir au feeling la nouvelle route à prendre, et ce à l'infini, juste pour voir où ça me mènerait...

Oprah.

C'était incroyable, quand même. Inespéré.

Je me vis soudain accéder dimanche au parking VIP avec ma vieille Toyota toute pourrie. La honte... Si seulement je pouvais me payer le joli petit 4×4 Range Rover dont je rêvais depuis un bout de temps. Un peu polluant mais tellement classe. Au moins, ça me positionnerait... Bon, je me débrouillerais pour emprunter une voiture, sinon je me garerais au loin et j'arriverais à pied.

Al Capone sauta sur le bureau près de moi.

On sentait l'orage approcher mais il n'y avait pas de tonnerre. Les premiers éclairs zébraient le ciel, sans un bruit.

La sonnette d'entrée me fit sursauter.

Je n'attendais personne. Un colis, peut-être ?

J'ouvris et fus surpris de me retrouver face à deux inconnus.

L'un était un type costaud et corpulent, grosse tête, regard inamical derrière des lunettes en métal, aux sourcils broussailleux et aux cheveux gris un peu ébouriffés, dans un costume sombre défraîchi. L'autre, un Black légèrement bedonnant aux cheveux poivre et sel, avait des traits plus doux ; il portait une veste sur un jean. Tous deux devaient dépasser la cinquantaine, et avaient l'air un peu déprimé. Ils trimbalaient avec eux une forte odeur de tabac.

Ils me saluèrent et sortirent chacun un badge qu'ils me présentèrent.

— Robert Collins, dit d'une voix rêche le costaud aux cheveux mal coiffés. FBI.

— Glenn Jackson, dit le Black en s'efforçant de sourire.

Ils ne ressemblaient pas à l'image que je me faisais d'agents du FBI. Ceux que je décrivais dans mes romans.

Je hochai machinalement la tête sans répondre, me demandant ce que la police judiciaire pouvait bien me vouloir.

— Vous êtes bien Timothy Fisher ? dit le premier en fronçant ses sourcils broussailleux.

— Oui. Enfin… c'est mon nom d'auteur.

J'eus l'impression d'être subitement plongé en plein cœur d'un de mes polars, et mon imagination fertile me susurra dans l'instant un scénario catastrophe comme j'étais capable d'en échafauder dès que je rencontrais une situation inhabituelle. Un meurtre à Hawaï, mes empreintes laissées par hasard sur le lieu du crime en me trouvant au mauvais endroit au mauvais moment ; je me vis inculpé à tort, incarcéré en préventive ; l'émission d'Oprah qui tombe à l'eau… Obligé d'emprunter pour me payer un avocat, essayer en vain de prouver mon innocence, accusé de…

— Nous avons besoin de vos services…

— Mes services ?

— Oui, dit le costaud d'un air bizarrement pas très à l'aise malgré son physique autoritaire.

— Comment ça, mes services ?

— Nous aimerions vous présenter un projet, dit le grand Black, plus détendu que son collègue.

Il avait une voix grave et douce, presque suave.

Je me retins presque de rire.

— Mais… je ne suis qu'un romancier, vous savez ?

— Oui, tout à fait.

Au-delà même de cette proposition déconcertante, quelque chose sonnait faux dans leur attitude, comme s'ils ne croyaient pas eux-mêmes à ce qu'ils me demandaient.

J'hésitai quelques instants.

— Excusez-moi mais… je pourrais voir de nouveau vos badges ? Désolé, mais je n'ai pas eu le temps de les regarder.

Ils échangèrent furtivement un regard contrarié puis s'exécutèrent sans un mot.

Les badges me semblèrent authentiques, mais étais-je vraiment capable d'en juger ?

— Vous pouvez m'en dire un peu plus ?

— Eh bien, non, ça va être compliqué. Le mieux, c'est de venir avec nous. On vous emmène auprès de la responsable en charge de… du dossier, et elle vous expliquera mieux que nous de quoi il retourne.

Je commençais à me sentir… flatté. Avais-je imaginé dans l'un de mes romans une histoire par hasard proche d'un événement en cours ? Le FBI aurait-il trouvé une quelconque utilité à exploiter mon imagination de romancier ?

— Écoutez, pourquoi pas ? Je peux me rendre disponible à partir de lundi prochain.

Robert Collins, le grand costaud aux cheveux hirsutes, secoua la tête.

— Non, c'est une urgence, il va falloir venir maintenant.

— Euh… là tout de suite ?

Il acquiesça.

— Vous me prenez un peu de court !

— C'est une affaire d'importance, dit Glenn Jackson.

Contrairement à son collègue au regard fuyant, on sentait dans ses yeux insistants la volonté de rassurer et de convaincre.

— Et… c'est loin d'ici ?

— On y sera en une heure environ.

J'hésitai un instant, les regardant à tour de rôle.

Qu'avais-je à perdre ? Mon *media training* ne commencerait sans doute pas avant le lendemain…

Après tout, c'était toujours une expérience, à même d'enrichir le contenu d'un prochain roman.

— OK.

Le temps de renouveler les bols d'eau d'Al Capone et de fermer la maison, et je pris place à l'arrière d'une Buick empestant le tabac froid. Elle fila vers Queens Boulevard qu'elle traversa avant de remonter la 108e Rue, tourna dans Jewel Avenue qu'elle emprunta jusqu'aux lacs, puis elle prit la bretelle de Grand Central Parkway, s'engouffra sur la voie rapide et fonça plein nord.

Les agents ne disaient rien. Robert Collins conduisait en silence. Nous passâmes devant les courts de tennis de Flushing Meadows puis longeâmes le bras de mer sur notre droite. Quelques minutes plus tard, la voiture s'engagea dans l'enceinte de l'aéroport La Guardia et s'arrêta devant une barrière de sécurité à l'écart des terminaux publics. Collins montra à peine son badge au policier en faction qui sembla le reconnaître et la voiture s'engagea directement sur le tarmac.

— Hé attendez, on va où, là ?

— Vous en faites pas, me dit Glenn Jackson en se retournant vers moi, un sourire bienveillant aux lèvres. On y sera dans moins d'une heure, promis.

Nous passâmes devant un hangar grand ouvert abritant des petits jets. La voiture s'arrêta un peu plus loin, à quelques mètres d'un hélicoptère.

— On va prendre l'hélico ?

— Un vol très court, rassurez-vous, me dit Jackson.

— Attendez… J'ai le vertige, je pourrai jamais monter là-dedans !

Ma peur du vide avait toujours été incontrôlable. Une vraie phobie. Une fois, lors d'une randonnée dans les Rocheuses avec des amis, je m'étais retrouvé paralysé sur un sentier qui longeait un précipice. Une terrible envie de me coucher par terre à plat ventre sans plus bouger, tout en ressentant une sorte d'appel paradoxal du vide. Un truc de dingue.

— On n'a pas le vertige sans contact avec le sol, lâcha Robert Collins d'une voix froide et un rien méprisante, sans même chercher à croiser mon regard dans le rétroviseur.

Je me retins d'ajouter qu'au-delà du vertige la perspective d'un vol en hélicoptère sous un ciel zébré d'éclairs me semblait particulièrement imprudente.

Glenn Jackson se retourna vers moi avec son sourire chaleureux.

— Ayez confiance.

Je pris une profonde inspiration pour me forcer à me détendre et lui retournai son sourire.

Bizarrement, il y avait aussi quelque chose d'excitant à l'idée de voler pour la première fois en hélico… Je devais être bourré de paradoxes.

Nous descendîmes de voiture.

Dehors, le ciel semblait avoir été repeint en noir en plein jour. L'air sec chargé d'électricité distillait l'odeur sensuelle du kérosène. Parfum d'aventure.

Le rotor se mit à tourner dans un sifflement aigu. Marchant vers l'hélico escorté par deux agents du FBI, j'eus soudain le sentiment inhabituel d'être quelqu'un d'important.

3

— Où allons-nous, exactement ?

L'hélicoptère filait à vive allure vers le sud-ouest, laissant l'océan sur notre gauche. La vision panoramique offerte par le cockpit vitré tout autour de moi était fascinante, et il est vrai que mon vertige habituel ne se manifestait pas.

— À Fort Meade, près de Washington, me dit Jackson.

— À la NSA ?

Fort Meade était un site de l'armée connu pour héberger le siège de l'Agence nationale de sécurité, rendue célèbre lorsque l'ancien agent de la CIA devenu lanceur d'alertes, Edward Snowden, avait révélé au monde entier qu'elle espionnait à peu près tout le monde, y compris des entreprises et des particuliers dans des pays pourtant alliés des États-Unis.

— Non, à côté, sur le même site.

L'hélicoptère passa en effet au large de l'immeuble bien reconnaissable de la NSA, énorme blockhaus de verre noir exhibé par les télés lors de la fameuse affaire, et finit par se poser dans ce qui ressemblait plus à un grand parc arboré qu'à un terrain militaire.

Le pilote coupa le moteur et le calme revint à bord. Collins, qui ne m'avait pas adressé le moindre regard durant tout le vol, ouvrit la porte et nous descendîmes.

Un peu plus loin à l'orée d'un bosquet, un grand panneau de bois verni indiquait en lettres blanches :

United States Army
Fort Meade
Restricted Area

Que venaient faire des agents du FBI sur un site de l'armée ?

Je suivis les deux agents en direction d'un petit bâtiment au milieu des arbres qui ressemblait plus à un baraquement de bois peint en blanc qu'à un immeuble de bureaux.

J'eus immédiatement un sentiment étrange, une impression de déjà-vu. Cette construction en bois… La peinture blanche légèrement passée… Le bosquet autour…

Il me fallut quelques instants pour en trouver la source : dans l'un de mes polars, mon septième roman, le héros était un biologiste qui s'isolait dans une cabane pour étudier les multiples éléments d'une enquête qu'il essayait de résoudre.

J'avais une approche très visuelle de l'écriture. Mes histoires venaient à mon esprit sous forme de films très réalistes dont les images défilaient devant mes yeux. Le bâtiment devant lequel je me trouvais ressemblait étrangement à celui que j'avais visualisé dans ce roman.

— On est arrivés, dit Glenn Jackson.

Le ciel était bas, molletonné de gros nuages blancs, mais l'air assez doux sentait bon la nature environnante. Le silence des lieux était à peine troublé par le sifflement des pales de l'hélico qui continuaient de tourner dans le vide sur leur lancée.

La porte du petit bâtiment s'ouvrit à notre approche, et la silhouette d'une jeune femme apparut sur le seuil. La trentaine, une brune assez menue au teint mat et aux yeux bleus qui aurait pu avoir des origines italiennes. Elle me sembla d'abord préoccupée, ou plutôt un peu triste, mais ses yeux pétillèrent quand elle sourit pour nous accueillir.

— Je suis Anna Saunders, me dit-elle, la responsable du projet. Bienvenue à Fort Meade.

Du projet ? Oui, mais de quel projet ?

— Enchanté.

Nous entrâmes et nous assîmes autour d'une table ronde en bois peint en blanc comme les lambris sur les murs. Même le plancher était en bois, mais de teinte naturelle ; il craquait sous les pieds. Seules quelques armoires blindées en acier gris rappelaient qu'on n'était pas dans une maison de pêcheur. Ça sentait fort le café. On m'en proposa mais je déclinai.

La lumière était filtrée par un store intérieur vénitien devant la fenêtre entrouverte. On l'avait descendu de travers et ses lamelles formaient comme un éventail déglingué.

Glenn Jackson prit la parole en premier, de sa voix grave et profonde. Son collègue croisa les bras.

— Je propose qu'on brosse un rapide tableau de la situation à Timothy Fisher. Monsieur Fisher, vous avez sans doute entendu parler de l'incendie qui vient de détruire une tour à Chicago ?

— Je viens de rentrer de l'étranger mais oui, j'ai lu les nouvelles dans l'avion.

Il approuva d'un hochement de tête.

— Vous savez peut-être aussi qu'un autre incendie avait ravagé la veille un immeuble à Baltimore ?

— L'article le mentionnait, en effet.

— Il s'agit dans les deux cas d'incendies criminels et ces actes sont manifestement liés ; ils sont le fait d'un même incendiaire.

Pendant qu'il parlait, son collègue restait silencieux, ses yeux fixant un point de la table d'un regard paradoxalement dur et bovin à la fois. Anna Saunders, elle, nous regardait d'un air un peu tendu.

— Cette affaire, reprit Glenn Jackson, est gérée par le FBI, et Robert et moi sommes en première ligne. Nous avons de bonnes raisons de penser que ces incendies risquent de n'être que le début d'une série à venir, et nous sommes face à un problème de taille : l'enquête sur ce genre d'affaires prend du temps, beaucoup de temps, parce que en s'effondrant, les bâtiments ont enfoui sous des tonnes de gravats toutes les traces du criminel et de son mode opératoire.

— Il y a beaucoup de victimes ?

— On le saura seulement quand on aura déblayé, dit Collins, et le risque de victimes ensevelies ralentit beaucoup le travail. On ne peut pas juste envoyer les bulldozers…

— Apparemment, ajouta Jackson, l'incendiaire s'en prend plus aux tours elles-mêmes qu'aux personnes. Il a piraté le système audio des immeubles et diffusé un ordre d'évacuation avant la mise à feu, et puis aussi une musique.

— Une musique ? Le criminel diffuse de la musique avant de mettre le feu ?

— Oui.

— C'est malsain, non ?

Collins haussa les épaules.

— Et… quelle musique ? ajoutai-je.

Échange de regards entre les deux agents du FBI.

— On ne l'a pas identifiée mais les témoins disent qu'il s'agit d'une musique… ringarde. Ringarde et angoissante.

— On est vraiment entourés de timbrés, dis-je.

— Sans ça, nous serions au chômage, dit Collins d'un ton détaché.

Glenn Jackson sourit. Anna Saunders les toisa d'un regard ombrageux. Je la sentais sur ses gardes.

— Il y a eu des revendications ?

— Ça viendra sûrement, dit Collins. Le fumier qui fait ça prend son temps, sans doute pour faire monter la pression et les spéculations.

— Justement, dit Jackson, à propos de pression, nous avons reçu un appel de Barry Kantor. Vous voyez qui c'est ?

— Bien sûr.

Comment ne le verrais-je pas ? Ce conseiller du président était courtisé des médias. Trente-cinq ans, beau gosse, télégénique à souhait, éloquent et assez charismatique. On le voyait tout le temps à la télé expliquer la politique de la Maison-Blanche. On pouvait ne pas être d'accord avec la ligne qu'il défendait, mais c'était un type brillant que tout le monde respectait.

— Barry Kantor nous a fait part des souhaits du président : il veut qu'en parallèle de l'enquête...

— Attends une minute, dit Collins en tendant un bras devant son collègue pour l'interrompre.

Il se tourna vers moi, les sourcils menaçants.

— Monsieur Fisher, dit-il de sa voix rêche, nous allons vous confier des informations très confidentielles. En temps ordinaire, vous auriez fait l'objet d'une enquête de moralité et subi tout un protocole avant de vous voir présenter ce projet. L'urgence de la situation et la demande du président nous poussent à sortir des procédures. Mais il nous faut quand même au préalable votre engagement que ce qui est dit ou fait dans cette pièce ne sortira pas d'ici. Rien de ce que vous entendez ici ne doit être rapporté à l'extérieur, que vous acceptiez ou non le projet.

Je me sentis un peu agressé par son attitude, moi qui n'avais rien demandé.

Tous les regards étaient braqués sur moi, celui de Collins, sévère, celui de Jackson, encourageant, et celui plus ambigu d'Anna Saunders où je crus lire de l'inquiétude mais peut-être aussi de l'espoir.

Qu'avais-je à perdre ? De toute façon, ma curiosité était aiguisée à un point de non-retour.

— C'est d'accord.

Robert Collins continua de me fixer un instant en silence, me donnant le sentiment désagréable qu'il cherchait à tester ma parole, puis il se laissa retomber en arrière sur sa chaise.

— Le président, reprit Jackson, est en première ligne sur cette affaire. Compte tenu de ce que notre pays a subi dans un passé encore récent, des tours qui s'effondrent ont évidemment un impact émotionnel énorme sur la population. Le président veut donc aller très vite. Mais comme on vous le disait, l'approche conventionnelle ne le permet pas car il faudra d'abord tout déblayer. C'est pourquoi le président a décidé de confier à Anna Saunders la mission d'identification de la prochaine cible du criminel afin d'empêcher sa destruction. Une identification... par ses méthodes, et pour cela, elle aurait besoin de vous, comme elle va vous l'expliquer.

Il se tut et nos regards se tournèrent vers la jeune femme.

Elle resta immobile quelques instants, comme si elle rassemblait ses pensées. Le silence de la pièce était à peine troublé par les légers frottements du store vénitien soulevé par un courant d'air, et par quelques piaillements d'oiseaux dehors.

Elle prit tout son temps, puis, enfin, elle leva lentement la tête et posa sur moi son regard bleu intense, non exempt d'une certaine fragilité mais que l'on sentait comme porté par un défi. Elle jouait du silence comme d'un allié : quand sa voix s'éleva, j'étais suspendu à ses lèvres.

— Je veux que vous m'aidiez à identifier la cible, en faisant usage de votre intuition.

J'avais l'impression d'avoir loupé un épisode.

En suivant les agents du FBI à Fort Meade, je ne m'attendais à rien, et certainement pas à une chose aussi saugrenue.

Je me raclai la gorge.

— Mon intuition ?

Elle continua de me fixer sans prendre la peine

d'acquiescer ni de répondre. Que cherchait-elle ? Tester ma réaction ?

Je regardai Jackson, puis Collins, qui ne me quittaient pas des yeux. Si on n'avait pas été sur un site militaire et si j'avais été plus célèbre, j'aurais cru à un vaste canular télévisé en caméra cachée.

— Je ne vois pas ce que vous attendez de moi… sérieusement.

Elle prit une fois de plus tout son temps.

— J'ai visionné plusieurs de vos interviews filmées, et vos propos tendent clairement à prouver que vous êtes une personne très intuitive. D'ailleurs, vous le dites parfois vous-même.

— Attendez… Il m'arrive de dire que j'ai eu de bonnes intuitions sur tel ou tel point mais, bon, tout le monde le dit, non ? C'est juste une manière de parler, une façon poétique de désigner le hasard.

Elle continua de me regarder en silence.

Je pris une profonde inspiration.

— Ce que je veux dire, c'est que parfois, on peut tous avoir une idée qui nous traverse l'esprit concernant un événement, et si cette idée se révèle exacte, on va dire « j'ai eu une bonne intuition ». Mais en fait, on sait bien que c'est juste une coïncidence. Je suis certes un romancier, plutôt rêveur, mais j'ai quand même les pieds sur terre, je suis un minimum rationnel. Et tout le monde sait que l'intuition… n'existe pas.

Leurs trois regards étaient toujours sur moi. Celui de Collins me sembla afficher pour la première fois un début de respect ; Glenn Jackson, lui, avait un très léger sourire ; Anna Saunders conservait une attitude plutôt énigmatique.

— Je ne vais pas entrer dans les détails pour l'instant, dit-elle, mais je vous dirai juste que non seulement l'intuition existe véritablement, mais que nous avons aussi mis au point une méthode pour y accéder à volonté.

— Accéder à volonté à ses intuitions ?

N'importe quoi… Je me demandai à nouveau si je n'étais pas victime d'un canular.

— Vous m'avez bien entendue.

Elle avait l'air on ne peut plus sérieuse. Si elle jouait la comédie, elle méritait un Oscar.

— Mais… en fait, qui êtes-vous exactement, où suis-je vraiment, là ?

— Nous sommes une unité de recherche spécialisée dans ce domaine.

— Mais… on est sur un site militaire, non ?

— C'est exact.

— Vous êtes militaire ?

— Je vous en dirai plus si vous vous engagez à nos côtés sur cette affaire.

— J'ai envie de vous dire qu'il va au contraire falloir m'en dire plus si vous voulez que je m'engage…

Elle me fixa quelques instants puis échangea un regard avec les autres.

— Il faut que vous compreniez que ce laboratoire est secret, notre existence est secrète, et ce projet est classé secret-défense, alors je ne peux pas tout vous révéler à ce stade. Dites-moi ce que vous avez besoin de savoir pour vous décider, et je verrai si je peux y répondre.

Secret-défense ? Comment est-ce qu'un projet autour de l'intuition pouvait être classé secret-défense ?

— Eh bien… dites-moi déjà ce que vous, vous entendez par « intuition », qu'on soit sûrs de parler de la même chose…

On était sur son terrain et elle partit au quart de tour.

— L'intuition est une aptitude de l'esprit permettant d'obtenir une information non accessible par nos cinq sens : quelque chose que l'on ne peut ni voir, ni entendre, ni toucher, ni sentir, ni goûter.

— Non accessible par nos cinq sens ?

— En effet. Il peut s'agir d'un lieu, d'un objet, d'une personne ou même d'un événement. Quelque chose dont on ne sait rien, sur lequel on ne dispose d'aucun renseignement même partiel, et l'intuition est ce qui permet à notre esprit de collecter les informations à son sujet.

Elle se tut et le silence retomba.

Je me répétai ses paroles insensées, doutant presque d'avoir entendu ce que je venais d'entendre.

— De collecter… comme ça ? D'un claquement de doigts ?

— En quelque sorte.

— Mais… c'est juste impossible.

Elle n'eut pas l'air étonnée de ma défiance.

— Vous avez le droit de croire ça.

C'est ça, prends-moi pour un con.

Il me semblait être quelqu'un d'assez ouvert, avec les idées larges, mais je n'étais pas non plus crédule pour autant. On ne pouvait pas me faire gober n'importe quoi.

— Qu'avez-vous besoin de savoir d'autre ? demanda-t-elle.

À ce stade, je ne voyais pas ce qui aurait pu me convaincre. De toute façon, autre chose clochait, dans cette affaire.

— Vous dites être des spécialistes de l'intuition… et vous avez besoin d'un inconnu pour vous aider. Ça ne semble pas très logique…

Cette fois, elle parut embarrassée. Ses yeux se perdirent dans le vague quelques instants, elle se mordit imperceptiblement les lèvres, puis je crus apercevoir l'ombre d'une blessure ternir son regard. Quand elle le posa de nouveau sur moi, j'y lus une forme de colère contenue.

— Notre équipe d'intuitifs a été décimée à la suite d'un accident. Je n'ai plus personne.

J'en restai totalement muet.

Elle ajouta d'un seul coup :

— Ils sont tous morts, OK ?

Elle avait dit ça brutalement, et je la soupçonnai d'avoir voulu être délibérément choquante.

— Pour répondre à l'urgence de la situation, et à la demande de la Maison-Blanche, dit-elle, j'ai besoin de quelqu'un comme vous. Vous n'êtes pas un inconnu. Je vous l'ai dit, j'ai visionné vos interviews, et *je sais* que vous ferez l'affaire.

J'avalai ma salive.

L'équipe décimée… Tous morts… Bon sang… où est-ce que j'avais mis les pieds ?

Je tentai de paraître détaché.

— Vous dites que vous n'avez plus personne, mais vous-même…

La colère que j'avais cru lire dans ses yeux y réapparut. Ses lèvres émirent d'infimes tremblements.

— Je ne suis plus en mesure d'accéder à mes intuitions, lâcha-t-elle sur un ton qui me coupa l'envie de demander pourquoi, et c'était peut-être son objectif.

Glenn Jackson dut sentir la tension grandissante car il se racla la gorge et s'agita sur sa chaise.

— Anna Saunders se propose de vous former en accéléré à cette méthode secrète, me dit-il en souriant pour m'amadouer. Je me permets de préciser qu'il a fallu des années et des années de recherche pour la mettre au point.

Je ne répondis rien.

— Je crois que vous ne réalisez pas… En vérité, beaucoup de gens rêveraient d'être à votre place… Certains, à l'étranger, seraient prêts à tuer pour mettre la main sur cette méthode.

Comme je ne disais toujours rien, il ajouta :

— Je pense que vous seriez fier de contribuer à lutter contre un criminel. En détruisant des tours de bureaux et peut-être même des vies humaines, en s'attaquant à notre tissu économique, il sape les fondements de notre société.

Je sentais peser sur moi leur attente, leur espoir de m'enrôler.

— On pourrait s'adresser à quelqu'un d'autre, ajouta-t-il, mais la formation sera beaucoup plus rapide avec une personne qui accède déjà spontanément à ses intuitions. Et dans cette affaire, chaque heure compte…

J'acquiesçai poliment.

Tous les regards restaient vissés sur moi.

Les verres de lunette de Robert Collins avaient des

traces de doigts qu'un rayon de soleil infiltré sous les lamelles du store déglingué faisait ressortir.

— Vous voulez ma réponse tout de suite, j'imagine ?

— Oui, dit Collins. Barry Kantor va rappeler d'une minute à l'autre.

La balle était dans mon camp. Leurs explications tenaient la route, en fin de compte. Mais j'avais quand même un problème. Sérieux. Je ne croyais pas en l'intuition. Je n'y croyais pas parce que c'était juste impossible. Impossible de deviner des informations concernant un lieu ou un objet inconnu. Si c'était possible, ça se saurait. L'autre chose qui me turlupinait, c'était leur apparent rattachement à l'armée. Je n'imaginais pas une seconde les militaires cautionner des expériences paranormales à la noix. Alors comment expliquer l'implantation à Fort Meade ? Ça ne collait pas.

— Monsieur Fisher, dit Jackson. Êtes-vous prêt à vous engager ?

M'engager… S'ils savaient que ce seul mot suffisait à me faire reculer… Bien sûr, être sollicité par le FBI était flatteur, très flatteur même, mais quel était mon intérêt dans cette affaire ? Qu'est-ce que ça m'apporterait ?

Bien sûr, ma curiosité me titillait et je brûlais d'envie d'en savoir plus sur tout ça. Mais je gardais à l'esprit l'émission de télé programmée. C'était la chance de ma vie. Ça faisait des années que j'attendais le miracle qui allait débloquer ma carrière et me sortir de la pénombre. Ce jour était enfin venu. Et même si cette émission me terrifiait, il fallait la faire ; la réussite a un prix et j'étais prêt à le payer. Mais je devais absolument la préparer sinon j'allais au casse-pipe... Alors pourquoi diable sacrifierais-je ma carrière pour collaborer avec le FBI en me formant à une méthode à laquelle je ne croyais même pas ?

— Non, je suis désolé.

4

Une heure et demie plus tard, j'étais devant chez moi. Glenn Jackson m'avait raccompagné pour le trajet retour en hélico puis en voiture.

Je le saluai et ouvris la portière. Il me tendit sa carte.

— Si vous changez d'avis, dit-il pour la forme car il sentait bien que je ne reviendrais pas sur ma décision.

Je la pris par politesse.

La voiture s'éloigna sous les arbres qui bordaient ma rue, et quand je vis s'évanouir les halos rouges de ses feux de position, je pris conscience que la nuit tombait.

Un inconnu passa sur le trottoir d'en face, tiré à quatre épingles et une sacoche Vuitton à la main. Il me rappela les fréquentations de Kristen, mon ex, et je sentis un petit pincement au cœur. Elle était toujours entourée d'hommes ultra chics, au look recherché et manifestement hors de prix. Pas franchement mon style. De toute façon, mes moyens ne m'auraient pas permis de rivaliser. J'en avais développé une sorte de complexe d'infériorité. J'étais follement amoureux de Kristen, mais ne me sentais pas de son monde, pas à la hauteur. Notre relation n'aurait pas pu durer, je l'avais toujours su.

La pluie apparut soudain, une grosse pluie qui vous trempe en un instant et crépite sur le sol. Je jetai un coup d'œil au passant qui accélérait le pas dans son beau costume. Sans parapluie. Je ne pus m'empêcher d'en ressentir une pointe de satisfaction, puis haussai les épaules devant ma mesquinerie dérisoire.

Je rentrai chez moi, bien au sec. Dans l'entrée, mon grand miroir me trouva les traits tirés.

Je me jetai dans mon canapé et pris Al Capone dans mes bras pour ravaler ma solitude.

Ce soir-là, comme souvent, je me couchai de bonne heure.

Le lendemain, je fus réveillé par la lumière du soleil levant. À peine filtrée par les rideaux, elle projetait l'ombre des barreaux de la fenêtre en grand sur le mur de briquettes rouges, me donnant l'impression amusante d'être allongé dans une immense cage.

Je fus tout de suite assailli par mon trac grandissant. Plus que cinq jours…

Mon portable affichait un message laissé par Bill Crimson, mon agent littéraire, annonçant un premier rendez-vous en fin de journée pour le *media training*. Je décidai de consacrer la matinée à la recherche de ma tenue pour la télé. Quelque chose de chic et détendu à la fois, suffisamment original pour sortir de l'ordinaire, mais de bon goût pour ne pas déplaire. Et surtout sombre : on ne s'habille pas en clair quand on écrit des romans noirs.

Je pris mon petit déjeuner en compagnie d'Al Capone vautré sur la table, menaçant à chaque instant de renverser ma tasse de café fumant. Les chats adorent jouer avec les nerfs de leurs serviteurs.

Les événements de la veille occupaient mon esprit. Je me demandais si j'avais pris la bonne décision. Décider n'avait jamais été mon fort. J'avais d'ailleurs l'habitude d'hésiter longtemps avant de trancher, pesant le pour et le contre, essayant de prendre en compte un maximum de critères et de paramètres. Mais là, le FBI avait exigé une réponse immédiate, alors le refus avait été la seule option possible pour ne pas m'engager à la légère. D'ailleurs, chaque fois que j'avais été appelé dans ma vie à prendre une décision rapidement, j'avais préféré ne rien changer. Je me méfiais toujours des opportunités à saisir qui pouvaient se révéler des importunités à subir. Mais peut-être avais-je au final une vie un peu trop rangée, et finalement un peu morne ?

Beaucoup de gens m'imaginaient jouir d'une liberté extraordinaire parce que j'étais écrivain, libre de mon temps, de mes déplacements ; mon propre patron. C'est vrai que j'écrivais où je voulais et quand je voulais, sans rendre de comptes à personne. Mais la vraie liberté ne vient pas de notre situation : la vraie liberté est celle que l'on se donne, elle est en soi, elle est une façon d'appréhender l'existence, de vivre sa vie. Libre, on l'est ou on ne l'est pas. Si on est libre, on l'est quel que soit le contexte. Il suffit d'observer un peu les gens pour le comprendre. On trouve des flippés des règles qui s'interdisent le moindre écart ; des perfectionnistes qui se mettent beaucoup de pression dans leur vie de tous les jours, tout seuls comme des grands, se soumettant d'eux-mêmes à des exigences que même un patron tyrannique n'imposerait pas. Et j'ai à l'inverse connu des personnes qui confondent liberté et laisser-aller et deviennent esclaves de leur paresse, se transformant en zombies dans un canapé devant la télé, incapables de transformer la moindre idée en projet, et perdant parfois même toute envie de réaliser quoi que ce soit. D'autres encore se perdent dans la quête de plaisirs, glissant au bout du compte dans l'enfer de la dépendance au sucre, à l'alcool ou au sexe. Sont-ils vraiment libres ? Je connaissais aussi des gens tellement soucieux de l'opinion ou du regard des autres qu'ils en devenaient eux aussi esclaves. Ils s'interdisaient de sortir de chez eux sans s'être d'abord rasés ou shampouinés, de se mettre en maillot sur la plage parce qu'ils avaient des kilos en trop, ou de pleurer au cinéma de crainte de passer pour une fillette… Quant à moi, je réussissais l'exploit paradoxal de cumuler un peu tous ces travers. Non, il n'est pas facile pour nous, êtres humains, d'être vraiment libres, de mettre de côté nos peurs et nos croyances, et de pouvoir à chaque instant choisir notre vie en fonction de qui nous sommes et de ce qui compte vraiment pour nous au plus profond de notre âme.

J'étais ainsi absorbé par mes pensées quand la sonnerie stridente du téléphone fixe de la maison me fit sursauter.

Je me levai machinalement et une pensée me traversa l'esprit à la vitesse de l'éclair, une pensée tout à fait inattendue : ma cousine Deborah.

Je marchai vers le combiné en me demandant pourquoi diable le téléphone me faisait penser à elle : Deborah s'était expatriée en Inde un an plus tôt et je n'avais guère eu de nouvelles depuis. Il n'y avait aucune raison particulière pour qu'elle appelle ce jour-là.

— Allô ?

— Hello Timothy !

En reconnaissant la voix un peu nasillarde de ma cousine, j'en restai bouche bée, totalement déconcerté d'avoir eu l'idée que ça puisse être elle avant de le savoir. Cette idée s'était presque imposée à moi comme une évidence...

— Timothy, c'est Deborah, tu m'entends ?

— Oui, oui...

Elle me raconta avec enthousiasme sa nouvelle vie en Inde.

À l'époque où elle s'était expatriée, elle m'avait proposé de l'accompagner et de rester six mois sur place avant que son mari ne puisse la rejoindre.

— Viens donc, ce sera une super expérience ! m'avait-elle vendu.

J'aurais pu me le permettre mais la perspective de vivre au milieu des épidémies de typhoïde, de dengue et autre chikungunya m'avait retenu.

— Figure-toi que je pensais à toi au moment précis où tu as appelé...

— Il faut croire que nous sommes reliés, mon cher...

Je ne savais pas ce qu'il fallait croire, et quand nous raccrochâmes un peu plus tard, j'étais encore perturbé par l'événement. L'image de Deborah était apparue dans mon esprit à l'instant où la sonnerie avait retenti. Je n'attendais pas son appel et n'avais aucun moyen de deviner que c'était elle... Mais bon, si troublante qu'ait été cette coïncidence, que pouvait-on en conclure ?

Quand je sortis ma voiture du garage en m'engageant à gauche dans la rue, Lynne, ma jolie voisine rousse, sortait comme par hasard de chez elle. Elle me fit un signe et s'approcha, pieds nus comme d'habitude. Je baissai ma vitre côté passager.

— Bien remis de ton voyage à Hawaï ? dit-elle avec un sourire malicieux aux lèvres.

— Ça va.

Elle appuya tranquillement ses deux coudes sur le rebord de ma vitre et se pencha pour me parler, ce qui fit bâiller son décolleté. Bêtement, je ne pus m'empêcher de jeter un coup d'œil furtif à ses seins, et c'était sans doute ce qu'elle avait cherché.

— Tu as l'air épuisé, dit-elle, et le mot est faible. Viens prendre un petit remontant à la maison ce soir. J'ai rien à faire, ce sera sympa.

— Je ne suis pas libre, mentis-je.

Mon shopping se révéla compliqué. J'écumai les boutiques du Queens Place Mall sans parvenir à trouver *la* tenue qu'il me fallait pour le grand jour. N'ayant pas d'idées préétablies, j'en étais réduit à visiter les magasins au petit bonheur la chance. Ça risquait de prendre pas mal de temps.

— Une signature pour la planète !

La jeune femme qui m'interpellait avec un large sourire faisait partie d'un groupe de militants tous vêtus de tee-shirts jaunes bien visibles au milieu du centre commercial.

— C'est une pétition contre les pratiques de l'industrie textile, me dit-elle. La plus polluante de la planète après l'industrie pétrolière. Elle génère plus de CO_2 que tous les transports aériens et maritimes cumulés.

Le stand des militants affichait une grande pancarte expliquant que, partout dans le monde, les gens consommaient de plus en plus de vêtements, l'industrie produisant des tissus de moins bonne qualité qui s'usent vite, et certaines marques lançant jusqu'à vingt-quatre collections sur une seule année pour inciter au changement. Un Américain achetait en moyenne seize kilos de vêtements par an, un record.

— Et il faut sept mille cinq cents litres d'eau pour fabriquer un jean en coton, me dit la jeune femme. C'est autant que ce que boit un être humain en sept ans !

— L'espoir est peut-être dans les fibres synthétiques, dis-je.

Elle secoua la tête.

— À chaque lavage, elles rejettent des microparticules de plastique qui sont évacuées dans les cours d'eau. Chaque année, cinq cent mille tonnes de microplastiques finissent ainsi leur course dans les océans. C'est l'équivalent de cinquante milliards de bouteilles en plastique.

Scandalisé, je signai la pétition.

Les dernières boutiques que je visitai ne me permirent pas de trouver la tenue idéale et je quittai le centre bredouille.

J'étais à peine parti que je sentis comme un flottement dans la direction doublé d'un bruit bizarre. Pitié, pas une panne maintenant ! Je n'avais ni le temps ni les finances pour gérer ça. Je mis les warnings, me garai sur le bas-côté de l'avenue et sortis pour ouvrir le capot.

Mais ce ne fut pas nécessaire : mon pneu avant gauche était à plat. Plus de dix ans de conduite et aucune crevaison ; il fallait bien que ça arrive un jour.

Bon, je devais avoir un cric et une roue de secours quelque part… Je finis par les trouver dans un logement caché sous le tapis de sol du coffre. À la maison, mes compétences en bricolage s'arrêtaient à fixer un tableau au mur, à condition que le tableau ne soit pas trop lourd ou le mur trop dur. Alors, la mécanique…

Le cric n'était pas livré avec un mode d'emploi. *Bon, restons calme et concentrons-nous, ça ne doit pas être sorcier.*

Je m'agenouillai près de la roue, angoissé d'être côté chaussée, et me penchai sous le châssis à la recherche d'un emplacement solide pour y appuyer le cric.

Comme un fait exprès, la pluie se mit à tomber. Ben voyons…

Je positionnai le cric tant bien que mal et me mis à pomper. Miracle ! La voiture se souleva. Quand la roue fut suffisamment dégagée pour tourner dans le vide, je saisis la clé et entrepris de dévisser les écrous.

Un salopard roula dans une flaque trop près de moi et m'aspergea d'eau glacée.

Je me cramponnai sur la clé pour desserrer le premier écrou mais il ne venait pas. Je m'arc-boutai dessus, tirant de toutes mes forces, et soudain la clé lâcha prise et je m'affalai lamentablement sur le côté. Je me redressai très vite de peur de me faire écraser.

J'étais complètement trempé et la pluie dégoulinait sur mon visage. Je remis la clé sur l'écrou.

Rien à faire, c'était bloqué. Bon sang, je n'allais quand même pas appeler une dépanneuse pour un pneu…

— Poussez-vous de là !

Je sursautai et me retournai vivement.

— Laissez-moi faire, dit l'homme qui se penchait vers ma roue.

J'avais entendu parler de ces types qui se précipitaient pour vous aider lors de pannes en ville et exigeaient ensuite une somme faramineuse pour le service rendu, avec intimidations et menaces.

— Merci, je vais me débrouiller seul, dis-je assez sèchement.

Mais l'homme ne tint pas compte de mon refus et s'empara de la clé avant que j'aie eu le temps de réagir.

— Laissez ! lui dis-je.

Mais il continua sur sa lancée.

Je me crispai.

Il avait les cheveux blancs, au moins soixante-quinze ans, mais ça ne voulait rien dire ; les escrocs ne prennent pas de retraite.

Il avait visiblement l'habitude de ce genre d'opérations. En un rien de temps, ma roue était remplacée. Il me rendit la clé, l'eau ruisselant sur son visage et du cambouis plein les mains.

Je sortis avec précaution mon portefeuille pour lui donner un pourboire en le surveillant du coin de l'œil mais fus stupéfait de le voir tourner les talons et s'éloigner.

— Attendez…

— Ça va, ça va…

— Mais je voudrais vous remercier…

— C'est rien du tout, dit-il en rejoignant son véhicule arrêté devant le mien avec les warnings.

— Vous êtes trempé, je suis désolé…

— J'suis pas en sucre, lança-t-il en m'adressant un large sourire appuyé d'un regard pétillant.

Sa voiture reprit la route, et je restai ainsi un long moment, dégoulinant sous la pluie à la regarder s'éloigner, ses feux de position rouges scintillant dans la nuit mouillée.

Je culpabilisais de ma réaction première, et j'étais perplexe devant la gentillesse, l'abnégation de cet homme qui avait spontanément choisi de se tremper et de se salir pour aider un inconnu. L'aurais-je fait à sa place ? Ben… pas sûr… et à son âge, sûrement pas.

Je remontai à bord et balançai le cric et la clé au sol, côté passager.

Quelques minutes plus tard, j'étais assis au comptoir cuivré d'un coffee-shop pour me sécher un peu avant de reprendre mes courses, un grand mug de café fumant entre les mains. Une odeur de beignet imprégnait l'atmosphère. La déco reproduisait tant bien que mal l'intérieur d'un chalet, avec des planches de bois mal assemblées du sol au plafond, et des sets de table en papier plastifié imitant le tissu écossais. Kitsch à souhait. La sono diffusait *The show must go on* en sourdine.

Un relent de solitude m'envahit, et je pris sur moi pour ne pas glisser dans la déprime. Je me mis à envier les serveurs, sans rien savoir de leur vie. Je les regardais travailler, concentrés sur leurs tâches. Au moins, ils étaient là ensemble, en équipe, ils partageaient quelque chose…

Je repensai à ma voisine Lynne. Peut-être avais-je tort de refuser ses avances. C'était sûrement une chouette fille, pourquoi me coupais-je d'une relation présente au nom d'une relation passée non digérée ? Kristen était sortie de ma vie, je l'avais voulu ainsi et la page était tournée. On ne reste pas avec quelqu'un dont on ne se sent pas aimé. J'en avais souffert chaque jour pendant les trois mois qu'avait duré notre relation… et puis, il y avait eu les deux derniers dîners… Je l'avais invitée à la maison et m'étais attelé tout un après-midi à la préparation de plats plus sophistiqués que mes compétences en cuisine ne me le permettaient. À l'heure prévue, tout était prêt et je l'attendais, fébrile, avec champagne, amuse-gueules, bougies et compagnie. J'attendis longtemps, d'abord confiant, puis un peu perplexe et franchement inquiet, jusqu'à recevoir enfin un vulgaire texto :

> *J'ai un empêchement ce soir.*
> *Désolée. Bise.*

J'avais eu la faiblesse de pardonner, en simulant le détachement.

> *Ne t'en fais pas, on remet ça.*

Et en effet, j'avais remis ça huit jours plus tard, au restaurant cette fois, n'ayant pas eu le courage de tout recommencer.

Mais là encore, j'avais attendu.

— Vous voulez prendre un verre en patientant ? m'avait proposé le serveur à deux reprises.

J'avais fini par accepter, et j'étais là à siroter un spritz seul à ma table quand, une fois de plus, la vibration de mon portable m'avait fait frémir d'appréhension, puis de désespoir en lisant un message très proche du précédent.

Je n'avais pas eu le courage de planter le restaurateur, alors j'avais dîné seul dans le restaurant bondé, ravalant ma tristesse et ma honte au milieu d'une foule de gens heureux, joyeux ou amoureux. L'allégresse des autres rend la solitude plus piquante.

J'avais compris qu'il fallait savoir dire stop ; on ne peut pas laisser l'autre vous mépriser et jouer avec vos sentiments. Le lendemain, j'écrivais à Kristen pour mettre fin à notre relation…

Dans le coffee-shop, un soudain fracas de verre cassé me fit sursauter en me ramenant à l'instant présent. Un serveur avait renversé un plateau chargé ; ses collègues applaudirent en riant.

Je les écoutai quelques instants puis me laissai happer par l'écran de télé au mur dans l'espoir de chasser mes vieux souvenirs. La chaîne d'infos en continu diffusait son chapelet habituel de drames et de scandales, comme si la vie sur terre se résumait à ça. Pas sûr que ça me sorte de la mélancolie.

L'appel matinal de ma cousine Deborah me traversa l'esprit. J'étais encore troublé de l'avoir pressenti, deviné. Serait-ce ça, l'intuition ? Mais comment l'information de son appel aurait-elle pu traverser les océans depuis l'Inde pour parvenir à mon cerveau, toute seule et en une fraction de seconde ? C'était juste impossible, ça allait à l'encontre de tout ce que j'avais appris à l'école, de tout ce que les scientifiques nous avaient transmis du fonctionnement du monde…

Mais comment expliquer une telle coïncidence ? Le hasard n'était pas non plus une explication satisfaisante. La probabilité pour que je me mette à penser subitement à ma cousine pour la première fois depuis des mois, pile au moment où elle m'appelait, était tellement faible que ça ne tenait pas.

Les paroles d'Anna Saunders, la femme de Fort Meade, me revinrent : « L'intuition existe véritablement, et nous avons mis au point une méthode pour y accéder à volonté… »

Je pris une gorgée de café, puis inspirai profondément.

Et si c'était vrai ?

Dans la salle du coffee-shop, il n'y avait que quelques clients, une famille avec deux enfants scotchés à leurs tablettes, une jeune femme qui semblait travailler, ultra-concentrée sur son ordinateur portable, et un vieux Latino qui lisait le journal en mâchouillant un muffin. De temps à autre, un léger sourire se dessinait sur ses lèvres au fil de sa lecture.

Je repensai à celui, lumineux, du vieil homme repartant après avoir changé ma roue. Je crois que c'était simplement de s'être rendu utile à quelqu'un qui l'avait rendu joyeux.

Sur l'écran au mur, les sous-titres défilaient en égrenant les mauvaises nouvelles du jour. Mais celles-ci n'étaient sans doute pas suffisantes pour nous donner notre shoot quotidien d'émotions négatives car ils repassèrent bientôt en boucle les images des immeubles effondrés ces derniers jours à Baltimore et à Chicago. Des montagnes de gravats inextricables dans lesquelles s'affairaient les pompiers. Gyrophares dans tous les sens. La police qui maintient la foule de curieux à distance derrière un cordon de sécurité jaune et noir.

Et puis soudain, un sous-titre afficha « Vidéo amateur – document exclusif », et apparut alors à l'écran un film un peu flou à l'image instable. On voyait la tour de Chicago en flammes, des gens qui couraient en criant. L'image tressautait comme si le cameraman était lui-même en train de courir, peut-être à reculons. Des vitres explosaient sous la pression des flammes, projetant des brisures de verre dans le vide. Puis, d'un seul coup, la tour s'affala sur elle-même, s'effaçant du paysage dans un mouvement presque naturel. On vit alors comme une explosion de poussières brunes foncer vers l'écran qui devint soudain noir.

L'image revint sur le direct, le journaliste micro en main devant la montagne de gravats.

Je détournai le regard.

Les clients dans la salle avaient tous les yeux rivés sur l'écran, le visage défait. J'avais moi-même la gorge serrée.

Je bus une gorgée de café mais il me sembla amer. Je l'abandonnai sur le comptoir et sortis.

Je repris la route jusque chez moi mais mon esprit était ailleurs, hanté par mon refus de coopérer avec le FBI. Je n'avais pensé qu'à mon intérêt. Ma petite vie tranquille. Ma carrière. Mon émission de télé. Mon shopping pour soigner mon image.

À trop penser à soi, on finit sa vie tout seul.

À trop gérer son intérêt, on ne génère que des regrets.

5

Fort Meade, trois heures plus tard.

Glenn Jackson et Robert Collins m'attendaient à la descente de l'hélicoptère. Mêmes tenues défraîchies que la veille, comme s'ils n'avaient pas dormi ou s'étaient couchés tout habillés. La chemise froissée de Collins, mal rassemblée dans son pantalon, semblait aussi tentée d'en sortir que son ventre bedonnant. Jackson m'accueillit chaleureusement mais fut vite refroidi dans ses ardeurs par son collègue très impatient dont le visage exprimait à mon égard plus de reproche que de gratitude. M'en voulait-il d'avoir perdu vingt-quatre heures ? Ou d'être revenu ?

J'avais rappelé Jackson en sortant du coffee-shop et il avait organisé mon transfert à Fort Meade en un rien de temps. J'avais alors appelé la boîte de *media training* pour reporter ma venue. « Je reviens vers vous dès que j'y vois plus clair dans mon planning », avais-je dit.

Les agents m'escortèrent au pas de charge à l'intérieur du petit bâtiment entouré d'arbres, Collins en tête et Jackson fermant la marche derrière moi. Nous traversâmes la pièce dans laquelle nous nous étions réunis la veille, puis une porte dont le chambranle était surmonté d'un panonceau « CRV » nous ouvrit le passage vers un long couloir étroit et obscur. Quand la porte se referma derrière nous dans un bruit mat, nous nous retrouvâmes dans une pénombre étouffante à peine rehaussée de la lueur glauque d'une lignée de diodes vertes au plafond. Un vrai cauchemar de claustrophobe.

Nous nous arrêtâmes au bout du corridor devant une nouvelle porte. Collins appuya sur un bouton et attendit. Dans le silence, je percevais sa respiration assez courte, presque sifflante, et l'odeur de tabac froid qu'il empestait. Un écran miniature afficha « ENTER », on entendit le grésillement strident de la gâche électrique, et la porte s'entrouvrit sur une petite salle à peine moins sombre, sans fenêtres et truffée de matériel électronique, de câbles, de consoles et d'amplis, qui ressemblait à s'y méprendre aux cabines de régie des rares stations de radio où l'on avait daigné m'inviter. L'une des cloisons, entièrement vitrée, donnait sur une pièce plus vaste, toujours sans fenêtres, dans laquelle nous entrâmes.

Anna Saunders s'y tenait, debout, les mains dans le dos comme Napoléon, et elle sourit en m'accueillant. Mais son sourire s'effaça très vite pour laisser place à une expression indéchiffrable.

Nous nous assîmes autour d'une petite table ronde. La pièce était d'un décor très neutre, moquette grise, murs et plafond entièrement recouverts de dalles d'isolation phonique carrées. Calfeutrée, insonorisée et privée d'ouverture visuelle sur l'extérieur, la salle était coupée du monde.

— Nous recevrons tout à l'heure la visite de Barry Kantor, me dit Anna Saunders en parlant à vive allure sans me regarder. Je crois qu'il veut vous saluer et sans doute vous encourager.

Je me sentis gonflé d'orgueil à l'idée que le conseiller du président se déplace pour venir me rencontrer.

— Avez-vous déjà entendu parler du *Star Gate Project* ? me dit-elle.

Elle me fixait maintenant dans les yeux.

Robert Collins était calé au fond de sa chaise, droit comme un *I*, les bras croisés. Glenn Jackson, les avant-bras posés sur la table de réunion, semblait au contraire un peu tassé sur lui-même.

Le *Star Gate Project*... Oui, ce nom m'était familier.

— C'était pendant la guerre froide, non ?

— Ça a commencé à cette période, en effet.

— Je me souviens vaguement d'un truc autour du paranormal et des Russes. C'est ça ?

Anna confirma d'un hochement de tête.

Le souvenir me revint tout d'un coup.

— J'y suis. On avait essayé d'utiliser des aptitudes paranormales pour tenter de repérer des sites secrets soviétiques.

— En quelque sorte.

Collins avait posé sa main sur la table et ses doigts en tapotaient nerveusement la surface.

— J'avais lu un article là-dessus, dis-je. Mais ça a été arrêté parce que ça ne marchait pas, non ?

Anna me fixa sans rien dire pendant quelques instants, puis échangea un long regard avec les agents du FBI, avant de se tourner de nouveau vers moi.

— C'est la version officielle.

Elle avait dit ça en me fixant calmement. Cette réponse toute simple était loin d'être anodine quand on songeait à tout ce qu'elle pouvait impliquer.

Cette fois, c'est moi qui les dévisageai l'un après l'autre. Anna me regardait tranquillement, Robert Collins recroisa les bras, et je crus lire chez Glenn Jackson une certaine satisfaction de la surprise engendrée chez moi.

Disaient-ils la vérité ? Était-il possible que ce projet rocambolesque ait continué en secret ?

Anna Saunders se leva et nous offrit des boissons. Robert Collins refusa d'un geste qui exprimait son impatience.

— Tout a commencé en 1972, dit Anna, au SRI, le Stanford Research Institute en Californie, une émanation de l'université Stanford. Le physicien Harold Puthoff y menait des recherches sur le paranormal, qu'il avait du mal à financer. Il s'intéressait notamment à l'intuition et à la télékinésie, la capacité de l'esprit à agir sur la matière. Puis, un jour, il reçut la visite d'agents de la CIA. Les services secrets avaient appris que les Soviétiques investissaient l'équivalent de millions de dollars dans la recherche sur les phénomènes psychiques, à des fins militaires : si vous savez utiliser votre esprit pour contrôler la matière, vous pouvez contrôler les armes de l'ennemi. La CIA prit la menace très au sérieux et un vent de panique souffla sur les services secrets. Ils voulurent être en mesure de faire face, voire de rivaliser. C'est dans ce but qu'ils se rapprochèrent de Puthoff, et ils décidèrent de financer son programme de recherche. Quelque temps plus tard, l'équipe quitta la Californie pour s'installer sur un terrain protégé, ici à Fort Meade. Mais les travaux du physicien sur la télékinésie ne débouchèrent pas sur grand-chose. En revanche, ceux sur l'intuition se sont révélés très fructueux.

— C'est-à-dire ?

— À cette époque, Puthoff travaillait essentiellement avec un partenaire du nom d'Ingo Swann, qui s'est révélé capable au cours des nombreuses expérimentations menées d'accéder intuitivement à des informations cachées. Il a par exemple réussi à identifier des objets dissimulés dans une boîte, ou encore des lieux tenus secrets.

— Les identifier… sans information préalable ?

— Sans rien.

— C'est difficile à croire…

Collins décroisa les bras et posa les poings sur la table.

— Écoutez, on a un taré qui va faire sauter une nouvelle tour d'un instant à l'autre, je crois qu'on a mieux à faire que de raconter l'historique du projet à M. Fisher ou encore de perdre du temps à essayer de lever ses doutes. C'est une course contre la montre, passons à l'acte, de grâce !

Anna Saunders se figea, leva un sourcil et jeta un regard de biais en direction de Collins.

Glenn Jackson dut sentir le malaise engendré car il essaya de suite de calmer le jeu.

— Mme Saunders voulait seulement…

— C'est pas à toi que je parle ! coupa sèchement Collins.

La violence de sa réaction jeta un froid. Jackson se laissa retomber au fond de sa chaise puis sortit de sa poche un sachet en papier dans lequel il prit une confiserie marron qu'il porta à sa bouche. Voyant que je l'observais, il m'en proposa.

— Qu'est-ce que c'est ?

— Des oursons chocolat en guimauve. C'est français.

— Il bouffe ses caricatures, lâcha Collins.

Personne ne releva. Je remerciai Glenn Jackson et me tournai vers Anna.

Elle toisait froidement Collins.

— Vous souhaitez former M. Fisher à ma place ? dit-elle d'un ton un rien hautain.

— Je voudrais juste qu'on aille droit au but.

— On ne peut pas apprendre à piloter un avion tant qu'on a des doutes sur la fiabilité de l'appareil.

Robert Collins s'enfonça dans sa chaise en soupirant et elle reprit imperturbablement le fil de son histoire, me narrant les succès mais aussi les difficultés rencontrées par les chercheurs dans la démonstration de l'existence de l'intuition, dans la délivrance à la CIA d'informations utilisables, et dans la mise au point de la méthode qu'elle s'apprêtait à m'enseigner.

Nous fûmes à un moment interrompus par les vibrations de son portable.

— La Maison-Blanche, dit-elle en le saisissant.

L'appel dura quelques instants seulement.

— Barry Kantor est retenu à une réunion, nous dit-elle en raccrochant. On va filer manger un morceau dans un restaurant proche de Washington et il se débrouillera pour nous rejoindre. Allons-y à deux voitures.

— On doit se rapprocher de Washington ? dit Collins. Quel temps perdu…

— Justement, dépêchons-nous !

Les heures s'étaient écoulées sans que je m'en sois rendu compte, l'absence de fenêtres ne permettant pas de voir le jour décliner.

Nous nous précipitâmes dans les voitures. Je montai avec Anna et nous suivîmes celle des agents sur laquelle ils posèrent un gyrophare aimanté. Une demi-heure plus tard, nous étions dans le vaste restaurant d'un grand hôtel. La salle surpeuplée s'étalait sur plusieurs plateaux séparés les uns les autres par seulement quelques marches. Déco tropicale chic, avec des palmiers et des bananiers à foison, et un plancher de verre qui recouvrait un immense aquarium à poissons exotiques. Un pianiste que personne n'écoutait jouait des transcriptions de chansons célèbres sur un grand piano à queue blanc.

En traversant le restaurant, je repérai l'un de mes polars entre les mains d'une jeune fille de dix-sept ou dix-huit ans qui bouquinait à table, sans doute peu concernée par la conversation des personnes âgées autour d'elle. Au visuel de couverture, je reconnus mon septième roman.

Nous rejoignîmes notre table et passâmes commande en express, puis Anna se tourna vers moi.

— Est-ce que mon résumé de l'historique du projet apaise votre scepticisme ? me demanda-t-elle en baissant légèrement la voix.

— Eh bien… disons… c'est intéressant et même

assez excitant, mais j'ai toujours du mal à accepter ce que je ne comprends pas tout à fait. Si vous m'expliquez comment l'information fait pour venir à l'esprit de quelqu'un de façon intuitive, vous aurez plus de chances de me convaincre de son existence…

Elle se tordit les mains en prenant son inspiration.

— Ça va être compliqué.

Collins se mit à tapoter sur son téléphone portable. Jackson semblait nous écouter attentivement.

— Puthoff et Swann étaient eux-mêmes obsédés par la recherche d'une explication, dit-elle. Ils voulaient à tout prix découvrir *comment* l'intuition fonctionne, comment l'information fait pour apparaître dans le cerveau d'une personne en traversant l'espace. L'explication rationnelle la plus naturelle était que l'intuition soit véhiculée par un champ magnétique. Puthoff en était quasiment convaincu. Pour tenter de le prouver, ils ont alors mené des expériences en isolant le sujet dans une cage de Faraday, une enceinte métallique étanche aux champs électriques. Mais le sujet parvint quand même à accéder intuitivement à l'information cachée. Cela ne suffisait pas à détromper les chercheurs car il existe certaines fréquences que la cage de Faraday ne peut bloquer : les micro-ondes et, à l'autre bout du spectre, les fréquences extrêmement basses. Il a fallu plusieurs années avant que Puthoff ait l'occasion de saisir une opportunité extraordinaire pour débloquer la situation : on mit à sa disposition pendant trois jours un sous-marin. Et pas n'importe quel sous-marin : le *Taurus*, un sous-marin de recherche capable de plonger plus loin que n'importe quel appareil de la marine. Deux intuitifs prirent place à bord du sous-marin qui plongea à une profondeur calculée par les chercheurs pour offrir une barrière maximale de protection contre les ondes d'extrêmement basse fréquence : entre deux eaux, à cent soixante-dix mètres sous le niveau de la mer, et cent cinquante mètres au-dessus du fond de l'océan. À cet emplacement, le niveau des ondes en question était environ divisé par cent, quasiment réduit à néant. On expédia une personne dans un lieu tenu secret à sept cent cinquante kilomètres de là et on demanda aux deux intuitifs d'essayer de la localiser. Chacun des deux y réussit, avec la même facilité et le même degré de précision que d'habitude. Le physicien s'était donc trompé : l'information intuitive n'était pas portée par les ondes magnétiques.

— Alors, ça passe comment ?

— C'est toute la question.

Elle prit une inspiration, semblant hésiter avant de poursuivre.

— La seule explication possible est invérifiable en l'état actuel de la science. Et je ne pense pas que vous soyez prêt à l'entendre aujourd'hui.

— Pourquoi dites-vous ça ?

— Disons qu'elle n'est sans doute pas de nature à emporter votre adhésion immédiate. Alors je préfère qu'on en parle plus tard.

Elle se tourna vers Jackson puis Collins, m'abandonnant à ma frustration.

— Après dîner, je retourne à Fort Meade avec Timothy. On va avancer sur sa formation. On continue tant qu'on tient le coup.

Une fois le repas terminé, Anna envoya un message

à l'assistante de Barry Kantor, dont nous restions sans nouvelles. *Arrivée imminente*, répondit-elle. *Nous l'attendrons au bar de l'hôtel*, répliqua Anna en lisant à haute voix ce qu'elle tapait.

— On sera plus tranquilles, nous dit-elle.

Nous nous assîmes autour d'une table basse sur des poufs en velours vert anglais. Atmosphère cosy et chaude, avec des tentures en velours rouge théâtre encadrant les portes, et un bar en cuivre et acajou.

Barry Kantor ne tarda pas à faire irruption, escorté d'un garde du corps.

Très bel homme, svelte et élégant, blond aux yeux verts, sourire généreux et regard franc, Kantor avait fière allure. Dans son costume gris pâle et sa cravate dernier cri, il semblait aussi frais à 21 heures qu'on l'aurait été au petit matin en sortant de la douche.

— Ravi de vous rencontrer, Timothy, me dit-il d'une voix chaleureuse aux accents sincères.

— Moi aussi, dis-je en serrant la main qu'il me tendait.

— Bravo pour votre dernier livre, j'ai beaucoup aimé.

— Ah bon ? dis-je sans parvenir à cacher ma surprise d'être lu dans les hautes sphères du pouvoir.

— Oui, affirma-t-il. Cette intrigue, ce foisonnement de personnages…

Je remerciai sans oser faire remarquer que mon dernier livre était un huis clos à cinq personnages.

Il salua avec la même chaleur Anna, Glenn et Robert, puis lança un coup d'œil à la ronde et adressa un sourire au barman et aux quelques autres clients présents. Il avait clairement l'habitude d'être au centre de tous les regards.

Il s'assit avec nous et, en baissant la voix, rappela la volonté du président d'aller très vite sur cette affaire en faisant appel à un intuitif avec la méthode que le bureau avait mise au point.

— C'est le seul espoir que nous ayons de pouvoir stopper rapidement le criminel, nous dit-il. Le président sait les résultats que cette approche a permis d'obtenir, notamment en renseignement militaire, et il est convaincu que vous réussirez dans le cas présent.

Il me regarda dans les yeux, d'un regard confiant et pénétrant, et je me sentis investi d'une mission capitale.

— Le pays vous en sera reconnaissant.

Je ne sus quoi répondre et me contentai de hocher la tête d'un air entendu. Il me mettait la pression et cela accentuait mes craintes de ne pas réussir. Je ne savais pas de quoi je serais capable, et mes doutes sur mes aptitudes s'ajoutaient à ceux que j'avais sur l'existence même de l'intuition.

En même temps, je pressentais la fierté qui serait la mienne si je réussissais. Je me voyais déjà félicité par le président en personne, les projecteurs sur mon œuvre, mes livres enfin reconnus. La gloire, quoi.

— On a déjà dû vous avertir de la confidentialité du projet. Je voudrais pour ma part insister sur celle de l'opération que vous allez mener. Personne, je dis bien personne, ne doit savoir que l'on travaille sur cette affaire en utilisant une approche intuitive. Vous imaginez facilement que la presse s'en donnerait à cœur joie pour déformer et tourner en dérision cette action. Donc pas un mot à quiconque. C'est essentiel que l'image du président soit préservée.

J'acquiesçai, naturellement.

Ensuite Barry Kantor nous encouragea tous à donner le meilleur de nous-mêmes en nous investissant corps et âme dans cette mission, et en avançant le plus vite possible car « chaque minute compte ». Puis il se leva pour partir, et nous fîmes de même.

Nous nous apprêtions à nous séparer quand j'aperçus la jeune fille que j'avais vue lire un de mes livres au restaurant. Debout à l'entrée du bar, elle était visiblement fébrile.

— Je crois qu'on n'échappera pas à un petit autographe, dit Anna en riant.

La jeune fille s'approcha, tout émoustillée.

— Vous êtes bien Barrack Antor ? dit-elle les yeux brillants.

— Barry Kantor, corrigea-t-il.

— Ouiiii !!! Je vous ai vu à la télé ! Je pourrais avoir un selfie ?

Et sans attendre de réponse, elle me tendit son téléphone, ne quittant pas son héros des yeux.

— Vous voulez bien nous prendre ? me demanda-t-elle.

Elle se plaça à côté de lui, tout sourire.

— Prenez-en plusieurs ! m'ordonna-t-elle.

Je m'exécutai.

Elle m'arracha ensuite l'appareil des mains et se précipita dans le menu du téléphone pour voir les photos prises.

— Génial ! dit-elle. Trop contente !

Nous quittâmes le restaurant et Barry Kantor s'engouffra avec son garde du corps dans la grosse berline noire qui l'attendait. Elle démarra sitôt les portières claquées.

Robert Collins jeta un coup d'œil à sa montre et secoua la tête.

— Tout ça pour ça, lâcha-t-il.

Pour une fois, il n'avait pas tort.

6

Le trajet retour fut plus rapide que l'aller, pendant lequel notre voiture avait suivi celle des agents. Libérée de leur escorte, Anna adoptait une conduite franchement sportive et je me demandai si sa collaboration avec la CIA et le FBI la mettait à l'abri des radars.

— Vous considérez-vous comme quelqu'un de plus peureux que la moyenne, monsieur Fisher ?

Je me sentis vexé par la question. Collins et Jackson lui auraient-ils rapporté ma peur du vide, ma réticence à monter dans l'hélico ?

— Pourquoi me posez-vous cette question ?

Elle mit son clignotant et doubla la voiture qui nous précédait.

— Parce que si vous êtes peureux, la découverte de l'intuition risque de vous pourrir la vie jusqu'à la fin de vos jours.

Mon corps se figea.

— Je ne sais pas si je suis peureux, mais là vous me faites franchement peur. Vous savez vendre vos services, vous…

Elle sourit tranquillement.

Devant nous, un feu passa à l'orange et elle accéléra fortement pour passer, faisant vrombir le moteur.

— Les gens peureux ont tendance à se faire des films, des films catastrophes. Avant de prendre un avion, ils se mettent à l'imaginer en train de se crasher ; s'ils croisent un type louche, ils le voient déjà leur sautant à la gorge ; s'ils doivent prendre la parole en public, ils imaginent que tout le monde va les huer…

— On est tous un peu comme ça, non ?

Elle sourit et me lança un coup d'œil malicieux.

— Non, pas du tout.

— Bon, et où est le problème ?

— Quand on est peureux et qu'on découvre l'existence de l'intuition, qu'on apprend qu'il existe véritablement des informations justes qui peuvent arriver subitement à notre esprit, on risque de confondre nos peurs et nos intuitions, de prendre pour de l'intuition toutes les idées et tous les films catastrophes qui nous traversent l'esprit. Et si vous devenez alors convaincu que votre avion va *vraiment* se crasher, que l'inconnu croisé va *vraiment* vous tuer, ou que votre audience va *vraiment* vous huer, alors la vie peut devenir un enfer pour vous.

— Réjouissant…

Elle sourit et accéléra pour doubler une autre voiture.

— Le défi, dans ce cas, est d'apprendre à distinguer ses peurs de ses intuitions, et ce n'est pas facile.

La nuit était d'un noir profond lorsque nous rejoignîmes Fort Meade.

Les arbres du parc baignaient les alentours du petit bâtiment d'une atmosphère humide et froide à la senteur végétale. On entendait le hululement d'une chouette cachée dans la pénombre.

Anna ouvrit la porte et nous entrâmes. Le plancher craqua sous nos pas ; l'odeur du bois accentuait l'impression d'être dans une cabane.

Anna nous fit rapidement du café et nous retournâmes nous enfermer dans la salle isolée au fond du couloir, où nous prîmes place autour de la table ronde. Elle posa dessus un paquet de feuilles blanches, alluma l'ordinateur portable devant elle, me donna un feutre noir et m'invita à prendre du papier.

— Alors, où en étions-nous avant le dîner ? dit-elle. Ah oui… l'origine de la méthode.

Elle but une gorgée de café.

— Ingo Swann, dit-elle, l'intuitif qui participait à toutes les expériences depuis le début avec Harold Puthoff, pensait que ses dons étaient des capacités humaines que tout le monde devrait pouvoir développer. Alors Puthoff et lui se sont attelés à former d'autres personnes. Ils ont travaillé pendant des années pour mettre au point une méthode visant à permettre d'accéder à ses intuitions sur commande. On appela cette méthode « *Coordinate Remote Viewing* », mais on dit communément « *Remote Viewing*[1] ». C'est cette méthode que je vais vous transmettre, mais comme il y a urgence, on va faire ça au pas de charge. Il va falloir vous accrocher…

— OK.

— Je vais devoir être très exigeante avec vous, et il va falloir suivre.

1. Visualisation à distance.

— Je ferai de mon mieux.

— Je vais commencer par vous faire passer un rapide test de perception, pour mettre en lumière un point essentiel dans l'acquisition de la méthode.

— Un test de perception extrasensorielle ?

— De perception tout court.

Je me demandai le rapport avec le sujet…

Elle ouvrit un dossier posé sur la table et en sortit des feuilles volantes.

— Je vais vous montrer des visuels ou vous faire entendre des sons, et vous allez noter ce que vous percevez.

— D'accord.

Elle me tendit la première page.

On voyait un couple assis face à face à une table de restaurant, lui, les yeux brillants, elle, sa main en suspension juste au-dessus de la sienne. Lui était manifestement amoureux, mais elle ? Était-elle en train de saisir la main de l'homme ou de retirer la sienne ?

— Notez ce que vous percevez.

Je pris le feutre et notai :

Un couple d'amoureux.

Elle tapa quelques touches sur son clavier et j'entendis alors l'enregistrement sonore d'un hurlement à vous glacer le sang. Comme si cette personne venait de voir apparaître un mort vivant ou un tueur en série se jetant sur elle. Mais j'hésitais… Était-ce un cri de terreur… ou de douleur ? Je finis par opter pour la peur.

Un cri d'effroi.

Nouvel enregistrement.

Des gémissements, de souffrance. C'était la voix

d'une femme. Accouchement ? Torture ? Puis les gémissements montèrent en puissance et en fréquence et se terminèrent en petits cris répétés. Là, ce n'était plus ambigu... Je me sentis rougir. Anna restait de marbre.

Orgasme féminin.

J'avais un peu l'impression d'être chez les dingues. Qu'est-ce que je faisais là ?

Il y eut encore un autre visuel puis un enregistrement, et enfin Anna lança le débriefing.

— Visuel nº 1 : qu'avez-vous perçu ?

— Un couple d'amoureux.

— Qu'est-ce qui vous fait croire ça ?

— Eh bien... le regard, le geste de la main... ça me semble assez clair, non ?

— L'enregistrement qui suivait, qu'avez-vous perçu ?

— Un cri d'effroi.

— Comment savez-vous que c'est un cri d'effroi et non de joie ou encore de douleur ?

— L'intonation.

— Quoi, l'intonation ?

— L'intonation du cri faisait plus penser à de la peur qu'à autre chose.

— « Faisait penser »... Mais est-ce que vous avez *ressenti* la peur de la personne dans son cri ?

— Non, je n'ai pas le moyen de la ressentir. J'ai écouté attentivement le son, et je me suis dit que c'était probablement caractéristique de la peur, de l'effroi.

— OK. Enregistrement nº 2, qu'avez-vous perçu ?

Je pris une profonde inspiration.

— Si vous voulez vraiment me l'entendre dire, c'est un orgasme féminin.

— Comment savez-vous qu'il s'agit d'un orgasme ?

Je me sentis rougir, une fois de plus. Stupide, mais incontrôlable.

— Ça semble évident, non ?

— Qu'est-ce qui vous le fait croire ?

Je commençais à avoir vraiment chaud... à transpirer. Et soudain je lui en voulus de m'imposer ça. Cette situation me mettait en colère. À quoi jouait-elle, à la fin ?

Je me forçai à la regarder droit dans les yeux.

— Ce qui me le fait croire ? L'expérience. Quand un homme réussit à obtenir ça d'une femme, il ne l'oublie pas, figurez-vous.

Elle se rejeta bien au fond de son fauteuil, et me regarda tranquillement.

— Comment savez-vous qu'elle ne simulait pas ?

C'était quoi, ce dialogue de fous ? Je glissai nerveusement les doigts entre mes cheveux.

— Enfin, c'est évident, voyons...

— Comment pouvez-vous en être certain ?

Je me mis à bafouiller, en sueur, et elle dut sentir qu'elle avait dépassé les bornes car elle embraya sur l'enregistrement suivant puis sur le dernier visuel.

Ensuite elle rassembla ses papiers qu'elle posa sur la table, croisa les bras, et me regarda dans les yeux.

— Le test est terminé.

Pas trop tôt.

— Bon, alors sur quels points avais-je raison ? lui dis-je, un peu agacé.

Un silence, pendant lequel son regard resta vissé dans le mien.

— Aucun. Zéro.

J'étais scotché.

— Vous êtes sûre ? Pourtant...

— Ce n'était pas de la perception.

— Hein ?

— Votre mission était de noter ce que vous perceviez.

— Oui...

— Eh bien ce que vous avez noté n'est pas de la perception.

— Comment ça ?

— C'est de l'interprétation.

— Je ne vous suis pas.

— Prenez le premier visuel. Votre perception, c'est un regard de l'homme, un geste de la main de la femme.

— Mais oui !

— Et vous avez tout de suite interprété ce regard et ce geste en leur donnant un sens : *une relation amoureuse*. Ce sens vous est fourni par votre mental, ce n'est pas votre perception brute.

— Peut-être, mais vous avouerez que cette interprétation est très probablement juste...

— Ce n'est pas la question...

Je pris une gorgée de café et me laissai retomber en arrière sur ma chaise. Elle n'avait peut-être pas tort dans l'absolu, mais j'avais quand même le sentiment qu'elle jouait sur les mots.

Anna ne me quittait pas des yeux, comme si elle était à l'affût de la moindre de mes réactions.

— Quand on va faire appel à votre intuition, vous allez percevoir des choses. Ce que l'intuition va amener à votre esprit, ce sont des informations brutes.

Si vous les interprétez, vous aurez faux dans 99 % des cas.

Vu comme ça, évidemment, ça changeait tout…

Bon, très bien, il faudrait que je m'en souvienne, que je ne me laisse pas piéger par la tendance bien naturelle à chercher à donner un sens aux informations qui nous parviennent.

— Maintenant, reprit Anna, on va entrer dans le vif du sujet. Je vous invite à prendre des notes précises et complètes de tout ce que je vais vous dire.

— OK.

— Hier, je vous ai dit que l'intuition était cette aptitude de l'esprit à accéder à des informations non disponibles par les voies classiques. Mais le terme « intuition » désigne aussi naturellement l'information en question. On dit d'ailleurs couramment « J'ai eu une intuition », n'est-ce pas ?

— Oui, c'est vrai.

— La méthode du *Remote Viewing* mise au point par Swann et Puthoff est une méthode très structurée pour vous amener à entrer en contact intuitivement avec l'information recherchée. Cette information, on va l'appeler ensemble « la cible ». D'accord ?

— D'accord.

— Par exemple, ce que vous demande le FBI est d'identifier la tour que l'incendiaire est en train de piéger pour son prochain attentat. Donc, dans ce cas, la cible, ce sera la tour.

— Très bien.

Comme si c'était réellement possible, me surpris-je à penser.

— L'hypothèse sur laquelle repose la méthode est

que toutes les informations du monde sont contenues dans l'univers, dans ce qu'on pourrait appeler symboliquement la « Matrice ». Dans son état normal, c'est-à-dire quand il est éveillé et conscient, l'être humain n'a pas accès à la Matrice.

— Attendez… C'est pas clair… C'est quoi exactement, la Matrice ?

Anna sembla réfléchir un instant et prit une gorgée de café.

— Je sais que c'est frustrant, mais je ne peux pas vous fournir de réponse vraiment satisfaisante, pour la raison très simple que la Matrice n'a pas d'existence physique et ne ressemble à rien de ce que vous connaissez. Je peux faire des analogies, bien sûr, mais alors je vais mettre dans votre esprit des images qui vous éloigneront de la réalité. Par exemple, si je vous dis que c'est un peu comme une grande banque de données, je vais mettre dans votre esprit l'image d'un ordinateur. Si je vous parle d'archives universelles, vous allez visualiser un vieux local abritant des documents poussiéreux. Naturellement, la Matrice n'a rien à voir avec tout ça parce qu'elle n'existe pas dans le monde physique, elle n'a pas d'existence matérielle comme un objet.

Mouais…

— Je vous confirme que votre réponse n'est pas satisfaisante…, dis-je. Si la Matrice n'a pas d'existence physique, elle est… où ?

Anna sourit.

— Je ne vais guère plus vous aider : elle n'est pas dans un lieu particulier. Disons qu'elle est présente dans une autre dimension, sur un autre plan, elle s'imbibe et se constitue de toutes les informations qui surviennent ou sont survenues dans l'univers. Et peut-être même que, d'une certaine façon, elle *est* l'univers…

Je fis la moue.

— Je ne vous cacherai pas que j'ai du mal à croire à ce genre de choses. J'ai tendance à ne croire que ce que je vois…

Elle se mit à rire.

— Et pourtant, ce que vous voyez n'existe pas toujours.

— Hein ?

— Quand vous admirez un ciel étoilé, la nuit, certaines des étoiles que vous voyez n'existent plus.

— Ah oui, c'est vrai…

— L'image de l'étoile se déplace vers vous à la vitesse de la lumière et peut mettre plusieurs années avant de venir frapper la rétine de votre œil. L'étoile peut donc avoir explosé depuis longtemps alors que vous la voyez. Et vous la verrez encore toutes les nuits pendant des années alors qu'elle n'existe plus depuis belle lurette…

— Certes.

Je nous resservis du café à tous les deux.

— Pour revenir à la Matrice, dit Anna, le mieux pour vous est de ne pas chercher à vous faire une image ou une représentation. Si c'est plus acceptable pour vous, vous pouvez juste vous dire qu'il s'agit d'une façon de désigner l'ensemble des informations existant sur les choses, les lieux, les gens, les personnalités, les relations, les activités, les émotions, l'histoire… Tout.

— OK.

Je mis un morceau de sucre dans mon café et fis tournoyer lentement la cuillère, le laissant se dissoudre. Nous bûmes en silence. Petit à petit, je m'habituais à cette idée que j'avais d'abord rejetée.

— Comme je vous le disais, reprit Anna, l'être humain n'a normalement pas accès à la Matrice quand il est éveillé et conscient. Mais notre inconscient serait relié à la Matrice et à tout ce qui existe dans l'univers, sans que nous le sachions puisque cette zone de notre esprit nous est inaccessible. L'inconscient est profond comme un océan insondable, mais certaines informations sont néanmoins rangées juste sous la surface, dans une zone qu'on appelle le subconscient. Et il semblerait que ce soit cette zone qui soit reliée à la Matrice, ce qui expliquerait pourquoi certaines informations parviennent à remonter à la surface et à apparaître consciemment dans notre esprit, sous forme d'intuition.

— Je vois.

— Il y a des personnes chez qui ça se fait facilement, et même spontanément : des hyperintuitifs. Et je pense que vous en êtes un.

— Permettez-moi d'en douter.

— En tout cas, la méthode du *Remote Viewing* a pour but de faire volontairement remonter à la surface les informations que l'on recherche, en amenant notre subconscient à relâcher son étreinte. C'est pour ça que vous m'entendrez souvent parler d'ouverture : l'ouverture, c'est le passage entre le subconscient et le conscient, le passage à travers lequel l'information vient rejoindre notre esprit. La méthode comporte différentes phases, qui sont conçues pour permettre d'élargir progressivement cette ouverture et donc d'aller chaque fois plus loin dans les informations obtenues sur la cible. Je vous rappelle que la cible, c'est ce que l'on cherche à découvrir par l'intuition : ça peut être un lieu, un objet ou autre chose.

— Et comment la méthode conduit-elle à créer cette ouverture pour faire remonter les informations ?

— J'y viens ! Tout est parti d'une observation : Harold Puthoff et Ingo Swann se sont rendu compte que la réception d'informations intuitives engendrait des micromouvements involontaires du corps. Et ils ont fait le lien avec une découverte obtenue quelques années plus tôt par d'autres chercheurs, qui avaient démontré que la délivrance d'informations au subconscient d'une personne engendrait une réponse émotionnelle.

— C'est-à-dire ?

— Ces chercheurs avaient projeté à des sujets volontaires un film contenant des images subliminales, c'est-à-dire des images qui restent tellement peu de temps à l'écran qu'il est impossible de les voir consciemment : personne n'est capable de dire ce qu'il a vu. Sauf que les chercheurs ont mesuré que lorsque ces images étaient chargées émotionnellement, par exemple en présentant un caractère sexuel ou violent, cela avait un impact chez les sujets volontaires, notamment en déclenchant leur transpiration, phénomène intimement lié aux émotions. En termes médicaux, on dirait que leur système nerveux autonome réagit à ces images qui ne sont pas perçues consciemment. Donc certaines informations envoyées au subconscient peuvent entraîner des émotions et des réactions physiologiques. De même, en *Remote Viewing*, quand on demande à une personne de chercher à se connecter intuitivement à la cible, cela déclenche des micromouvements de son corps.

— C'est étonnant.

— En phase 1 de la méthode, on va essayer d'encourager et d'enregistrer ces micromouvements en installant la personne à une table avec une feuille et un stylo à la main, et en l'invitant à laisser glisser librement le stylo sur le papier sans y penser, tout en se concentrant sur la cible à découvrir.

— Une sorte d'écriture automatique ?

— Oui, sauf que la personne n'écrit pas des mots, elle laisse aller sa main à griffonner ce qu'elle veut.

— Et… ça ne fait pas des gribouillis informes ?

Anna se mit à rire.

— Si, en quelque sorte ! Nous, on appelle ça un idéogramme : un symbole graphique qui porte les premières informations sur la nature de la cible.

— Ça veut dire que vous savez décoder les gribouillis obtenus ?

— Oui, au moins en partie. Il a fallu des années pour que Swann et Puthoff mettent en évidence un lien entre la forme des idéogrammes et les éléments qui constituent la cible.

— Ça laisse songeur…

— Je comprends.

— En fait… ça voudrait dire qu'une personne qui pense à la cible qu'elle doit découvrir se… connecte on ne sait pas trop comment à elle au point de se mettre à faire des mouvements de la main qui révèlent des informations sur cette cible ?

— Tout à fait.

— Ça semble impossible.

— Alors, il faut essayer…

— Je n'attends que ça !

Anna jeta un regard à sa montre et leva les sourcils.

— Il est près de 2 heures du matin. Allons dormir quelques heures et on embraye à l'aube.

— OK.

Anna me déposa en voiture à la porte du motel que le FBI m'avait réservé.

— Ça va si je passe vous prendre à 6 h 30 ? En général quatre heures de sommeil suffisent pour tenir le coup…

— C'est d'accord.

Je sortis de voiture et fus saisi par l'air humide et froid de la nuit. La voiture d'Anna Saunders repartit aussitôt.

La fatigue m'était tombée dessus d'un seul coup. J'étais épuisé, il fallait que je dorme, d'urgence.

La porte vitrée du motel était fermée à clé, la réception plongée dans une pénombre à peine rehaussée de la lueur verte des diodes de signalisation des issues de secours.

J'appuyai sur le bouton de l'Interphone, mais n'entendis rien, et personne ne vint. J'insistai, en vain.

Bon sang, j'ai quatre heures à dormir, je vais pas les passer dehors par ce froid…

Je me mis à frapper à la porte en verre, d'abord doucement, puis franchement plus fort, et enfin une lumière s'alluma dans une pièce à l'arrière de la réception.

Un petit homme bedonnant apparut, en chemise avec un gilet sans manches, cravate noire de travers, paupières engourdies, joues froissées et regard inquiet. Il s'approcha de la vitre comme à regret.

— Je suis Timothy Fisher, il y a une chambre à mon nom !

Il fit de grands gestes m'invitant à patienter, alla vérifier sur le registre et finit par m'ouvrir en me donnant la clé.

— La 307 au premier étage, dit-il avec un fort accent mexicain.

Je rejoignis en hâte la chambre, baignée d'une lumière violente et froide que je me dépêchai d'éteindre après avoir allumé la lampe de chevet. Murs orange des années 1970, stratifié marron au sol. Forte odeur de détergent provenant de la salle de bains.

Cela me rappela une scène de l'un de mes romans : le héros, un artiste millionnaire, avait accepté d'aider la police à résoudre une affaire à laquelle il était involontairement mêlé. Mais l'enquête exigeait de voyager et il se retrouvait logé par la police dans des hôtels miteux, lui qui était habitué aux plus grands palaces du monde.

Le temps de régler l'heure de réveil sur mon téléphone et de retirer mes chaussures, et je me jetai tout habillé dans le lit, pressé de débrancher ma conscience pour me laisser glisser dans les profondeurs abyssales et mystérieuses de mon âme.

7

— J'ai peut-être une piste !

Glenn Jackson sursauta et leva les yeux sur Robert Collins qui venait d'entrer en trombe dans le bureau, déversant un camion-benne de stress autour de lui.

La nuit avait été courte, le soleil filtrait à peine à travers les nuages accumulés au-dessus du siège du FBI à Washington, et Glenn, mal réveillé, n'était pas prêt à recevoir toute cette tension dès le début de matinée.

Collins s'assit sur le bureau en face de lui et croisa les bras.

— Un petit bout de laine à tirer, dit-il. En espérant que toute la pelote vienne.

— T'assieds pas là, Robert. Je te rappelle que t'as déjà cassé une table comme ça.

— J'ai trouvé un lien entre les deux tours.

Glenn leva un sourcil et se renversa en arrière dans son fauteuil.

— OK, alors bouge tes fesses de là et raconte-moi.

Comme d'habitude, Robert ignora sa requête. Glenn se demandait souvent pourquoi on lui avait imposé de travailler avec un collègue qui respectait aussi peu ses volontés.

— Les deux tours hébergeaient des grosses firmes de finances, des fonds d'investissement. Les deux, tu m'entends. Je ne serais pas surpris qu'on ait affaire à un révolutionnaire anticapitaliste. Du genre prêt à tout pour faire s'effondrer le système.

Glenn fit la moue.

— Je le sens pas comme ça…

— On nous demande pas de sentir, mais de réfléchir.

Piqué au vif, Glenn ne répondit pas et s'efforça de respirer profondément pour décompresser. Il plongea la main dans le sachet d'oursons de guimauve au chocolat et en glissa un dans sa bouche. En fondant, le sucre instilla immédiatement une sensation de détente. Pas envie de se laisser stresser dès le petit matin.

— Si t'es convaincu, dit-il, tu n'as qu'à faire surveiller toutes les firmes de finances.

— J'y ai pensé évidemment, mais y a un petit problème.

— Quoi donc ?

— Il y a autant de boîtes de finances dans ce pays que de pizzerias en Italie.

— C'est con.

— Ben oui. J'ai quand même appelé Barry Kantor et suggéré qu'on lance au moins un appel à vigilance mais il a refusé.

— Ah ouais ? Pourquoi ?

— Faut pas affoler les gens, a-t-il dit. Et particulièrement les traders, je présume… Faudrait pas que la Bourse s'effondre à huit mois de la présidentielle.

Glenn n'aimait guère le milieu des fonds d'investissement. Pas pour des raisons politiques : on avait sans doute besoin de ces boîtes-là et il y avait sûrement des gens bien qui y travaillaient, comme partout. Mais le drame vécu par son père quand Glenn était gamin lui avait laissé un goût amer. Courageux et travailleur, il avait créé une entreprise de nettoyage qui avait grossi au fil du temps jusqu'à compter plus de quatre-vingts salariés. Mais les banques rechignaient à continuer de financer son développement, et il avait fini par accepter la proposition d'un jeune fonds d'investissement prêt à investir un paquet de dollars : on l'avait convaincu qu'il valait mieux pour lui détenir 8 % du futur géant national du nettoyage qu'il deviendrait, que 100 % d'une petite PME locale. Mais sitôt le contrat signé, les financiers avaient évincé l'ancien patron pour prendre les manettes, restructurer l'entreprise avec perte et fracas, la mettre en situation de cessation de paiement pour racheter les parts du fondateur une bouchée de pain, avant de relancer l'activité pour au final lui faire prendre une valeur folle. Le père de Glenn, abusé et dépossédé de son bébé, en avait fait une dépression et un ulcère de l'estomac qui, non soigné, s'était mué en cancer et l'avait emporté.

Le petit Glenn n'avait jamais compris pourquoi la police n'avait pas emprisonné ces gens qui avaient volé l'entreprise de son papa. Il en avait retiré un profond sentiment d'injustice, un violent dégoût du monde des affaires, et il s'était promis que plus tard, il deviendrait policier et ferait respecter les lois.

— T'as entendu ? dit Glenn.

— Quoi ?

— Le craquement.

— Quel craquement ?

— Le bureau, il y a eu comme un crissement.

— N'importe quoi !

— Le bois chouine avant de casser.

Robert haussa les épaules mais leva enfin ses fesses.

— À part ça, dit-il, j'ai demandé à nos ingénieurs d'enquêter sur la diffusion du message audio de l'incendiaire dans les tours. Il a forcément laissé une trace en piratant leur système informatique. Il faut voir comment il s'y prend et être sur le pied de guerre pour la prochaine fois : être prêts à analyser les accès informatiques en temps réel quand une tour est attaquée pour repérer l'adresse IP du mec dès la diffusion du message. C'est comme ça qu'on le chopera.

— C'est possible. Moi, de mon côté, j'avance sur la piste de la musique.

— La musique qu'il diffuse ?

— Oui. Je fais interroger tous les témoins auditifs pour tenter de l'identifier.

— Je vois pas à quoi ça sert.

— Elle a été décrite comme étrange et ringarde. On ne choisit pas une musique comme ça par hasard. Il y a forcément un sens caché. Je sens qu'il faut le trouver.

Robert fit une moue dubitative et tourna les talons.

— Mets-toi dans le crâne, dit-il en s'en allant, qu'on est payés pour réfléchir, pas pour sentir.

8

L'impitoyable série de bips de mon téléphone m'extirpa du sommeil avec la violence d'un geôlier arrachant un prisonnier récalcitrant de sa cellule pour l'emmener à l'échafaud.

6 heures.

Nuit noire.

Je coupai la sonnerie. L'écran affichait un message vocal laissé la veille. Je voulus l'éteindre mais cliquai involontairement sur *Écouter*.

« Monsieur Fisher, je suis Anthony Boozman, du Media Training Institute. Je vous appelle car vous deviez revenir vers moi pour fixer une date. Votre agent, Bill Crimson, m'avait alerté sur l'urgence de votre coaching alors je m'étonne de ne pas avoir de vos nouvelles. Merci de me rappeler dès que vous avez ce message. »

J'allumai la lampe de chevet, me défis de mes vêtements et me traînai jusqu'à la salle de bains. Son éclairage m'agressa tellement que je l'éteignis immédiatement et laissai la porte ouverte pour me contenter de la lumière indirecte de la lampe de chevet.

L'eau chaude de la douche me ranima progressivement.

Je m'habillai en hâte pour descendre à la réception.

Je trouvai le gardien de nuit dans le même état que la veille, qui m'informa que le petit déjeuner était servi à partir de 6 h 30.

— Il doit bien y avoir un truc à manger sans attendre l'heure officielle ?

Il me conduisit à un affreux distributeur de produits à deux dollars sous Cellophane. Chips saveur barbecue ; Pringles *sour cream & onion* ; barres chocolatées ultrasucrées…

— Vous n'avez même pas une tranche de pain de mie en cuisine ?

— Tout sera livré pour 6 h 30, *señor*.

Je capitulai.

J'attendis Anna derrière la porte vitrée du rez-de-chaussée. Elle arriva à l'heure, ses phares déchirant la nuit sur le parking du motel.

Ça sentait bon les muffins dans sa voiture.

— Je les ai réchauffés à la maison avant de partir, dit-elle. Je me suis doutée que vous n'auriez rien à l'hôtel à cette heure-ci.

Quelques instants après, on pénétra sur le site militaire et elle se gara sous un séquoia devant le labo. Nous sortîmes dans la nuit baignée de brume, une brume épaisse qui engloutissait la forêt et enveloppait le petit bâtiment d'un voile blanc imbibé de la senteur humide des arbres.

Cinq minutes plus tard, nous dégustions les muffins encore chauds tandis que la cafetière crachotait un café fumant qui embaumait la pièce.

— Des questions sur ce qu'on a vu hier ? me demanda Anna la bouche pleine.

Des questions, pas trop. Des doutes, surtout…

— Je crois qu'on peut embrayer sur la suite.

Elle se leva pour verser le café dans nos mugs.

— À partir de maintenant, on va passer à l'acte. Vous découvrirez la méthode en la mettant en œuvre.

— Très bien, dis-je en ressentant bizarrement un peu de trac.

— Hier, on a vu qu'en phase 1 vous centrez votre attention sur la cible en laissant votre main crayonner librement et produire ainsi ce qu'on a appelé un idéogramme, qui va nous délivrer des premières informations élémentaires sur la nature de la cible. Cette phase aura donc créé un début d'ouverture, ce qui va nous permettre d'enchaîner sur la phase 2 où vous allez recueillir des éléments sensoriels sur la cible…

— Si j'y arrive, me permis-je d'ajouter.

Elle ignora ma remarque et continua.

— L'ouverture va s'accentuer encore et en phase 3, vous serez capable de griffonner quelques croquis sommaires de la cible que vous commencerez à appréhender dans l'espace. A priori, on devrait pouvoir, à ce stade, collecter suffisamment d'informations pour aider le FBI à localiser la tour actuellement visée par l'incendiaire sans avoir besoin d'aller plus loin.

— Parce qu'on peut aller plus loin ?

— La méthode se poursuit par d'autres phases, en effet. Dans l'absolu, on doit pouvoir collecter toutes les informations existantes. En pratique, plus on avance sur des choses abstraites, plus c'est difficile.

— Bon.

— Vous finissez votre café ? On y va ?

— Allons-y.

Elle se leva d'un bond.

— On va d'abord s'entraîner à décrire un lieu que je vais choisir.

Elle se rendit dans la régie, fouilla dans un tiroir, puis revint avec une enveloppe kraft à la main.

— J'ai glissé dans cette enveloppe la photo d'un lieu que vous allez devoir décrire.

Elle la déposa au milieu de la table devant moi.

Je me mis à la fixer des yeux, sans pouvoir m'en détacher…

Et je pris soudain conscience de l'absurdité de la situation.

Dans cette enveloppe était cachée la photo d'un lieu qu'on me demandait de décrire…

C'était du délire. Totalement impossible.

— Je ne suis pas devin. Personne n'est capable de deviner ce qu'il y a dans cette enveloppe.

— Il ne s'agit en aucun cas de deviner, mais de vous connecter à ce lieu.

À cet instant, le bruit de la porte me fit sursauter. Jackson et Collins entrèrent dans la pièce.

Manquait plus qu'eux.

Anna leur fit signe de s'asseoir en silence dans un coin.

Elle posa un paquet de feuilles blanches devant moi et me tendit un feutre noir.

— Contentez-vous de suivre la méthode que je vais vous indiquer pas à pas. Je vous préviens, elle est très structurée, et c'est très important de respecter sa structure. Il a fallu des années pour la mettre au point et aucun détail n'est là par hasard.

Elle m'expliqua que chacune des pages que j'allais utiliser serait divisée en trois colonnes. Seule celle du centre recueillerait les informations intuitives collectées. Les autres serviraient à noter différentes perturbations pouvant survenir dans mon esprit. Et là encore, tout serait codifié ; elle me guiderait au cas par cas.

— Commencez par noter en haut à droite votre nom, le lieu et la date du jour, et l'heure de début. C'est dans un but d'archivage, mais ça a aussi pour fonction de focaliser votre pensée sur le moment présent.

Je m'exécutai.

— Maintenant, notez dans la colonne de gauche tout ce qui vous préoccupe dans l'instant.

— Ce qui me préoccupe ?

— Oui, tout ce que vous ressentez comme étant une gêne, physiquement ou moralement. En *Remote Viewing*, on appelle ça des « perturbations impactantes ». En les notant, vous en libérez votre esprit.

Je pris le feutre et notai.

J'ai un peu chaud
Claustrophobe dans cette pièce sans fenêtres
La présence de Collins et Jackson
Gros doute sur l'existence de l'intuition
Colère de perdre mon temps
Peur de ne pas y arriver

— Très bien, dit-elle. Maintenant, je vais vous donner une série de chiffres, une sorte de coordonnée que je viens d'attribuer au lieu cible.

— Une coordonnée que vous *venez* d'attribuer ???

— C'est ça.

— Comment avez-vous fait pour *attribuer* une coordonnée au lieu ?

— Je prononce les chiffres qui me viennent à l'esprit.

— Mais… si cette coordonnée sort de votre chapeau, alors elle ne se rapporte à rien… elle n'a aucune valeur… Je veux dire que si elle ne correspond pas à une réalité, comme des références de latitude ou de longitude, alors elle ne se rattache… à rien ?

— J'attribue une série de chiffres qui me traversent l'esprit, afin de matérialiser ce lieu dans votre conscience.

— Bon…

— Vous allez les noter en les répétant à voix haute et en vous concentrant sur ce lieu à découvrir.

— Comment je peux me concentrer sur un lieu… que j'ignore ?

— Il vous suffit de vous dire que vous vous reliez à ce lieu et de projeter votre conscience dans sa direction.

Complètement fumeux…

— Si vous n'y croyez pas, dit-elle en voyant ma moue dubitative, alors faites semblant d'y croire : jouez le jeu en faisant *comme si* c'était possible. C'est le seul effort que je vous demande.

— OK.

— Je vais donc vous donner la coordonnée et vous allez la répéter à voix haute tout en l'écrivant sur votre papier et en vous concentrant sur le lieu, puis, sans lever la pointe du feutre, vous laissez tout de suite votre main griffonner ce qui vient sans y penser, sans même regarder. Vous êtes prêt ? On y va ?

— OK.

— 2, 0, 2, 0, 0, 9, 1, 6, 3, 5, 8.

Je répétai et écrivis consciencieusement chacun des chiffres en m'imaginant connecté au lieu ainsi désigné puis laissai ma main glisser au hasard sur le papier.

Cela prit trois secondes à peine. Mon dessin ressemblait… à rien. Et surtout pas à un lieu.

— Très bien, dit Anna. Maintenant, on va analyser ça.

Je me demandai comment diable on pouvait analyser quoi que ce fût dans ce gribouillis informe.

— On va segmenter l'idéogramme pour séparer les différents schémas qu'on peut distinguer, dit-elle.

Et elle marqua deux petits traits qui coupèrent ma ligne continue en trois segments qu'elle numérota.

— Tenez, dit-elle, ce premier segment est composé d'une ligne courbe, très arrondie.

— Oui.

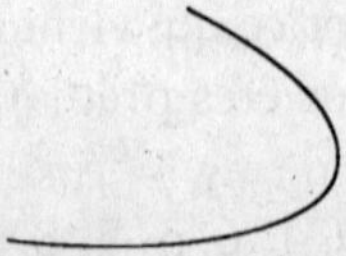

— Cela correspond à la présence d'éléments naturels dans le lieu, bref, du paysage.

— Si vous le dites.

— Dans ce deuxième segment, votre ligne est comme hachée, elle marque des angles saillants. C'est le signe d'une construction humaine.

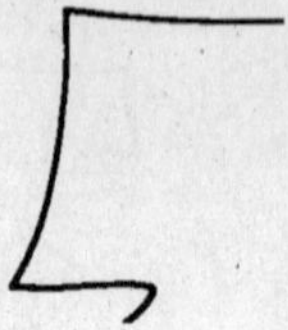

— Ah bon.

— Et là, le troisième est sinusoïdal, comme si vous aviez dessiné une onde. Cela dénote la présence d'eau dans le lieu.

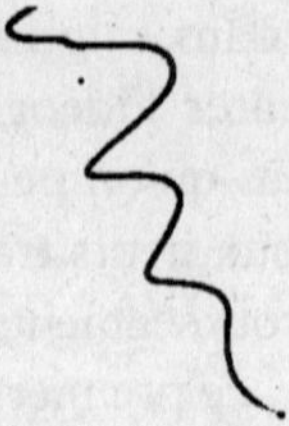

J'en restai sans voix.

— Vous me suivez ? demanda-t-elle.

Je pris une profonde inspiration.

— Vous m'avez expliqué hier que l'information sur la cible, parvenue dans le subconscient, émergeait sous la forme de micromouvements du corps. Passe encore. De la main, pourquoi pas. Mais que ces micromouvements nous informent aussi précisément de telle ou telle composante de la nature de la cible, c'est quand même un peu tiré par les cheveux, non ?

— Il a fallu des années de recherche pour les décoder et savoir faire le lien entre la forme des idéogrammes produits par ces micromouvements et les caractéristiques des lieux.

— Et ça marche ?

Elle acquiesça.

— Continuons sans perdre de temps car en phase 1, l'ouverture est étroite et les informations qui remontent à la conscience sont fugaces : elles apparaissent et disparaissent presque aussitôt. Je vais maintenant vous demander d'aller chercher les sensations qui vous viennent quand vous visitez chaque segment de l'idéogramme. Pour vous aider, vous allez tapoter la pointe de votre feutre à différents endroits le long de la ligne tracée, et vous allez noter au fur et à mesure ce que vous percevez.

Je tapotai donc sur le trait du premier segment, comme si je voulais superposer une ligne pointillée à la ligne continue.

— C'est… dur. Et je ne vois pas comment il pourrait en être autrement : la page est posée sur une table dure, voyez-vous…

— Très bien, notez-le dans la colonne centrale, dit-elle en ignorant mon sarcasme.

J'obtempérai.

Dur

— Et maintenant, faites de même en différents endroits de la ligne.

— Mais... ça ne risque pas de changer... je tapote une feuille de papier posée à plat sur une table parfaitement lisse : je vais forcément avoir la même sensation en tout point de la feuille !

— Sur un plan purement physique, oui, mais rappelez-vous qu'en faisant tout ça vous vous ouvrez à la cible, vous vous connectez à elle et les micromouvements de votre corps vous permettent d'aller à sa rencontre, d'entrer en contact avec les sensations qu'elle peut vous offrir.

Si je n'avais pas été sur un site officiel de l'*US Army* avec deux agents du FBI à mes côtés, j'aurais pris mes jambes à mon cou pour fuir ce qui m'aurait semblé être une secte d'allumés plus fondus que ceux qu'on enferme entre quatre murs capitonnés au *Pilgrim Psychiatric Hospital* de Long Island...

— Allez-y, dit-elle, cessez de vous poser des questions et expérimentez.

Je pris mon feutre et tapotai comme demandé à un autre endroit de la courbe et... j'eus un doute. Je déplaçai le feutre sur un nouveau segment et...

— C'est un truc de malade !

— Notez tout ce que vous ressentez, et dans l'ordre.

C'était inouï, mais j'aurais pu jurer que mon ressenti variait d'un point à un autre. Je tapotais la même pointe du même feutre en différents points de la même feuille de papier sur la même foutue table parfaitement plane, mais mes sensations variaient… Pas énormément, mais ça variait quand même, sans l'ombre d'un doute.

Résistant mais élastique
Spongieux

Anna m'invita à procéder de même pour chaque segment de mon idéogramme, puis on passa à la suite.

— Maintenant que votre ouverture s'est accentuée, on enchaîne en phase 2 : ça consiste à rester connecté à la cible, et à noter dans la colonne centrale tous les adjectifs qui décrivent les sensations que vous percevez. Posez-vous en permanence la question « C'est comment ? » et notez absolument tout ce qui vous vient à l'esprit, le plus vite possible.

La première chose qui me traversa l'esprit fut : « C'est grand » et je m'empressai de le noter.

Grand

— Je crois voir des couleurs mais je n'ai aucun moyen de savoir si ça se rapporte à la cible ou si c'est moi qui les invente.

— Arrêtez de vous poser des questions. Débranchez votre mental et notez tout ce qui vous vient sans vous demander *d'où* ça vient.

— OK.

C'est comment ?

Grand
Vert
Lumineux

Des sensations commençaient à affluer. Je pris confiance.

Ensoleillé
Jaune
Beige
Vert
Touffu
Bleu
Flotteux

Soudain, une image m'apparut, clairement.

— Je vois une île ! Une île tropicale baignée de soleil entourée de plages avec des cocotiers. C'est très précis ! J'ai l'image devant les yeux !

J'étais enthousiaste, je me sentais porté, excité.

— À ce stade, dit Anna, vous ne pouvez pas avoir des images aussi précises. C'est juste une construction mentale, une interprétation que votre cerveau fait des éléments sensoriels que vous percevez.

— Vous êtes sûre ? Je la vois très clairement, cette île. C'est étrange, mais je suis certain que c'est ça, la cible…

— Notez-la dans la colonne de droite.

Je le fis à contrecœur.

Interprétation : île tropicale

— Maintenant, dit-elle, faites un geste de la main en la faisant glisser sur la feuille de papier pour balayer cette image, la chasser symboliquement de votre esprit.

Je m'exécutai.

— Reprenez, dit-elle. Et demandez-vous sans cesse : « C'est comment ? »

C'est comment ?

J'eus l'impression d'un souffle.

Venteux
Frais
Grelottant
Gris
Bleu vif
Froid
Vertical
Rocheux
Grand
Vertical

— Je vois ce que c'est… J'ai l'image distincte d'un sommet de haute montagne, coiffé d'un rocher gris-vert très pentu, très abrupt, qui pointe dans un grand ciel bleu.

— Notez-le en interprétation dans la colonne de droite.

— Mais je le vois distinctement !

— C'est une construction mentale. Notez-la et chassez-la de votre esprit.

J'obéis et repris.

C'est comment ?

Quelques secondes de vide, puis l'image du pic rocheux me revint.

— Je l'ai chassée mais elle revient.

— Notez-la de nouveau.

Je le fis et la balayai une fois de plus de la main sur le papier.

C'est comment ?

Granuleux
Solide
Gris
Végétal
Humide

— J'ai l'impression que les sensations qui me viennent maintenant ne sont pas des intuitions mais juste des descriptions de la dernière image que j'ai eue.

— Arrêtez de vous poser toutes ces questions ! Débranchez votre mental et contentez-vous de sentir et de noter.

Je repris…

Aqueux
Profond
Calme
Dense
Sourd
Bleu
Gris

— Je vois un aquarium géant avec un requin gris.

— Interprétation.

Je la notai sans insister, avant de reprendre. Je produisis ainsi une bonne cinquantaine d'adjectifs, puis, au bout d'un moment, je calai. Les impressions et les sensations tournaient en boucle, rien de nouveau n'apparaissait.

— Relisez toutes vos notes de la phase 1 et 2, voyez ce qui revient fréquemment, ce qui tend à se répéter, les synonymes, puis écrivez un résumé descriptif du lieu perçu. Mais attention, à l'avenir, c'est ce résumé qui vous engagera, alors n'oubliez rien mais n'ajoutez rien, restez fidèle à ce que vous avez perçu et noté.

Je pris mon temps, relus mes notes, puis écrivis :

Le lieu comporte une construction humaine et un élément de paysage, avec présence d'eau. Il y a du gris, du bleu, du beige, du jaune, c'est ensoleillé, grand, rocheux et vertical.

— C'est fini ? demanda Anna.

— Je crois.

— OK, très bien, alors notez sur le papier l'heure de fin.

Ma première session était terminée, cela avait duré près de quarante-cinq minutes, et je ne savais pas quoi en penser.

— Je vous laisse ouvrir l'enveloppe ? dit Anna.

Son regard était parfaitement impassible. Elle connaissait le lieu, elle savait si j'avais réussi ou échoué, mais rien ne pouvait se lire sur son visage.

— OK.

Boule de trac.

Jackson et Collins ne me quittaient pas des yeux.

On pouvait sentir la tension dans l'air. Chacun savait que tout se jouait à cet instant. Dans une seconde, ils sauraient s'ils pouvaient ou non miser sur moi.

Je saisis l'enveloppe entre mes doigts fébriles, l'ouvris en soulevant le rabat… et en sortis une photo vue du ciel de la statue de la Liberté sous la pluie.

Grosse déception.

Cela ne correspondait à rien de ce que j'avais pu visualiser.

La statue de cuivre vert trônait sur son terre-plein de granit rose entouré d'herbe, avec des arbres à proximité et la mer sombre tout autour.

— Bon… c'est un échec… désolé…

Glenn Jackson semblait aussi pétrifié qu'une statue de la Liberté avec une mine affligée et le bras retombé.

Je ressentais un mélange de frustration, d'humiliation et de colère de me retrouver impliqué dans une expérience à laquelle je n'avais jamais cru.

— Attendez, dit Anna, relisez votre résumé à voix haute.

— À quoi bon ?

— Relisez-le.

Je ne pus m'empêcher de soupirer en prenant ma feuille de papier en main pour lire d'une voix atone :

— Le lieu comporte une construction humaine et un élément de paysage. Il y a du gris, du bleu, du beige, du jaune, c'est très ensoleillé, grand, rocheux et vertical.

— Vous êtes dur avec vous, me dit Anna. Cela décrit au contraire assez bien le lieu cible.

Robert Collins secoua la tête et se racla la gorge.

— La description de M. Fisher colle assez bien… à 80 % des constructions, dit-il d'un ton sarcastique.

Anna le crucifia du regard et il se tut.

Glenn Jackson plongea la main dans sa poche et en ressortit un ourson qu'il glissa dans sa bouche.

— Robert Collins a raison, dis-je. Et en plus, j'ai vu un grand soleil alors qu'il pleut des cordes sur la photo.

Soit cette méthode était bidon, soit c'était moi qui étais nul. Dans les deux cas, je n'avais rien à faire ici, je perdais mon temps.

Anna se tourna vers Jackson.

— Dites-moi quel temps il fait en ce moment à New York, s'il vous plaît.

Il sortit son téléphone portable et se mit à pianoter.

— Grand beau temps, dit-il au bout de quelques secondes.

Collins fronça les sourcils.

— Je vous rappelle, me dit Anna, que vous n'étiez pas connecté à la photo, mais au lieu qu'elle représente. La statue de la Liberté est actuellement sous le soleil.

Le silence emplit la pièce, comme si chacun avait besoin de temps pour digérer ce qui venait d'être dit.

J'eus un instant de vertige, à l'idée que j'aie pu m'être relié au lieu cible en temps réel…

Je n'aurais pas su expliquer pourquoi, mais être en mesure de deviner ce qui était imprimé sur un papier photo dans une enveloppe posée devant moi me semblait presque plus rationnel que de pouvoir entrer en contact direct avec un lieu situé à trois cents kilomètres…

Je regardai Anna, troublé, interdit, pendant quelques secondes.

Puis ma raison reprit le dessus.

— Ça ne prouve rien, dis-je, on ne peut pas en tenir compte : nous sommes fin mars, il fait beau un jour sur deux à New York. C'est juste un hasard.

— C'est clair, ajouta Collins.

J'avais failli me laisser emporter par la tentation de redorer mon blason, mais il fallait admettre la vérité.

— J'ai bien échoué, dis-je en reposant mon feutre sur la table. Et pourtant, je crois que vous m'avez aidé : en fait, vous n'étiez pas neutre... Vous connaissiez le lieu pour l'avoir choisi, et si vous avez rejeté les visions qui me sont venues pendant la session, c'est parce que vous étiez bien placée pour savoir qu'elles étaient fausses. Je me demande comment vous auriez réagi si elles s'étaient révélées exactes.

Elle accusa le coup, manifestement blessée par ma remarque, et je réalisai que je venais sans le vouloir de l'accuser de malhonnêteté intellectuelle.

— Quand on fait nos expérimentations scientifiques, se justifia-t-elle, on travaille toujours en double aveugle : le guide ne connaît pas plus la cible que l'intuitif. Mais là, vu l'urgence de la situation, et comme c'était juste pour vous former, je n'allais pas mettre ça en place...

Je hochai la tête en signe d'assentiment, désireux de me faire pardonner.

Un silence gêné s'installa.

— Je me permets de rappeler que sur notre affaire, dit soudain Collins, il lui faudrait capter des informations suffisamment précises pour nous permettre ensuite d'identifier une tour parmi des milliers dans tout le pays…

Il avait raison, et tout le monde en avait conscience. Je n'avais aucune chance d'y parvenir.

Anna finit par reconnaître implicitement mon échec.

— Je crois, dit-elle, que vous réfléchissez trop. Votre mental cherche à contrôler l'exercice, vous vous posez plein de questions, vous vous demandez si vous faites ça comme il faut, et surtout, surtout, vous interprétez. Il ne faut pas réfléchir mais juste percevoir ce qui est. Percevoir et noter, c'est tout. Je vous avais prévenu hier : l'interprétation est le pire ennemi de l'intuition. L'intuition vous délivre des informations sensorielles brutes. Il faut juste les capter, les recevoir et les noter sans chercher à les décoder, sans chercher à identifier les choses ni leur donner un sens. C'est après que vous les analyserez. Dans l'instant, il faut juste accueillir ce qui vient dans la neutralité la plus totale.

Elle avait peut-être raison, je cogitais sans doute trop…

— Ce n'est pas évident parce que j'ai été conditionné ainsi. Pendant toute mon enfance, mes parents et mes professeurs n'ont pas cessé de me répéter qu'il fallait réfléchir avant de parler, réfléchir avant de choisir, réfléchir avant d'agir…

Elle hocha la tête d'un air compréhensif.

— Dans l'intuition, c'est tout le contraire.

Et elle ajouta :

— On ne vous demande pas de réfléchir, mais de sentir.

9

Une heure plus tard.
Siège du FBI, Washington, DC.

Glenn sortait à peine de l'ascenseur au cinquième étage quand il entendit la sonnerie du téléphone de son bureau, à l'autre bout du couloir. Il eut immédiatement une sorte de pressentiment.

C'est important.

Il accéléra le pas, entra dans le bureau et décrocha.

— Glenn, c'est Sandra au standard 48. J'ai un appel d'un homme qui dit avoir reconnu la musique diffusée dans la tour de Chicago. Je vous le passe ?

— Je prends !

Deux secondes de musique d'attente.

— Allô ?

— Bonjour, monsieur.

— Voilà, c'est rapport à l'appel à témoins ; je l'ai entendu à la radio ce matin, dit-il avec un accent du Midwest à décorner les bisons. En fait, j'suis coursier, j'étais dans le hall de la tour quand on a entendu le message d'évacuation. J'ai pas tardé à filer, mais j'ai quand même entendu la musique. En fait, la musique était avant le message. Ouais, c'est ça, juste avant. Et je l'ai reconnue, moi.

— C'était quoi ?

— Ben, vous savez, je risque pas de l'oublier, parce que j'avais pas huit ans quand je l'ai entendue la première fois. Et je risque pas de l'oublier, parce que c'était le jour où mon chien est mort. J'étais super triste alors forcément, je m'en souviens…

— Alors c'était quoi, cette musique ?

— Ben c'était la musique du générique. Je venais de regarder le film, et y a un chien qui meurt dans le film. En fait, c'était un chien-loup mais forcément ça m'a fait pleurer parce que je venais de perdre le mien. Et là-dessus, c'est la fin du film et y a tout de suite cette musique, qu'est triste, alors forcément, ça m'a marqué.

— Et il s'appelait comment, ce film ?

— Ben en fait, c'était plus une série qu'un film, enfin pas une série comme on a maintenant avec tout plein d'épisodes, mais comme qui dirait un film à feuilletons ou avec une suite, quoi, je ne sais plus exactement. Ça remonte quand même à trente ou quarante ans, voyez. Ouais, plutôt quarante, d'ailleurs, vu que j'en ai pas loin de quarante-six et…

— Vous vous souvenez du nom de ce film ou de cette série ?

— Ben ouais, en fait, j'aurais oublié tout ça si y avait pas eu la mort de mon chien le même jour, voyez…

— Et le titre, c'était ?

— Ben c'était le film de Jack London, enfin j'sais

pas si c'était son film ou s'il avait juste écrit le bouquin, on sait jamais...

— Le titre ?

— *L'Appel de la forêt.*

Quand Glenn raccrocha, il se laissa lentement tomber en arrière dans son fauteuil de bureau.

Il était dégoûté à l'idée que ces actes odieux puissent être l'œuvre d'un écologiste... Pourquoi faut-il toujours qu'un taré saborde les nobles causes ?

L'Appel de la forêt... En même temps, quel lien pouvait-il y avoir entre l'écologie et l'incendie de tours de bureaux hébergeant des boîtes de finances ? Ça ne pollue pas, une boîte de finances... Si l'incendiaire était vraiment un écologiste, alors Robert Collins avait dû passer à côté d'autre chose. Ces tours devaient héberger de nombreuses entreprises, il devait forcément y avoir dans le lot un pétrolier ou quelque gros pollueur...

Glenn prit une cigarette dans le paquet qui traînait sur le bureau, la porta à sa bouche sans l'allumer et regarda à travers la vitre la longue enfilade de buildings, à quelques encablures de la Maison-Blanche.

Il fallait agir vite.

Mais Timothy Fisher semblait mal barré pour apporter son aide. Ça s'emmanchait mal de ce côté-là.

Il décrocha son téléphone et appela le collègue qui supervisait l'opération de déblaiement de la tour de Chicago.

— Pas d'éléments nouveaux ? demanda-t-il.

— Toujours rien, répondit l'autre.

Il n'eut pas plus de succès avec celui qui s'occupait de la tour de Baltimore.

Glenn soupira puis appela Robert Collins.

— On déjeune ensemble ?

— OK.

— On se retrouve en bas.

— Dans cinq minutes.

— Ça roule.

Glenn raccrocha, hésita un instant, puis tapa « *L'Appel de la forêt* » sur Internet.

Il y avait des dizaines de bandes-annonces du film, mais c'était dans sa version 2020 avec Harrison Ford. Il eut du mal à en trouver une autre de 1935 avec Clark Gable, puis une de 1972, avec Charlton Eston. *La bonne*, se dit-il.

Il lança l'enregistrement et monta le son de son ordinateur. La musique emplit son bureau.

Ringarde et angoissante, avait dit un autre témoin. C'était bien vu.

Deux minutes plus tard, Glenn fumait sa cigarette sur le trottoir de Pennsylvania Avenue quand Robert le rejoignit.

— Tu veux déjeuner où ? demanda Glenn.

— Un steak-salade à côté, vite fait.

— À l'angle là-bas ?

— Ouais, c'est ça.

Ils traversèrent la 10e Rue et Glenn jeta sa cigarette dans la bouche d'égout avant d'entrer dans le restaurant.

Ils remplirent leurs assiettes au *salad bar* et allèrent s'asseoir à une table en retrait, un peu à l'écart des autres. Il était encore tôt mais le restaurant serait bientôt plein à craquer.

— J'ai réussi une avancée, dit Glenn.

Robert lui lança un regard en biais, et Glenn fut surpris d'y lire l'ombre d'une déception. Une trace de jalousie, peut-être ? L'affaire avait un tel enjeu que sa résolution laissait présager une gratification, forcément. Voire un avancement. Le fait qu'ils soient en lien direct avec la Maison-Blanche renforçait cette probabilité. Robert était ambitieux. Réglo, certes, mais ambitieux.

— On a identifié la musique, dit Glenn.

Robert parut soulagé. Il planta sa fourchette dans son énorme steak et en découpa un gros morceau qu'il enfourna dans sa bouche.

— Alors ? dit-il d'un ton un rien moqueur. Notre homme a des goûts musicaux tellement rares qu'on va l'identifier par ce biais ?

— C'est *L'Appel de la forêt*. Ça servait de générique à un film des années 1970 d'après Jack London.

Robert fronça les sourcils.

— Ne le dis surtout pas à Timothy Fisher, dit-il.

— Pourquoi ?

— Inutile de prendre le risque d'éveiller en lui de la sympathie pour l'incendiaire.

— Pourquoi dis-tu ça ?

— Je te rappelle que notre oiseau est écolo, d'après le peu de choses qu'on sait de lui.

— Ah oui, j'avais pas fait gaffe à ça.

— Enfin… en tout cas dans sa tête. Dans ses actes, ça reste à voir, dit-il en ricanant. Il y a tellement de gens qui se disent écolos tout en polluant autant que les autres…

Il engloutit une énorme bouchée de salade et la vinaigrette éclaboussa sa cravate.

Il s'en rendit compte et prit une serviette en papier qu'il coinça derrière son col élimé.

Si Robert court après une promotion, se dit Glenn, *il ferait mieux de commencer par changer de tenue.* Ça n'avait jamais été son fort, mais depuis son divorce, il se laissait carrément aller de ce côté-là ; ça partait en vrille. À le regarder, on avait du mal à croire en sa position élevée au sein de la maison.

— Tiens regarde, dit Robert en souriant, t'es bien un peu écolo toi aussi, non ?

— Ben… oui, plutôt.

— Eh bien ton mégot dans la bouche d'égout tout à l'heure, c'est cinq cents litres d'eau de pollués.

— Peut-être pas quand même…

— Je l'ai lu la semaine dernière.

Glenn prit une gorgée de bière.

— Tim Fisher l'apprendra vite, pour la musique.

— Pourquoi ?

— J'ai eu le témoin au téléphone. Gros bavard. Il y a de bonnes chances qu'il se répande dans les médias.

Robert haussa les épaules.

— Fisher a autre chose à faire que de regarder la télé en ce moment.

*

Je sortis dans le parc devant le laboratoire. Besoin de respirer à l'air libre, de marcher un peu, seul sous les arbres, de me dégourdir les jambes. Cette pièce sans fenêtres était étouffante à souhait. Et, mine de rien, ces tentatives d'accès à l'intuition étaient éprouvantes. Ça vous vidait de votre énergie et vous laissait à plat.

Le parc était toujours baigné de brume et la faible lueur du soleil peinait à se frayer un passage à travers les volutes blanches qui avaient pris possession de la nature.

Il ne semblait pas y avoir de sentier tracé mais le sous-bois était plutôt débroussaillé, alors je m'aventurai au hasard dans le bosquet, savourant chaque bouffée d'air à la senteur de lichen, de mousse et de bois humide. Le retard du printemps n'empêchait pas de jeunes pousses de pointer leur nez çà et là, leur vert tendre émergeant du sombre océan de feuilles mortes qui crissaient sous mes pas.

Ma deuxième session de *Remote Viewing* avait été aussi décevante que la première. Toujours le même problème, à en croire Anna : l'interprétation. Lorsque des formes, des couleurs, des sons et des sensations surgissaient dans mon esprit, je ne pouvais pas empêcher mon cerveau de les assembler pour créer de toutes pièces des images mentales réalistes et convaincantes. C'était agaçant, horripilant, même, et je commençais à réaliser que l'interprétation est presque dans la nature humaine. Tous, autant que nous sommes, ne pouvons nous empêcher d'interpréter tout ce qui se présente à nous : les paroles des autres, les expressions de visage, les regards, la tonalité des voix, tout ce que l'on perçoit est immédiatement décodé, revisité, associé, compilé et donc interprété, ce qui nous permet de donner un sens aux situations. Mais avec quel taux d'erreur ? Dans quelle proportion avons-nous raison ou tort ? En fait, l'être humain a tellement besoin de sens qu'il invente celui qui lui échappe, quitte à imaginer les informations manquantes et se retrouver complètement à côté de la plaque tout en étant sincèrement convaincu d'avoir tout compris.

Un écureuil gravit le tronc d'un séquoia devant moi à la vitesse d'un éclair. Je l'avais dérangé et il voulait se mettre à l'abri.

Et mince… qu'est-ce que j'en savais, après tout ? La seule certitude était qu'il avait grimpé ce tronc, le reste n'était qu'interprétation !

Ce que j'avais vécu ces dernières vingt-quatre heures me revint à l'esprit. Ce vieil homme qui était venu à moi pour changer mon pneu de voiture… J'avais été persuadé qu'il cherchait une rémunération. La jeune fille au restaurant ? Elle voulait mon autographe ! J'aurais pu remonter le calendrier de semaine en semaine, j'aurais trouvé chaque jour un chariot d'interprétations en tout genre, sans compter toutes celles dont je ne saurais jamais qu'elles l'étaient…

Anna sortit à son tour du laboratoire. Je la vis de loin faire quelques pas dehors, son téléphone portable à l'oreille. Il fallait que j'y retourne, on n'allait pas tarder à se remettre en selle.

Je pris une profonde inspiration pour m'emplir les poumons de l'oxygène de la forêt avant de regagner l'antre confiné du labo, puis rejoignis Anna.

Elle raccrocha et je la vis éteindre son portable. Comme chaque fois. Elle ne le mettait jamais simplement en silencieux ou en mode avion, non, elle l'éteignait. Pourquoi diable se donnait-elle ce mal ? Je ne voulais rien interpréter, mais j'aurais bien aimé savoir ce qui motivait cette étrange habitude…

10

Un ciel sombre traversé par de gros nuages noirs.

Le vaste espace bitumé au pied d'un building, et au-delà, un terre-plein herbeux parfaitement entretenu et quelques arbres.

C'était la fin de journée et les salariés sortaient du bureau au fur et à mesure pour rentrer chez eux.

Devant le terre-plein, quelques voitures stationnées en épi. Parmi elles, un van noir aux vitres surteintées.

L'homme à l'intérieur portait un bleu de travail, des lunettes beiges à verres fumés, et une casquette brune dont la longue visière masquait le haut de son visage. Ses cheveux étaient rassemblés en queue-de-cheval et ses mains étaient gantées de cuir sombre.

Il ne quittait pas des yeux la porte du building, un peu plus loin, en biais, et dévisageait méthodiquement chaque salarié qui en sortait.

L'emplacement situé juste à gauche du van était occupé par une moto-cross. Le motard, coiffé d'un casque intégral à visière réfléchissante, suivait les consignes : un genou à terre, il faisait mine de réparer son engin et se tenait prêt à agir dès que l'ordre tomberait.

Dans le van, l'homme attendait, concentré et impassible.

Sur ses genoux, l'impression couleur d'une page web : l'organigramme de l'entreprise, avec le trombinoscope de tout le staff dirigeant.

Le temps s'écoula.

Une femme corpulente sortit du bâtiment et se dirigea vers eux, les bras encombrés d'un grand carton. L'homme ne bougea pas d'un iota.

Elle se faufila entre le van et la voiture garée à sa droite, et le carton frotta au passage la carrosserie de la camionnette. Il ne réagit pas. Elle ouvrit la portière arrière gauche de la voiture et se pencha à l'intérieur pour y fourrer le grand carton. En reculant, elle repoussa des fesses la portière qui heurta alors assez fort l'aile du van.

— Merde ! lâcha-t-elle en se redressant.

Puis, le menton baissé, elle regarda discrètement autour d'elle, semblant chercher à savoir si des gens l'avaient vue.

Derrière ses vitres opaques, l'homme resta parfaitement immobile. Il continua d'observer attentivement la porte de l'entreprise.

La femme entra dans sa voiture, démarra et quitta les lieux rapidement.

Quelques instants s'écoulèrent, puis un grand chauve sortit du building, en même temps que trois autres personnes. Il marchait en regardant l'écran de son téléphone portable, comme une bonne moitié des salariés qui l'avaient précédé.

Dans le van, l'homme jeta un ultime coup d'œil à la photo du trombinoscope. C'était bien l'homme présenté comme directeur des services techniques, un certain Dick Merkley. Il baissa sa vitre.

— C'est lui, dit-il. Le grand chauve. À toi de jouer.

Le motard sembla hésiter.

— C'est risqué, dit-il, il y a un peu de monde... Tout ça pour deux cents dollars.

L'homme retira ses lunettes d'un geste calme, baissa les yeux vers lui et le toisa d'un regard pénétrant et sans appel.

— OK..., dit le motard. C'est bon.

Il fit démarrer la moto d'un puissant coup de pied sur le kick puis lança son bolide en direction du chauve qui s'éloignait. Tout se déroula en un éclair. Arrivé à sa hauteur, il lui arracha son portable des mains puis accéléra à fond.

— Hey, toi !

Le chauve leva les bras en criant.

Un peu plus loin, un homme avait assisté à la scène, un grand baraqué. Il se mit en travers du passage pour bloquer la moto, légèrement arqué sur ses jambes, le buste en avant, prêt à bondir.

Le motard donna un coup de guidon pour l'éviter en gravissant le terre-plein herbeux à côté, puis il accéléra à fond, faisant rugir son moteur.

Le chauve regarda un instant le motard s'évanouir au loin dans un vrombissement suraigu, puis secoua lentement la tête, dégoûté. Le grand baraqué donna un coup de poing en l'air dans un geste de frustration. Le chauve lui adressa un signe de remerciement de la main avant de reprendre sa marche.

Dans le van, l'homme ne le quitta pas des yeux et attendit qu'il quitte les lieux.

Ensuite il ouvrit la grosse sacoche d'artisan posée sur le siège passager. Il en retira des câbles et quelques outils, puis souleva la membrane qui cachait le double fond. Il en vérifia le contenu. Le système de mise à feu était là, au complet.

Il remit tout soigneusement en place, puis sortit du van et se dirigea vers l'entrée du building.

Dans le hall, il alla droit sur l'hôtesse d'accueil qu'il salua d'un léger signe de tête sans sourire.

— Quel ascenseur pour le local électrique du sous-sol ? dit-il en prenant une voix bourrue.

— Vous avez une autorisation ? dit-elle en gardant son sourire professionnel.

Il leva les yeux au ciel en signe d'agacement.

— J'ai été appelé par le directeur du service technique, dit-il d'un ton impatient.

Le sourire de l'hôtesse se crispa un peu.

— Vous avez un bon de commande ?

— Il n'a pas eu le temps. J'étais sur un chantier quand il m'a appelé cet après-midi. Il m'a dit que c'était urgent, il a insisté pour que je vienne.

— Sans autorisation, je ne peux pas vous faire entrer.

— Écoutez, ma p'tite dame, en principe, à c't'heure-ci, j'ai fini ma journée et je suis chez moi à regarder la télé. Il a tellement insisté que j'ai accepté de venir mais faut pas me prendre la tête avec vos paperasses que j'ai pas.

Elle perdit son sourire mais fit manifestement un effort pour ne pas se laisser déstabiliser.

— Je suis désolée mais il y a un règlement…

— Il m'a dit qu'il serait là pour me faire entrer. Vous z'avez qu'à l'appeler.

— Pouvez-vous me donner son nom ?

— Dick Merkley, dit-il d'une voix exaspérée.

L'hôtesse, mal à l'aise, décrocha son téléphone et appela son poste.

Elle se mordit les lèvres nerveusement en patientant.

— Il ne répond pas.

L'homme soupira bruyamment.

— J'ai pas que ça à faire, moi.

L'hôtesse était maintenant débordée par son stress.

— Je vais l'appeler sur son portable.

— Faites vite sinon moi, je rentre chez moi, mais je vous préviens, demain il va être en colère et vous vous débrouillerez avec lui parce que moi, je reviendrai pas. J'ai aut'chose à foutre que perdre mon temps pour votre règlement à la con.

Elle en avait les mains qui tremblaient.

Le téléphone portable sonna… et personne ne répondit.

Elle raccrocha, se mordit les lèvres, hésita.

— J'suis pressé, m'dame.

Le visage rougi de l'hôtesse exprimait toute son anxiété.

— Bon, je vous laisse passer, dit-elle d'une voix presque basse. Prenez le deuxième ascenseur. Le local électrique est au premier sous-sol, juste en face.

11

— On ferait mieux d'arrêter, d'en rester là, dis-je. Je vous fais perdre votre temps, je perds le mien aussi, et on ne peut pas laisser le FBI et la Maison-Blanche espérer qu'on trouve quelque chose…

Anna se figea alors qu'elle était en train de refaire du café.

Une fois de plus, ma troisième session de *Remote Viewing* n'avait rien donné de probant, mais Anna semblait refuser de reconnaître l'impasse dans laquelle nous étions. Elle s'entêtait à me pousser à continuer.

— Je n'y arriverai pas, ajoutai-je. C'est peine perdue. Il vaut mieux que je rentre chez moi.

Elle me fixa quelques instants sans rien dire, puis posa le paquet de café qu'elle avait en main, croisa les bras et s'adossa au mur.

— Vous n'y arrivez pas parce que vous n'y croyez pas. Depuis le début, vous doutez. Non seulement de vos aptitudes, mais de la méthode et sans doute aussi de l'existence même de l'intuition.

Je ne fis pas l'effort de nier.

— Je ne peux pas lutter contre ça, dit-elle. Je ne

peux pas vous forcer à y croire. Mais dans la vie, on ne peut pas réussir quoi que ce soit si on n'y croit pas.

— Comment puis-je y croire si je n'ai pas de résultats ?

— Votre scepticisme a précédé votre absence de résultats. Et pour cause : il l'a engendrée.

— Peut-être. Et en même temps, on ne choisit pas de croire ou pas en quelque chose…

Elle me regarda pensivement pendant quelques instants.

Nous étions aussi mal à l'aise qu'un couple au bord de la rupture, gêné de reconnaître qu'il n'y a plus d'amour entre eux.

— Le problème, murmura-t-elle comme si elle se parlait à elle-même, c'est votre mental. Votre mental suractif, votre incessant flot de pensées… À trop cogiter, on se noie dans ses pensées… Le mental, il nous permet de réfléchir, certes, mais il bloque l'accès à une autre forme d'intelligence, une forme depuis longtemps perdue, sauf par quelques artistes ou quelques rares chamans encore en vie de par le monde. Notre mental nous condamne à vivre dans un monde ultracartésien en passant à côté d'une autre réalité qui nous échappe complètement. Pour accéder à l'intuition, il faut déjà se mettre dans un état d'acceptation, acceptation que ça existe même si on ne peut en effet pas se forcer à y croire, et ensuite lâcher prise, lâcher prise sur le besoin de contrôler ce qui se passe. Se mettre en récepteur plutôt qu'en penseur. Tant qu'on est dans le mental, on se coupe de la perception extrasensorielle. La cogitation parasite l'intuition…

Elle n'avait pas tort mais je n'y pouvais rien… Il aurait peut-être fallu que je pratique la méditation pour apprendre à me libérer de mes pensées, mais là, c'était trop tard.

Anna fronça les sourcils.

— Mais… pourtant, quand vous écrivez vos bouquins, vous devez bien débrancher votre mental ? Je ne peux pas croire un instant qu'on écrive un roman uniquement en réfléchissant. Il y a forcément un moment où l'inspiration prend le dessus. Et d'ailleurs, vous l'avez vous-même raconté dans cette interview que j'avais écoutée… L'inspiration et l'intuition sont très voisines, et c'est même la raison pour laquelle je vous ai choisi ; je vous l'avais dit, rappelez-vous…

— Oui, c'est exact.

— Alors, comment faites-vous pour trouver l'inspiration ?

— Je ne fais rien de particulier… je laisse venir, comme ça…

— Mais comment faites-vous pour vous retrouver dans l'état qui vous permet de laisser venir ?

— Euh… Eh bien déjà, je ne reste pas à mon bureau, ça, c'est sûr. Je sors, je vais dans la nature.

Elle me fixa une demi-seconde.

— Eh bien allons-y !

— Où ça ?

— Dans la nature ! C'est simple, on en est entouré, ici. Il fait un peu frais, mais on s'en fiche si on attrape un rhume ; c'est pour la bonne cause.

Je réunis le paquet de feuilles et le feutre, enfilai ma veste et suivis Anna à travers le long couloir sombre, pas mécontent de quitter la pièce lugubre dans laquelle je ne m'étais jamais senti à mon aise.

Dehors, je fus saisi par la fraîcheur humide des arbres qui nous entouraient, heureux de me retrouver à l'air libre à respirer les parfums de la forêt. Si je devais changer de métier, je choisirais sans doute garde forestier ; rester enfermé dans un bureau était pour moi une épreuve.

— Il y a une table un peu plus loin, dit Anna en foulant le tapis de feuilles mortes. On y casse la croûte de temps en temps aux beaux jours.

Je la suivis parmi les chênes, les pins et les tulipiers. La forêt semblait prisonnière du brouillard qui avalait la cime des arbres et descendait en nuées vaporeuses embrassant jusqu'aux branches les plus basses.

Nous nous installâmes à une table en bois sous de grands hêtres aux puissants troncs gris et lisses, sentinelles du cimetière de feuilles à nos pieds.

— Timothy, je sais que vous ne vous sentez pas prêt et que jusqu'ici les résultats ont été décevants, mais on va quand même passer au réel. La fin de journée approche, il nous faut absolument tenter d'identifier la cible.

Je sentis une vague d'appréhension me traverser mais ne dis rien.

— Je vais attribuer une coordonnée au lieu visé par l'incendiaire, reprit-elle. Détendez-vous, ne vous mettez pas de pression, laissez venir et soyez juste curieux de ce qui vient, OK ?

— Allons-y.

Je notai comme chaque fois mon nom, celui d'Anna, le lieu, la date et l'heure en haut et à droite de la première page de ma pile de feuilles blanches. Puis, dans la colonne de gauche, j'entrepris de lister tout en les formulant à voix haute pour les faire sortir de moi, les fameuses « perturbations impactantes » : mes pensées parasites et autres émotions présentes en ce début de session.

J'ai le trac
Peur de ne pas être à la hauteur
Je sens que je vais avoir honte d'échouer

— Attendez une seconde, m'interrompit Anna.

Je levai les yeux.

— Oui ?

Elle me fixait de ses deux pupilles bleues qui semblaient irréelles au milieu du camaïeu de teintes brunes de la forêt endeuillée.

— Si vous avez honte d'échouer, c'est que vous seriez fier de réussir.

— Ben… c'est un peu normal, non ?

Elle me sourit puis promena son regard sur la nature environnante.

— Vous voyez la fleur, là-bas, celle qui émerge difficilement des feuilles mortes ? dit-elle en me désignant du doigt une fleur sauvage qui ressemblait un peu à une jonquille.

— Oui.

— Est-ce que vous réussissez à en voir la couleur ?

— Bien sûr.

— Vous en êtes fier ?

Je haussai les épaules.

— Pourquoi le serais-je ? dis-je, agacé.

— Et si, en vous approchant de cette fleur, vous vous rendiez compte qu'en fait elle n'est pas de la couleur que vous pensiez avoir vue, est-ce que vous auriez honte ?

— Où voulez-vous en venir ?

— Pour l'intuition, c'est pareil : il n'y a ni à être fier d'y parvenir, ni à avoir honte d'échouer. C'est juste une capacité naturelle, comme la vue ou l'odorat. Ça vous est difficile parce que vous ignorez en être capable. Et ça se travaille, comme tout : si vous faites de la gymnastique oculaire, vous développerez votre acuité visuelle, n'est-ce pas ?

J'acquiesçai à contrecœur.

J'avais eu droit à une petite leçon d'humilité qui m'avait bien remis à ma place. Mon amour-propre en prit un coup mais, en même temps, ça me libéra d'un poids, d'une pression que je m'étais mise involontairement.

On reprit la session, elle me donna une coordonnée, je traçai l'idéogramme, l'étudiai, le tapotai avec la pointe de mon feutre, puis embrayai en phase 2 sur la production des adjectifs sensoriels et des éléments qui me venaient.

À un moment, une image précise me traversa l'esprit.

— Je vois l'Empire State Building, très clairement.

— Et c'est une…

— Interprétation, je sais, maugréai-je.

Je la notai et repris.

Quarante minutes plus tard, j'écrivais le résumé et notais l'heure de fin.

La cible comporte du paysage, une construction avec du rose et du gris, et je vois revenir sans cesse un 4, et un 1 à sa droite, et il y a du vert.

Anna me fixa en silence quelques instants, puis elle bondit sur son téléphone qu'elle alluma.

— Glenn, c'est Anna. On a peut-être quelque chose…

Trois minutes plus tard, elle raccrochait.

— Ils vont lancer une recherche, me dit-elle, parmi toutes les boîtes de finances du pays pour voir s'il y en a une installée dans un immeuble rose et gris dont l'adresse comporte un 41.

— Les boîtes de finances ?

— L'équipe de Robert a mis en évidence que les tours attaquées hébergeaient toutes deux des boîtes de finances, alors que les autres entreprises de ces sites n'avaient rien en commun.

— Je vois.

— Maintenant, il n'y a plus qu'à attendre…

Nous reprîmes le chemin du labo pour patienter au chaud. Le brouillard commençait lentement à se dissiper. Quelques trouées de ciel bleu jaillissaient çà et là au milieu des nuées blanches à la cime des grands arbres.

Soudain j'aperçus une buse perchée très haut sur une branche. Elle semblait me fixer, comme surprise d'avoir été dévoilée par la brume. J'eus immédiatement un sentiment de déjà-vu qui me mit presque mal à l'aise.

Je fouillai ma mémoire pour essayer de me souvenir

dans quel lieu, à quelle occasion, j'avais pu tomber sur un rapace de ce genre m'observant du haut d'un arbre. Et je me souvins : je ne l'avais pas vécu. Je l'avais juste imaginé, visualisé, en écrivant l'un de mes romans, mon sixième ou mon septième. Mais l'image était identique, celle de l'oiseau comme celle de l'arbre. La scène était vécue par un flic qui tournait en rond dans une affaire criminelle. À un moment, il marchait dans une forêt noyée dans le brouillard et soudain, au moment où il trouvait une piste essentielle à la résolution de l'enquête, la brume se dissipait, laissant apparaître une buse en haut d'un arbre.

De retour au labo, nous refîmes du café.

Je me sentais un peu fébrile, me demandant si les infos transmises au FBI allaient ou non correspondre à une réalité tangible sur le terrain. Je restais très dubitatif mais, en même temps, j'espérais qu'un miracle se produise. À vrai dire, je n'attendais que ça !

Le temps s'écoula cruellement lentement.

On se détendit et on se reposa un peu, on discuta de tout et de rien, puis on revint sur le sujet qu'Anna avait évoqué plus tôt : la fierté que l'on tire en général du résultat de nos actions.

— Vous avouerez, lui dis-je, qu'il n'y a rien de négatif à être fier de ce qu'on fait. La fierté est aussi ce qui aide à développer la confiance en soi. On est nombreux à en avoir besoin…

— Oui, bien sûr. Mais vous voyez, quand on prend du recul, est-ce vraiment justifié d'être fier de réussir quelque chose ? Quand on réussit, c'est qu'on est à sa place. C'est normal de réussir ce pour quoi on est fait. On devrait plutôt en être heureux que fier.

— Vous croyez vraiment qu'on est fait pour réaliser telle ou telle chose ?

— J'ai la faiblesse de penser qu'on vient sur terre avec une mission, un rôle à accomplir. Chacun de nous. Et qu'on a en nous les talents qui nous permettent de le faire.

— Quand on regarde autour de nous, ça ne saute pas aux yeux...

— Parce que la plupart des gens ne se connaissent pas. Ils ont des talents qu'ils ignorent. Leur esprit est accaparé par l'agitation du monde, les médias, l'influence de la publicité... S'ils écoutaient suffisamment ce qui vient du plus profond d'eux-mêmes, ils sentiraient ce vers quoi ils sont appelés, et ils découvriraient qu'ils ont en eux les ressources nécessaires pour l'accomplir.

— Pas sûr que tout le monde soit capable de réaliser ses rêves...

— Mais personne n'a les mêmes rêves ! Nous sommes tous différents ! Certains sont plus physiques, d'autres plus sensibles, d'autres plus intellectuels, d'autres plus relationnels... Chacun de nous a ses forces et ses faiblesses.

— Certains ont quand même plus de talent que d'autres. Il y a des gens qui sortent du lot... Quand je lis des textes de Hemingway ou de Steinbeck, je me dis que ce n'est pas demain qu'on me remettra le Nobel de littérature pour mes polars...

Anna fit la moue.

— Ceux qui sont particulièrement doués sur un point sont particulièrement mauvais sur un autre, mais vous ne le savez pas ou ne mettez pas votre attention dessus. Einstein était incapable d'apprendre les langues étrangères, et il avait une très mauvaise mémoire. Isaac Newton était certes un grand physicien, mais quand il s'est vu confier la ferme familiale, il n'a jamais réussi à la gérer. Il y a aussi des gens très brillants qui se révèlent incapables d'aimer ou même simplement d'être émus par leur enfant… Sont-ils enviables ? Sans compter que certains sortent du lot, comme vous dites, parce qu'une blessure narcissique les pousse à faire des efforts surhumains pour briller et tenter ainsi de guérir leur blessure, mais c'est une course vaine et sans fin qui les rend malheureux… Non, sincèrement, je vous assure, il n'y a pas à envier qui que ce soit.

— Je me disais que…

Les vibrations du téléphone d'Anna m'interrompirent net.

— C'est Glenn, dit-elle.

Je sentis mon cœur battre soudain très fort.

— Glenn, je mets le haut-parleur pour que Timothy vous entende aussi.

— OK, bonsoir, Timothy.

— Bonsoir, Glenn. Où êtes-vous ? Il y a un bruit de dingue autour de vous…

— Dans l'hélico. J'ai des news…

Je retins mon souffle.

— L'équipe a trouvé une firme de finances qui répond à votre description. La Huntington Investment Company. L'adresse du siège est 41 South High Street, à Columbus, dans l'Ohio. Un gratte-ciel rose et gris. Leur marque est grise avec un logo vert.

J'eus l'impression de rêver… Tout correspondait

pile-poil au résumé de ma session. J'étais tellement troublé que je ne répondis rien.

— Ça semble bien parti, dit Anna.

— En effet, dit Glenn. Soit c'est une coïncidence étonnante et fâcheuse, soit c'est bingo. Les pompiers sont déjà sur place pour organiser l'évacuation de la tour et fouiller le bâtiment. Nos collègues du bureau local du FBI sont en route. Ils seront sur place dans quelques instants. Les démineurs viennent de plus loin, il va falloir les attendre un peu. Moi, j'y serai dans une heure et demie, environ.

— Tenez-nous au courant, dit Anna.

— Je vous rappelle quand on a du nouveau.

Et il raccrocha.

J'étais dans un état second, à la fois surexcité et chamboulé par ce qui promettait d'être une preuve de l'existence de l'intuition et validait alors l'efficacité de la méthode. Et puis aussi, je me sentais fier d'avoir réussi…

Anna le perçut et ne put s'empêcher de sourire.

— Ça n'a rien d'extraordinaire, dit-elle d'un ton faussement blasé pour me taquiner. C'est normal de parvenir à intuiter…

— Je viens de découvrir que j'ai un don et vous voulez le banaliser ?!!!

Anna soupira en secouant la tête, mais elle avait un sourire amusé sur ses lèvres ravissantes. J'eus soudain envie de l'embrasser.

12

Le trajet en hélicoptère sembla interminable à Glenn. Il bouillait d'impatience d'être sur place. Un sentiment diffus lui disait que l'auteur des faits restait à proximité de la tour à chaque incendie. En sécurité mais proche. Détruire une tour est un acte tellement phénoménal qu'il devait vouloir y assister, contempler son œuvre. Et Glenn sentait que s'il arrivait à temps, son instinct le mènerait à lui. Il se voyait déjà l'arrêter, mettant fin à cette série terrifiante qui traumatisait l'Amérique. Avec, comme chaque fois, le sentiment puissant d'avoir obtenu que la loi s'impose. Glenn avait la conviction que la loi, parce qu'elle est choisie par les élus du peuple, est la plus pure expression de la démocratie, c'est le ciment de la société, le garant de la justice et de l'équité. Faire respecter la loi, c'est préserver ce bien précieux qu'est la démocratie.

Cette conviction s'était renforcée quelques années plus tôt lors d'un voyage en Afrique, terre de ses lointains ancêtres. Il avait été effaré par le mépris des lois et la corruption généralisée qui gangrenaient le continent, l'empêchaient de se développer et rendaient tout le monde malheureux. Quand on ne fait plus respecter la loi, la seule qui s'applique alors est celle du plus fort.

Arrêter l'incendiaire…

Et, peut-être, sur ce coup-là, serait-il enfin reconnu. Et si, vu l'énormité de l'affaire, il était récompensé par le président ? *Mais bon, faut rester sur terre*, se dit-il en jetant un coup d'œil au vide qui défilait sous ses pieds.

À bord, il était seul avec le pilote. Robert avait refusé de l'accompagner. « Trop hasardeux », avait-il dit. Robert ne croyait guère en l'intuition. Il avait fait appel à Anna Saunders uniquement parce que le président l'avait demandé. Et Glenn sentait aussi son mépris pour le jeune écrivain, pétri d'hésitations. « Ce gars-là ne sait pas ce qu'il veut, on peut pas compter sur lui », avait-il décrété. Glenn avait eu aussi quelques doutes à son sujet. Mais les faits étaient en train de leur donner tort, et c'était tant mieux.

Glenn avait déjà traité avec l'ancienne équipe d'intuitifs de Fort Meade, ceux qui avaient disparu dans l'accident. Il avait passé beaucoup de temps avec eux, et leur intervention avait contribué à la résolution d'une affaire d'enlèvement, en décrivant assez bien le lieu où la victime était retenue. Mais Robert, à l'époque, ne l'avait jamais reconnu. « Leur description est proche de la réalité, avait-il dit, mais elle aurait pu s'appliquer à tellement d'autres lieux que ça ne prouve rien. » N'empêche que ça avait quand même aidé Glenn à arrêter le coupable. En recoupant les infos, il avait pu retrouver sa trace.

Un trou d'air secoua soudain l'hélico et Glenn s'accrocha à la poignée au-dessus de lui.

Anna était une femme bien, il en était certain. Il

avait de la compassion pour elle, qui se retrouvait seule au labo depuis la disparition de l'équipe. Avec la perte de ses facultés intuitives, ça ne devait pas être rose tous les jours. Un an après, elle ramait toujours pour faire voter les budgets nécessaires à l'embauche de nouveaux intuitifs. Pourquoi tout est-il toujours aussi lent dès qu'on s'adresse à l'administration ?

C'était un miracle qu'elle ait été en congé sabbatique au moment de l'accident, sinon elle serait partie avec les autres, fatalement. Mais se retrouver seule survivante avait dû être dur à accepter et source d'un affreux sentiment de culpabilité, comme c'était souvent le cas en pareilles circonstances. Glenn s'en voulait de ne pas s'être donné la peine de l'appeler à l'époque pour la soutenir. Faut dire qu'il était lui-même sous le choc de la disparition de sa mère, emportée par une pneumonie. Elle avait épousé un Espagnol en secondes noces et était partie vivre à Séville, séduite autant par la beauté de la ville que par le style de vie de ses habitants. Quand son époux mourut des années plus tard, elle était restée vivre dans ce pays qu'elle avait tout de suite aimé. Mais l'immeuble où elle louait un appartement avait été racheté par une grosse société aux pratiques impitoyables. Ils avaient commencé par lui facturer une fortune pour de menues réparations dans l'appartement, puis une pénalité de cent euros pour une heure de retard de paiement de loyer. Une heure… Ils lui avaient ensuite pourri la vie en imposant de gros travaux chez elle, pour en fin de compte monter fortement le loyer au motif que ces travaux avaient accru la valeur locative du bien. Elle était dans l'incapacité de payer plus, alors ils l'avaient expulsée. Mais une vieille femme seule et sans retraite ne pouvait rien louer, malgré ses économies. Une amie de Madrid l'avait logée dans sa chambre de bonne en attendant de trouver mieux. C'était adorable mais la pièce n'était pas chauffée et elle était tombée malade. À son âge, l'infection s'était vite aggravée et la pneumonie l'avait emportée.

Glenn s'était souvent dit que le microbe seul ne l'aurait pas tuée sans le stress et la rancœur du litige immobilier qui la rongeaient depuis des mois. Glenn s'était renseigné et il s'était rendu compte que l'expulsion avait été illégale. Il avait voulu faire un procès mais n'étant pas sur place, c'était trop compliqué et trop coûteux. L'impossibilité de réclamer justice l'avait longtemps miné.

— On arrive, dit le pilote.

L'hélicoptère se posa sur un terre-plein herbeux, juste en face de la tour illuminée à tous les étages. Glenn descendit en hâte et se précipita vers les deux collègues venus l'accueillir sous une petite pluie fine. Ils se saluèrent brièvement mais chaleureusement. Le FBI est une grande famille et tous ses membres, même quand ils ne se connaissent pas, partagent ce sentiment d'appartenance qui les relie et les rapproche.

— La tour a été évacuée, dit un collègue.

— Et le quartier bouclé, ajouta le second.

Glenn balaya des yeux l'espace entre le terre-plein herbeux et la tour, et les rues alentour barrées par des filins de sécurité.

Où est-il ?

Il eut un frisson d'excitation en pensant que l'homme

le plus recherché du pays était tout près de lui, à portée de vue…

Il scruta le secteur, tout en restant à l'écoute de son ressenti. Son regard sondait chaque trottoir, chaque immeuble, chaque toit, chaque véhicule, chaque attroupement…

Il y avait des policiers un peu partout et, de l'autre côté des barrières, des journalistes, des photographes, caméras de télévision et l'inévitable lot de badauds, téléphones portables en main, qui filmaient la scène alors qu'il ne se passait encore rien. De nombreux véhicules de police et de pompiers stationnaient à proximité du square. De gros projecteurs dirigeaient leurs puissants faisceaux sur la tour, la faisant ressortir de la forêt de buildings du centre-ville.

Trois équipes de pompiers se tenaient en faction à distance raisonnable de chacune des faces visibles de la tour, les hommes regroupés autour de leurs lances, prêts à intervenir.

Glenn effleura des yeux le théâtre des opérations, s'imprégnant du lieu et des créatures qui le peuplaient.

Il n'est plus là, je le sens.

Sans doute trop de police, trop de sécurité… Il avait dû être contraint de se retirer.

Dommage…

— Où en sont les fouilles ? demanda-t-il.

— Ça continue. C'est long parce que ça peut être n'importe où. Si nos tours avaient une structure en béton comme en Europe, on chercherait au sous-sol. Mais comme elle est métallique, ça fond même si le feu part d'un étage. Alors on doit inspecter tous les niveaux.

— Vous fouillez tous les étages en même temps ?

Son collègue secoua la tête.

— Trop risqué. Si les gars se retrouvent au-dessus du niveau où ça se déclenche, ils seront coincés. On part du sous-sol et on remonte les étages un par un.

— Faut pouvoir assurer nos arrières, ajouta l'autre.

Glenn acquiesça d'un lent hochement de tête.

Il ne quittait plus des yeux la tour illuminée.

Au loin, la foule des badauds était silencieuse. Seul le grésillement des talkies-walkies perturbait l'attente religieuse du dénouement.

Glenn se mordit les lèvres.

Si on n'arrête pas ce salopard ce soir, qu'au moins on trouve son putain de détonateur à temps !

La pluie s'intensifia, coulant sur son visage.

— Ils en sont où dans les recherches ? demanda-t-il.

Le policier appela au talkie son collègue dans la tour et lui posa la question.

— Au huitième étage, répéta-t-il.

— Ils n'ont rien trouvé au sous-sol ?

— Non.

Glenn secoua la tête, dépité.

Le pire des scénarios. Si on doit fouiller les trente ou trente-cinq étages de cette tour, on n'y arrivera jamais avant la mise à feu…

Soudain son téléphone vibra.

Collins.

— Oui, Robert ?

— T'es à Colombus ?

— Je viens d'arriver.

— Eh bien, tu peux repartir.

Le cœur de Glenn s'arrêta de battre.

— Que se passe-t-il ?

— Un building en flammes à Valley Forge, en Pennsylvanie. Le siège de Vanguard.

Il y eut un bref silence, puis Robert ajouta tranquillement, comme pour retourner le couteau dans la plaie :

— Une boîte de finances…

Glenn crut sentir tout vaciller autour de lui.

Échec cuisant…

Cruelle déception.

Angoisse de devoir annoncer qu'on a fait boucler tout ce quartier… pour rien.

La honte…

Les pompiers, les policiers, les démineurs, les journalistes… Au revoir, messieurs-dames, vous pouvez rentrer chez vous…

*

— Je suis désolée.

Anna avait un accent sincère mais je n'avais que faire de sa compassion. Je me sentais aussi déçu et frustré qu'un enfant qui se serait vu confisquer tous ses jouets juste après les avoir déballés le matin de Noël. Bon sang ! Je me faisais une joie d'avoir trouvé quelque chose…

— Et son adresse ne comporte pas un 41 ? hasardai-je.

— Non.

— Ou juste un 4 ou un 1 ?

Elle secoua la tête.

— Ni même dans le code postal ?

— Non, murmura-t-elle. Il y a juste le rose et le gris en commun. Mais comme vous le disiez…

— Beaucoup de buildings sont ainsi.

Elle acquiesça.

J'étais abattu.

Dépité.

Effondré à l'idée que de nouvelles victimes aient peut-être été touchées.

Je me sentais nul.

— Je ne sais pas quoi vous dire, souffla Anna.

— Il n'y a rien à dire.

— Je comprends que vous soyez frustré…

Je ne répondis rien.

— OK, dit-elle, c'est un échec, je ne le nie pas. Peut-être ai-je eu tort de vous faire passer au réel avant que vous ayez réussi les entraînements, mais en même temps, il y avait urgence à tenter quelque chose…

— Mais je ne vous en veux pas, vous n'avez rien à vous reprocher.

Silence.

— La pratique de l'intuition, dit-elle au bout d'un long moment, demande un lâcher-prise qui n'est pas habituel dans notre société où notre mental a l'habitude de tout contrôler. Je veux dire… dans ce contexte, c'est normal d'échouer au début. De toute façon, l'échec fait partie de l'apprentissage… l'échec fait même partie de la vie. On ne peut pas réussir grand-chose du premier coup. Le secret de la réussite, c'est de s'intéresser plus à nos actions qu'au résultat de nos actions. Chercher à améliorer chaque geste, chaque parole sans se soucier du résultat. Quand on se préoccupe seulement de bien faire les choses, le résultat finit toujours par être à la hauteur de nos attentes initiales, à condition de ne pas se focaliser dessus.

Churchill disait que le succès, c'est être capable d'aller d'échec en échec sans perdre son enthousiasme.

Je levai les yeux vers elle.

— Merci, Anna. Vos mots sont très justes, mais le contexte ici est particulier. Tout le monde sur cette affaire a besoin de résultats, et de résultats immédiats. C'est une course contre la montre et l'enjeu est énorme. Des vies en dépendent. Et on ne peut pas se permettre de mobiliser des équipes en les envoyant sur des sites erronés. C'est juste… contre-productif. Inacceptable. Je ne sais pas si l'intuition existe, je ne sais pas si le *Remote Viewing* marche ou pas, mais ce qui est sûr, c'est que me concernant, il y a erreur de casting.

Anna eut la délicatesse de ne rien répondre, de ne rien faire pour me retenir.

Elle me raccompagna au motel.

Le lendemain matin à l'aube, je pris le premier vol pour New York.

Je débarquai dans Burns Street en milieu de matinée, traînant ma valisette à roulettes sur le trottoir granuleux, le moral en berne. Évidemment, il n'en fallait pas plus pour alerter ma jolie voisine rousse qui vint tenter de me séduire avant même que j'aie eu le temps de pousser la porte de mon jardin.

— Notre écolo a encore fait une petite escapade à Hawaï ? dit-elle en riant.

— Washington, DC. Moins fun.

— En effet. Et t'as dû avoir un temps de merde.

— Tu n'imagines même pas !

— Si. Mon amoureuse y était hier. Vous auriez pu vous croiser.

— Ton amoureuse ?

Elle acquiesça. J'étais tellement surpris que je dus avoir du mal à le cacher.

— Ben, t'en fais une tête, dit-elle avec un sourire amusé aux lèvres.

— J'ignorais que tu étais… enfin… bi, quoi.

— Pourquoi tu dis ça ? Je suis pas bi ! J'ai toujours été avec une femme.

— Ah… Excuse-moi… je ne m'y attendais pas. Mais… c'est très bien… je veux dire, pas de problème pour moi…

Elle rit devant mon embarras. Elle était loin d'imaginer que mon trouble ne provenait pas de son homosexualité mais de la grande bévue qui avait été la mienne pendant des mois. Comment avais-je pu me tromper à ce point sur ses sentiments à mon égard ? Tout ça parce qu'elle venait me parler dès que j'apparaissais devant sa fenêtre…

Je rentrai chez moi, snobai mon reflet dans le grand miroir de l'entrée et me fis un grand bol de thé.

Combien de fois dans ma vie mon interprétation abusive des faits et gestes des autres m'avait-elle conduit sur une fausse piste ? Et combien de fois ces interprétations avaient-elles pu m'entraîner à prendre des décisions biaisées ? À quel point mon chemin de vie en avait-il été impacté ?

L'image de Kristen, mon ex, passa devant mes yeux. Ce qui m'avait poussé à la quitter était-il basé sur la réalité… ou sur une mauvaise interprétation de ce qui me faisait souffrir dans son attitude ? Impossible à savoir…

Je m'efforçai de chasser tout ça de mon esprit.

J'appelai le coach de *media training*. Je pris rendez-vous en urgence. On fixa l'entrevue à 17 heures le jour même.

J'entrepris de préparer la façon dont je pourrais parler de mon dernier livre dans l'émission d'Oprah. J'eus aussi l'idée de lister toutes les questions délicates qu'elle pourrait me poser, et de trouver des réponses percutantes. Mais régulièrement, mon esprit revenait sur Kristen.

En fin de matinée, je n'y tins plus. Il fallait que je sache.

Elle décrocha à la première sonnerie, manifestement surprise de mon appel mais néanmoins de bonne humeur et ouverte à la discussion. Nous échangeâmes quelques banalités sympathiques, puis je tâtai le terrain.

— Tu es avec quelqu'un en ce moment ?

Bref silence.

— Oui. Tu le connais, d'ailleurs : Christopher.

— Christopher Rubin ?

— Lui-même.

C'était juste impossible ! Christopher Rubin était un voisin de Kristen, le type le plus détendu qui soit, toujours en jean-baskets-sweat-shirt. Ce gars était aux antipodes des hommes qu'elle fréquentait habituellement, des petits minets friqués tirés à quatre épingles qui gravitaient autour d'elle comme les guêpes sur la viande lors des déjeuners d'été au jardin.

— Je croyais que tu n'aimais que les types qui se trimbalent en costume Armani le week-end.

— Certainement pas. J'ai toujours préféré les hommes qui ne se prennent pas au sérieux.

Je n'en revenais pas.

Mais il fallait à tout prix que j'aborde le vrai motif de mon appel.

— Je voulais te parler d'un truc. Ça va te sembler bizarre, et je veux que tu saches que je n'appelle pas pour t'en faire le reproche, pas du tout, mais depuis quelque temps, je me pose la question et…

— Qu'est-ce que tu veux savoir ?

— Eh bien, juste avant qu'on se quitte, je…

— Que TU me quittes. Assume.

— Euh… oui, c'est vrai. Avant que je te quitte, tu avais annulé coup sur coup deux dîners, deux invitations, une chez moi, l'autre au restau. Et tu l'avais fait chaque fois avec des messages très laconiques. Genre vite expédiés. Je ne sais pas si tu te souviens…

— Oui, très bien.

— Eh bien, je ne t'ai jamais demandé pourquoi tu avais annulé ces dîners… À l'époque, je me suis dit que ça te saoulait, que tu ne voulais plus continuer, que j'étais pas vraiment ton genre d'homme en fin de compte, et que c'était ta façon de me faire savoir que c'était fini entre nous…

— N'importe quoi ! T'as projeté sur moi ton mode de fonctionnement, mon vieux ! Nous, les femmes, on n'est pas lâches. Si on veut mettre fin à une relation, on le dit, c'est tout.

J'accusai le coup.

— Et les messages…

— C'est très simple : la première fois, c'était une urgence au bureau. Un dossier client à revoir de fond en comble pour le lendemain. Je m'en souviens car je t'avais envoyé le SMS en pleine réunion. Et le lendemain, après avoir dormi quatre heures, j'étais sur le pont à 7 heures pour tout finir. Pas le temps de penser à toi, tu vois. La seconde fois, c'était encore plus dur. Mon père venait d'être hospitalisé en urgence. J'étais dans sa chambre, avant qu'on l'opère. Les portables étaient interdits mais j'ai quand même allumé le mien vite fait pour t'envoyer un message. Je ne risque pas de l'oublier… Son pronostic vital est resté engagé pendant trois jours. Il s'en est tiré mais ça a été chaud. Dans ces moments-là, on réalise que la vie tient à un fil… C'est pour ça qu'il ne faut pas la prendre trop au sérieux.

13

Wall Street plongeait. Chicago plongeait. Londres plongeait. Tokyo plongeait. Paris plongeait. Francfort plongeait…

Barry Kantor replia le *Wall Street Journal* et repoussa du bras la pile de journaux du jour sur son bureau.

Toute la presse annonçait que l'incendiaire s'en prenait aux firmes d'investissement. Les firmes détiennent une part non négligeable de l'économie mondiale… S'attaquer aux firmes revenait à jouer avec les piliers d'un château de cartes.

Barry Kantor décrocha son téléphone et appela le président. Il devait profiter de l'échec patent du labo de Fort Meade pour le convaincre d'arrêter une fois pour toutes ce coûteux projet.

*

Siège du FBI, Washington, DC.

Robert Collins revenait à peine des toilettes quand il vit la lumière rouge de son poste fixe clignoter.

Au même instant, son téléphone portable se mit à vibrer.

— Collins.

— Jessica, au central. Je viens de vous laisser un message sur le fixe.

— Que se passe-t-il ?

— Alerte dans une tour de Boston : le message d'évacuation vient d'être diffusé, et la musique de *L'Appel de la forêt* est encore en cours. On est en plein milieu de la journée de travail, la tour est pleine. Ça a déclenché une émeute. Il y a déjà de nombreux blessés.

— Nom et adresse de la tour.

— Tour State Street, 1 Lincoln Street, Boston, Massachusetts.

Il raccrocha en hâte et composa le numéro de l'ingénieur qu'il avait mis sur le traçage du hacking informatique du système audio des tours.

— Stan ?

— Oui.

— Collins. C'est parti, on a une nouvelle attaque. Note vite l'adresse : Tour State Street, 1 Lincoln Street, à Boston, Massachusetts. La musique est en cours de diffusion. Trace-moi ce salopard et localise-le-moi à toute allure.

— Je m'en occupe, dit Stan avant de raccrocher.

Robert frappa son bureau d'un coup de poing.

— Je vais le choper ! se dit-il à voix haute en serrant les mâchoires.

Cette affaire, c'était pour lui. Il le savait depuis le début. C'était lui qui allait la résoudre, et personne d'autre. Ni les *Remote Viewers* à la noix, ni Glenn avec ses pressentiments à la con. Seules la logique et l'intelligence l'emporteraient.

Quand Robert s'imaginait Glenn, la veille, montant la garde pour rien à Colombus pendant que l'immeuble de Valley Forge s'effondrait, il se félicitait de ne pas l'avoir accompagné. Ce fiasco à Colombus lui avait procuré une certaine satisfaction. Il n'en était pas fier, mais c'était comme ça.

L'incendiaire était maintenant à Boston… La veille au soir à Valley Forge et le lendemain matin déjà à cinq cents kilomètres ? Il pouvait difficilement agir seul, à moins d'avoir tout méticuleusement organisé des mois à l'avance. Très peu probable.

Grouille-toi, Stan, grouille-toi.

Robert tapota nerveusement des doigts sur le bureau, puis il se leva, marcha vers la fenêtre, fit les cent pas. Pour l'instant, il ne pouvait rien faire d'autre qu'attendre passivement, ce qu'il détestait le plus au monde.

Allez, grouille-toi, Stan.

Il se sentait encagé comme un danseur de hip-hop contraint à deux heures de méditation en position de lotus.

Enfin son poste fixe sonna et il se jeta dessus.

— Oui, Stan !

— C'est bon, je l'ai localisé.

— Vas-y, file son adresse.

— 2 Central Street, Somerville, Massachusetts. Dernier étage, appartement n° 23. C'est à dix minutes de Boston.

— OK, noté, j'envoie la cavalerie.

*

Quatorze minutes plus tard, cinq agents du SWAT[1], l'équipe d'élite du FBI, s'introduisirent en silence à l'intérieur d'un immeuble miteux de trois étages dans la banlieue de Boston, tandis que sept autres prenaient discrètement position à l'extérieur. Le chef d'équipe s'élança en souplesse dans l'escalier, suivi par son équipe, tous cagoulés et casqués, en noir des pieds à la tête avec leur épaisse tenue de combat, bottes et gilet pare-balles, mitraillette MP10 au poing.

Parvenu au dernier étage, il marqua une pause, à l'affût du moindre bruit, puis s'engagea lentement dans le couloir sombre, tous les sens en alerte, jusqu'à la porte n° 23. Il tendit l'oreille, tenta en vain de regarder à travers la serrure, puis adressa un bref signe à l'artificier de l'équipe. Celui-ci s'avança en silence et plaça délicatement la charge explosive sur la porte. Les hommes reculèrent, se positionnèrent en angle d'attaque, leurs armes de guerre braquées sur la porte, attendant le signal.

Le chef prit son inspiration. Ce moment décisif était toujours le plus exaltant de ce type d'opérations. Le plus dangereux aussi. Le signal qu'il s'apprêtait à donner était un point de non-retour à partir duquel tout s'enchaînerait à vive allure et de manière imprévisible. Il faudrait mobiliser subitement toute son énergie dans une concentration extrême pour capter d'un coup d'œil toute la scène, tous les protagonistes, tous les dangers, et prendre les bonnes décisions en

1. Special Weapons and Tactics Teams.

une fraction de seconde pour neutraliser le ou les forcenés, si possible sans les tuer. Et si possible, sans se faire tuer…

Il regarda ses hommes. Tous étaient prêts.

Il délivra le signal attendu et l'artificier enclencha la mise à feu.

La déflagration fut violente et la porte vola en éclats dans un bruit assourdissant destiné à surprendre le forcené au point de le tétaniser. Le chef d'équipe ressentit alors cette décharge d'adrénaline qu'aucun autre métier au monde ne pourrait lui fournir, et il se jeta à l'intérieur suivi de ses hommes, tandis qu'un hurlement suraigu jaillissait de l'appartement.

La pénombre.

Rideaux tirés.

Odeur fauve.

Deux masses humaines allongées sur la droite dans un lit. Mains cachées. La pire des configurations.

— Mains en l'air ! hurla-t-il en braquant son arme.

Il leur alloua mentalement une seconde avant de tirer. Les mains nues sortirent immédiatement de sous les draps.

— Plus un geste !

Il les tint en joue pendant que ses hommes se répandaient dans les autres pièces.

— Personne ici ! cria l'un d'eux.

— Personne ! cria le deuxième.

— Le reste du lieu est vide ! résuma le troisième.

En un instant les cinq agents étaient de nouveau réunis, toutes leurs armes braquées sur le lit.

— Levez-vous TRÈS lentement en gardant les mains au-dessus de la tête !

Stupéfait, le chef d'équipe vit alors deux jeunes gens émerger des draps, nus et tremblants, un garçon et une fille qui n'avaient guère plus de vingt ans. Ils reculèrent lentement jusqu'à avoir le dos au mur. La jeune fille, les yeux mouillés, avait les lèvres qui tremblotaient. Elle croisait maladroitement ses jambes dans une vaine tentative de cacher son intimité et, tout en gardant les mains en l'air, elle essayait néanmoins de placer ses coudes devant ses seins.

Le jeune homme semblait terrifié. Il tremblait de tous ses membres.

Le contraste entre leurs frêles nudités et les imposants policiers bodybuildés et surarmés en tenue noire de combat était saisissant, incongru. Le chef d'équipe se demanda un instant s'il ne s'était pas trompé d'appartement, mais il était sûr de lui. Les collègues de Washington auraient-ils fait une erreur ?

Il saisit un déshabillé qui traînait sur une chaise et le lança à la jeune fille.

— Couvrez-vous.

Elle ne se le fit pas répéter et enfila prestement le vêtement, tout en reniflant.

Le jeune homme se mit à marmonner quelque chose d'inintelligible, à moitié sanglotant, la voix coincée au fond de sa gorge nouée.

— Répétez plus fort !

Terrorisé, les yeux hagards et suppliants, il luttait contre les convulsions incontrôlables de sa mâchoire.

— Je… je… suis désolé… je… voulais pas… faire de mal… je vous jure… c'était… juste… pour rire.

14

Seule dans le laboratoire de Fort Meade, Anna était soucieuse. L'échec de Timothy Fisher suivi de son abandon compliquait les choses. Si le labo ne savait pas répondre à la demande du président, celui-ci aurait du mal à faire renouveler son budget annuel par le Sénat, toujours récalcitrant. Et peut-être même n'en aurait-il pas envie. Depuis le début, la recherche de financement avait toujours fait l'objet de tractations compliquées. Le projet se retrouvait toujours pris en sandwich au Sénat entre deux groupes d'opposants : les ultrareligieux, pour qui les chercheurs de *Star Gate* tentaient d'interférer avec la pensée de Dieu, et les ultrarationnels, pour qui ce projet était juste un tissu de balivernes.

Mais là, pour la première fois, on risquait de se retrouver véritablement dans une impasse.

Et maintenant qu'Anna avait perdu ses facultés intuitives, son échec à former un nouveau *Remote Viewer* la menaçait directement, en même temps qu'il compromettait la pérennité du projet. Elle était clairement sur la sellette.

Elle se rejeta lentement en arrière dans son fauteuil et soupira profondément.

Timothy l'avait déçue. Elle avait eu confiance en son potentiel et avait cru qu'il parviendrait rapidement à acquérir la méthode pour la mettre en œuvre dans l'affaire de l'incendiaire. Pourquoi avait-il échoué sur toute la ligne ? Rien n'était défendable dans sa dernière visualisation, et Robert Collins s'en était presque délecté, lui qui n'avait jamais caché son scepticisme.

En désespoir de cause, elle reprit le document sur lequel elle avait noté tous les éléments concernant le dernier bâtiment détruit, et les relut attentivement une fois de plus dans l'espoir de trouver un lien, même indirect, avec le rapport de Timothy.

Où diable ce 41 de malheur pourrait-il se cacher ? Et si la direction générale de l'entreprise se trouvait au quarante et unième étage ? Non, impossible, Collins avait dit qu'il ne s'agissait pas d'une tour mais d'un ensemble immobilier plus large que haut. Et si c'était le nombre de leurs bureaux dans le monde ? Ils devaient en avoir un peu partout. Elle tapa « Vanguard » sur Google et lança la recherche. Le site web officiel de la firme sortit en première position. Elle cliqua puis se rendit sur la page de présentation de l'entreprise. Comme elle s'y attendait, elle y trouva la liste des bureaux. Son cœur se mit à battre alors qu'elle en comptait quatre aux États-Unis. À l'étranger, elle en dénombra quinze, ce qui faisait dix-neuf en tout. Pas quarante et un.

Elle retourna sur la page de résultats de Google puis eut l'idée de cliquer sur l'onglet *Vidéos*. Des dizaines de résultats liés à Vanguard jaillirent à l'écran, pour la plupart des interviews de dirigeants, de financiers, d'économistes. Une vidéo postée par CNN titrait « L'incendie de Vanguard vu du ciel ». Elle cliqua dessus.

La scène était filmée d'un drone ou d'un hélicoptère. On voyait l'immeuble d'assez loin. Les flammes déchiraient la nuit au milieu d'une zone sombre, sans doute un secteur boisé en dehors de la ville. Ensuite la caméra se rapprochait et faisait lentement le tour de la structure à distance. On voyait que l'immeuble était en fait constitué d'un petit groupe de cinq ou six bâtiments peut-être reliés les uns aux autres, tous en feu. Puis la caméra prit lentement de la hauteur, révélant toute l'ampleur de l'incendie. Anna pensa à tous les salariés terrorisés qui avaient dû s'enfuir, en proie à la panique, peut-être dans les bois alentour. Et combien étaient restés coincés, cernés par les flammes ? De tout temps, le feu avait été l'une des grandes terreurs des hommes.

Les yeux d'Anna ne pouvaient se détacher de l'écran, comme aimantés par une sorte de fascination morbide. Mais soudain, son cœur se serra tandis que la caméra offrait maintenant une vue d'ensemble de la scène. Elle se figea et s'arrêta même de respirer.

La disposition des bâtiments était très particulière. Vus du ciel, ils formaient ensemble un 4 enflammé au milieu des bois. Juste à côté, un long parking au sol clair éclairé par le feu émergeait de la pénombre pour révéler un 1 presque parfait.

15

Le vaste et beau bureau de Barry Kantor à la Maison-Blanche était baigné de soleil, et à travers les hautes fenêtres, on pouvait admirer les grands arbres peuplant un jardin bichonné jusque dans les moindres détails. Avec son haut plafond mouluré et bordé d'une élégante corniche, ses ouvertures ornées de pilastres cannelés et coiffées de discrets chapiteaux, murs crème et boiseries blanches, on se serait facilement cru dans la demeure de Gatsby le Magnifique. Glenn y était déjà venu à plusieurs reprises, et chaque fois, il ressentait la même émotion à l'idée de se trouver à quelques pas du Bureau ovale, juste séparé de celui du conseiller par la salle à manger et la *Cabinet Room*.

L'épaisse moquette absorbait les sons, contribuant à l'atmosphère calme et en dehors du temps qui contrastait presque avec le dynamisme du conseiller du président.

— Ne vous réjouissez pas trop vite, dit Robert Collins de sa voix rêche, la météo annonce le retour du brouillard dès ce soir.

Glenn réprima un sourire. Robert était d'humeur

maussade depuis que sa grande idée de tracer le piratage informatique des immeubles incendiés n'avait conduit qu'à l'arrestation d'un plaisantin. L'incendiaire du siège de Vanguard s'était quant à lui bien gardé de laisser la moindre trace sur son passage.

Barry Kantor s'assit à son tour à la petite table de conférence en acajou et prit la parole :

— L'objectif de cette réunion est de décider de la suite du plan. Madame Saunders, vous dites que votre intuitif avait en fin de compte raison dans sa description de la cible…

— En effet, dit Anna. Son rapport désignait une construction gris et rose et la présence des chiffres 4 et 1. Voici une photo aérienne du site de Vanguard à Valley Forge. Les immeubles sont bien rose et gris et l'ensemble a la forme d'un 4 tandis que le parking qui le longe a celle d'un 1.

Kantor prit le document qu'elle lui tendait et le regarda un instant.

— Ça me semble incontestable, dit-il. Alors pourquoi êtes-vous partis sur une fausse piste ?

— Nous avons fait une mauvaise interprétation du rapport de Timothy Fisher, dit Glenn. Il nous semblait évident que le 41 désignait l'adresse, et il se trouve qu'une firme de finances au bâtiment rose et gris a un 41 dans son adresse. Ça nous a induits en erreur, forcément.

— C'est tout le problème du *Remote Viewing*, s'empressa d'ajouter Robert. Ça donne des informations brutes dont on ne sait que faire !

Barry Kantor hocha la tête pensivement.

— C'est ce qu'a souvent reproché la CIA aux intuitifs de *Star Gate*, dit-il. Beaucoup de visualisations justes, mais qui ne sont guère exploitables…

Anna les regarda mais n'ajouta rien.

— N'empêche qu'on n'a aucune piste par ailleurs, dit Glenn. Mieux vaut des infos énigmatiques que pas d'infos du tout.

— Ça me semble clair, dit Barry Kantor. Il faut rappeler Fisher et continuer.

— Je peux essayer de le convaincre de revenir, dit Anna.

Kantor fronça les sourcils.

— Le convaincre ?

— Il croyait avoir échoué, ça l'a complètement démotivé. Et puis, il a une émission de télé à préparer. Il est invité dans quelques jours chez Oprah Winfrey. Bref, il a claqué la porte. Je ne garantis rien, mais je vais tenter de le faire changer d'avis.

— Il a dû partir pour fuir l'échec, dit Kantor. Si vous lui annoncez son succès, il sera tenté de reprendre du service.

Robert haussa les épaules.

— On perd notre temps à courir après un intuitif récalcitrant.

— Vous avez votre part de responsabilité, dit Anna. Vous l'avez braqué dès son premier entraînement.

— Il faut le convaincre de rester, dit Glenn en se tournant vers son collègue. On n'a pas le choix, tu sais comme moi qu'il faudra des semaines pour déblayer les immeubles effondrés, des semaines avant que la police scientifique puisse commencer à travailler. Et pendant ce temps, le fou en aura abattu combien d'autres ? Combien de gens seront morts ?

— Pour l'instant, dit Robert, on n'a aucune information sur d'éventuels morts.

— On le saura seulement quand tout sera déblayé. T'es prêt à prendre le risque d'attendre ?

Il y eut un silence… que Robert brisa assez vite de sa voix rêche, les yeux baissés.

— OK, reprenons avec Fisher. Mais alors on va arrêter de perdre du temps, on va lui administrer du LSD.

Glenn posa ses yeux sur Anna, dont le visage s'obscurcit d'un coup.

— On en a déjà parlé dans le passé, dit-elle d'un ton cassant. Je ne reviendrai pas sur ma position.

— La situation l'exige, dit Robert.

— C'est totalement exclu, dit-elle.

— On sait tous ici que le LSD décuple l'intuition.

— Et on sait tous ici que cette drogue foutrait sa vie en l'air, répondit-elle.

— Ce n'est pas une drogue dure, intervint Barry Kantor. Il ne suffit pas d'en prendre quelques doses pour devenir accro.

— Tout à fait, dit Robert.

— Ce n'est pas le problème et vous le savez très bien. Vous connaissez les conséquences très particulières que cette drogue aurait pour lui. Vous savez comme moi que ça mettrait un coup d'arrêt définitif à sa carrière de romancier.

Un silence gêné s'immisça dans la conversation.

— La situation est grave, dit soudain Kantor. Wall Street s'effondre et entraîne dans son sillage les places boursières du monde entier. Le président a reçu l'appel du Premier ministre du Japon, du président français, du chancelier allemand et de plein d'autres encore. Nous sommes tenus de tout faire pour arrêter ce malade au plus vite.

— Peut-être, mais ce n'est pas une raison pour nuire à une personne, dit Anna. Je m'y oppose totalement.

— L'intérêt de l'État est en jeu, madame Saunders, dit Kantor. Cet incendiaire menace tout l'équilibre de notre société.

Anna le regarda droit dans les yeux.

— On n'est pas en dictature. Dans ce pays, le respect d'une vie individuelle prime sur l'intérêt de l'État.

Elle se tut et le silence emplit la pièce. Glenn se dit qu'Anna avait bien joué : le conseiller du président pouvait difficilement remettre en cause l'un des fondements de la démocratie libérale, au sein même des murs de la Maison-Blanche.

— En tout cas, dit Kantor, il faut que Fisher continue.

— S'il veut arrêter pour préparer l'émission d'Oprah, dit Robert, ça risque d'être compliqué de lui donner envie de revenir…

— Cette émission tombe vraiment très mal…, dit Glenn.

— Débrouillez-vous pour le convaincre de rester, ordonna Kantor.

— On va essayer, répondit Collins.

— Je ne veux pas des essais, mais des résultats.

*

Assis à mon bureau derrière la fenêtre de ma petite maison, je ne pouvais détacher mon regard de l'écran de mon ordinateur. Anna m'avait appelé pour m'annoncer la nouvelle, et j'avais voulu constater par moi-même, voir de mes propres yeux l'image du lieu dont j'avais apparemment capté des éléments disparates.

Mais l'image Google satellite du siège de Vanguard, si elle correspondait en effet bien à mon rapport, ne m'évoquait rien de familier, ne correspondait en rien aux images internes que j'avais pu avoir lors de la session de *Remote Viewing.* Je ne reconnaissais pas le lieu, je ne l'avais pas visualisé tel qu'il était réellement. J'en avais juste perçu des éléments qui manifestement le constituaient, des fragments dénués de signification individuelle, comme si l'information ne m'était pas venue dans sa globalité porteuse de sens.

C'était troublant, très troublant.

J'interrogeai Google sur la distance qui séparait Fort Meade de Valley Forge. Cent quatre-vingts kilomètres ! Disons cent cinquante à vol d'oiseau. Je devais avouer que les explications préalables d'Anna sur le fonctionnement supposé de l'intuition ne suffisaient pas à calmer ma surprise, à combler mon incompréhension. Pour moi, cet exploit était juste totalement dingue ! Comment était-il possible que mon esprit puisse capter des informations situées à cent cinquante kilomètres de là où je me trouvais ?

Mais d'ailleurs, était-ce vraiment mon esprit ? J'avais eu à un moment donné conscience de ces informations, donc ma conscience avait eu accès à elles. Comment ? Je me posais la question encore et encore, essayant d'entrevoir différentes possibilités, mais plus je cherchais des explications rationnelles et rassurantes, plus la confusion s'emparait de moi devant mon incapacité d'en trouver, et petit à petit je sentis monter en moi un trouble extrême devant la réponse qui s'imposait alors que je tentais de la chasser de mon esprit.

Et cette réponse était vertigineuse, car elle remettait complètement en question tout ce que je croyais savoir de moi, de ma vie, de ma compréhension du monde et de l'univers. Jusque-là, je voyais ma conscience comme le fruit de mon activité cérébrale : elle émergeait de mon cerveau, elle était le fruit de son fonctionnement. Mais si c'était vrai, comment aurait-elle pu accéder à ces informations placées à cent cinquante kilomètres de mon cerveau ? Il n'y avait qu'une réponse possible, une réponse qui faisait vaciller toutes mes certitudes : ma conscience s'était déplacée jusqu'à ce lieu pour en capter des bribes.

Tout se mit alors à tournoyer autour de moi comme si je me retrouvais à l'épicentre d'un cyclone tandis que je me laissais aller à entrevoir ce que cela impliquait : si ma conscience pouvait se déplacer dans un autre lieu, alors était-elle vraiment logée dans ma boîte crânienne ? Et si elle était indépendante de mon corps physique, alors qu'est-ce qu'était véritablement ma conscience ?

16

Aucune nouvelle des fouilles dans les trois sites. Et, fait totalement inhabituel, toujours aucune revendication de l'incendiaire. Comment l'expliquer ?

Robert Collins ne supportait pas cette impression de faire du surplace. Il bouillait d'exaspération comme une Ferrari dans un embouteillage sans fin.

Glenn entra tranquillement dans le bureau, un pied devant l'autre. Comment pouvait-il être aussi insouciant en pareille circonstance ? Glenn était le genre de type qui, si sa maison prend feu, va passer l'aspirateur dans le salon avant d'appeler les pompiers.

— J'ai une bonne nouvelle, dit-il.

— T'as obtenu la retraite anticipée ?

— J'ai obtenu de Timothy Fisher de revenir une journée de plus.

Robert leva un sourcil.

— Une seule ?

— Oui.

— Juste comme ça, il revient faire un petit tour et puis il repart ?

— C'est déjà ça.

— On n'est pas au Club Med.

— Il a une émission à préparer.

— C'est vrai que c'est plus important que d'arrêter l'ennemi public n° 1.

— Robert…

— C'est tout ce que t'as à me dire ?

Glenn s'adossa au rebord de la fenêtre.

— J'ai étudié la durée de diffusion de la musique avant le déclenchement de chaque incendie.

— T'es encore sur cette musique ?

— Elle varie considérablement d'un immeuble à l'autre.

— Hasard.

Glenn secoua la tête.

— Un pro comme cet incendiaire ne fait pas les choses au hasard.

— Qu'est-ce que tu veux en conclure ?

— Pour moi, la meilleure explication possible est qu'il attend le temps nécessaire pour que les occupants évacuent les lieux… Ce gars-là ne cherche pas à tuer, il cherche à détruire des sociétés et déstabiliser notre modèle économique. Ça signifie qu'il est présent sur les lieux, en position d'observer l'évacuation des bâtiments. Si on parvient à aller sur place suffisamment tôt après l'alerte, je suis sûr qu'on peut le coincer.

Robert haussa les épaules.

— Il y a des milliers de bureaux qui donnent sur l'entrée de chaque tour des centres d'affaires.

— Certes, mais il ne peut pas avoir accès à tous, c'est impossible. Donc il est forcément dans un lieu public, un pub, un restaurant, un square, ou tout simplement dans la rue.

— Et quand bien même, gros malin ? Tu te crois

capable de l'identifier parmi les milliers de personnes qui s'enfuient et les centaines de badauds qui observent ?

Pour toute réponse, Glenn enfourna un ourson chocolat-guimauve.

*

Je me retrouvai à Fort Meade. Deux heures plus tôt, j'avais prévenu par e-mail le coach en *media training* que je devais reporter ma séance. Pas le courage d'appeler pour le lui dire de vive voix.

C'était la fin d'après-midi, il faisait très doux dans le parc du labo, et la brume était plus légère que la fois précédente. Nous nous installâmes sur la même table en bois, sous les grands hêtres. Je retrouvai la senteur agréable du sous-bois et, par-ci par-là, quelques sifflements d'oiseaux.

Anna demanda à Glenn et à Robert de nous laisser tranquilles pendant ma session, et ils obtempérèrent, non sans que Glenn eût manifesté son impatience d'un geste d'agacement. Ils s'éloignèrent en allumant des cigarettes. Le lieu se libéra de l'emprise de leur stress. Il ne restait plus que le mien, car je ressentais toujours la pression de l'enjeu et la réussite de ma précédente session avait démultiplié les attentes à mon égard.

— Nous allons pousser la démarche jusqu'en phase 3, dit Anna.

— Ça correspond à quoi ?

— La première phase est, comme vous le savez, constituée de la découverte de la nature de la cible à travers le dessin de l'idéogramme. Dans la deuxième phase, vous entrez en contact avec la cible au travers des sensations et des images que vous commencez à capter. Dans la troisième, vous allez appréhender sa forme, en trois dimensions, et esquisser des dessins pour la représenter.

— Autant vous prévenir : en dessin, j'en suis encore au bonhomme patate.

— Aucune importance, vous laisserez faire le feutre.

— Si vous le dites…

— La phase 3 s'enclenche quand vous êtes prêt, quand votre ouverture à la cible est suffisante.

— Et… comment je le sais ?

— À un moment donné, vous allez avoir ce qu'on appelle un AI majeur. Un Avis Impactant majeur. En fait c'est une opinion forte sur la cible qui émerge en vous alors que vous êtes en train de recueillir ses caractéristiques sensorielles. C'est le signe que vous êtes suffisamment ouvert à la cible pour pouvoir en appréhender la forme.

— Bon, OK…

— Vous êtes prêt ?

J'avais devant moi une pile de feuilles blanches et mon feutre à la main. Je pris une profonde inspiration du bon air de la forêt pour me détendre en chassant de mon esprit toutes préoccupations. J'entendis quelques discrets piaillements d'oiseaux cachés dans les grands arbres baignés de la douce brume qui s'effilochait délicatement entre les branches.

— On peut y aller, dis-je.

— C'est parti.

Je commençai comme d'habitude à noter mon nom, celui d'Anna, le lieu et l'heure de début de session en haut et à droite de la feuille, puis dans la colonne de gauche les pensées et les émotions qui me perturbaient.

— La cible, dit Anna, est donc le nouvel immeuble que l'incendiaire est en train de viser.

Elle me donna la coordonnée qu'elle venait de lui attribuer et je laissai ma main filer…

Il me fallut une grosse demi-heure pour mener à bien les deux premières phases et percevoir qu'il s'agissait d'une construction, rien qu'une construction, que c'était dur, froid, métallique, vitreux, grand, haut, et qu'il y avait du bleu et de la transparence. Au bout d'un moment, je tournai un peu en boucle en produisant surtout des synonymes. Et je me mis bizarrement à me sentir assez mal. C'était comme si quelque chose en moi rejetait cette cible.

— Je n'aime pas ce lieu. C'est… pourri, comme endroit…

— Vous voulez dire que c'est une construction en mauvais état ?

— Non, pourri de par ce que vivent ses occupants. Ou ce qu'ils ont vécu. Je ressens beaucoup d'émotions, d'inquiétude, de stress, et de tristesse, aussi. Tout le lieu en est comme imbibé. J'ai l'impression que beaucoup de rancœur et même de haine sont associées à ce bâtiment. Je les ressens comme si j'étais dedans en ce moment, parmi eux…

— D'une certaine façon, vous l'êtes… En *Remote Viewing*, on appelle ça un sentiment de présence à la cible. Cela indique que votre ouverture est grande. Et ce sentiment, c'est clairement un AI majeur. Notez-le au centre de la page.

Je fis comme elle me demandait.

— Maintenant, dit-elle, imaginez que vous êtes face à la cible.

— OK. Je m'imagine là-bas…

— Vous en êtes à quelle distance ?

— Je dirais cinquante mètres environ.

— C'est comment ?

— Eh bien…

— Laissez-vous aller à gribouiller ce que vous percevez…

— Vous allez être déçue, je dessine vraiment comme un pied.

— Ça va, on s'en fiche…

J'entrepris de représenter les bribes d'image qui me venaient mais l'idée même de traduire ces images en dessin me bloquait, tellement je me savais nul dans ce domaine. Un handicapé du coup de crayon.

— OK, dit-elle au bout d'un moment pour mettre fin à mon supplice. Voilà ce qu'on va faire : vous posez la pointe de votre feutre au milieu de la feuille puis vous fermez les yeux et commencez à faire trembler votre main pour dessiner des petites spirales. Voilà, comme ça… Maintenant que votre main est en mouvement, laissez-la faire ses petites spirales, concentrez-vous sur votre perception de la cible, et laissez votre main être guidée par ce que vous voyez sans vous poser de questions. C'est cela… très bien…

Sa technique marchait : le fait d'avoir impulsé un mouvement à ma main l'avait débloquée, et quand j'ouvris enfin les yeux, je vis un gribouillis qui ressemblait quand même plus ou moins à ce que j'avais visualisé.

— OK, dit Anna. Maintenant, vous allez imaginer que vous vous déplacez sur un côté latéral de la cible, et vous recommencez. Mais cette fois, je vous propose de prendre plus de recul, peut-être à cent mètres, et de noter aussi ce qui vous vient de l'environnement.

— D'accord.

Ça me sembla plus facile d'accéder aux informations et surtout de les représenter.

— C'est vu, dit Anna. Imaginez que vous êtes un géant, puis fermez les yeux et tendez la main devant vous pour toucher la cible en différents points et voir quelles informations vous obtenez.

Je me pris au jeu. Je m'imaginai face à un immeuble de la même taille que moi, à portée de main, et je tendis la main pour l'effleurer, le palper, le sentir.

— C'est rugueux à certains endroits, dis-je, lisse à d'autres et… je vois un oiseau bleu… et le mot AMIRAL vient de jaillir de nulle part dans mon esprit… et puis je vois un homme… torse nu… qui porte un maillot de bain rouge… et il monte à l'échelle. Vous croyez que ce sont des interprétations ?

Anna secoua la tête.

— Je ne pense pas. Pas à ce stade. L'ouverture est manifestement grande, vous captez beaucoup de choses de la cible… Mais revenons au bâtiment, décrivez-moi ce que vous percevez à son sujet.

Bizarrement, le fait de tendre la main devant moi et de palper ce qui n'était peut-être rien de plus qu'une projection mentale m'aidait à accéder à des images.

— Il est haut, étroit et haut. En fait, c'est une tour, une grande tour, mais elle est élargie à sa base, comme si elle était sur un promontoire…

— Que voyez-vous d'autre ?

— Du bleu, beaucoup de bleu.

— La tour est bleue ?

J'eus un doute. Je tendis les deux mains et caressai la tour virtuelle devant moi comme l'aurait fait un aveugle pour appréhender un objet inconnu.

— Je ne suis pas sûr que toute la tour soit bleue… je ne pense pas… mais il y a du bleu, c'est certain.

— Très bien. Autre chose ?

Je m'efforçai de collecter plus d'informations… en vain.

— Je crois que je n'aurai plus rien…

Elle attendit quelques instants sans rien dire avant de briser le silence.

— Très bien. On va arrêter là. Je vous laisse écrire

le résumé et noter l'heure de fin. Je vais chercher nos amis.

Elle revint avec eux quelques minutes plus tard. Anna s'adossa à un hêtre ; les agents s'approchèrent de la table, Glenn mains dans les poches et Robert les bras croisés, un peu en retrait.

— Autant vous dire tout de suite que j'ignore si mes infos seront exploitables, leur avouai-je.

Ils ne réagirent pas mais m'observèrent en silence.

Je me raclai la gorge.

— Alors voilà : pour moi, la cible est une tour dans un environnement urbain dense, probablement entourée d'autres tours. Pas d'éléments naturels, pas d'eau. Il y a du bleu, et les éléments caractéristiques de cet immeuble sont : dur, froid, métallique, vitreux, grand, haut, et il y a une certaine transparence. J'ignore ce qu'ont vécu ses occupants mais il y a eu beaucoup de stress, d'inquiétude, de tristesse, de rancœur. Peut-être de la haine. Dans ou autour de cette cible.

Je jetai un coup d'œil furtif à Glenn et à Collins. Ils restaient de marbre.

Je pris mon inspiration avant d'oser annoncer la suite.

— Et je vois un oiseau bleu, le mot AMIRAL, et un homme en maillot de bain rouge qui monte à une échelle.

Je les regardai. Leurs visages étaient de glace.

— Voilà, dis-je. C'est tout.

Silence de mort.

Anna leur montra mes gribouillis.

— C'est peut-être une piste pour tenter d'identifier la tour au sein des centres d'affaires du pays…

Robert leva les yeux au ciel mais ne pipa mot. L'idée me traversa l'esprit qu'Anna l'avait probablement sermonné pour qu'il se taise. Mais son expression de visage était aussi éloquente que sa langue.

Glenn prit la parole, posément, d'un ton qui manifestement se voulait gentil, tellement que ça lui donnait une connotation paternaliste plus irritante qu'agréable. Lui aussi avait dû être briefé pour ne pas me vexer.

— Je ne suis pas tout à fait sûr que ces éléments puissent nous servir tels quels… Auriez-vous autre chose en complément ?

Je secouai la tête.

— Dans la mesure, dit-il, où chaque ville américaine a son quartier d'affaires constitué de gratte-ciel, et que votre croquis ressemble un peu à ce qu'on voit… euh… partout, ça ne va pas être… facile.

— Je dessine mal, dis-je, mais l'image de la tour est assez nette dans mon esprit. Je crois que je pourrais la reconnaître si je la voyais.

Glenn hocha la tête d'un air navré.

— Si on doit se procurer et vous montrer les photos de mille tours pour que vous parveniez à en retenir une, elle sera tombée depuis longtemps…

— Et l'amiral, demanda Robert qui sortit de son mutisme, il est comment, son uniforme ? Blanc ?

— Je ne sais pas trop. En fait, c'est le mot qui m'est apparu et non la forme.

— Un amiral et beaucoup de bleu, ça fait penser à la mer, naturellement. Une ville côtière ?

— Difficile à dire : je n'ai pas capté d'eau sur le lieu cible. Bien sûr, ça n'empêche pas que la ville soit côtière, mais dans ce cas, la tour n'est pas au bord de l'eau.

Le silence retomba.

— Et il y avait aussi un oiseau bleu et un homme en maillot de bain rouge ? demanda Glenn.

— Oui.

— En hiver ? dit Robert. Alors la cible est aux Bahamas, pas chez nous !

— C'est un paradis fiscal, dit Glenn en riant, il doit y avoir pas mal de boîtes de finances !

— En fait, dis-je, l'oiseau ressemble plus à un rapace qu'à un oiseau des îles.

Robert fit la moue.

— Bon, dit-il d'un air peu réjoui, faisons avec ce qu'on a.

Il prit son portable et appela.

— Listez-moi toutes les firmes de finances installées dans une rue qui porte le nom d'un amiral, ou dont le nom est homonyme de celui d'un amiral. En urgence !

— Ou alors, dit Glenn, c'est une société dont le logo serait un amiral ?

— Un amiral comme logo ? dit Robert, incrédule.

— Oui, comme *Admiral Rodney* ou *Admiral Nelson's.*

Robert lui lança un regard exaspéré.

— On cherche une firme de traders qui brassent du pognon, pas une boîte de brasseurs qui filtrent du rhum blond.

Glenn sourit.

— C'est ça, des gars qui versent plus dans l'assurance-vie que dans l'eau-de-vie.

Soudain, Anna s'écria :

— Regardez, le papillon !

On leva les yeux ; elle montrait un papillon qui voletait autour de nous.

— Et alors ?

— Il existe un papillon qu'on surnomme le *white admiral* ! Le licu peut avoir un rapport avec un papillon !

Il y eut un instant de flottement, puis Robert reprit son téléphone.

— Ajoutez à la recherche les boîtes de finances dont le logo serait un papillon ou dont le nom ou l'adresse aurait un rapport avec ça.

— Inutile, dis-je. Je crois que j'ai trouvé.

Tous les regards se tournèrent vers moi.

— Le *white admiral* est le symbole de New York.

Pendant un instant, personne ne réagit.

— Un *papillon* ? dit finalement Robert avec une grimace incrédule. Un papillon est le symbole de New York ?

J'acquiesçai.

— C'est même un symbole officiel, mais bon, il n'y a que les New-Yorkais qui le savent, et encore...

Puis j'ajoutai :

— Et sur le drapeau de la ville, figure un aigle bleu.

*

Une heure et demie plus tard, nous survolions Manhattan en hélicoptère sous le soleil couchant. Glenn et Robert avaient bien essayé de me montrer des photos Internet des tours de New York, mais aucune ne ressemblait à ce que j'avais visualisé, les clichés étant pris sous un angle différent.

— Vous n'arrêtez pas de faire l'aller-retour New York-Fort Meade, cria Robert pour couvrir le bruit du rotor. On aurait dû vous prendre un abonnement !

Les forces de sécurité et les pompiers de la ville étaient prévenus, tous étaient sur les dents en attendant nos instructions. Le pilote avait exigé que l'on éteigne nos téléphones mais il transmettrait nos ordres par la radio de bord.

— Grouillez-vous, me dit soudain le pilote. Il y a un peu de brume, c'est dangereux, on va pas s'éterniser.

Me grouiller, me grouiller… Comment voulait-il que je me grouille ? Je ne quittais pas des yeux la forêt de gratte-ciel sous nos pieds. Je la scrutais dans tous les sens, fouillant du regard l'enchevêtrement de tours à la recherche de l'image mentale qui m'était apparue. Ce n'était pas facile parce qu'elle m'était venue de jour, or toute la ville s'imprégnait maintenant de la nuit tombante. Des milliers de lumières s'allumaient et scintillaient de partout, ça n'avait plus rien à voir…

En temps ordinaire, j'aurais juste adoré survoler Manhattan de nuit. Mais là, j'étais tout entier mobilisé pour repérer la cible à temps, et angoissé à l'idée d'échouer. Tout le monde à bord était sous pression, je pouvais le sentir, tout comme je sentais l'effet de cette pression dans mon corps ; ma cage thoracique était comprimée, ma gorge, serrée, et les vibrations sonores du rotor résonnaient méchamment dans ma boîte crânienne.

L'hélicoptère quadrillait la ville méthodiquement, d'est en ouest et d'ouest en est en remontant lentement vers le nord, et chaque virage nous couchait presque sur le côté. Mais j'étais trop absorbé par ma mission pour avoir peur.

Ces innombrables tours se ressemblaient, toutes plus impersonnelles les unes que les autres, banales à souhait, et donc méconnaissables. Seules quelques-unes sortaient du lot par leur taille pour m'offrir leur apparence familière. D'abord, le One World Trade Center sur la gauche puis, en remontant vers le nord, l'Empire State Building, et un peu plus haut encore le Chrysler Building. Je devinais l'emplacement du Washington Square Park qui apparaissait comme un sombre trou béant. Je reconnus la tour d'habitations 432 Park Avenue, sorte de gaufrette à la vanille, étroite et haute, puis on arriva à la hauteur de Central Park.

— On va remonter à l'est du parc, dit le pilote.

Plus on sillonnait les quartiers, plus je mesurais à quel point ma mission était impossible. Les tours se confondaient par leur laideur inhumaine. Au fur et à mesure qu'elles défilaient sous mes yeux, l'angoisse me prenait à la gorge et m'étouffait tandis que l'évidence s'imposait à moi : si précise que m'ait semblé la vision de la cible, jamais je ne la reconnaîtrais au milieu de cette champignonnière en béton.

Au nord de Central Park, les gratte-ciel se raréfiaient, cédant le terrain à des buildings de hauteur plus modeste que ma cible.

— Faisons demi-tour, dis-je au pilote, et redescendons par l'ouest du parc. Et vous pourriez ralentir un peu ? On va trop vite, je ne peux pas tout voir…

— OK.

L'hélico dessina un cercle jusqu'à l'Hudson River puis plongea vers le sud.

À nouveau, je scrutai anxieusement chaque édifice, en vain.

Parvenu à l'extrémité sud du parc, l'hélico reprit son balayage d'est en ouest et d'ouest en est.

À l'instant où je l'aperçus, je sus que c'était elle.

— Là ! criai-je en la désignant du doigt. Cette tour, là…

Et au moment où je lisais le nom illuminé à son sommet…

— Barclays !

… son logo me sauta aux yeux.

Un aigle bleu.

— C'est elle ! J'en suis sûr !

Mon cœur battait à cent cinquante. Mon excitation était à son paroxysme. J'étais parcouru de spasmes nerveux.

Surmontée de toutes parts par ses voisines, elle m'avait échappé lors du premier survol.

— Appelle vite la base, cria Robert au pilote.

Chacun retenait son souffle, mais on sentait l'exaltation contenue de toute l'équipe.

Le pilote s'exécuta, brancha le haut-parleur qui se mit à chuinter, et on entendit grésiller la voix de l'interlocuteur.

— Bien reçu, dit ce dernier. Je transmets l'info. Restez en ligne.

L'hélicoptère se rapprocha un peu de la tour Barclays, tout en gardant son altitude. Une nappe de brume flottait au-dessus du toit, l'auréolant d'un voile cotonneux.

On attendit trente ou quarante secondes avant que la ligne se remette à chuinter.

— Ils sont déjà informés, dit la voix grésillante. On me dit que l'alerte a été donnée il y a trente-huit minutes. La tour est évacuée.

— *Fuck !* cria Robert en se tapant du poing dans la paume de la main gauche.

J'étais à la fois cruellement frustré, rassuré que la tour ait été évacuée, et heureux de la justesse de mon intuition. Mais la frustration dominait…

— Regardez ! cria soudain Anna. Il y a un homme sur le toit !

La nappe de brouillard s'était un peu déplacée et on pouvait en effet voir une forme humaine au sommet du gratte-ciel. Un homme qui semblait bizarrement drapé, un peu comme un Romain dans sa toge. Il leva les bras au ciel dans notre direction, puis les agita.

— Mon Dieu, dit Anna. L'incendie a commencé…

Mélangées à la brume, des volutes de fumée s'élevaient lentement de la tour.

J'étais pétrifié.

— Il ne pourra pas s'enfuir, dit Glenn, bouleversé.

Robert secoua la tête.

— Il est cuit.

— Il faut le récupérer ! dit Anna au pilote. Posez-vous sur le toit !

— Impossible.

— Mais bien sûr que si ! Il y a assez de place, regardez !

— Beaucoup trop risqué.

— Enfin, on ne va pas le laisser mourir sous

nos yeux ! Arrêtons de perdre du temps, allons le chercher !

Le pilote secoua la tête.

— Regardez : la fumée s'échappe des puits d'ascenseur. Ça affaiblit trop la visibilité, en plus de la brume. La manœuvre est trop délicate. Je ne peux pas me poser.

— Alors lancez-lui un câble, dit Anna, quelque chose, je ne sais pas moi, il y a bien un moyen de le hisser à bord.

— L'hélico est équipé d'une échelle de corde au bout d'un câble. Mais cet homme ne pourrait pas monter à bord. Le câble est relié à son logement sous l'appareil, il ne mène pas à la porte. C'est fait pour déplacer des militaires en grappes, pas pour les faire rejoindre le cockpit.

— On pourrait le laisser s'accrocher à l'échelle, dis-je, et le déposer quelque part.

— Ce serait une folie de l'héliporter au-dessus du vide, dit le pilote. Ça secoue dans tous les sens. C'est pas un militaire entraîné ; il lâcherait.

— Il vaut mieux tenter ça que de le condamner ! s'emporta Anna.

Sa voix résonna dans la cabine, laissant place au seul bourdonnement du rotor.

Anna avait raison. On ne pouvait pas juste s'éloigner sans rien essayer. C'était inacceptable…

— La fumée s'épaissit, dit le pilote. La manœuvre serait très périlleuse. Sans compter la forte chaleur dégagée des puits d'ascenseurs, qui peuvent se mettre à cracher des flammes d'un instant à l'autre. Je ne peux pas prendre seul le risque de mettre chacun de nous en danger de mort en m'approchant.

Il y eut un instant de flottement tandis que nous prenions conscience que notre propre vie était en jeu…

— Je suis… prête à prendre ce risque, dit Anna d'une voix assez mal assurée.

Glenn secoua la tête, lèvres pincées, l'air dépité. On le sentait en proie à un terrible conflit interne. Au bout d'un moment, il finit par hocher lentement le menton.

— Moi aussi, dit-il.

Pour ma part, j'avais peur, très peur. Mais étais-je vraiment prêt à accepter qu'un innocent meure par mon refus du risque ? Comment pourrais-je vivre normalement avec ça sur la conscience ?…

— Moi aussi, dis-je du bout des lèvres.

La vérité était que je rêvais au contraire de m'éloigner le plus vite possible de la tour et de retourner sur la terre ferme.

Les regards se tournèrent vers Collins.

Son visage était grave, figé. Il regardait droit devant lui, silencieux et indéchiffrable.

— C'est maintenant ou jamais, dit le pilote. La fumée s'épaissit encore.

Tout l'équipage avait les yeux rivés sur Collins, toujours interdit.

— Robert ? dit Anna.

Il ne bougea pas d'un iota.

Nous étions tous suspendus à ses lèvres.

Je réalisai alors que j'espérais secrètement son refus, j'espérais qu'il endosse la responsabilité de l'abandon du condamné, m'offrant la sécurité sans charger ma conscience. J'eus alors honte de mon égoïsme et me mis à souhaiter de toutes mes forces que Robert accepte à son tour.

— OK, finit-il par lâcher.

— Je tente la manœuvre, dit le pilote. Si vous ne savez pas prier, il vous reste trente secondes pour apprendre.

Glenn fit un signe de croix.

Anna se mordit la lèvre inférieure.

L'hélicoptère se rapprocha lentement du toit de la tour en perdant de l'altitude. La fumée noire léchait les vitres du cockpit, nous encerclant.

Un silence de mort régnait dans la cabine.

L'hélicoptère se stabilisa en vol stationnaire une bonne dizaine de mètres au-dessus du toit.

Le pilote tira sur une manette et je vis à travers le châssis de sol partiellement vitré l'échelle de corde se déployer sous l'appareil.

Je voyais un peu mieux l'homme, désormais. Une quarantaine d'années, il était comme emmitouflé dans un châle, une pièce de tissu.

Le pilote prit en main le micro. Sa voix résonna à l'extérieur de la cabine.

— Montez sur le premier barreau de l'échelle puis cramponnez-vous, ordonna-t-il. Ne cherchez pas à monter les échelons. Je répète : ne montez pas les échelons. Cramponnez-vous, on va vous déposer ailleurs.

L'homme ne se fit pas prier. Il agrippa l'échelle de corde et hissa ses pieds sur le premier barreau, provoquant immédiatement un effet de balancier.

Son mouvement le dégagea du tissu enveloppant ses épaules, qui glissa au sol.

Il était en maillot de bain.

Rouge.

17

À bord de l'hélicoptère, chacun retint son souffle. L'appareil s'éleva un peu puis se déplaça latéralement, très lentement. Nous étions noyés dans la fumée et je me demandais comment faisait le pilote pour se diriger. Lorsqu'on s'écarta du bord de la tour, l'homme se retrouva suspendu au-dessus du vide. Me projetant mentalement à sa place, je ressentis violemment le vertige dans tout mon corps. Je ne pouvais détacher mes yeux du rescapé, horrifié à l'idée qu'il puisse lâcher prise. L'hélico s'éleva, lentement, pour franchir les tours voisines qui nous surplombaient. Les volutes de fumée noire cédèrent la place aux vapeurs de brume qui semblaient s'être liguées pour nous envelopper de coton blanc et nous masquer les dangers.

À bord, le silence était total. Nous étions blêmes.

Glenn fixait comme moi le rescapé à travers la petite vitre sous nos pieds. Anna tenait son visage enfoui entre ses mains. Robert regardait au loin.

La brume se fit tellement dense que je ne parvenais même plus à voir le bas de l'échelle de corde. J'avais peur que l'on se fracasse contre une tour. Le pilote avançait à l'aveuglette, sur la base de sa mémoire de la disposition des tours avoisinantes, toutes plus hautes que la Barclays. La boule au ventre, je commençais à regretter mon choix de porter secours à ce malheureux. Nous allions le payer de notre vie, c'était certain…

Je jetai de nouveau un coup d'œil sous mes pieds, mais même l'échelle de corde était prise dans le brouillard, effacée de ma vue…

— C'est normal que ça sente soudain le kérosène ? demandai-je.

Seules les vibrations du rotor me répondirent. Le pilote était manifestement concentré sur autre chose que ma question.

— C'est parce qu'on s'élève très lentement, finit-il par dire d'un ton absent.

— C'est fréquent, les accidents d'hélicoptère ? demanda Glenn.

— Ta gueule, dit Robert.

Ce que je vis soudain me glaça le sang.

Anna lâcha un cri déchirant.

L'échelle de corde était de nouveau visible. Mais elle était libre de tout passager, elle se balançait mollement dans tous les sens.

— Que se passe-t-il ? cria le pilote.

J'étais paralysé, incapable de formuler l'horreur de la situation.

Anna se mit à sangloter en silence, le visage entre ses mains. Glenn était atterré.

— Qu'est-ce qui se passe ? répéta le pilote plus fort.

— Ils pleurent parce que le type est tombé, dit Robert.

Un profond malaise envahit la cabine, un malaise plombant qui nous laissait tous sans voix. J'étais au plus mal, et l'insensibilité de Robert me révoltait. Il avait dit ça d'un ton presque détaché.

— Et parce que ce sont des truffes, ajouta-t-il.

Tous nos regards convergèrent sur lui.

— Ce type est tombé de un mètre ou deux, dit-il, peut-être trois. S'il s'est cassé la cheville, c'est vraiment qu'il est empoté. Vous allez pas faire vos chochottes…

— Regardez ! criai-je. À gauche !

Un trou dans le brouillard nous laissait voir l'homme au maillot rouge sur le toit d'une tour.

— Vous saviez qu'il avait lâché ? demandai-je au pilote.

— Négatif. Je prévoyais de le déposer sur une tour en deuxième ligne. Les plus proches de la Barclays sont exposées à son effondrement. J'appelle le central pour qu'on lui fasse ouvrir l'accès sur le toit.

Anna essuya les larmes qui avaient coulé sur ses joues.

— Putain…, dit Glenn en expirant tout l'air jusque-là bloqué dans ses poumons. Je vais pas m'en remettre…

— J'en ai encore mal au ventre, dis-je.

— Et je me demande bien ce que ce type pouvait faire en maillot de bain sur le toit de la Barclays, dit Glenn.

Robert haussa les épaules.

— Il doit y avoir un sauna ou une piscine au dernier étage. C'est fréquent, même dans les immeubles de bureaux.

— Maintenant, dit Glenn, il va devoir traverser toute une tour d'affaires à moitié à poil à l'heure de sortie des bureaux. Vous imaginez la honte ?… J'aimerais pas être à sa place.

Robert sourit.

— Il pourra dire que sa banque l'a laissé en slip.

L'éclat de rire général répondit au besoin d'évacuer d'un coup le stress accumulé.

Mais mon esprit était ailleurs.

J'étais totalement déstabilisé par ce que je venais de réaliser : au moment de ma séance d'intuition, une heure ou deux plus tôt, l'homme en maillot rouge n'était pas encore en train de monter à l'échelle... Ma conscience ne s'était pas seulement déplacée dans l'espace pour visualiser un événement à distance, elle s'était aussi déplacée dans le temps pour me faire capter une information du futur.

18

Une heure pour dîner. Le pilote refusait de ramener Anna à Fort Meade de nuit par temps de brouillard. Contrainte de dormir à New York, elle décida qu'elle y resterait toute la journée du lendemain pour travailler avec moi sur le dossier. Puisque j'avais prévu de les quitter en fin de journée, autant profiter du temps ensemble plutôt que de le perdre en déplacements inutiles. Glenn demanda au bureau local du FBI de nous attribuer une salle pour vingt-quatre heures. On s'y rendrait après dîner pour refaire une session de *Remote Viewing* en allant plus loin dans la méthode, et le lendemain à la première heure, on y retrouverait Glenn et Robert pour échanger sur les pistes obtenues.

J'étais pétri de curiosité pour la suite de la méthode, et animé par un désir de revanche. L'inutilité de ma dernière séance d'intuition pourtant réussie me restait en travers de la gorge. La frustration me poussait à recommencer. J'avais envie de terminer en beauté.

Le FBI nous réserva aussi deux chambres à Manhattan près de leur bureau local, pour m'éviter de faire l'aller-retour dans le Queens à des heures indues. Ça me faisait drôle de dormir à l'hôtel alors que ma maison m'attendait pas loin, mais chaque minute comptait dans cette course contre la montre.

Glenn et Robert s'étaient éclipsés pour rejoindre leurs collègues sur le lieu du drame. Anna et moi avions décidé de dîner ensemble rapidement avant de rejoindre notre nouvelle salle de travail.

Quand des amis me rendaient visite à New York, j'avais l'habitude de les emmener à *Cantina Rooftop*, un restaurant mexicain jouissant d'une vue incroyable sur les lumières de Manhattan. Mais ce soir-là, nous avions envie d'oublier les tours le temps du repas. Alors on se réfugia dans un petit resto très cosy à l'atmosphère chaleureuse, tentures rayées amande-cognac sur les murs, et une constellation de petites lampes dont les abat-jour en cuivre rouge diffusaient une lumière mordorée. On nous installa dans de confortables petits fauteuils au design contemporain en bois de wengé et velours gris.

— Je suis juste frustré que mes intuitions n'aient pas servi à quoi que ce soit.

— Moi aussi. Il s'en est fallu de peu, dit Anna en prenant en main son verre de merlot de Napa Valley.

Nous trinquâmes à la réussite des pompiers de New York : la tour Barclays avait été dévastée par le feu mais ne s'était pas effondrée. Les seules victimes à déplorer s'étaient blessées lors de la bousculade géante au moment de l'évacuation.

— En survolant la ville tout à l'heure, dis-je, j'ai réalisé à quel point elle a une identité masculine. Tous ces gratte-ciel dressés à la verticale, dans un alignement affreusement rationnel, sans aucun sens de la beauté, de la douceur. Rien que du béton et du métal, c'est rugueux, c'est froid et ça pique de partout…

Elle sourit.

Je bus une gorgée de vin rouge. Fruité intense et boisé.

— Et pourtant, dit-elle, New York était à l'origine un lieu naturel très féminin. Scott Fitzgerald l'appelait « la poitrine verte du Nouveau Monde »…

— Et maintenant, c'est le plus gros centre urbain des États-Unis, un quadrillage d'artères encombrées, des buildings à perte de vue, Wall Street…

— Les valeurs masculines l'emportent toujours parce qu'elles sont compétitives par nature. Mais les femmes gagnent sur le long terme. La Terre mère reprendra ses droits…

On nous apporta nos plats. Bœuf braisé pour moi, lasagnes aux légumes pour Anna.

Le restaurant était plein mais l'ambiance restait feutrée.

— À propos d'avenir, dis-je, j'ai été complètement ébranlé d'avoir intuité un événement futur. En fait… ça n'a pas de sens, c'est juste impossible, puisque le futur n'existe pas encore. C'est incompréhensible…

Anna m'adressa un petit sourire assez craquant, avec ses yeux pétillants qui illuminaient son teint mat.

— C'est déstabilisant au début. Mais on s'y fait, vous verrez…

Elle prit ses couverts et entama ses lasagnes.

Je la regardai, interdit.

— Ça vous est déjà arrivé ?

— Au labo, des centaines de fois.

— Je ne peux pas le croire, je suis désolé. Je ne

sais pas expliquer ce qui m'est arrivé avec ce type en maillot rouge, mais ça coince quelque part. Ça doit être une coïncidence, ou alors j'ai rêvé, je sais pas.

Elle ne répondit pas.

— Mais vous comprenez que c'est impossible ? dis-je.

— Au labo, dit-elle tranquillement, on a même prédit des événements historiques, comme l'attaque de la frégate *USS Stark* en mai 1987, décrite en détail à Fort Meade… deux jours avant qu'elle ait lieu.

Je secouai la tête.

— Je ne peux pas le croire. C'est impossible…

Elle mâchait ses lasagnes sans réagir, sans me regarder. Manifestement, mon incrédulité ne la dérangeait pas.

— C'est impossible selon votre vision du monde et du temps.

Je posai ma fourchette.

— Comment ça ?

— Vous croyez vivre dans un monde défini et stable dans lequel il se passe des événements qui se déroulent du passé vers le futur.

— Ben… oui, ça me semble clair, en effet.

Comme elle ne répondait pas, j'ajoutai :

— Enfin… je ne dis pas que tout est stable, bien sûr. Disons que le monde comporte des choses inertes comme les pierres et les objets, et des êtres vivants qui eux se meuvent, agissent et vieillissent au fil du temps, puis meurent.

— Donc vous voyez le temps comme un écoulement continu et linéaire d'événements qui se succèdent dans un monde stable reposant sur des choses immobiles que sont les objets matériels.

— Oui, en quelque sorte.

— Sauf que ce n'est pas tout à fait la réalité…

— Mais…

— En fait, rien de tout cela n'est exact.

S'il y a une chose qui m'horripile dans la vie, c'est qu'on nie les évidences. C'était comme si elle m'affirmait avec beaucoup d'aplomb que son pull noir était jaune.

— Il y a des choses difficiles à admettre, dit-elle, et pourtant vraies. Il arrive que nos sens nous trompent, que nos perceptions soient fausses, que la façon dont on se représente les choses n'ait rien à voir avec la réalité.

— Dans une certaine mesure, oui, je sais…

— Il suffit de regarder le ciel pour voir que le soleil semble tourner autour de nous. Quand Copernic affirme le contraire au XVIe siècle, personne ne le croit, et il déclenche même un véritable tollé. Près d'un siècle plus tard, Galilée sera condamné à la prison pour avoir démontré que Copernic avait raison. Un siècle n'avait pas suffi à changer les a priori… Les juges du Saint-Office l'obligèrent même à abjurer en le forçant à reconnaître que la Terre ne se mouvait pas. Des témoins rapportèrent qu'en aparté il grommela quand même dans sa barbe : « Et pourtant, elle tourne ! »

— Oui, mais de nos jours, la science n'est plus contrôlée par l'Église.

— On n'a pas besoin de l'Église pour avoir des préjugés erronés. C'est juste que les apparences sont parfois trompeuses. Quand on a fait le trajet en hélico depuis Fort Meade, le ciel était bleu pâle, et en dessous de nous s'étendait une mer de nuages, des nuages blancs qui formaient une masse dense rendant impossible la vision du sol. Quand j'étais enfant, je croyais que j'aurais pu sauter dessus et rebondir comme sur un matelas de coton.

— Moi aussi !

— Et quand on est descendus sur Manhattan, on a bien sûr pénétré ces nuages qui sont alors apparus comme une brume très fine, légère et vaporeuse, à travers laquelle les tours ont émergé. Une brume qui n'avait rien d'un amas de matière blanche mais était en réalité une nuée de minuscules gouttelettes d'eau en suspension dans l'air, délicates et transparentes. Ce qui nous semblait de la matière solide quand nous étions enfants était en fait essentiellement du vide parsemé de particules d'eau.

Anna tapa doucement de la paume de la main sur la table du restaurant, produisant un son mat.

— Vous croyez, dit-elle, que cette table est un objet solide, inerte…

— C'est difficilement contestable, dis-je.

— Pourtant, ce n'est pas le cas.

Je sentis de nouveau l'agacement monter en moi.

— La matière est constituée d'atomes assemblés en molécules. Tout ça, c'est du solide.

— Mais si votre regard était assez perçant pour distinguer ces atomes et ce qui les compose, vous verriez là encore quelque chose qui ressemble à une brume : 99,99 % du volume d'un atome est constitué de vide dans lequel flottent des particules élémentaires très éloignées les unes des autres et un nuage d'électrons... Et dans le monde des particules, tout est vibrations et ondes. Ça n'a rien d'immobile. Même le vide entre les particules est fortement chargé d'énergie : ça n'a rien d'inerte... En fait rien n'est figé, toutes ces particules sont en interaction permanente les unes avec les autres. La plus dure des pierres est en réalité une vibration de champs, une interaction de forces qui nous donnent l'illusion de la stabilité mais qui sont en fait éphémères : la pierre redeviendra poussière.

Elle resta silencieuse quelques instants avant d'ajouter :

— Le monde n'est pas un ensemble de choses, c'est un réseau d'événements.

Elle se tut mais attarda sur moi son regard bleu, comme si elle voulait laisser à ses paroles le temps d'infuser.

Le monde n'est pas un ensemble de choses, c'est un réseau d'événements.

Évidemment, ça ne correspondait pas à ma façon de voir les choses, enfin... les événements ! Et puis, imaginer que le monde repose sur des objets solides a quelque chose de rassurant...

Anna dut lire dans mes pensées car elle ajouta :

— Rien n'est figé, tout est impermanence, comme disent les bouddhistes.

Je me contentai d'acquiescer, un peu dubitatif quand même.

Autour de nous, le service battait maintenant son plein, les serveuses virevoltaient de table en table, prenant les commandes et distribuant les plats.

— Mais ça n'explique pas qu'on puisse visualiser le futur, dis-je.

— Pour le temps, je vous préviens, c'est encore plus dur à admettre.

— Essayez toujours, lui dis-je en riant.

Elle but tranquillement une gorgée de vin qu'elle savoura, puis prit son inspiration.

— Au XIXe siècle, les physiciens croyaient avoir à peu près tout compris du fonctionnement du monde. Leurs équations tombaient juste, à quelques arrondis près, et nous offraient une vision froidement mécaniste de l'univers : la matière était composée d'atomes qui s'empilaient en molécules comme les cubes d'un jeu de construction, leur position et leur vitesse étaient calculables avec précision, la gravitation s'expliquait par les lois de Newton, et les gaz obéissaient aux lois de la thermodynamique. Le temps s'écoulait de manière régulière et continue, l'univers était comme une gigantesque machinerie où tout s'enchaîne et peut s'expliquer par une succession de causes et d'effets, parfaitement prévisibles. Cette vision désenchantée du monde était tellement cafardeuse qu'elle induisit le mouvement romantique en littérature, en musique et en peinture : les artistes voulaient se réapproprier leur vie, leurs sentiments, et ne pas savoir à l'avance de qui ils allaient tomber amoureux ! Puis, au tout début du XXe siècle, des physiciens comme Max Planck et Louis de Broglie s'intéressèrent au monde de l'infiniment petit, et ils découvrirent que les atomes sont en fait constitués de particules beaucoup plus petites… qui n'obéissent pas aux lois de la physique classique ! Ce fut la naissance de la physique quantique. La vision mécaniste du monde s'effondra, emportant avec elle les certitudes des physiciens classiques.

— Mais quel est le rapport avec le temps ?

— Jusque-là, la physique classique adoptait la vision du temps héritée d'Isaac Newton, un temps qui s'écoulait de façon régulière et continue en tout point de l'univers. Mais à la suite de Planck et de Broglie, Einstein démontra en 1905 que le temps était influencé par la masse d'un corps et par la vitesse. C'était une découverte absolument énorme qui remettait tout en question, et pourtant elle ne changea pas notre vie. On continua comme si de rien n'était…

— Et… en quoi ça remettait tout en question ?

— Parce que cela signifie que si vous prenez deux horloges ultraprécises, que vous en placez une en plaine et l'autre au sommet d'une montagne et que vous attendez un peu, vous constaterez qu'elles n'indiquent plus la même heure : le temps s'écoule plus vite en montagne.

— Vraiment ?

— Vraiment.

— Mais… dans ce cas, laquelle indique la bonne heure ?

— C'est toute la question ! La réponse est qu'il n'y a pas de *bonne* heure, car il n'y a pas qu'un seul temps.

— Mais c'est délirant ! Il ne peut pas y avoir plusieurs temps… *en même temps* !

— C'est dérangeant, mais c'est bien ce qu'on mesure. D'ailleurs on en tient compte pour faire fonctionner nos GPS. Les satellites qui les pilotent sont éloignés de la Terre alors le temps s'y écoule plus lentement. Les ingénieurs sont obligés de programmer un changement d'heure régulier des horloges de GPS pour compenser en permanence cet écart, sinon la différence de temps nous décalerait d'au moins dix mètres chaque minute !

— Je n'en avais jamais entendu parler.

— Je vais vous donner un autre exemple. Imaginez : à l'heure du déjeuner, vous souhaitez bon appétit à votre famille et montez, le temps du repas, dans une navette spatiale. S'il existait une navette capable de voler à une vitesse proche de celle de la lumière, vous reviendriez à la maison après le déjeuner, pour découvrir… que votre famille est décédée depuis des millions d'années.

J'en restai sans voix.

Anna prit tranquillement une bouchée de lasagnes.

Dans mon assiette, mon bœuf braisé était intact.

— Mais tout ça est inconcevable, dis-je. J'ai du mal à me faire une image, à comprendre ce que ça signifie réellement. Parce que s'il n'y a pas un temps absolu, universel, alors que sommes-nous au milieu de tout ça ? Et d'ailleurs, quel est notre âge ?

— C'est tellement inconcevable que cette découverte monumentale eut finalement peu d'impact sur nous, comme je l'évoquais. Jusqu'à Einstein, les révélations scientifiques nous conduisaient à revoir notre vision du monde et à nous y adapter. Pas cette fois-là. C'était trop vertigineux. Du coup, on a continué de vivre comme avant, comme si le temps existait dans l'absolu. Et même les philosophes se sont détournés de la science. Jusque-là, ils s'en nourrissaient, s'appuyant sur les découvertes pour ouvrir de nouvelles réflexions, de nouveaux débats. Mais là, la physique devenait trop abstraite, trop complexe. Bergson, le grand philosophe, a bien essayé : il a rencontré Einstein et débattu avec lui de la notion de temps. Ce fut un vrai dialogue de sourds... Alors les philosophes se sont éloignés... Quant aux scientifiques, ils se sont eux-mêmes sentis vaciller, pris par le vertige de tout ce que pouvaient impliquer leurs découvertes. Alors de nos jours, l'immense majorité d'entre eux refuse d'y penser : les physiciens se détournent de la philosophie. Ils s'immergent dans leurs calculs mathématiques et essayent de ne pas penser aux implications métaphysiques de leurs recherches et des phénomènes qu'ils parviennent à démontrer.

Elle se tut et me sourit.

— Je n'avais pas prévu d'aborder ça avec vous, dit-elle. En fait, je craignais même que vous me posiez ces questions...

— Pourquoi diable ?

Elle haussa les épaules et plongea la pointe de sa fourchette dans les lasagnes.

— Par crainte que le vertige vous gagne, vous aussi, et que vous envoyiez tout balader. Je préférais qu'on reste concentrés sur les séances de *Remote Viewing* pour arrêter l'incendiaire. L'enjeu est tellement grand... D'ailleurs, il ne faut pas qu'on s'attarde à table...

Je me décidai à attaquer mon plat.

— Bon, ajouta Anna, cela étant dit, il reste plein d'incertitudes et les physiciens ne sont pas tous d'accord sur ce qu'est le temps, en fin de compte. Ce qui reste bizarre, notamment, c'est que les lois qui régissent le monde de l'infiniment petit, en physique quantique, ne sont pas les mêmes que celles qui gouvernent le monde visible à l'œil nu, en physique classique. On ne sait pas expliquer pourquoi, mais ça ne marche pas pareil.

— Pourtant, si c'est juste une question d'échelle, je ne vois pas pourquoi ça se passerait différemment…

— En fait, c'est comme si le temps et même l'espace n'existaient pas au niveau quantique. J'ai deux exemples assez frappants. Au début des années 1980, un physicien français du nom d'Alain Aspect a réussi à conduire une expérience démontrant que deux particules séparées par une grande distance pouvaient réagir instantanément l'une envers l'autre. Je dis bien *instantanément*, c'est-à-dire qu'il n'y a pas de transmission d'informations de l'une à l'autre, non : il arrive quelque chose à l'une d'elles, et l'autre réagit instantanément alors qu'elles sont très éloignées l'une de l'autre. Ça marche même s'il y a des millions de kilomètres entre elles. C'est comme si, au niveau quantique, c'est-à-dire au niveau de l'infiniment petit, l'espace n'existait pas…

— C'est vertigineux. Mais rassurez-vous : pour l'instant, je ne me sauve pas en courant !

Anna sourit et reprit :

— Encore plus vertigineuse, l'expérience sur le temps : le physicien John Wheeler, le père de la bombe nucléaire à hydrogène, a proposé une expérience montrant qu'une action sur un photon (une particule élémentaire) peut modifier sa trajectoire… passée !

— Mais c'est impossible ! On ne peut pas agir sur le passé !

— Il semblerait que si, dit-elle. Un autre grand physicien, Thibault Damour, un savant français récemment médaillé d'or du CNRS et qui a reçu le Grand Prix de l'Académie des sciences, dit qu'il existe des univers lointains où le temps s'écoule… mais pas dans le même sens qu'ici !

— Ça donne le tournis, en effet…

— Un mois avant sa mort, Albert Einstein a écrit une lettre qu'il termine par ces mots : « La distinction entre passé, présent et futur ne garde que la valeur d'une illusion tenace. »

— N'empêche que mon bœuf braisé est froid alors qu'il était chaud quand on me l'a servi. Il s'est bien refroidi au fil du temps… Ce n'est pas une illusion. Et puis, quand je me regarde dans le miroir, je vois bien que je n'ai plus la même tête que sur les photos de moi prises il y a dix ans !

— Mais votre visage est comme votre bœuf : ils appartiennent au monde visible, macroscopique, pas microscopique.

— Merci de la comparaison.

— Il semblerait que le temps ne soit pas le même dans ces deux mondes.

— Je suis désolé mais ça ne me parle pas. Je ne peux pas comprendre comment il peut y avoir plusieurs temps.

Anna fit signe à la serveuse d'apporter l'addition.

— Un élément de réponse, et après il faut qu'on file, tant pis pour votre bœuf : les dernières recherches montrent le monde quantique comme fait de potentialités, d'événements fluctuants, indéfinis, qui ne se succèdent pas de façon ordonnée dans le temps avec des causes produisant des effets. C'est comme si, dans l'infiniment petit, tout était possible et son contraire aussi. Mais il y a quelque chose qui peut donner corps à ces événements en leur offrant une nature, un sens, ou une direction qu'ils conserveront alors de manière irréversible.

— C'est quoi ?

Elle me regarda dans les yeux et j'eus subitement l'impression que son regard pénétrait au plus profond de mon âme.

— Votre conscience.

— Ma conscience ?

— Oui, la conscience d'un être humain qui observe ces événements. Il a été démontré qu'à partir du moment où l'on observe ce qui se passe dans l'infiniment petit, la réalité observée se fige telle qu'elle nous est apparue à cet instant, comme si ce monde ne se stabilisait et ne devenait réel qu'à partir du moment où une conscience se pose dessus.

— C'est très troublant…

— Oui.

— Ça fait penser aux philosophies extrême-orientales, selon lesquelles la conscience pure précède le monde…

Anna acquiesça pensivement.

— Et pour ce qui est du temps ? demandai-je. Vous disiez que le temps semble ne pas exister au niveau quantique. Mais notre conscience, justement, celle qui fige la réalité de ce qu'elle observe, vous la placez où ? À quel niveau ?

Elle sourit.

— Qui peut répondre ? En tout cas, et ce n'est que mon opinion, je pense que si la matière est soumise au temps, l'esprit ne l'est pas. Le corps vieillit et meurt, pas la conscience.

Cela me rappela soudain le témoignage d'un ami blessé dans un grave accident de voiture. Il racontait avoir vécu la scène au ralenti, vue du dessus, comme si sa conscience était sortie de son corps pour n'en être que le spectateur, sans peur ni douleur.

— La conscience est en dehors du temps, ajouta-t-elle. Et c'est sans doute pour ça qu'elle peut accéder par l'intuition à des informations passées, présentes… ou futures.

Les mots d'Anna restèrent comme suspendus dans l'air, et le temps me sembla ralentir pour s'éterniser. Je ne pouvais détacher mes yeux des siens.

La serveuse apporta l'addition dans une petite boîte qu'elle posa sur la table d'un claquement sec qui sonna comme un clap de fin. Le temps reprit son cours normal.

Anna tendit la main vers la boîte mais je ne voulais pas la laisser payer, alors je fis un geste vif pour saisir l'addition avant elle. Mais Anna fut plus rapide d'un centième de seconde et, au dernier moment, ma main recouvrit la sienne.

Elle parut aussi surprise que moi et amorça un mouvement pour la retirer mais… en fin de compte, abandonna…

Nous échangeâmes un long regard, intense et silencieux.

— Il va falloir y aller, dit-elle.

19

Bureau du FBI, 23ᵉ étage.
26 Federal Plaza, New York.

— Prenez vos aises, dit l'agent qui nous avait conduits dans la vaste salle de réunion. Elle est libre ce soir, alors elle est à vous.

Encore heureux qu'elle soit libre, me dis-je. *Il est près de 22 heures…*

— Merci de votre accueil, dit Anna.

— Soyez les bienvenus, dit l'agent, un homme d'une quarantaine d'années en costume gris avec une cravate bleue. Et pour la petite histoire, puisque vous vous êtes occupés de l'incendie de la banque Barclays, sachez que c'est dans ce même bureau du FBI qu'il y a un peu plus de cent ans, en septembre 1920, nous avons mené l'enquête sur l'attentat contre l'immeuble de la banque JPMorgan à Wall Street.

— L'histoire hoquette, dis-je.

L'agent nous indiqua où trouver des verres d'eau puis s'éclipsa.

Anna s'approcha des baies vitrées qui offraient une vue assez large sur les tours illuminées de Manhattan.

— Elle est glauque, cette tour sans fenêtres ! dit-elle.

Juste en face, en deuxième ligne, un building d'une bonne trentaine d'étages sans aucune vitre, aux allures angoissantes de blockhaus géant, se dressait au milieu de la ville. On en avait parlé dans la presse locale quand l'acteur Tom Hanks en avait posté la photo sur son compte Twitter en la qualifiant de « tour la plus terrifiante que j'aie jamais vue ».

— Officiellement, elle appartient à AT&T, mais on la suspecte fortement d'abriter des équipements d'espionnage de la NSA. Une gigantesque station d'écoutes cachée dans une forteresse au cœur de New York…

— Ça fait bizarre, un monolithe opaque comme ça.

— Conçu pour résister à une explosion nucléaire…

— Flippant à souhait.

— Vos méthodes à vous sont moins exigeantes en matériel, lui dis-je en riant.

Anna sourit et posa son sac sur la table.

— Justement, répliqua-t-elle, allons-y. Phase 4 !

— C'est parti.

Elle sortit un dossier qu'elle ouvrit.

— Si je récapitule, en phase 1 on découvre la nature de la cible en analysant le dessin de l'idéogramme. En phase 2, on entre en contact avec la cible au travers des sensations et des images que l'on commence à capter. En phase 3, on appréhende sa forme en trois dimensions et on esquisse des dessins pour la représenter. En phase 4, l'objectif est maintenant d'obtenir des informations plus conceptuelles : à quoi sert la cible, l'activité qui s'y déroule s'il y en a une, décrire les personnes qui éventuellement s'y trouvent, ce qu'elles y font, ainsi que leurs émotions. Dans cette phase, les images qui vous viennent sont rarement des interprétations car votre ouverture à la cible est grande, donc la plupart sont acceptées et prises en compte.

— On arrive vraiment à capter tout ça ?

— Eh oui. On note ces informations dans des colonnes spécifiques à chacune, comme je vais vous l'indiquer. Vous le savez maintenant, tout est très codifié dans la méthode, et ça a son importance, notamment pour vous faire alterner l'usage des deux hémisphères de votre cerveau, ce qui favorise l'intuition.

— Et comment passe-t-on de la phase 3 à la phase 4 ?

— Ça vient naturellement, là encore : après avoir fait trois ou quatre pages de croquis en phase 3, les informations qui émergent au fur et à mesure deviennent moins sensorielles et plus conceptuelles. C'est le signe que votre ouverture s'accentue et que vous arrivez en phase 4.

— OK.

— De toute façon, je suis là pour vous guider, et vous aiguillonner aussi pour garder un bon rythme de production car c'est important d'avancer de façon fluide, de rester dans le flot.

— Très bien. Sur quelle cible on bosse ?

— Glenn Jackson aimerait qu'on recherche l'intention qui guide les actes de l'incendiaire, pour tenter de comprendre ce qui l'anime.

— On peut vraiment recueillir ce genre de subtilités ?

— Tout à fait.

— En fin de compte... vous ne m'avez jamais dit jusqu'où on peut aller, dans les infos qu'on obtient par intuition… Qu'est-ce qu'on peut capter d'autre, encore ?

Elle me regarda dans les yeux, un léger sourire aux lèvres.

— Tout. On peut tout savoir, par intuition.

— Finalement, vous êtes encore pire que la NSA !

*

La session fut pour moi assez laborieuse. La fatigue accumulée, peut-être. Ou le lieu, pas franchement naturel, alors que j'avais fini par prendre mes marques dans le parc de Fort Meade.

Ma seule avancée palpable fut de trouver une motivation assimilable à l'écologie, à la préservation de la nature, ce qui fut une surprise pour nous deux : on connaît plus polluant que les boîtes de finances…

Mais Anna me fit remarquer que c'était bon signe : dans la mesure où justement, ce n'était pas très logique, il y avait peu de chances qu'il s'agisse d'une création mentale ; mes cogitations auraient fourni une motivation plus évidente.

La nuit était déjà très avancée quand nous rejoignîmes nos chambres d'hôtel.

La réunion du lendemain avec Glenn et Robert était prévue à 7 h 30 au bureau local du FBI, mais j'étais trop sur les nerfs pour dormir. Je faillis allumer la télé puis me ravisai. Rester devant l'écran ne m'aiderait pas à trouver le sommeil.

La télé…

L'image d'Oprah me traversa l'esprit et je ressentis une onde de stress. Je rappellerais le coach après la réunion du matin. Il fallait absolument que je le voie en fin d'après-midi pour une première séance, une fois libéré de mon engagement ici. J'avais promis de revenir pour vingt-quatre heures. Je n'irais pas au-delà.

Mon stress dut s'ajouter à la tension nerveuse, car j'avais de moins en moins sommeil.

Soudain, j'eus une idée, comme une petite lumière qui s'alluma dans mon esprit.

J'avais envie d'expérimenter quelque chose tout seul, en *Remote Viewing*. Je voulais trouver une piste ou un indice pour avancer sur cette affaire, chercher autre chose qu'un lieu ou une intention.

Anna avait toujours dit qu'il était important de bien formuler l'information ciblée avant de commencer une session, afin de projeter sa conscience dans cette direction. Alors que dire exactement, que demander ?...

Voyons... que serait-il pertinent que j'apprenne ? Qu'est-ce qui pourrait faire avancer le dossier ?

J'eus beau tourner ces questions en boucle dans mon esprit, je séchais... Je ne voyais pas quoi rechercher. Alors je finis par formuler ainsi ma demande : « Je veux trouver l'information qui me permettra de résoudre cette affaire. »

C'était certes un peu tiré par les cheveux, et je n'avais aucune idée de la validité d'une telle formulation. Anna l'aurait peut-être trouvée trop vague, ou trop conceptuelle, mais j'avais envie d'essayer.

Ma session dura trois quarts d'heure.

Ce que je finis par visualiser, au bout du compte, me sembla tellement saugrenu que je le rejetai d'emblée.

20

Le moins que l'on puisse dire, c'est que j'étais mal réveillé quand la réunion commença le lendemain matin au bureau new-yorkais du FBI. J'arrivai sur place avec dix bonnes minutes de retard, et tout le monde était déjà là : Anna, Glenn, Robert et même Barry Kantor par visioconférence : son image projetée sur un écran géant le rendait plus présent que nature ; plus grand, surtout.

Je m'excusai du bout des lèvres et saluai brièvement l'assemblée avant de filer m'asseoir dans le seul fauteuil libre autour de la grande table ovale, près d'Anna. L'épaisse moquette grise était un peu défraîchie, et les meubles en acajou, qui avaient dû être très chics cinquante ans plus tôt, donnaient à la pièce une atmosphère surannée, à peine entachée par l'anachronique écran géant.

Je souris intérieurement en pensant que cet écran dernier cri fournissait un cadre très approprié au fringant conseiller du président, tandis que Glenn et Robert se fondaient quant à eux très bien dans le décor de la salle.

Je mourais d'envie d'un café mais je ne me sentis pas le courage de le réclamer : la réunion avait commencé, Barry Kantor commentait les cours de la Bourse.

— L'alerte à la Barclays a été donnée juste avant la fermeture de Wall Street. L'information y a été vite relayée, entraînant sa chute une nouvelle fois. Une heure plus tard, c'est Tokyo qui plongeait. Aujourd'hui, toutes les places boursières européennes suivent. Le monde entier a les yeux rivés sur nous. Le Premier ministre britannique a appelé la Maison-Blanche, inquiet qu'on s'en soit pris à l'une des plus grandes banques anglaises.

On passa la parole à Glenn Jackson, qui expliqua le déroulement des événements. Kantor me félicita pour mes intuitions qui avaient failli permettre de protéger la cible à temps et peut-être même d'arrêter le criminel.

— Timothy Fisher parvient dorénavant à accéder aux informations futures, ajouta Anna. Ce qui est prometteur pour la suite.

Barry Kantor hocha la tête d'un air satisfait.

— C'est sans intérêt, coupa Robert, puisqu'il s'apprête à nous quitter.

Je sentis sa volonté de me faire culpabiliser, mais je n'avais pas envie de me justifier à nouveau. Alors je me contentai d'embrayer sur le compte rendu de notre séance d'intuition de la veille au soir.

— Je pense avoir réussi à identifier la motivation de l'incendiaire, dis-je en les regardant l'un après l'autre.

Je fis silence quelques instants pour ménager mes effets avant de reprendre.

— Selon moi, derrière ces attaques, l'incendiaire a

une motivation… écologique. Même si ça semble sans rapport avec ses actes criminels, je le crois préoccupé par la préservation de la nature, de l'environnement.

Ma déclaration fut accueillie par un grand silence. Ils ne s'attendaient manifestement pas à une telle révélation, qui devait rebattre les cartes et forcément ouvrir de nouvelles pistes d'enquête.

— C'est tout ? dit soudain Barry Kantor, à ma grande surprise.

— Eh bien… oui. Je pense que ce n'est pas anodin, quand même…

Je n'eus pas le temps de me vexer car je perçus une gêne très palpable chez Glenn et Robert.

— Monsieur Fisher, s'empressa de dire Glenn, n'est peut-être pas encore au courant des dernières avancées de l'enquête…

— Comment ça ? dis-je.

— Eh bien, dit Glenn d'un ton qui cherchait manifestement à désamorcer tout conflit, on vient de découvrir en effet une motivation en lien avec la nature, même si ça reste obscur.

Décidément, mes intuitions ne servaient à rien : j'avais toujours un train de retard. Il était temps que j'arrête.

— En tout cas, dit Anna, les faits confirment une fois de plus l'exactitude des intuitions de Timothy.

— Tout à fait, reconnut Kantor.

J'avais l'impression d'être pris pour un petit être fragile dont on veut à tout prix préserver l'amour-propre. Ridicule. Et puis qu'en avaient-ils à faire, puisqu'ils savaient que je m'en allais à la fin de la journée, de toute façon ? Leur attitude commençait à m'agacer sérieusement.

— Une dernière chose, dis-je.

Je n'avais pas prévu de leur en parler, mais, fort de la justesse de mes précédentes intuitions, j'étais prêt à prendre des risques. Et puis mon agacement me poussait à sortir de ma réserve.

Je me tournai vers Anna.

— J'ai fait une session tout seul hier soir.

— Ah… très bien.

— Quelque chose de bizarre m'est apparu. Genre saugrenu. À vous de voir ce que vous pouvez en faire.

— OK, dit Kantor.

— Voilà : j'ai visualisé un homme d'une quarantaine d'années, avec l'oreille gauche coupée à ras, qui pilotait à distance ce qui ressemblait à un jouet. Une voiture téléguidée…

Il n'y eut pas de réaction, à part Robert que je vis réprimer un sourire.

— J'ai pensé après coup, dis-je, que ça pouvait être apparenté à la méthode de mise à feu, mais je n'en sais pas plus. Peut-être que la suite me viendra plus tard.

Après la réunion, je réclamai une demi-heure de break pour lire mes e-mails, téléphoner au coach de *media training*, et surtout prendre un café double pour finir de me réveiller.

On m'installa dans la salle où Anna et moi étions la veille au soir, et j'obtins le code de déverrouillage de l'ordinateur de bureau qui s'y trouvait.

Je m'apprêtais à sortir mon téléphone de ma poche

pour appeler le coach quand j'entendis le signal d'arrivée d'un texto. C'était mon agent.

> *L'émission d'Oprah est annulée. T'en fais pas, on trouvera autre chose. À plus. Bill*

Je ne m'attendais pas à ça…

Énorme déception…

J'en restai tout chose…

Un vrai coup dur. Fini les promesses de décollage, ma carrière allait… attendre. Pour combien de temps ? Certains écrivains patientaient toute leur vie, en vain, et finissaient aigris, se sentant incompris et malheureux. D'autres capitulaient au bout de quelques années et se rabattaient sur un petit boulot en gommant de leurs CV les beaux diplômes littéraires pour ne pas paraître surqualifiés pour le poste.

On frappa à la porte.

Une jeune employée m'apporta un café et je la remerciai. Je la regardai s'éloigner en me demandant si elle aussi avait dû se contenter d'un poste étranger à sa qualification.

Bon, il ne fallait pas se laisser abattre. Je savais trop à quel point la déprime peut être une redoutable spirale descendante. La pente est facile à dévaler et dure à remonter. Et puis peut-être Bill allait-il vraiment me décrocher une autre émission ? Y croire. Surtout, y croire.

Je me mis sur l'ordinateur et me connectai à ma messagerie. Rien d'urgent. Je fermai la fenêtre.

Il fallait que je me change les idées… Je consultai

la presse en ligne sur Internet. Sans surprise, on titrait partout sur la série d'incendies, avec des photos saisissantes de celui de la Barclays. De nombreux articles présentaient le criminel comme un activiste de la cause environnementale.

La plupart des associations de défense de l'environnement publiaient des communiqués pour dénoncer les incendies et condamner toute démarche violente au nom de la nature.

Un journaliste s'interrogeait sur l'absence de revendication claire, même si *L'Appel de la forêt* en était une, d'une certaine façon, écrivait-il.

L'appel de la forêt ? Qu'est-ce que c'est que ce truc ?

Il me fallut remonter aux articles de la veille pour découvrir l'histoire de la musique diffusée avec les messages d'alerte.

La veille… Pourquoi le FBI ne m'avait-il rien dit ?

L'idée me traversa l'esprit qu'ils connaissaient sans doute mes sympathies écologistes. Il ne se passait pas une semaine sans que je signe une pétition en ligne pour soutenir l'une des innombrables causes en faveur de la nature. Ils devaient le savoir, et craindre que l'affiliation écolo de l'incendiaire me démobilise. Pourtant, je n'aurais jamais cautionné la violence, pour quelque cause que ce soit. Jamais.

Je pris une gorgée de café.

Pour ne pas déprimer, j'allais me donner à fond dans l'enquête. C'était ce que j'avais de mieux à faire. Travailler pour oublier, passer le cap, tout en me sentant utile. Contribuer à faire arrêter ce criminel, et me sentir fier de moi.

J'eus soudain envie de faire, comme la veille, une

rapide session seul. Pour faire avancer les choses. Et cette fois, je savais précisément quoi demander, quelle cible rechercher.

Le lien entre les firmes visées et la défense de la nature.

Je partis au quart de tour, sachant que je risquais d'être interrompu par Anna qui devait me rejoindre. Et je notai tout de suite cette crainte dans la colonne des « perturbations impactantes ».

Tout se déroula très vite, bien plus vite que la veille au soir dans ma chambre d'hôtel.

Je parvins rapidement à la conclusion que la réponse cherchée était un élément naturel très vaste avec la présence d'eau. Je voyais du vert, beaucoup de vert, et au milieu, deux traits qui serpentaient et finissaient par se rejoindre. L'un était noir et l'autre, ocre. Quand ils se rejoignaient, ils se suivaient en parallèle, noir et ocre côte à côte, pour finir par fusionner en formant un seul trait brun.

D'autres que moi auraient pu se heurter à un mur. Mais je connaissais suffisamment les lieux pour les reconnaître instantanément.

Les traits, c'étaient des rivières. L'une était noire, l'autre ocre jaune, et elles menaient une danse nuptiale sur des kilomètres et des kilomètres avant de s'abandonner l'une à l'autre pour former le plus grand fleuve du monde, plus puissant que les huit plus grands autres réunis.

Le lien entre les firmes visées par l'incendiaire et la défense de la nature, c'était l'Amazonie.

Exalté par ma découverte, je me levai et fis les cent pas devant les baies vitrées. En face, l'affreuse tour sans vitres me narguait, comme si elle menaçait d'investiguer ma vie privée, de la violer.

L'Amazonie. OK, ça avait du sens, sans doute que ces boîtes de finances avaient un lien quelconque avec le drame écologique qui se nouait là-bas. Mais lequel précisément ? Il me fallait en savoir plus si je voulais anticiper la suite, et peut-être savoir quelles seraient les prochaines cibles.

Je sortis mon téléphone. Je ne savais pas comment m'y prendre, mais je savais *qui* pouvait s'en charger pour moi.

— Hello, Timothy ! dit la voix enjouée et familière.

— Hello, Lynne ! Comment va ma jolie voisine ?

— Oh, toi, si tu me flattes, c'est que t'as besoin de quelque chose…

— Gagné. C'est une urgence, Lynne. Je sais que t'avais enquêté sur la déforestation amazonienne quand tu étais journaliste. J'ai besoin de savoir quel peut être le lien entre les boîtes de finances qui ont brûlé ces derniers jours et l'Amazonie. Tu aurais ça sous la main ?

— Sous la main, non, mais je peux chercher.

— T'es un ange.

— Tu veux ça pour quand ?

— Ben… pour hier.

— On ne t'a jamais dit que le temps s'écoulait du passé vers le futur ?

— Justement, je viens d'apprendre que c'est l'inverse en certains points de l'univers.

— Pas à New York, mon vieux.

— Dommage.

— Mais je note ; le jour où j'aurai trop de rides, tu me donneras l'adresse pour y faire un tour.

— Faudrait pas que ta compagne soit ensuite condamnée pour détournement de mineure.

— Qu'est-ce que tu crois ? Je l'emmènerai avec moi !

— Ah… j'oubliais : pour la recherche, c'est top secret.

— Je répéterai tout à Al Capone la prochaine fois qu'il vient me réclamer des croquettes.

On frappa et la porte s'ouvrit devant Robert suivi de Glenn.

Ils la refermèrent soigneusement derrière eux.

Je remerciai Lynne et raccrochai.

— Anna n'est pas là ? demandai-je.

— Elle va arriver, répondit Glenn.

— Installez-vous, dis-je en désignant la table. Faites comme chez vous.

Ils sourirent en prenant place.

— J'ai une bonne nouvelle pour vous, annonçai-je en cachant à peine mon amertume.

— Ah ?

— Mon émission de télé a été annulée. Je vais pouvoir continuer sur l'affaire.

— C'est en effet une excellente nouvelle, dit Robert.

— J'espère que c'est sans conséquence pour vous, ajouta Glenn.

— Je survivrai.

— Alors justement, dit Robert, ne perdons pas de temps : il faut que je vous parle.

— Je suis à vous.

— Voici la situation. Vous avez démontré vos

capacités intuitives, ça ne fait plus de doute, seulement voilà : vos intuitions arrivent toujours trop tard. C'est d'autant plus frustrant qu'elles sont justes et auraient pu permettre d'empêcher les deux dernières destructions.

— Je fais ce que je peux, répondis-je assez sèchement.

— Je m'en doute, dit-il avec un sourire encourageant carrément dissonant.

La bienveillance lui allait très mal.

Glenn, en retrait dans son fauteuil, acquiesça à son tour d'un air compatissant.

Qu'ils sont lourds, ces deux-là…

— Monsieur Fisher, demanda Robert, est-ce que vous avez déjà pris du LSD ?

Je ne m'attendais pas à une question aussi saugrenue.

— Si c'était le cas, vous croyez vraiment que je le confierais à un policier ?

Robert renouvela son odieux sourire faussement rassurant.

— Glenn et moi, on est de la Criminelle, pas des Stups.

— Mais pourquoi vous me demandez un truc pareil ?

Il sortit de sa poche un petit sachet de plastique transparent qu'il posa devant moi sur la table. À l'intérieur, des buvards miniatures décorés de figurines en forme d'anges.

— Ces doses sont contrôlées en laboratoire, sans aucun risque.

— Attendez… je rêve, là… Je suis dans le bureau du FBI, et un policier me propose de la drogue ?

Il sourit.

— Il arrive bien que des médecins eux-mêmes en prescrivent, vous savez…

— Mais qu'est-ce que vous voulez que je fasse de ça ?

— Prenez un buvard et posez-le sur votre langue.

Je le regardai, interdit.

— Mais pourquoi diable ferais-je une chose pareille ?

— Parce que ça va accélérer et décupler vos intuitions, dit-il, le regard brillant. Vous serez vous-même bluffé par les résultats.

OK. Tout s'éclairait…

Je fus assailli de pensées divergentes. La perspective d'intuitions fulgurantes était tentante, naturellement, mais je n'avais jamais consommé la moindre drogue. Si j'avais tenu bon pendant toutes mes années d'études, ce n'était pas pour plonger à mon âge.

Et puis c'était Robert qui le proposait. Pourquoi lui et pas Anna ? Où était-elle, d'ailleurs ? Qu'est-ce que Robert connaissait à l'intuition ? Je regardai Glenn. Reculé dans son fauteuil, un peu avachi, la tête inclinée vers le bas et le regard en biais, il me sembla mal à l'aise.

— Je ne suis pas sûr, dis-je, d'avoir envie de prendre ce genre de substances…

— C'est sans danger, affirma Robert. Ça n'entraîne pas de sensations de manque. Et ce n'est pas une prise qui vous rendra dépendant non plus. Aucun risque.

J'hésitai.

Quelque chose en moi me disait de ne pas la prendre. Mais était-ce… une intuition, ou juste une peur ? Comment faire la différence ? Anna disait que la peur était un processus mental, dans la tête, tandis que l'intuition se manifestait dans le corps. Alors, d'où me venait ce sentiment de méfiance ? De la tête ou du corps ? Pas facile à identifier... Qu'avais-je ressenti exactement en écoutant les paroles de Robert ? Qu'est-ce qui m'avait conduit à me dire de ne pas la prendre ?

— Le temps presse, monsieur Fisher.

Ne jamais prendre de décisions immédiates quand on sent la pression de quelqu'un.

Cette phrase me traversa l'esprit et je décidai d'en faire désormais une ligne de conduite. Les bonnes décisions sont celles que l'on *sent* bien. On ne peut pas écouter les messages de son corps sous la pression des autres.

— Je vais réfléchir.

À cet instant, on frappa à la porte.

Robert reprit le sachet de LSD et le glissa dans sa poche.

— Réfléchissez vite, dit-il tandis qu'Anna entrait.

Elle s'approcha de la table.

La réponse à mon interrogation me vint subitement : ça avait été une sensation dans mon ventre, comme une légère compression, une infime oppression.

— Timothy va continuer avec nous, dit Glenn. Son émission est annulée.

— Ah...

— On va vous laisser travailler, dit Robert en se levant.

Glenn fit de même et ils se retirèrent, nous laissant seuls.

Anna se dirigea vers le meuble le long du mur pour prendre des verres d'eau.

— Désolée du retard. Robert m'a envoyée au secrétariat pour organiser mon rapatriement ce soir à Fort Meade. Je pensais que c'était réglé.

— Alors il va falloir que je fasse de même.

— À moins que vous ne préfériez rester à New York, auquel cas c'est moi qui prends une chambre d'hôtel.

— Comme vous voulez.

Je répondais machinalement car mon esprit était ailleurs.

— Il faut que je vous parle, dis-je.

— Je vous écoute, dit-elle en versant l'eau dans les verres.

— Je voudrais avoir votre avis. Robert Collins m'a proposé une substance pour accroître mon intuition. Du LSD.

Je vis un éclair de stupeur passer furtivement dans son regard.

— Non, dit-elle en souriant. Ne prenez pas ça.

Je sentis très bien qu'elle se forçait à sourire, à afficher un air détendu. Je la sentais au contraire crispée intérieurement.

— Qu'est-ce qu'il y a ?

— Vous n'en avez pas besoin, alors inutile de prendre ce genre de substance.

— Je vous sens tendue.

— Pas du tout. Allez, je vous propose qu'on embraye sur une nouvelle session. Vous êtes prêt ?

— J'ai l'impression… que vous me cachez quelque chose. Et j'aimerais savoir quoi.

Elle secoua la tête en souriant mais je la sentais fulminer intérieurement.

— Anna, qu'est-ce que c'est que cette histoire de LSD ?

— On a dû vous le dire, ça favorise l'intuition, mais vous n'en avez pas besoin. On reprend ?

Je secouai la tête.

— J'ai besoin d'avoir confiance en vous. Ce n'est pas possible si vous me cachez des choses.

Elle se figea, inclina doucement la tête vers le bas, fit la moue, puis se mordit les lèvres.

Un silence, assez long, puis elle leva les yeux vers moi.

— Je ne vous ai rien dit, OK ?

— OK.

Elle se retourna pour lancer un coup d'œil à la porte fermée, puis se rejeta lentement en arrière dans son fauteuil et inspira profondément.

— À mon retour de congé sabbatique, je me suis retrouvée seule dans le service, l'équipe ayant été décimée. J'étais très sollicitée, tant par la CIA que par le FBI, sachant qu'en parallèle des séances d'intuition je devais préparer la future organisation à recréer de toutes pièces, réfléchir aux recrutements, etc. J'étais complètement surmenée, avec en plus toute la pression liée aux enjeux nationaux et internationaux des sujets sur lesquels on me demandait d'intuiter. Je me suis retrouvée au bord du burn-out. Quand Glenn Jackson est venu me trouver pour me faire participer à l'identification d'un tueur en série recherché par toutes les polices, l'énorme attente qui reposait sur mes intuitions était juste… trop.

— C'est compréhensible…

— J'avais lu le rapport d'une étude concernant

l'effet de la prise de LSD sur l'intuition. Je me suis laissé tenter après avoir consulté ma hiérarchie. Je ne voulais pas que ça puisse se retourner contre moi. Et aussi, je voulais être accompagnée pendant l'expérience pour qu'on me protège des risques issus des effets secondaires de la drogue : la perte des sensations et des repères conduit certains à se blesser, voire à sauter par la fenêtre en étant convaincus de pouvoir voler, sans parler du risque d'un délire paranoïde… Bref, je voulais qu'on veille sur moi si ça tournait mal. J'ai obtenu le feu vert…

Elle marqua un temps de silence. J'étais suspendu à ses lèvres.

— J'ai pris cette drogue…

Nouveau silence. Son regard semblait éviter le mien, balayant l'espace vide devant elle.

— J'ai pris cette drogue et…

— Ça a marché ?

Elle acquiesça lentement.

— Au-delà de mes espérances. Pendant près de quatre heures, c'était juste inouï. J'ai suivi le protocole de *Remote Viewing* à la lettre, et à partir de là, ça a fusé… Tous les dossiers devenaient comme transparents. J'avais accès à tout. Il me suffisait de bien formuler mes questions et les images jaillissaient devant mes yeux, d'une netteté incroyable, les sons étaient distincts, les odeurs réelles, les sensations palpables… tout. Ces quatre seules heures m'ont permis de répondre aux questions de toutes les affaires en cours. Répondre à mes interrogations personnelles, aussi. Subitement, je savais tout sur mes amis, ma famille, mes amours passées… C'était enthousiasmant, grisant, enivrant… Le monde s'ouvrait à moi. J'étais omnisciente : il me suffisait de poser une question pour que la réponse vienne à moi. Pour la première fois de ma vie, j'ai éprouvé un sentiment de puissance inouï, illimité…

Elle se tut. Je voyais bien que se remémorer cette expérience l'amenait d'une certaine façon à la revivre, comme si elle se transportait dans le passé.

Son visage s'assombrit soudain.

— C'est ensuite que ça s'est compliqué…

— Les effets secondaires ?

— Oh… je vous passe les nausées qui ont suivi, les vomissements pendant des heures… ça m'a certes semblé infini sur le moment mais j'ai survécu. Non, le vrai drame est survenu trois jours plus tard.

Elle marqua un nouveau silence. Puis elle reprit.

— Glenn Jackson est revenu me voir, mais cette fois, il était accompagné de son collègue, Robert Collins. J'étais disponible, mon planning avait été complètement nettoyé pendant ces quatre heures sous l'emprise de la drogue. Fini le stress, plus de burn-out à l'horizon. Alors j'ai voulu faire une session de *Remote Viewing* comme ça, sans substance. Pour moi, ça avait toujours été très clair : ce serait une fois, une seule. Hors de question de prendre le risque de tomber dans la dépendance. Je n'ai pas une âme de camée.

Elle prit une profonde inspiration.

— Je n'ai jamais pu. Rien. Plus rien. Aucune image n'est venue, aucun son, aucune sensation. Zéro information. Mon intuition avait été anéantie. Fini. J'avais tout donné pendant ces quatre heures. Et j'avais asséché la source. C'était mort.

Elle se mordit les lèvres avant d'ajouter :

— Je n'ai plus jamais réussi.

Le silence emplit la pièce. Lourd.

— Je suis désolé, murmurai-je.

Je l'étais sincèrement.

Puis brusquement, mon émotion passa de la compassion à l'effarement.

— Robert savait tout ça ?

— Oui.

— Donc il sait que si je prends cette drogue, je…

Anna tourna la tête vers moi et acquiesça.

— Vous couper de l'intuition, c'est vous couper de votre inspiration de romancier.

La colère me monta au cerveau comme un torrent jaillissant dans une grotte souterraine.

— C'est ignoble, c'est abject, je…

Je me souvins alors de ma promesse de ne pas révéler la confidence d'Anna.

J'étais coincé.

— Je ne dirai rien, dis-je, mais je ne peux pas continuer à travailler pour ce type. C'est juste impossible !

Anna hocha lentement la tête.

— Je ne pense pas que vous ayez jamais travaillé *pour lui*. Il me semble que contribuer à arrêter ce criminel a du sens pour vous…

— Peut-être, n'empêche que je ne veux plus le voir. J'ai eu ma dose. Ne vous inquiétez pas, je vais trouver une excuse, une raison d'arrêter qui ne vous compromette pas.

Anna soupira.

— Quoi qu'il arrive, murmura-t-elle, ça me nuira…

— Je ne vois vraiment pas pourquoi.

— Je n'ai pas d'autres intuitifs sous la main, comme vous savez. Je suis une femme seule qui dirige un labo d'intuition tout en étant elle-même privée de la sienne et dépouillée de son équipe. Je ne donne pas cher de ma peau.

— Vous n'y êtes pour rien.

— Mon administration demande des résultats, pas des excuses.

— Vous êtes fonctionnaire fédérale, non ? On ne peut pas vous virer, de toute façon.

Elle haussa les épaules.

— C'est ce que tout le monde croit, à tort : un fonctionnaire américain peut perdre son poste à tout moment, notamment pour absence de résultats.

— Je l'ignorais, avouai-je.

Il y eut un blanc, quelques instants de silence un peu gêné, qu'Anna finit par rompre.

— Regardez Glenn. C'est quelqu'un de bien. J'ai confiance en lui, et ça ne doit pas être facile tous les jours pour lui de supporter son collègue. Mais il aime son métier, il se sait utile, alors il est philosophe, il fait avec. J'ai déjà vu Robert tenir des propos assez méprisants envers lui, mais Glenn ne s'en occupe pas, il reste concentré sur son action, sur ce qui compte pour lui…

— Anna. Je vois bien que vous essayez de m'influencer, mais comprenez que ma situation n'est pas celle de Glenn : Robert n'est pas mon collègue, je n'ai aucune obligation de travailler avec lui. Je suis bénévole dans cette affaire, merde ! C'est inadmissible d'être récompensé par une condamnation à vie à ne plus pouvoir exercer mon métier ! Vous vous rendez compte ?

Elle acquiesça sereinement.

— Bien sûr, mais vous le savez comme moi : quoi que nous décidions de faire dans la vie, on trouve toujours sur notre passage des individus pénibles qui nous donnent envie d'arrêter. Est-ce qu'il faut pour autant se laisser détourner de notre chemin, du chemin que nous avons choisi ? Je ne crois pas, sinon vous mettez votre destin entre les mains de ces individus, et à la fin de votre vie, quand vous regarderez en arrière, vous réaliserez que ce sont eux qui auront conditionné votre parcours. Vous leur aurez donné malgré vous un pouvoir qu'ils ne méritaient pas.

Elle me regarda, semblant guetter ma réaction.

Évidemment, c'était un sacré recadrage…

Je bus une gorgée d'eau fraîche.

— Je vais réfléchir.

— Être libre, c'est agir sur la base de ses propres choix, pas en réaction à ce que disent ou font les autres.

Elle se tut, et je hochai la tête pensivement.

La promesse que je m'étais faite plus tôt dans la matinée me revint à l'esprit : ne plus prendre de décisions immédiates quand je sens une pression extérieure.

Je me levai et fis quelques pas vers les baies vitrées ; il fallait que je perçoive les signaux de mon corps.

Que ressentais-je à l'idée d'arrêter ?

Pas évident… Ce que je sentais… intérieurement…

c'était… une sorte de creux dans le ventre, comme un léger vide. Était-ce agréable ?… Bof.

Je pris une profonde inspiration pour changer d'état interne.

Que ressentais-je maintenant à l'idée de continuer ?

J'eus l'impression que mon thorax et mon ventre étaient comme tendus, mais ce n'était pas une tension nerveuse, de stress ou d'inquiétude, non, c'était plutôt comme si mes muscles se tendaient pour passer à l'acte.

Mon corps savait ce que je devais faire.

Je me tournai vers Anna.

— C'est OK, lui dis-je, je vais…

Mon téléphone se mit à sonner.

Bill Crimson.

— Une seconde, dis-je à Anna, c'est mon agent. Je prends l'appel, c'est important.

— Pas de problème.

— Allô, Bill ?

— Tim, je vais être très clair, dit-il de sa voix rocailleuse. Je te décroche Oprah, et comme t'es pas foutu de parler à la télé, je me casse le cul pour t'organiser en urgence un *media training* avec le meilleur coach de New York. Et toi, qu'est-ce que tu fous ? T'es aux abonnés absents ! Tu reportes, puis t'annules, puis tu re-reportes… tout en restant injoignable et…

— Mais…

— Tais-toi ! Là-dessus, Oprah annule ton invitation. Je me démène, j'appelle quinze fois pour finir par avoir enfin le réalisateur au téléphone pour comprendre pourquoi et renégocier, et là, qu'est-ce que j'apprends ? Le FBI est intervenu et leur a fait comprendre qu'il valait mieux ne pas t'inviter... Mais qu'est-ce que c'est que ce délire ?!! Alors je ne sais pas ce que tu fous dans ta vie privée et je ne veux surtout pas le savoir, je ne sais pas comment tu t'y es pris pour avoir le FBI aux trousses, mais ce qui est sûr, c'est que moi, je ne veux plus entendre parler de toi. Plus jamais ! Tu m'entends ? C'est fini !

Et il raccrocha en fulminant.

La stupéfaction me cloua sur place.

21

Anna poussa la porte du bureau où Glenn et Robert devaient attendre. Elle s'ouvrit en gémissant.

Glenn s'y trouvait seul ; c'était une petite pièce sans fenêtres, trop chauffée et qui sentait le renfermé. Il était assis sur une chaise à roulettes devant un ordinateur au clavier jauni par la saleté incrustée.

— Vous avez vu Timothy ? dit-elle.

Il fit pivoter la chaise et se retrouva face à elle.

— Oui, et entendu, aussi. Comme tout le monde sur au moins une demi-douzaine d'étages.

Anna referma la porte derrière elle et s'adossa contre le mur.

— On peut le comprendre. Si je puis me permettre, non seulement ce que vous avez fait est scandaleux, mais en plus, ce n'est pas très malin. Vous vous attendiez à quoi, franchement ? Qu'il vous soit reconnaissant de le discréditer ?

Glenn se rejeta en arrière et le dossier s'inclina.

— Je ne sais pas, j'imagine que c'est une initiative de Robert, je n'étais pas au courant. Mais il ne faut pas exagérer non plus, c'est pas parce qu'il va louper une émission qu'il est discrédité…

— Ah, mais c'est bien plus grave que ça. Son agent a appris que ça venait du FBI et il a viré Timothy. Vous mesurez les conséquences ? Il paraît que cet agent est très influent dans le milieu littéraire… Timothy risque d'être grillé sur toute la place. C'est sa carrière d'écrivain qui est maintenant menacée. Même son éditeur pourrait le quitter.

— Je…

Il secoua la tête.

— Je ne comprends pas pourquoi ça s'est su, dit-il. Je ne sais pas pourquoi Robert n'a pas été plus discret sur son identité auprès des gens d'Oprah. En général, on parvient à obtenir ce qu'on veut sans trop se dévoiler. Mais bon, Robert a sans doute cru bien faire, dans l'espoir que Timothy continue de s'impliquer dans cette affaire…

— Eh bien, c'est gagné : il ne veut plus jamais vous voir. Qu'est-ce qu'il vous a dit, tout à l'heure ?

— J'étais seul. Il a hurlé qu'on devait se débrouiller pour faire reprogrammer l'émission, sinon, je cite, il « balance nos méthodes de barbouzes à la presse ».

Anna fit la moue.

— Vous allez faire quelque chose ?

— Pas facile…

Anna se redressa et soupira lascivement.

— Bon. Moi, je m'en vais. Je ne peux plus rien faire pour vous. Bye.

Et elle rouvrit la porte. Glenn leva un sourcil.

— Vous n'avez pas un autre intuitif à mettre sur l'affaire ?

— Négatif.

— En former un nouveau ?

— Le temps qu'il soit opérationnel, dit-elle en sortant du bureau, vous n'aurez plus une seule boîte de finances dans ce pays.

*

Je sortis du bâtiment sur Federal Plaza, gorgé d'indignation, de colère et de ressentiment.

Ces gens-là étaient en train de torpiller ma carrière, de saborder ma vie.

Quelle solution me restait-il ? Aucune ! À part prier pour qu'ils réparent tant bien que mal leurs méfaits. J'enrageais, je fulminais. Comment peut-on servir le bien public en employant des méthodes de brigands ?

Il fallait que j'évacue mon stress, mais comment ? Ne trouvant pas de réponse, je décidai de rentrer chez moi.

Je contournai le bâtiment sur Worth Street, puis descendis Broadway. Le ciel était encore plus gris que mon état d'esprit. Il y avait pas mal de monde sur le trottoir, des actifs et des badauds, et sur la chaussée, la circulation me sembla dense pour une fin de matinée.

Arrivé devant le jardin du City Hall traversé par quelques touristes, je m'engouffrai dans l'escalier descendant à la station de métro et montai dans une rame, ligne directe jusque dans le Queens. J'en avais pour quarante-cinq minutes environ.

Le train se mit en branle en grinçant. Je m'assis sur une banquette, enfouis mon visage entre mes mains et inspirai profondément. Il fallait que je me calme, que je me recentre, que je revienne dans le positif. Me dire que le pire n'est jamais certain. Que Bill Crimson n'allait pas forcément me démolir auprès de tout le monde, que son intérêt était peut-être plus de tourner la page et de passer à autre chose… Je tentai de me détendre, de chasser de mon esprit les idées négatives, et j'essayai de méditer, les yeux toujours fermés, d'être pleinement conscient de mon flot de pensées…

— Tu crois qu'il y aura de la place dans le ferry ?

La voix d'un petit enfant.

— Bien sûr, mon chéri, dit une voix de vieille dame. D'ailleurs tiens, ça y est, on arrive, allez, on descend !

Il me fallut quelques secondes pour réaliser le sens des paroles que j'avais entendues sans chercher à les comprendre. J'ouvris les yeux : le train venait de s'arrêter à South Ferry Station ! J'avais pris la ligne à l'envers, vers le sud ! Je bondis de ma banquette et sautai du wagon au moment où les portes se refermaient.

Une fois sur le quai, je revis la grand-mère qui marchait à côté de son petit-fils.

— C'est long jusqu'à Staten Island ? demanda le petit garçon.

— Non, même pas une demi-heure.

— On va voir la statue de la Liberté ?

— Oui, on va passer pas loin.

— C'est vrai, mamie ? C'est vrai ? dit-il avec un enthousiasme touchant.

Je les avais à peine dépassés que l'envie me prit d'aller moi aussi à Staten Island, quitter la ville bétonnée pour respirer l'air du large et marcher sur la plage en ne pensant à rien… Je n'avais plus rien au planning, j'étais libre d'écouter mes envies.

Je n'eus guère à attendre le ferry, déjà à quai, et

pendant la traversée, je pris un snack à bord, debout sur le pont, accoudé au bastingage en respirant le vent et les embruns salés. Une fois sur l'île, je pris le métro jusqu'à Dongan Hills, puis enfilai à pied Seeview Avenue, une jolie avenue peuplée de belles maisons espacées. Après Manhattan, presque un changement de planète ! Une vingtaine de minutes plus tard, j'étais à Midland Beach.

L'immense plage s'étendait à perte de vue sous un ciel tourmenté. Pas un chat pour s'y aventurer en cette fin d'hiver qui se prolongeait. Seules quelques mouettes saluèrent mon arrivée de leurs petits cris perçants. Le vent sentait bon l'océan et la liberté.

Je me déchaussai, planquai mes chaussures dans la végétation, roulai le bas de mon pantalon et m'élançai pieds nus sur le sable blond et frais.

Je fis des kilomètres au bord de l'eau en oubliant l'heure, en oubliant tout, laissant les embruns iodés me fouetter le visage et les vaguelettes mourir sur mes pieds en un frémissement mousseux.

Quand on vit dans l'incertitude, le plus sage est d'avoir confiance. Confiance dans la vie, confiance en soi, en sa bonne étoile… S'inquiéter ne sert qu'à nous couper de l'accès à nos ressources, abîmer notre santé, et rendre notre compagnie désagréable aux autres. La confiance est la clé de voûte de notre équilibre, de notre force, de notre capacité à rebondir. Avoir confiance même quand tout semble perdu, qu'on ne voit pas l'issue, et que l'avenir semble aussi bouché qu'un ciel de novembre.

J'étais porté par mes réflexions quand mon téléphone sonna. L'espace d'un instant, j'eus l'espoir qu'une bonne nouvelle conforte mes pensées positives, mais non, ce n'était que Lynne qui revenait vers moi.

— J'ai pas mal d'infos, lâcha-t-elle d'entrée de jeu.

— Parfait.

Je n'allais pas lui dire maintenant que je n'en avais plus besoin. Et puis j'étais malgré tout curieux de connaître le fin mot de l'histoire.

— Bon, qu'est-ce que tu sais déjà sur les problèmes de l'Amazonie, pour que je me contente de compléter avec le résultat de mes recherches ?

— Ce que je sais ? Ben… comme tout le monde, je connais la catastrophe qui est en train de se nouer là-bas : je sais qu'on détruit la forêt amazonienne à grande vitesse, essentiellement pour y faire de l'agriculture, élevage de bœufs et plantations de soja, que le recul des arbres engendre une diminution des pluies, qui tue à son tour d'autres arbres, à tel point qu'on s'oriente lentement vers la transformation de tout le sud de l'Amazonie en savane. Que les chercheurs disent qu'il suffirait pour ça d'avoir détruit 20 % de la forêt pour perdre le reste définitivement. Quoi d'autre… Que ce serait une catastrophe parce que les arbres contiennent du carbone qu'ils rejettent dans l'atmosphère sous forme de gaz carbonique en brûlant ou même simplement en se décomposant. Et que dans ce scénario en train de se dérouler sous nos yeux, les milliards de tonnes de gaz carbonique libéré ont le pouvoir le bouleverser le climat de la planète entière.

— C'est bien résumé. Maintenant, la question qui m'a permis d'avancer mes recherches pour toi, c'est : à qui profite le crime ?

— Bien vu. À ma connaissance, aux agriculteurs

brésiliens soutenus par leur gouvernement qui refuse de recevoir des leçons du monde entier. Sachant que le soja produit en Amazonie est surtout vendu aux Chinois et aux Européens qui s'en servent eux-mêmes pour nourrir leurs bœufs. Bref, tout tourne autour du bœuf.

— Tout ça est exact, mais il y a autre chose à savoir, dont on ne parle jamais. Pour comprendre les forces qui sous-tendent la déforestation, il faut suivre l'argent d'un bout à l'autre, pour savoir qui en profite. Et là, j'ai découvert quelque chose : ce sont des investisseurs étrangers qui tirent les ficelles en Amazonie. Et ces investisseurs, ce sont… de grosses firmes de finances et des grandes banques occidentales.

— Est-ce que les firmes dont les tours ont été incendiées en font partie ?

— Eh bien, pas toutes, justement.

— Mince.

— Si je reprends la liste, à Baltimore, la tour visée était celle de T. Rowe Price.

— Oui.

— T. Rowe Price fait partie des sociétés financières américaines qui ont financé à hauteur de neuf milliards de dollars les deux géants de l'agrobusiness brésilien qui dominent le marché du soja et participent activement à la déforestation.

— Je vois.

— À Valley Forge, c'était Vanguard. Même histoire.

— Et la Barclays, à New York ?

— La Barclays, à qui Greenpeace a attribué le Prix de la honte en 2012, est l'une des trois banques qui ont financé à hauteur d'un milliard deux cent mille dollars JBS, le géant brésilien du bœuf.

— Et à Chicago, la boîte de finances hébergée par la tour était Capital One, si je me souviens bien.

— Oui, mais là, je n'ai rien trouvé. Capital One semble n'avoir aucun lien avec ce qui se passe en Amazonie.

— Aïe. Il suffit d'une exception pour mettre à terre toute la théorie…

— Désolée… J'ai pourtant cherché dans tous les sens, mais il semblerait que cette boîte n'ait rien à se reprocher dans ce domaine.

— Tant pis. En tout cas, mille mercis pour ta recherche. C'est vraiment super sympa.

— Tu rentres bientôt ? Ton chat s'impatiente…

— Oui, j'arrive tout à l'heure. À plus !

La marche du retour me libéra du fond de stress qui restait. Je décidai de voir les choses positivement : cette affaire me débarrassait de ce vieux grincheux de Bill Crimson auprès de qui je ne m'étais jamais senti vraiment à mon aise ; j'allais trouver un autre agent beaucoup mieux, respectueux et efficace ; quelqu'un qui croie en moi : c'était finalement plus important que sa notoriété supposée.

Le soleil se couchait lorsque le ferry largua les amarres. Je m'installai sur le pont à l'avant du bateau et, agrippé au bastingage, le vent sifflant dans les oreilles, je me laissai porter par le tangage qui donnait à chaque oscillation l'impression saisissante de plonger dans l'eau sombre de l'océan.

Au loin, les lumières de Manhattan s'allumèrent une à une dans la nuit, comme autant de lueurs d'espoir, de promesses, d'opportunités que la vie me réservait à l'avenir.

Mon téléphone vibra au moment où l'on accostait à Whitehall Terminal.

> *Je suis Joan, l'assistante d'Oprah. Désolée pour le malentendu, votre émission est rétablie. RV comme prévu initialement dimanche avant 13 heures au studio. Attention, c'est un direct, l'émission débute à 13 h 30.*

Yes !!!

Je ne pus m'empêcher de voir dans ce message l'effet de ma confiance retrouvée, comme si l'univers se mettait en phase avec mon état interne.

Une fois sur le quai, j'appelai le cabinet de *media training* pour reprendre rendez-vous, mais on me répondit que le contrat avait été résilié. Sur le moment, un soupçon d'affolement faillit s'emparer de mon esprit mais je le rejetai avant de lui offrir la moindre prise sur moi. Je ne voulais plus sombrer. Tans pis pour le coaching. Je me débrouillerais sans.

De toute façon, la question pour moi n'était pas d'apprendre des techniques de réponses aux interviews, mais plutôt de me défaire du trac quand je serais sur le plateau télé. Le trac… Encore une peur, peur d'être jugé… Et qu'est-ce que la peur d'être jugé si ce n'est le besoin d'être apprécié, d'être reconnu ?

Je me souvins des propos d'Anna sur mon besoin de reconnaissance qui entravait mon accès à l'intuition. Ce fichu besoin de reconnaissance interfère en permanence dans notre vie en influençant nos choix, en bloquant l'accès à nos envies profondes, en nous empêchant d'être nous-mêmes. Ça nous fait vivre à côté de la plaque, ça nous rend esclave et nous pourrit la vie sans qu'on s'en rende toujours compte. Dès que je devais faire quelque chose en public, que ce soit jouer de la musique, accomplir un acte sportif ou prendre la parole, la présence des autres me faisait perdre mes moyens.

Ce serait tellement bien de m'autoriser à être simplement moi-même, sans me poser de questions, sans me soucier du regard de l'autre.

Pour la seconde fois de la journée, je pris la décision d'avoir confiance, juste confiance, et d'avancer en gardant ce sentiment ancré en moi. Parfois, le simple fait de décider quelque chose pour soi a un réel effet.

Une heure plus tard, j'étais donc assez serein quand j'arrivai à la maison.

J'eus un peu de mal à ouvrir la porte car la clé se coinçait bizarrement dans la serrure. J'avais à peine allumé la lumière que l'angoisse fondit sur moi comme un rapace sur sa proie et m'étreignit au point de me couper le souffle.

Mes meubles avaient été renversés et toutes mes affaires gisaient sur le sol dans un désordre total ; les souks de Marrakech après un ouragan.

J'en restai abasourdi sur le seuil de la porte, face au grand miroir qui me renvoyait mon image épouvantée.

Moi qui avais toujours redouté un cambriolage, je venais d'en être victime.

La gorge serrée et le cœur sous pression, je fis lentement un pas à l'intérieur. Mes vêtements, mes objets, mes souvenirs… toute mon intimité était étalée, profanée, violée. Même les placards du couloir avaient été vidés de leur contenu qui se répandait tristement sur le plancher. J'aperçus mes photos d'enfance dispersées au sol, mêlées à mes caleçons en vrac, mes chemises, des dossiers d'actes notariés, des chaussettes, des feuilles d'impôt… J'en avais presque la nausée.

Je fis quelques pas dans le salon, un peu perdu, engoncé dans mon embarras, ne sachant par quoi commencer. Il fallait appeler la police, bien sûr, et puis il faudrait tout ranger, il y en avait pour des heures. Il fallait aussi inventorier tout ce qui avait été volé et appeler mon assureur. Ne rien oublier. L'idée me traversa qu'on avait peut-être subtilisé des objets de famille, des souvenirs de mon père, et j'en eus le cœur serré.

L'envie me prit aussi de tout nettoyer, tout désinfecter. Si j'avais pu passer toute la maison au jet d'eau, je l'aurais fait, pour la laver de cette intrusion dans mon jardin secret.

Je me rendis dans la chambre, la gorge toujours nouée, me préparant au spectacle à venir, inquiet de trouver peut-être mon lit éventré. Mais quand je mis un pied dans la pièce, c'est tout autre chose qui me sauta aux yeux et me glaça le sang.

En plein milieu du mur blanc immaculé, au-dessus de mon lit, avaient été peints à l'encre rouge deux mots qui m'assaillirent comme un ordre qu'on hurle :

The End

C'était repris de mon dernier livre qui se déroulait à New York dans les années 1920 : lorsque la bande mafieuse mise en scène voulait exiger d'un individu qu'il cesse ses actions, elle le menaçait en envoyant chez lui un tueur écrire ces deux mots en lettres de sang sur le mur de sa chambre. S'il n'en tenait pas compte, on le retrouvait plus tard pendu par les pieds, vidé de son sang.

Il ne s'agissait en rien d'un cambriolage, c'était bien pire que ça puisque c'était moi qui étais la cible, et je devais me rendre à l'évidence, si pénible et inacceptable fût-elle : l'incendiaire m'avait identifié comme son traqueur, il m'avait repéré, sans doute suivi, et maintenant, il me menaçait.

Je me sentis soudain très mal, ébranlé, en danger.

Les lettres au mur étaient luisantes comme si l'encre était encore fraîche. J'eus soudain peur.

Et s'il était encore sur place ?

Je pris immédiatement mon téléphone pour appeler la police puis me ravisai. Mon rôle dans l'affaire était classé secret-défense. C'était très contrariant, mais je n'avais pas d'autre choix que d'appeler Glenn ou Robert…

J'eus Glenn en ligne et lui racontai.

— Ne bougez pas, dit-il, je suis rentré à Washington mais j'envoie immédiatement une équipe.

L'ironie du sort était que l'incendiaire voulait me faire cesser mes recherches, alors même que j'avais déjà arrêté…

Mais comment diable avait-il su mon rôle dans cette affaire ? Comment était-ce possible, alors que j'avais opéré dans l'enceinte fermée et militarisée de Fort Meade ? C'était inconcevable…

Je m'approchai du mur. L'encre semblait encore

humide. J'eus soudain un doute et posai mon doigt à la base de la dernière lettre. Il se teinta de rouge et je le portai à mon nez. C'était bien ce que je craignais.

Mon Dieu, j'espère que ce n'est pas le sang de…

— Al Capone ! Al Capone !

Je parcourus toutes les pièces de la maison en l'appelant. Je réalisai, pétri d'angoisse, qu'il n'était pas venu m'accueillir à mon arrivée comme il le faisait tout le temps. Je fouillai partout mais ne le trouvai pas. J'étais bouleversé. Il n'était nulle part. En désespoir de cause, je grimpai l'échelle de meunier pour monter au grenier, sans trop y croire : il n'y allait jamais.

L'intrus n'y avait pas mis les pieds, les choses étaient à leur place, c'est-à-dire en désordre, mais un désordre bien à moi, reconnaissable, familier.

— Al Capone !

Aucune trace de lui… J'étais dans tous mes états, au bord des larmes.

Mon petit chat adoré…

Je m'apprêtais à descendre quand mon attention fut attirée par une boîte, un carton parmi d'autres. Je m'approchai.

Al Capone s'y tenait, prostré mais vivant, blotti au fond de la boîte. Je le pris dans mes bras et fondis en larmes en le tenant contre moi. Je l'embrassai sur le front en le berçant comme il aimait, mais il ne ronronna pas. Le pauvre chat semblait traumatisé.

Je respirai profondément.

Tout est rentré dans l'ordre.

J'étais là à lui faire des câlins quand mon regard se posa sur une autre boîte, bien plus petite.

Le pistolet de mon père.

Quand Al Capone fut rassuré et rassasié de bisous, je le posai au sol et pris la boîte contenant l'arme. Je l'ouvris et saisis le pistolet en métal froid et lourd. J'eus une seconde d'hésitation puis le glissai dans une de mes poches, et mis un jeu de cartouches dans une autre.

Dix minutes plus tard, le FBI avait investi les lieux, avec police scientifique et tout le tintouin. Une nouvelle intrusion dans ma sphère privée, mais qui se voulait rassurante.

Je m'attendais à ce qu'on m'interroge sur le sens du message peint au mur, mais l'équipe avait dû être briefée car les enquêteurs éludèrent la question.

Il était près de 2 heures du matin quand j'allai me coucher après avoir tout rangé, et nettoyé quelque peu le mur de ma chambre. J'étais épuisé mais c'était important pour moi d'effacer tant bien que mal les traces de l'intrusion. Une façon de tourner la page et me réapproprier ma maison. Mais la menace planait maintenant sur mon esprit, me baignant d'anxiété comme une tumeur opérée dont on se demande si elle ne va pas sournoisement ressurgir un jour ou l'autre.

Je pris le pistolet en main, un Beretta semi-automatique assez ancien. Je tirai sur la culasse pour envoyer la première cartouche dans la chambre, puis le posai sur la table de chevet. Je n'aurais jamais cru dormir un jour avec une arme près de l'oreiller.

Je me dis que j'allais faire poser une porte blindée et ajouter des barreaux aux fenêtres de l'étage qui n'en avaient pas. Mais avais-je vraiment envie de vivre cloîtré dans une prison ?

Je finis par trouver quand même le sommeil : le

mental, même angoissé, s'incline en dernier lieu devant l'exigence du corps. À moins que ce ne soit l'âme qui appelle à retourner quelques heures à la Source…

Mais au milieu de la nuit, j'ouvris soudainement les yeux.

Le silence de la chambre plongée dans le noir était à peine profané par le subtil sifflement du vent dans le conduit de cheminée.

Je savais.

L'incendiaire ne m'avait pas pisté jusqu'à la maison. La dernière fois que j'étais revenu ici, c'était avant de réussir à fournir au FBI des informations utilisables, donc je n'avais aucune raison d'être soupçonné de le traquer.

S'il savait où j'habitais, c'était pour une tout autre raison.

22

Glenn secoua la tête, agacé et préoccupé, et repoussa de la main les quelques journaux du matin posés sur le bureau.

— L'incendiaire a transmis le même ultimatum à toute la presse, dit-il. Il y aura un nouvel incendie chaque fois que l'équivalent de la surface de Central Park sera détruit dans la forêt amazonienne.

Robert soupira, furieux, en faisant les cent pas dans le bureau.

— Au moins, finit-il par lâcher, ça doit nous laisser quelques jours.

Glenn secoua la tête.

— Ça m'étonnerait. Je crois que c'est plus rapide que ça.

Il se pencha sur son ordinateur et lança une recherche.

— Tiens, écoute ça : « La forêt amazonienne est détruite au rythme de cent quarante-huit hectares par heure. Rien qu'au Brésil, c'est l'équivalent de un million de terrains de foot chaque année… »

— Ah oui, quand même ? Putain, ils sont graves, ces Brésiliens…

Glenn fit la moue.

— Si j'en crois ce que j'ai lu ce matin dans les journaux, les Brésiliens ne toucheraient guère à leur forêt sans les milliards déversés là-bas par nos banques et nos firmes de placement pour les pousser à le faire.

Robert soupira.

— Cent quarante-huit hectares par heure… Disons que Central Park fait trois à quatre cents hectares, ça nous fait un incendie toutes les deux à trois heures. Merde, ça craint !

Glenn acquiesça, songeur.

— La bonne nouvelle, c'est qu'on a maintenant une certitude sur sa motivation écologique, alors on peut vraiment concentrer nos recherches ; la mauvaise, c'est qu'il ne se contente pas de cibler des firmes de finances.

— Qu'est-ce qui te permet de dire ça ?

— La tour de Chicago. Dedans, il y avait bien une boîte de finances, mais elle n'était pas compromise en Amazonie, j'ai vérifié. Dans cette tour, c'est sans doute ADM qui était visé, même s'ils nient toute implication dans la déforestation. Alors là, ça élargit le champ des cibles possibles. Si on doit protéger toutes les boîtes qui nuisent à la nature, autant boucler Manhattan et tous les centres d'affaires du pays.

— C'est quoi déjà, ADM ?

— Archer Daniels Midland, le géant de l'agrobusiness.

— Ah oui, bien sûr, dit Robert en hochant pensivement la tête. En tout cas, c'est quand même bizarre que ce type ait attendu comme ça avant de revendiquer ou communiquer sur ses actes…

— C'est pour faire monter l'angoisse… Moins t'en sais, plus tu flippes, non ? Regarde les gosses.

— Je n'en ai pas.

— Imagine que t'en aies un. Si tu lui dis « Range ta chambre sinon tu vas être puni de dessert », il sait à quoi s'en tenir, ça ne va pas l'effrayer. Mais si tu dis « Range ta chambre sinon tu vas pas aimer la punition que j'ai prévue », là tu le fais gamberger.

— T'es plus vicieux que t'en as l'air, en fait. T'es un faux gentil.

— Je n'ai rien inventé, je l'ai lu ce matin, là, dit Glenn en s'emparant d'un journal. Tiens, c'est un psy qui écrit ça : « L'être humain a besoin de savoir, de comprendre, et rien n'est plus angoissant que l'absence d'information. Il est mille fois plus rassurant de connaître l'ennemi et la nature précise de la menace, si horrible soit-elle, que de rester dans l'incertitude, source de tous les cauchemars, de toutes les interprétations qui suscitent des peurs bien plus terrifiantes encore… »

*

Dès mon réveil, j'appelai Anna.

— L'incendiaire est un hyperintuitif, dis-je.

— Hein ?

Je la mis au parfum de ce qui m'était arrivé à mon retour.

— Il n'avait aucun moyen de connaître mon adresse, sauf à être du FBI, bien sûr. Donc il l'a intuitée, je ne vois que ça.

Anna me répondit par un long silence.

— Cela signifie, repris-je, que c'est sans doute un de vos anciens collègues, un ancien de Fort Meade. Il faut être formé au *Remote Viewing* pour être capable d'intuiter aussi précisément une localisation.

— Vous savez qu'ils sont tous morts, Timothy.

— Ceux qui étaient en activité, mais ça fait plus de quarante ans que le labo existe, il y a forcément des anciens à la retraite.

Nouveau silence.

— Oui, c'est exact.

— Et c'est pour ça qu'il s'en prend à moi : il sait que je le poursuis par l'intuition, sa propre arme, dont il connaît mieux que personne l'efficacité. Il sait que je représente une vraie menace pour lui.

— C'est possible, Timothy.

— Ça veut dire qu'à partir de maintenant je ne suis en sécurité nulle part. Même si j'allais me planquer à l'autre bout de la ville chez des amis ou au fin fond d'une campagne retirée, il pourrait facilement me localiser.

Seul le silence gêné d'Anna me répondit.

— Et comme l'intuition permet d'accéder au futur, dis-je, il pourrait même savoir à l'avance ce que je vais faire ! Je suis coincé de toutes parts comme un cerf dans une chasse à courre. La seule solution serait de clamer haut et fort que je me suis retiré de tout ça, que je ne m'occupe plus de ses affaires, qui d'ailleurs, après tout, ne me concernent pas. Vivre en égoïste et le faire savoir, voilà ma seule option pour espérer être en sécurité !

Il y eut de nouveau un long silence, puis Anna bredouilla d'une voix incertaine :

— Je… je suis désolée de vous avoir embarqué dans cette affaire.

Dans la foulée, je transmis mes conclusions à Glenn, qui les prit au sérieux et déclara lancer immédiatement une enquête sur tous les anciens de Fort Meade encore en vie.

— Je mets tout de suite toute une équipe dessus, dit-il d'une voix qui manifestait autant sa volonté de me rassurer que celle de mettre la main sur le criminel. C'est un organisme public, donc on aura facilement accès au fichier, ça va aller très vite.

Il me fit part de l'ultimatum de l'incendiaire confirmant mon intuition sur son intention écologique.

— C'est quand même dommage, dis-je, d'abîmer une cause si noble par des actes aussi odieux.

— C'est clair. Mais on va vite le coincer. Et Barry Kantor a annoncé ce matin que suite à votre départ, on mettait le paquet sur la police scientifique. Comme la tour Barclays à New York ne s'est pas effondrée, on a pu trouver des traces du système de mise à feu. Tout est en expertise actuellement, Robert chapeaute ça. On a bon espoir de ce côté-là aussi.

*

Glenn fit éditer la liste de tous les *Remote Viewers* ayant travaillé sur le projet *Star Gate* depuis le début. La plupart de ceux encore en vie étaient à la retraite, seuls quelques-uns exerçaient toujours une activité dans d'autres domaines, dans le privé.

Il croisa la liste avec celle de tous les activistes écologistes répertoriés dans le pays.

Aucun résultat.

Il élargit la recherche sur la base de tous les militants, adhérents et bénévoles d'un parti ou d'une association écolo.

Aucun résultat.

Il fit alors éplucher un à un les dossiers personnels des anciens *Remote Viewers* afin de rechercher pour chacun d'entre eux ce qui pourrait susciter une motivation particulière à défendre la cause écologiste.

Trois noms sortirent de ce tri.

Le premier était décédé.

Le deuxième vivait en Argentine et sa présence dans le pays les jours précédents y fut rapidement confirmée par la police argentine.

Le troisième était un Américain d'origine amérindienne, jeune retraité.

Glenn sentit son cœur battre très vite.

— Je veux tout savoir sur lui et sa famille, ordonna-t-il. Tout ce qui peut avoir trait à leur relation à la nature.

Une demi-heure plus tard, il recueillait les premiers éléments.

Le fils cadet de cet homme était parti sept ans plus tôt rejoindre la tribu Yanomani au nord du Brésil, par volonté de renouer avec le mode de vie de ses lointains ancêtres, en immersion totale dans la nature, en pleine forêt amazonienne. Il y avait fondé une famille, y avait vécu plusieurs années jusqu'à ce que toute la tribu se retrouve déplacée de force par un gigantesque incendie commandité par une firme d'agrobusiness ayant racheté pour une bouchée de pain les milliers d'hectares alentour. Le fils avait alors mené la rébellion contre les envahisseurs pour revendiquer le droit de la tribu à rester vivre dans cette forêt. C'était le seul à avoir suivi une éducation universitaire et donc le mieux placé pour négocier avec ces businessmen intransigeants. Mais la négociation n'avait servi à rien et le conflit déboucha un jour sur un face-à-face entre les membres de la tribu et les bulldozers qui venaient retourner le terrain. L'affrontement se passa mal et trois membres de la tribu décédèrent, écrasés par les machines. Le fils était l'un d'entre eux. L'enquête policière conclut à un accident.

Je le tiens, se dit Glenn.

Une heure plus tard, un corps d'élite du FBI pénétrait dans une modeste maison de la petite commune de Flemington, à une heure de New York dans le New Jersey, et cueillait le suspect au moment où il s'apprêtait à déjeuner. L'homme nia son implication mais fut incapable de fournir un alibi pour les quatre soirées d'attentat. Sa maison fut fouillée et l'on trouva des articles de journaux relatant chacun des quatre incendies, soigneusement découpés et classés dans une chemise. L'historique de navigation de son ordinateur révéla de nombreuses recherches autour des entreprises attaquées. Il se justifia maladroitement en invoquant de la sympathie pour la cause défendue par ces actions, tout en niant en être l'auteur. On procéda à son arrestation et Barry Kantor ordonna qu'il soit écroué en préventive.

*

Ces péripéties m'avaient presque fait oublier l'approche de l'émission.

Demain...

Ça allait bien se passer, me dis-je le ventre noué, à condition de retrouver l'état de confiance que j'avais atteint la veille quand je marchais sur la plage.

Je n'avais plus la force de courir les magasins pour me trouver une tenue, alors je décidai de faire avec les moyens du bord : un jean propre, une belle chemise grise et une veste sombre. Neutre mais bien. Ça ferait l'affaire.

Lynne me rendit une visite surprise. Elle avait été témoin de la descente de police la veille au soir mais n'avait pas osé pointer son nez. Je lui racontai avoir été victime d'un simple cambriolage, rien de plus. Elle s'en voulut de n'avoir rien vu, ce qui était en effet fort surprenant tant elle passait ses journées à zieuter par la fenêtre de son bureau, juste en face de chez moi.

Elle embraya sur la nécessité de mettre en place un système de sécurité et, à la fin de la conversation, je pouvais devenir représentant en télésurveillance tant elle m'avait détaillé les caractéristiques et avantages des différentes offres dans ce domaine. Si aucun agent littéraire ne voulait plus de moi, je disposais maintenant d'un plan B.

Je fus sauvé par un appel d'Anna qui me fournit une belle excuse pour interrompre le déroulement du catalogue.

— C'est important, désolé, dis-je à Lynne avec une grimace navrée, et ça risque d'être long.

Elle se sauva après que je l'eus de nouveau remerciée pour ses précieuses recherches de la veille.

— Oui, Anna, bonjour.

— Je ne vous dérange pas ?

— Pas du tout.

— Vous êtes libre à déjeuner ?

— Aujourd'hui ? Mais… vous n'êtes pas rentrée à Fort Meade ?

— Rien ne presse. Je ne suis plus attendue là-bas.

— Comment ça ? Je ne comprends pas…

— J'ai été remerciée.

Je reçus la nouvelle avec un sentiment d'incompréhension immédiatement suivi de culpabilité.

— C'est… en lien avec ma démission ?

— Ça leur a juste permis d'accélérer les choses.

— Mais… quand même… comment est-ce possible aussi vite ?

— Tout était déjà dans les tuyaux. Sans vous, ils auraient trouvé un autre prétexte. Le responsable auquel je suis rattachée est un ultrareligieux qui cherche depuis sa nomination à mettre fin au projet. À moins d'un miracle, il devait réussir tôt ou tard…

— Un miracle comme l'arrestation de l'incendiaire grâce au labo.

— Par exemple.

— Je suis désolé.

— Tournons la page… Si vous êtes libre ce midi, on pourrait manger ensemble, histoire de parler d'autre chose, maintenant que nous ne sommes plus liés par le travail dans une relation de professeure à élève.

Elle avait dit ça en riant, et je lui fus reconnaissant de dédramatiser ainsi la situation.

— Ah... eh bien... oui, pourquoi pas...

Je pris ma voiture pour me rendre à Manhattan. Depuis les menaces qui pesaient sur moi, je me sentais trop exposé pour prendre le métro.

On se retrouva à Greenwich Village, le quartier le plus touchant de New York, où la verticalité cède la place à de petits immeubles en brique ornés de perrons faisant penser à l'Angleterre, et où les rues rebelles s'affranchissent de l'austère quadrillage new-yorkais pour s'autoriser un tracé en lignes courbes. On marcha ensemble sur les trottoirs bordés d'arbres. Les premières fleurs blanches des cerisiers du Japon annonçaient l'arrivée prochaine du printemps.

C'est fou comme les rapports professionnels peuvent rendre les relations formelles, comme si chacun jouait un rôle, le rôle correspondant à son poste. La Anna que je retrouvai n'avait plus rien à voir avec celle que j'avais connue jusque-là. Elle était plus naturelle et notre relation se positionna d'entrée de jeu sur un style beaucoup plus familier qu'auparavant. Nous n'étions plus des professionnels collaborant à relever un défi, mais presque des amis qui avaient partagé des moments forts. Elle me sembla plus détendue aussi, comme si son licenciement l'avait paradoxalement libérée d'un poids. Parfois, dans la vie, la crainte de la chute est bien pire que la chute elle-même.

— Ça fait des mois que je vis dans l'angoisse que ça me tombe dessus, dit-elle. Maintenant que c'est fait, je n'ai plus de raison d'avoir peur.

— C'est une position très sage.

— Bon, j'ai quand même du souci à me faire pour l'avenir : le projet *Star Gate* étant classé secret-défense, on m'a collé une clause de confidentialité dans mon contrat de travail : je n'ai pas le droit de parler de ce que j'ai fait pendant ces années passées à Fort Meade. Ça va être dur de présenter un CV qui tienne la route…

— Je suis désolé…

— Je trouverai le moyen de rebondir, ne t'en fais pas. Où est-ce qu'on mange ? Je meurs de faim.

— Euh… aucune idée, et toi ?

Elle sourit.

— On n'a qu'à chercher le restaurant *intuitivement*.

— Comment ça ?

— La cible, c'est le restaurant où l'on déjeune ce midi, d'accord ? Il existe déjà, alors tu vas juste te connecter au lieu.

— Mais… je ne vais pas dessiner un idéogramme debout dans la rue !

— On va s'en passer. Tu as fait plein de sessions en quelques jours ; à mon avis tu devrais être maintenant capable de t'ouvrir spontanément à la cible. On va essayer.

— OK.

— Ferme les yeux.

J'obtempérai.

— Maintenant, dit-elle, réponds à la question : C'est comment ?

Du jaune me passa devant les yeux. Je le lui dis.

— Très bien, quoi d'autre ?

— Il y a aussi… du brun, et puis un peu de vert, une sorte de vert pas très franc, un peu turquoise.

— OK. Quoi d'autre ?

Je me mis à rire.

— Qu'est-ce qui te fait rire ?

— Je viens de voir, enfin... ce n'est pas vraiment une image, c'est... comme si j'avais eu l'information que Tarzan passait sur sa liane.

— Tu l'as su comment ?

— Je crois que j'ai entendu quelque chose qui ressemble à son cri... et j'ai quand même plus ou moins eu l'image après.

— Bon... Quoi d'autre ?

— Euh... j'ai une sensation agréable... c'est chaleureux... et ça sent bon...

— Et ce que tu manges a quel goût ? Quelle texture ?

— Euh... c'est mou... ça a une saveur... salée et qui fait penser aux pâtes... à moins que ce soit de la purée... en fait c'est assez fondant.

— Bon, on n'a plus qu'à se mettre en route.

J'ouvris les yeux.

— Et... comment on fait, maintenant ?

— On continue de marcher, et on verra bien si l'un des restaus du coin semble coller à ta description, ou si on y voit une serveuse déguisée en Cheeta !

J'étais mi-amusé, mi-dubitatif. On parcourut quelques rues en fouillant du regard l'intérieur des établissements. Rien de très convaincant. On continua sur Houston Street, à la limite de SoHo. On finit par arriver devant une devanture en boiseries blanches coiffée d'un store bleu marine. L'intérieur présentait des murs jaunes sur un parquet, et un bar vert d'eau.

— Eh bien voilà, dit Anna, on y est !

— Mouais... Je n'ai pas visualisé le blanc de la devanture ni le bleu du store.

— Oui, mais regarde l'enseigne, dit-elle en pouffant de rire.

Je levai les yeux : Jane.

— Mort de rire.

Cela étant dit, j'étais quand même un peu troublé…

On prit place à une petite table en bois verni un peu à l'écart. Déco simple mais chaleureuse. Sur le mur d'en face, un écran diffusait une chaîne d'informations en continu.

Un serveur nous apporta les menus.

— Je vais prendre un curry de légumes, dit Anna.

— Vu qu'il y a des gnocchis à la ricotta, je crois que je n'ai guère le choix…

— Au contraire ! Accéder au futur n'interdit pas de changer ce futur. Une rétroaction est parfois possible.

— Ben… dans ce cas, ce n'était donc pas un futur.

— Rappelle-toi ce que disent les physiciens quantiques : au niveau de l'infiniment petit, le monde n'est que potentialités et le temps ne s'écoule pas comme on le perçoit à notre échelle. Et il semblerait que ce soit la projection de la conscience humaine sur un événement potentiel qui le stabilise. Mais ça ne le rend pas forcément définitif pour autant. En prenant conscience du futur que tu t'apprêtes à vivre, tu peux décider de vivre autre chose à l'avenir. Tu projettes alors ta conscience sur cet avenir que tu choisis, et si tu y crois sincèrement, alors il a des chances de devenir réalité.

— Alors il suffirait de décider quelque chose pour le réussir ? Il me semble qu'il y a beaucoup de gens qui se lancent dans des projets, super motivés… et qui échouent.

— C'est plus compliqué que ça. Il ne suffit pas de décider, il faut y croire vraiment. Ne pas se mentir à soi-même, ne pas faire semblant d'y croire, sinon ça ne marche pas. La difficulté est là : la croyance ne se décrète pas. Donc la vraie question est plutôt : qu'est-ce qui fait qu'on croit ou pas en la réalisation de quelque chose ? La croyance naît-elle en nous ou n'est-elle en fait que le fruit de la perception d'un futur déjà écrit ? Je n'ai pas de réponse toute faite...

— Je vois... C'est quand même un peu fumeux, tout ça...

— Si c'est comme ça que tu le vois, c'est comme ça que tu vas le vivre.

— T'as réponse à tout, hein ?

— Pas à la question du plat que tu vas choisir, dit-elle en souriant.

Je lus le menu jusqu'au bout.

— Bon... en fait, je vais rester sur les gnocchis, il n'y a rien d'autre qui me tente.

On commanda aussi deux verres de vin rouge qu'on nous servit aussitôt.

— Eh bien, dis-je, je lève mon verre aux chômeurs que nous sommes devenus tous les deux en l'espace de vingt-quatre heures.

— Aux chômeurs, dit-elle en trinquant. Remarque, t'es pas vraiment chômeur puisque tu ne devais pas être salarié.

— Non, bien sûr. D'ailleurs, mon émission de télé a été reprogrammée, même si je n'ai plus d'agent.

— Ah oui ?

— Oui, c'est demain, à 13 h 30 en direct. Je ne te raconte pas comme j'ai le trac. J'essaye de ne pas y penser, mais ça monte en moi au fil des heures, comme une marée sournoise prête à m'engloutir. Je perds totalement mes moyens quand je parle en public. Alors la télé…

— Ah… c'est drôle.

— Non, pas du tout. C'est paralysant.

— Je voulais dire que c'est bizarre. Mais qu'est-ce qui te gêne ?

— Je sais pas… j'ai l'impression que tout le monde va me juger, voir mes défauts…

Anna hocha la tête pensivement pendant quelques instants.

On nous déposa nos assiettes fumantes.

— Ça a l'air délicieux, dis-je.

Elle ne répondit pas.

— Et ça sent diablement bon, ajoutai-je.

Mais elle restait silencieuse, le regard un peu perdu dans le vague, absorbée dans ses pensées.

Puis elle me regarda dans les yeux.

— Est-ce que tu m'apprécies, Timothy ?

— Euh… oui, beaucoup.

Je ne m'attendais pas à cette question.

Elle fit la moue puis se pencha légèrement vers moi.

— Il faut que je te fasse quelques aveux, lâcha-t-elle avec un regard contrit.

Je fronçai les sourcils.

— Je voudrais que tu me connaisses au-delà de mes apparences, ajouta-t-elle.

— D'accord.

— Que tu connaisses même… mes petits travers.

— Si tu y tiens…

— Voilà, dit-elle en prenant une profonde inspiration, d'abord… j'ai tendance à manquer de pugnacité, je zappe sur autre chose quand il y a un effort à faire. Ensuite… je manque un peu d'empathie devant les émotions négatives des autres. Quoi d'autre ? Ah oui… j'ai des pieds, disons… grands par rapport à ma taille. Je…

— Mais qu'est-ce qui te prend de me raconter tout ça ?

— Attends, ce n'est pas fini : je fais des fautes d'orthographe partout dès que j'écris le moindre texte. Et puis, je suis totalement droguée au chocolat. Une vraie junkie. Je n'ai aucune volonté pour me sortir de l'addiction. Et aussi… Ah oui, j'ai souvent tendance à remettre au lendemain les choses importantes à faire. Voilà, t'en penses quoi ?

— J'en pense que tu vas rester longtemps au chômage.

— T'es con, dit-elle en pouffant de rire.

Puis elle m'adressa un sourire angélique à faire fondre un colosse de pierre.

— Est-ce que tu m'apprécies toujours ?

— Eh bien… disons que je te vois moins parfaite…

— Et…

Je voulais prendre tout mon temps pour la mettre un peu au supplice, mais son sourire envoûtant eut raison de ma cruauté.

— Et… je t'apprécie quand même.

Ses yeux lancèrent des lueurs de victoire.

— Voilà, dit-elle d'un ton satisfait en affichant un large sourire.

— Voilà quoi ?

— Ce que je voulais démontrer. Nos défauts ne

nous empêchent pas d'être appréciés. Au contraire, dit-elle en haussant les épaules. Ils nous rendent plus humains.

— T'es en train de me dire que je suis stupide d'avoir le trac pour parler en public.

— Oui. Ça te fait donc déjà un défaut…

Elle renouvela son sourire craquant en ajoutant :

— Et je t'apprécie quand même.

— Mouais… Si je puis me permettre, tu n'étais pas spécialement naturelle jusqu'à aujourd'hui. Tant qu'on travaillait ensemble, tu jouais l'experte, professionnelle et distante à souhait. Depuis deux heures, j'ai l'impression de ne plus être avec la même personne !

Elle but tranquillement une gorgée de vin.

— Disons que dans le monde du travail, les managers ont parfois la croyance idiote qu'on doit être parfait pour être performant. Ça nous oblige souvent à jouer le rôle du professionnel irréprochable… Bon, et puis me concernant, je te rappelle quand même que j'étais sur la sellette. La preuve : je me suis fait virer.

— L'émission de télé, pour moi aussi, c'est du domaine professionnel.

— Oui, mais ce ne sont pas tes patrons qui vont la regarder. T'en as plus, je te rappelle.

— Je n'en ai jamais eu.

— Raison de plus. Et les téléspectateurs sont des gens normaux qui se fichent pas mal de tes défauts. Mais de toute façon, je pense que le problème est ailleurs.

— C'est-à-dire ?

— C'est toi qui ne t'acceptes pas complètement tel que tu es…

— Je ne sais pas…

Elle reposa son verre et m'adressa un sourire que je sentis sincèrement bienveillant, et plus du tout séducteur.

— L'acceptation de nos défauts nous libère du jugement des autres.

Je bus à mon tour une gorgée de vin en méditant ses paroles. J'étais sensible à ses arguments.

— De toute façon, dit-elle, tu as déjà vu des gens sans défauts, toi ?

— Eh bien… oui : regarde Barry Kantor. Franchement, ce type a tout pour lui : beau, intelligent, je dirais même brillant, il a une bonne écoute, il s'exprime très bien, il est élégant, et en plus il a un super poste… Aucun défaut.

— Crois-moi, un mec sans défauts, ça n'existe pas.

— Je…

— Attends ! trancha-t-elle brusquement en me faisant taire d'un geste de la main. Regarde !

La chaîne d'informations à l'écran titrait : « L'incendiaire des tours arrêté. » Le son était coupé mais le sous-titrage était activé. Le journaliste expliquait que l'enquête avait permis de mettre la main sur le criminel le plus recherché du pays. On vit alors deux policiers encadrer un homme menotté d'une bonne soixantaine d'années, qui marchaient presque face à la caméra.

— Mon Dieu, dit Anna en secouant la tête.

— Qu'est-ce qu'il y a ?

— Ce n'est pas possible…

— Quoi ? Qu'est-ce qu'il y a ?

Anna ne répondit pas tout de suite. Elle était comme tétanisée, les yeux rivés sur l'écran, la mine effondrée.

Elle attendit la fin de la séquence pour se tourner vers moi.

— C'est impossible, me dit-elle. Je connais cet homme. C'est Elan Walker, un ancien de Fort Meade. Je l'ai rencontré à deux reprises. C'est l'homme le plus doux et le plus humain que j'aie jamais vu. Il est totalement incapable de faire une chose pareille.

— Je ne sais pas quoi te dire… J'imagine qu'ils ont dû l'arrêter sur la base de preuves tangibles…

— Mais ce gars-là est tellement compréhensif et bon qu'il serait capable de te trouver des excuses si tu volais sa voiture ou le giflais en public.

— Tu sais, dans la plupart des affaires criminelles, les voisins du coupable affirment que c'était un type bien, gentil et serviable.

— Mais là, c'est juste impossible ! Je suis formelle !

— Il semblerait que si…

Soudain, Anna m'agrippa le bras.

— Ce n'est pas lui ! J'ai une preuve ! Ça me revient !

— Quoi ?

Elle me fixa droit dans les yeux.

— Cet homme est pyrophobe.

— Il est quoi ?

— Pyrophobe. Phobique du feu ! Il s'éloignait dès que quelqu'un allumait une cigarette. Ça lui était impossible de rester !

Évidemment, c'était troublant…

— Il faut faire quelque chose, dit-elle. On ne peut pas laisser accuser un innocent ! Et puis, je sais que c'est quelqu'un de fragile ; il a perdu son fils unique, il n'a plus de famille. Il ne tiendra jamais le coup en prison…

Je commençais à la croire.

— Je ne vois malheureusement pas ce qu'on pourrait faire…

— La meilleure façon de l'innocenter, c'est de trouver le vrai coupable.

— Anna…

— C'est la seule solution.

— Écoute, Anna, je vois où tu veux en venir mais j'ai arrêté, je te rappelle. Et puis de toute façon, le FBI aussi a arrêté : ils ont leur coupable, tu ne vas pas leur faire rouvrir l'enquête. Sans compter que tu es toi aussi hors jeu maintenant…

Elle ne me répondit pas mais son regard accablé me déchira le cœur.

On demanda l'addition et dix minutes plus tard, nous étions dans la rue. On marchait en silence sur le trottoir de Houston Street, un silence gêné, quand j'entendis dans mon dos sans y prêter vraiment attention un moteur en accélération.

Soudain, Anna, qui se tenait à ma droite, cria en me tirant brusquement par le bras.

— Attention !

Au même moment, un coup violent sur mon épaule gauche me fit perdre l'équilibre et je m'écroulai en vrillant sur moi-même, Anna me retenant en partie dans ma chute, empêchant ma tête de frapper le sol.

Le vrombissement du moteur s'éloignait déjà. Je tournai la tête et aperçus un van noir qui s'enfuyait à vive allure.

— Ça va ? me pressa Anna.

— Ça va aller, dis-je en me redressant.

Mon épaule me faisait mal mais j'étais entier.

La rue était quasi déserte. Aucun piéton ni cycliste à éviter : le véhicule n'avait aucune raison de faire une embardée en accélérant à ma hauteur.

J'étais aussi choqué que désemparé devant cette évidence : il l'avait fait exprès.

Mais c'était tellement inacceptable que je tentai malgré tout de me raccrocher à l'hypothèse d'un accident. Peut-être le type au volant était-il au téléphone, ou en train d'éternuer, ou je ne sais quoi encore ?

Cela me rappela une scène d'un de mes romans. Le héros manquait de se faire écraser par une voiture et était sauvé *in extremis* par un homme qui le tirait à lui, comme l'avait fait Anna. Sauf que cet homme s'avérait ensuite être un complice du coupable. Il lui avait sauvé la vie juste pour gagner sa confiance. L'embardée de la voiture était une mise en scène élaborée dans ce seul but.

— Il a voulu te tuer, dit Anna.

Le van avait déjà disparu au loin. Tout autour de nous, la rue était déserte. Pas de témoins pour relever l'immatriculation.

— Je ne sais pas. En tout cas, sans toi, il aurait sans doute réussi…

— J'ai tourné la tête en l'entendant se rapprocher et j'ai vu qu'il roulait à cheval sur le trottoir. T'as eu de la chance, c'est son rétroviseur qui t'a cogné : il s'est rabattu sur le coup, ça a dû amortir le choc. Ton épaule, ça va ?

— Oui, je crois, dis-je en me la massant doucement de la main droite.

— Bon sang, ça craint…

J'avais quand même du mal à croire que l'on veuille me tuer. Certes, il y avait eu cette menace peinte au mur de ma chambre qui m'ordonnait d'arrêter mes recherches, mais justement : j'avais arrêté !

— Avant de me retrouver ce midi, tu as prévenu quelqu'un que tu allais essayer de me convaincre de continuer ? demandai-je.

— Non. Et ce n'était pas prévu, de toute façon. J'ai appris en même temps que toi l'arrestation d'Elan Walker, et c'est là que je te l'ai demandé.

Tout ça n'avait aucun sens…

— Ou alors, dis-je, je suis suivi depuis ce matin. On m'a vu te rejoindre et ça a été mal interprété.

Anna demeura pensive quelques instants.

— Tu es le seul à pouvoir l'identifier rapidement. Il l'a sans doute compris… Dès lors, tu es une menace permanente pour lui. À tout moment, tu peux choisir de le localiser et de le dénoncer. Tu as sa vie entre tes mains ! Mets-toi à sa place : il ne peut pas prendre ce risque. Il serait fou de te laisser en vie.

Ses propos me firent l'effet d'une douche froide.

— Si tu crois, ajouta-t-elle, qu'arrêter l'enquête te protège, tu te trompes. Ça revient à t'offrir à lui sans te défendre. Lui ne te lâchera pas.

— Tu dis ça parce que tu veux que je me remette sur l'affaire pour sauver ton ami.

— Ce n'est pas mon ami. Juste un innocent accusé à tort.

Je secouai la tête.

— Je me suis promis de ne plus coopérer avec le FBI. Ils ont été abjects avec moi, tu le sais très bien.

— Je ne te demande pas ça. Mais toi seul peux localiser ce criminel. Conduis-moi à lui. Il faut que je le voie, et alors je pourrai l'identifier en consultant les dossiers de tous les anciens de Fort Meade encore en vie.

Comme je ne disais rien, elle ajouta :

— Si tu ne le fais pas pour toi, fais-le pour sauver un innocent.

Toutes ces choses tournoyèrent dans mon esprit, et tandis que je cherchais à lister désespérément les solutions envisageables, il m'apparut bien vite qu'il n'y en avait qu'une. Très simple. La fuite. Il me suffisait de partir au loin, aller passer un mois à l'autre bout du pays chez un cousin ou un ami, ou même à l'étranger. Il ne me suivrait pas là-bas ; il avait un plan à mettre en œuvre, il ne l'arrêterait pas pour poursuivre un fuyard.

Ce n'était pas glorieux, mais ça assurait ma sécurité. Après tout, je n'avais rien demandé dans cette affaire. J'avais tout à perdre et rien à gagner. Autant garder mon intuition pour moi, pour l'écriture de mes romans.

— À quoi tu penses ?

Je ne répondis pas, mais alors que je commençais à considérer les différents lieux de villégiature envisageables, un sentiment nouveau et contrariant se mit à poindre lentement au fond de moi, tout au fond, un sentiment étrange qui, petit à petit, se mua en pensée pour prendre la forme d'une question, émergeant lentement des brumes de mon subconscient.

Quand Dieu, la Vie, l'Univers ou appelons ça comme on veut, nous donne un don, un talent, un savoir-faire qui peut, d'une façon ou d'une autre, être utile aux autres, peut-on vraiment le garder pour nous ?

23

La Maison-Blanche.
Bureau du conseiller du président.

Glenn jeta un coup d'œil à sa montre. Ils étaient en retard à la conférence de presse. En face de lui, debout derrière son bureau, Barry Kantor s'entretenait au téléphone avec un sénateur sur une question budgétaire. Depuis quinze minutes qu'il était là, Glenn l'avait entendu jongler d'un sujet à l'autre avec différents interlocuteurs, toujours avec la même aisance.

— Allons-y, dit Kantor en raccrochant.

Glenn le suivit dans le silence feutré du couloir qu'ils prirent presque au pas de charge. Ils longèrent la salle Roosevelt sur leur gauche, le Bureau ovale à droite, puis le couloir tourna à gauche et ils passèrent devant la salle du secrétariat de presse qui faisait face à la *Cabinet Room*.

Dès qu'ils entrèrent dans la salle de la conférence de presse, le brouhaha des conversations cessa et des chuchotements empressés accompagnèrent le mouvement des caméras dans leur direction. Barry Kantor s'avança jusqu'au pupitre officiel et Glenn se tint à sa gauche, un peu en retrait. Kantor lui avait demandé d'être présent au cas où les questions de la presse porteraient sur des éléments précis de l'enquête.

La salle était pleine à craquer. Les sept rangées de sept strapontins bleus des journalistes accrédités étaient occupées, entourées d'une petite foule nerveuse de reporters, photographes et cameramen. De gros câbles vidéo couraient au sol dans toutes les directions, ajoutant du désordre à l'agitation ambiante. Les appareils photo et les flashes se mirent à crépiter. La chaleur des projecteurs et l'étroitesse des lieux rendaient l'atmosphère suffocante. Glenn n'avait jamais vu autant de monde dans cette salle pour une affaire criminelle intérieure.

Barry Kantor laissa quelques instants aux photographes afin qu'ils puissent le mitrailler à leur guise, puis commença sa déclaration en saluant l'assemblée, très à son aise et souriant.

— Je suis heureux d'être en mesure de vous confirmer l'arrestation de l'incendiaire des tours.

Glenn l'observait de profil. Tous les traits de son visage détendu exprimaient la satisfaction et la fierté.

— Notre administration, dit-il, a travaillé sans relâche depuis le début des événements, jour et nuit, et le travail de chacun a payé.

Une secrétaire se faufila près de Glenn, la mine très embarrassée. Elle lui tendit un feuillet en lui glissant à l'oreille :

— Voyez si c'est nécessaire de le communiquer à M. Kantor.

Glenn prit la feuille et lut :

Le building de la société *Citigroup* à New York est en feu. La musique de *L'Appel de la forêt* a été diffusée.

Bon sang ! À trois minutes près, on avait l'info avant de commencer.

— Chacun doit se sentir soulagé d'être débarrassé de l'ennemi public n° 1, poursuivit Barry Kantor, chacun doit se sentir soulagé de se dire…

Glenn n'hésita pas un instant. Il fit un pas et posa le feuillet sur le pupitre, sous les yeux du conseiller.

Kantor continua sur sa lancée sans marquer la moindre interruption. Seuls les traits de son visage évoluèrent très progressivement et en fluidité pour glisser lentement du sourire victorieux vers l'expression d'une détermination assumée et courageuse.

— … qu'il peut désormais se rendre au travail sans avoir la peur au ventre. Et pourtant, il faut savoir une chose. Le suspect arrêté a certainement des complices, et à l'instant où je vous parle, compte tenu des éléments présents dans le dossier, je suis intimement convaincu que la menace persiste et qu'il y aura d'autres incendies. L'avenir dira si j'ai raison, mais je crois qu'il ne faut pas encore crier victoire. Nous avons gagné une bataille mais la guerre n'est pas finie. J'appelle donc chacun à rester extrêmement vigilant. Pour nous, le combat continue et je vous réunirai dès que nous disposerons de nouveaux éléments d'enquête communicables à la population.

*

Des bananes.

Je voyais des bananes et un bateau.

— Tu es sûr ? me demanda timidement Anna, visiblement embarrassée.

Je pris le temps d'étaler les pages de ma session sur la table, de revoir l'idéogramme, les listes de termes sensoriels, le résumé, les croquis… Oui, indéniablement, je voyais ce qui ressemblait nettement à un bateau, de l'eau, un gros objet métallique rouge et… des bananes.

Anna fit la moue, tout en boutonnant son manteau pour se protéger de la fraîcheur humide du jardin qui tombait sur nous.

En quête d'un coin de nature pour retrouver l'atmosphère qui m'avait jusque-là accompagné favorablement dans mes intuitions, nous nous étions rendus à cinq minutes à pied du restaurant dans Washington Square Park qui longe New York University. Pris d'assaut par les étudiants en été, il était relativement désert à cette époque, et nous nous étions installés à une table de jardin avec un échiquier incrusté en son centre, entourée de bancs en bois et fer forgé sous les arbres en bourgeons. C'était quand même loin d'être la nature : l'air, sans aucune senteur, était comme mort, et on entendait au loin les voitures.

Je connaissais le quartier pour y avoir séjourné quelques années plus tôt. Pour semer un éventuel suiveur qui nous aurait pris en filature, nous avions d'abord effectué un petit détour en entrant dans la supérette Morton Williams sur LaGuardia Place pour ressortir aussitôt par l'autre entrée, sur Bleecker Street.

— Des bananes, un bateau, de l'eau et un truc rouge en métal, reformula Anna d'un air pas convaincu.

Tout ça n'avait aucun sens, évidemment, mais c'était pourtant ce qui ressortait.

— Ce n'était finalement peut-être pas une bonne idée de venir ici pour la session, dis-je. Après tout, ce lieu n'est pas anodin. Ça biaise peut-être les résultats…

— Pourquoi tu dis ça ?

— À la fin du XVIIIe siècle, ce jardin était un champ d'exécution. La potence était dressée près de la fontaine actuelle, là-bas, dis-je en la désignant du doigt.

— Vraiment ?

— Peu de gens le savent, mais oui.

— Quelle horreur.

Son air de dégoût me fit sourire.

— Et ce n'est pas tout… Au début du XIXe, il y a eu une épidémie de fièvre jaune à New York. On a enterré les morts à la va-vite, à même la terre. Il y a près de vingt mille cadavres sous nos pieds.

— Tu blagues ?

— Non, vraiment.

— Mon Dieu…

J'entendis un bruit derrière moi et me retournai vivement.

Rien. Une petite branche gisait au sol. Elle venait peut-être de tomber…

Me savoir traqué me rendait nerveux.

— Bon, ne nous dispersons pas, dis-je. Un bateau, de l'eau, des bananes et du métal rouge. Ça t'évoque quoi ?

— Eh bien… évidemment, je pense aux tropiques, aux Caraïbes, mais on est carrément hors sujet, là…

Ou peut-être un bateau qui livre des bananes, mais ce n'est guère mieux…

— Un bananier ?

— Oui, mais ce n'est pas un immeuble et puis je ne vois pas le rapport avec l'écologie.

— Certes.

Je cherchai autre chose, une autre idée rassemblant ces éléments incongrus, mais rien.

— Ou alors, dis-je, c'est une société financière ayant comme logo une banane, comme la Barclays avec l'aigle bleu.

Anna pouffa de rire.

— Sérieusement, tu placerais ton argent dans une firme ayant une banane pour logo ?

— Mouais… pas faux.

— Une autre idée ?

— Ça pourrait être une boîte dont le nom fasse indirectement penser à une banane. Bon, sachant qu'il y a aussi un bateau…

— Et puis, si tu ne veux pas rappeler Robert et Glenn, nous, on n'a pas une équipe capable de lister toutes les boîtes de finances de ce pays pour décortiquer leurs noms.

— Certes… Il pourrait aussi s'agir d'une firme de finances installée dans un building sur le port de commerce, au bord de l'eau, avec en ce moment un bananier à quai.

— Pas con.

— Oui.

— En fait, je crois que c'est la meilleure idée jusque-là.

Je réfléchis en silence quelques instants mais rien d'autre ne me vint.

— On tente notre chance ? dis-je. On se rend sur place ? Je ne vois que ça…

— Oui mais… dans quel port ? Il doit y en avoir des dizaines dans ce pays ?

— L'ultimatum de l'incendiaire implique une attaque toutes les deux ou trois heures. Puisqu'il est à New York, il ne peut pas s'éloigner, c'est impossible.

— Le port de commerce se trouve où ?

— À Brooklyn, de l'autre côté de la baie, juste derrière Governors Island. J'ai ma voiture, on peut y être très vite par le tunnel sous-marin. Je ne sais pas exactement comment accéder au port mais on se débrouillera avec le GPS du smartphone.

Dix minutes plus tard, nous étions en route. Anna prit mon téléphone pour nous guider.

Au premier virage, une violente douleur me fit réagir.

— C'est mon épaule… Je peux te passer le volant ?

— OK, mais tu le regretteras peut-être dans cinq minutes !

— J'ai confiance, mentis-je.

Une petite demi-heure plus tard, la voiture s'engageait au pas sur le quai, en principe réservé aux professionnels du port. Sur notre gauche, les tout derniers rayons du soleil couchant se cachaient au large derrière la statue de la Liberté, offrant à la mer déjà sombre ses derniers reflets d'argent.

— Le quai semble désert, dit Anna.

— Samedi fin de journée…

D'immenses hangars, longs et bas, se succédaient

sur ce vaste espace bitumé, certains parallèles au bord du quai, d'autres perpendiculaires, d'autres enfin reposant sur des plates-formes flottant sur la mer. Noyés dans la pénombre et quelques vapeurs de brume le long de certains docks, des semi-remorques à l'arrêt semblaient avoir été abandonnés par leurs chauffeurs dans un alignement monotone.

— C'est sordide comme endroit, dit Anna.

— Très. Et j'imagine mal une firme de finances là-dedans. Je crois qu'on fait fausse route.

— Je pense aussi.

J'avais imaginé voir d'énormes navires porte-conteneurs amarrés, mais il n'y en avait aucun. Seuls quelques bateaux de taille modeste étaient alignés le long de l'un des hangars. En mauvais état, ils faisaient plus penser à des épaves qu'à des bâtiments de marine marchande en activité.

On continuait d'avancer au pas, et l'on se rapprocha progressivement d'un immeuble de bureaux d'apparence moderne et de bon standing, planté à droite de la chaussée, faisant face à un hangar posé le long du quai à notre gauche.

— Il y a peut-être un espoir là, dis-je en le désignant.

— Allons voir.

On passa au ralenti devant l'immeuble, dont tous les bureaux étaient éteints. Les places de parking en épi devant le bâtiment étaient désertes.

— Essayons de voir plus loin, dis-je. Si on ne trouve rien, on fera demi-tour et on cherchera la liste des entreprises hébergées dans l'immeuble.

— OK.

La voiture avait à peine dépassé le hangar nous

masquant le bord de l'eau qu'apparut à notre vue sur la gauche un immense bateau gris amarré le long du quai, à proximité d'une grue de levage, qui nous faisait face. Pas haut mais très long, peut-être cent cinquante mètres. Avec sa coque fuselée et lisse d'un gris uniforme, sans aucun hublot, il ressemblait à un navire de guerre. À l'autre bout du bateau, on apercevait de loin son extrémité arrière surmontée d'une sorte de grande tourelle dont le dernier niveau était vitré sur toutes ses faces.

— La grue ! dit Anna. Elle est rouge !!!

Je me retins de respirer.

La haute grue portuaire qui se dressait face à nous dans la pénombre était en bonne partie rongée par la rouille mais on distinguait encore par endroits des restes de peinture rouge écaillée.

Il y avait quelques lumières dans la tourelle du bateau. Peut-être des marins étrangers contraints de passer le week-end à bord en attendant de pouvoir décharger la cargaison à la reprise de l'activité portuaire le lundi matin.

La grue prenait toute la largeur de la rive, empêchant le passage d'un véhicule. Le bord du quai était à notre gauche. Anna le longea en voiture puis s'arrêta. On ne pouvait pas se rapprocher du bateau.

— Je vais aller voir à pied, dis-je. Il faut absolument savoir si c'est un bananier.

— Non, attends. J'y vais, dit-elle en coupant le moteur.

— Non, n'y va pas. C'est glauque comme endroit, et il fait nuit, ça craint, je vais y aller.

— Sûrement pas ! Imagine qu'on soit bien sur les

lieux de la prochaine cible : si l'incendiaire te voit, il te reconnaîtra tout de suite.

— J'ai une arme sur moi, dis-je.

— T'as une arme sur toi ? dit-elle d'un ton incrédule.

— Oui.

— OK, mais on prend aussi le risque qu'il se méfie en te reconnaissant, qu'il ne se montre pas et s'évanouisse dans la nature. Ce qu'on veut, c'est l'identifier, je te rappelle.

J'hésitai.

— J'ai rencontré très peu d'anciens de Fort Meade, ajouta-t-elle. Il y a donc très peu de chances qu'il me connaisse. Toi, on sait que tu es grillé.

Évidemment, elle avait raison.

— Si ça te rassure, dit-elle, passe-moi ton arme.

Je sortis le Beretta de ma poche et le lui tendis.

— Il est chargé.

Anna prit le pistolet et voulut le glisser dans la poche de son manteau mais il ne rentrait pas. Elle le mit dans son sac à main.

— J'en ai pour cinq minutes, dit-elle. Ne bouge pas.

Et elle sortit de voiture sans attendre ma réponse. Sa portière était côté mer et un courant d'air glacial à l'odeur de vase s'infiltra dans l'habitacle. Elle referma la portière en la pressant doucement et s'éloigna à pas feutrés en direction du navire.

Je n'étais pas tranquille et culpabilisais déjà de l'avoir laissée y aller.

Elle passa sous la grue puis longea la longue coque grise austère. Le ciel était noir et l'amoncellement de nuages bâillonnait la lune. Seuls quelques hauts réverbères aux allures d'insectes difformes diffusaient leurs lueurs maladives sous un halo de brume.

Anna, dans son manteau noir, avançait le long du quai en direction de la tourelle du navire, tournant régulièrement la tête vers la coque, cherchant sans doute à repérer des indications du type de cargaison. Je me sentais angoissé, comme si un grand malheur allait survenir. Était-ce une intuition ? Peut-être bien, car je le ressentais dans mon corps : ma cage thoracique était oppressée. Mais de toute façon que pouvais-je faire ? Impossible de sortir et lui crier de revenir. Ce serait attirer l'attention et finalement nous mettre tous les deux en danger…

Attendre était la seule solution.

Anna continuait sa progression le long du navire. Mais je me sentais de plus en plus angoissé, ma cage thoracique m'étreignait. Il fallait prévenir Anna, vite…

Lui envoyer un message sur son téléphone ! Je plongeai la main dans ma poche… mais elle était vide. Je me souvins alors avoir donné mon portable à Anna pour qu'elle me guide sur la route avec le GPS. Mais ensuite, c'est elle qui avait pris le volant… Ah oui, elle avait posé le téléphone sur le tableau de bord. Pourquoi n'y était-il plus ?

Anna arrivait à la hauteur de la tourelle et inspectait les abords, quand soudain retentit une musique lugubre qui déchira la nuit, une musique que je reconnus immédiatement.

L'Appel de la forêt.

Elle résonnait tellement fort entre les hangars et les docks de ce port désert qu'il me fallut quelques instants pour en localiser la source : c'est quand je vis Anna se tenir les deux mains plaquées sur les oreilles que je compris que le son était diffusé par le puissant haut-parleur principal du navire, en haut de la tourelle, un haut-parleur sans doute fait pour être entendu d'un autre navire en pleine mer.

— Évacuation immédiate, évacuation générale ! cria une voix synthétique dans le micro.

Il fallait qu'Anna revienne, et je fus soulagé quand je la vis enfin se diriger vers moi.

L'angoissante musique reprit et je ne quittai pas des yeux le bateau.

Mais soudain j'entendis mugir un moteur sur ma droite. J'étais tellement à cran que cela me fit brusquement sursauter, mais je fus vite rassuré : ce n'était qu'un gros chariot élévateur qui démarrait. J'avais les nerfs à vif et mon cœur avait fait un bond. Il fallait que je me calme si je ne voulais pas faire un infarctus pour rien. Je pris une profonde inspiration.

Mais quand je pris conscience de ce qui se passait, ce fut un cri qui s'échappa de ma bouche.

L'énorme chariot élévateur jaune et noir fonçait droit sur moi, moteur hurlant, avec ses deux grosses broches tendues en avant comme les défenses d'un éléphant. Je n'eus pas le temps de réagir, pas le temps d'ouvrir la portière pour sortir et m'enfuir, l'engin était déjà là et allait percuter la voiture de mon côté dans un quart de seconde.

Je contractai tous mes muscles pour me préparer au choc de l'énorme masse d'acier du véhicule contre mon châssis, mais ce qui arriva juste avant l'impact me glaça le sang : les deux broches parallèles du chariot pénétrèrent dans la tôle de ma portière comme dans du beurre. Elles passèrent juste au-dessus de mes cuisses, l'une d'elles m'écorcha la peau du ventre pendant que l'autre défonçait le tableau de bord dans un horrible bruit de plastique et de métal déchirés. La collision qui suivit me secoua violemment. Je sentis comme une brûlure enflammer ma peau meurtrie sous le nombril tandis que le chariot élévateur reculait d'un mètre avant d'accélérer de nouveau en marche avant. J'étais terrifié.

J'eus à peine le temps de repérer le nouvel angle d'attaque des broches afin de tenter de placer mon corps entre les deux. J'y parvins assez bien et cette fois-ci l'une d'elles m'effleura le dos sans me blesser. Mais le chariot recula tout aussi vite et repartit de l'avant. Cette fois, il avait baissé le niveau des broches et je levai rapidement mes jambes pour les protéger. Mais les broches ne pénétrèrent pas dans l'habitacle, elles se glissèrent en dessous et juste après le choc qui me secoua une fois de plus, je réalisai, horrifié, que ma voiture se soulevait de terre.

Tout se déroula très vite.

Je compris son intention alors que maintenant, il avançait, déplaçant ma voiture latéralement vers le bord du quai tout en continuant de la lever. Mon seul espoir était de sauter avant qu'il ne soit trop tard. Mais ma portière était bloquée, pressée par l'engin. Il fallait que je me sauve par l'autre portière, celle du conducteur. Je me jetai dans cette direction mais fus retenu par ma ceinture, que je déclipsai alors d'un geste. J'avais à peine réussi à enjamber à moitié le pont central – *Bon sang ! Pourquoi les constructeurs font-ils des montagnes comme ça entre les passagers !* – que ma voiture commença à s'incliner. Au moment où je la sentis basculer dans le vide, j'entraperçus une portion du visage de mon agresseur au volant de l'engin.

Il était complètement chauve, et il lui manquait une oreille.

La secousse fut violente au moment où la voiture frappa la mer de plein fouet. Je fus littéralement projeté dans l'habitacle et me ramassai tout du long sur son flanc gauche. Par miracle, ma tête ne heurta ni la vitre ni la carrosserie et je ne ressentis pas de douleur inquiétante.

Tout devint d'un coup très calme tandis que la voiture s'enfonçait assez rapidement dans l'eau. Je saisis aussitôt l'urgence de la situation et me redressai vivement pour ouvrir la portière conducteur avant que la pression extérieure de l'eau ne m'en empêche.

Trop tard.

Je ne pus que l'entrouvrir de quelques degrés avant de sentir la résistance puissante de la masse d'eau glaciale qui déjà s'engouffrait à l'intérieur. Je tirai vite la portière à moi pour la refermer et stopper la prise d'eau. Mais l'eau jaillissait depuis l'autre portière par les quatre fentes percées par les broches du chariot élévateur. Elle fusait aussi de toutes les buses de ventilation. L'habitacle se remplissait à toute allure, tandis que la voiture continuait de sombrer.

J'aperçus une dernière fois par la vitre la surface noire et brillante de l'océan, puis plus rien.

La voiture avait entièrement coulé. Soudain baignée d'un silence engourdissant, elle poursuivait mollement sa descente inexorable vers les profondeurs, comme un cercueil plombé qui s'enfonce dans les ténèbres marines à la recherche d'un socle éternel.

À l'intérieur, l'obscurité était totale, noir absolu, et je sentais déjà mes jambes immergées dans l'eau glacée, puis mes cuisses, mes hanches... Le niveau montait à une vitesse folle.

Vite ! Trouver quelque chose !

J'eus soudain une idée. Baisser ma vitre ! La pression extérieure ne l'empêcherait pas mais l'eau allait s'engouffrer. Je montai sur le siège et m'accroupis afin d'être prêt à bondir pour m'extirper par l'ouverture, puis actionnai le bouton lève-vitre.

Mais... il ne marchait plus... Le mécanisme électrique était noyé.

Vite, il me fallait un objet pour casser la vitre... mais quoi ? Je n'avais rien dans la voiture à part une collection de cartes de lavage, des vieux tickets de parking et des cartes routières périmées !

La voiture continuait de plonger, puis soudain elle s'échoua sur le fond assez doucement et se stabilisa presque aussitôt. J'avais de l'eau glacée jusqu'au nombril, et elle montait à vue d'œil. J'allais mourir là, prisonnier et impuissant...

Le cric !

Le gros cric lourd en métal qui avait servi à changer la roue devait se trouver au sol du côté passager. Je l'avais balancé là en repartant sous la pluie.

Mon bras était trop court ; je pris mon inspiration et plongeai également la tête pour l'atteindre. Je tâtonnai quelques instants dans le noir puis le touchai et le remontai. L'eau était maintenant au niveau de la poitrine. Il y avait urgence : une fois totalement immergé, je n'aurais plus d'élan pour cogner.

Je frappai de toutes mes forces en plein centre de la vitre.

Même pas une rayure. Du verre trempé… Cette saloperie portait bien son nom.

Je me souvins alors de ce qu'un ami m'avait dit : ces vitres résistaient au centre mais pas sur les bords.

L'eau avait englouti mes épaules jusqu'à la base du cou. Il me restait à peine le temps d'une ultime tentative. J'y mis toute ma rage en visant le bord supérieur… La vitre vola en éclats et un torrent m'aspergea puissamment la tête. Une seconde plus tard, j'étais plongé dans le silence absolu, totalement immergé. Je pris juste deux à trois secondes pour racler le tour de la fenêtre avec le cric afin de ne pas me couper, puis agrippai le bord supérieur et me hissai hors de la voiture dans l'obscur océan.

La remontée fut relativement rapide et soudain ma tête émergea hors de l'eau et je respirai à pleins poumons de l'air frais.

J'étais vivant !

J'ouvris les yeux et la scène jaillit devant mes yeux.

L'immense navire était en flammes, des flammes jaunes et dorées dont les reflets dansaient sur l'eau, des flammes irradiant mon visage d'une chaleur bénie tandis que mon corps perclus de froid m'étreignait de frissons endoloris.

À la proue du bateau, à quelques mètres de moi, un gros rat cerné par le feu s'élança sur la corde d'amarrage pour rejoindre la terre.

24

Quand l'hélicoptère transportant Robert et Glenn se posa bruyamment sur le quai dans un nuage de poussière en propageant de multiples ondes à la surface de l'océan, les lieux avaient déjà été sécurisés par les policiers. Ils étaient au moins une douzaine sur place dans leur tenue bleu nuit estampillée NYPD[1] dans le dos en lettres blanches.

Une large portion du quai était ceinturée des habituelles bandes de ruban « *Crime scene – Do not cross* », qui retenaient les journalistes et les caméras de télévision, déjà là.

Trois policiers vinrent accueillir Robert et Glenn à la descente de l'appareil, accompagnés des faisceaux de projecteurs qui convergèrent sur eux.

Normal, se dit Glenn. *Ils n'ont pas grand-chose à filmer, vu que la mer a englouti le navire.*

Les eaux sombres de l'océan, à peine troublées par le souffle des pales de l'hélico, semblaient plaider non coupables.

---

1. New York Police Department.

— Y a un navire de cent soixante-trois mètres là-dessous ? dit Glenn en s'approchant du bord.

Il se pencha au-dessus de l'eau et scruta les profondeurs ténébreuses.

— Bon sang, c'est dingue ! Plus aucune trace…

— Un bananier ! dit Robert en ricanant nerveusement. Le soi-disant écolo s'en prend à des bananes ! C'est bien ce que je disais depuis le début : il n'y a aucune motivation écologiste à ces incendies. C'est juste des anarchistes qui brûlent tout ce qu'ils peuvent !

— Attendons de voir, dit Glenn.

— C'est tout vu, marmonna Robert entre ses dents.

Glenn secoua la tête. Cette affaire était mal embarquée depuis le début.

— Je me demande bien ce que Fisher faisait sur place avec Anna Saunders, dit-il.

— Ça me semble évident, dit Robert. Ils continuent en solo.

— Oui, mais à quoi bon ? Ils ne sont plus mandatés pour.

— Sans doute qu'Anna espère retrouver son poste si elle parvient à quelque chose. Quant à l'artiste, aucune idée. De toute façon, depuis le début, je le sens pas, lui.

— Où sont-ils ? demanda Glenn en se tournant vers le lieutenant de police qui les suivait.

— On les a envoyés de force à l'hôpital. Le gars est resté longtemps dans l'eau, il s'est retrouvé en hypothermie. Il ne voulait pas monter dans l'ambulance, mais on n'a pas cédé, c'est la procédure.

Glenn hocha la tête.

— Allons voir l'équipage, dit Robert.

Ils se dirigèrent vers un groupe d'hommes qui se tenaient sur le quai près d'un cercle de policiers.

— Qui est le commandant ? interpella Robert de sa voix puissante en s'approchant.

L'un des hommes fit un pas dans sa direction.

— Suivez-moi, j'ai des questions à vous poser.

Glenn faillit les suivre à l'écart du groupe, puis se ravisa. Il n'obtiendrait pas plus d'infos que son collègue. Et puis, de toute façon, quand ils menaient un interrogatoire à deux, Robert prenait toujours les choses en main et monopolisait la parole. Glenn n'avait plus envie de lutter pour tenter d'exister professionnellement.

Alors il se contenta d'observer les membres de l'équipage. La plupart se tenaient debout près du quai ; certains fumaient une cigarette, d'autres téléphonaient, quelques-uns parlaient entre eux. L'attention de Glenn fut attirée par un marin assis nettement à l'écart sur une bitte d'amarrage, qui ne fumait pas, ne téléphonait pas, ne parlait pas. Il regardait calmement devant lui, l'air soucieux. À en croire sa tignasse encore blonde, il ne devait guère avoir plus de cinquante ans, mais avec l'aide féroce du soleil au grand large, les émotions qui avaient dû jalonner sa vie s'étaient gravées pour toujours sur son visage buriné. On y lisait comme dans un livre ouvert une blessure d'injustice, la souffrance et la rancœur.

Glenn sentit que c'était son homme. Il s'approcha de lui.

— Un coup dur pour tous ceux qui travaillaient à bord, lui dit-il.

L'homme se contenta de lever un sourcil. Il avait l'attitude fermée de ceux qui ont tellement été déçus ou trahis qu'ils ne font plus l'effort de s'intéresser aux autres.

Glenn s'assit tranquillement sur une borne d'incendie pour se mettre à sa hauteur. Il sortit son paquet de cigarettes, le tendit à l'homme qui déclina l'offre, puis en porta une à ses lèvres. La petite flamme de l'allumette jaillit dans la pénombre.

— Je m'appelle Glenn, dit-il. FBI. Mon collègue est allé interroger le capitaine. Moi, j'attends…

Il soupira profondément avant d'ajouter :

— Ça reste entre nous, mais il veut tellement prendre le pouvoir que je le lui laisse. J'en ai marre de lutter…

Il avait dit ça comme ça, sans raison ni calcul. Juste parce qu'il avait senti que c'était ce qu'il fallait dire.

Il laissa ses yeux se promener sur la mer, redevenue très calme depuis l'arrêt du rotor de l'hélico. Au loin, la statue de la Liberté illuminée semblait flotter dans les ténèbres.

Il soupira à nouveau.

— Putain de samedi soir…

L'autre tourna lentement la tête dans sa direction.

— Joe, dit-il. J'étais timonier en second.

Glenn hocha la tête en échangeant un long regard avec le marin.

Immédiatement, il eut la certitude que cet homme avait été injustement bloqué dans son avancement. Il n'avait aucune raison objective de le penser. Pourtant, il en était sûr. Et il ressentit soudain de l'affection pour cet inconnu dont il ne savait rien.

— Moi, dit Glenn, ça fait onze ans que je reste bloqué au même échelon. Je me suis défoncé mais ça n'a servi à rien.

— Moi, c'est parce que j'ai trop ouvert ma gueule. Ça m'a grillé. Alors maintenant je la ferme. Comme ça, au moins, on me fout la paix.

Glenn acquiesça en silence.

— C'était un bananier, c'est ça ?

— Oui, presque neuf.

— Le gars qui a fait ça est le même qui fait tomber des tours ces derniers jours. Vous en avez entendu parler ? Vous avez les *news* en mer ?

— Ouais, j'suis au courant.

— Jusque-là, j'étais persuadé que c'était un écolo, un amoureux de la nature qui coule des boîtes qui financent la déforestation en Amazonie.

— Ouais, c'est ce qu'ils ont dit aux infos.

— Sauf que là, bien sûr, ça remet tout en question. Transporter des bananes n'a jamais fait de mal à la nature... Du coup, toute mon enquête tombe à l'eau.

— C'est le cas de le dire.

Glenn se tut et attendit. Si ce gars savait quelque chose, c'était maintenant qu'il parlerait. De lui-même. Ne surtout pas lui poser de questions.

Au large, la brume venait d'avaler la statue de la Liberté. On ne voyait même plus les quelques lumières de Governors Island, juste en face.

Quelques mouettes se tenaient en rang d'oignons au bord du quai, le bec dans le vent du large. Une autre volait en rase-mottes à la surface de l'eau, comme si elle attendait que le navire englouti relâche une cargaison de poissons. Ça sentait l'iode à plein nez.

— J'ai p't-être une idée, dit Joe.

Glenn garda le silence.

— De toute façon, reprit Joe, maintenant je peux

dire tout ce que je veux, je risque plus de perdre mon boulot : il vient de disparaître au fond du port.

Glenn ne dit rien et attendit, confiant.

— Faut pas croire qu'un bananier, ça se contente de livrer gentiment ses bananes pour repartir en chercher. La réalité, c'est pas tout à fait ça.

Il observa les mouettes quelques instants avant de reprendre :

— Avant, on les déchargeait à destination, puis on les stockait dans des entrepôts en attendant qu'elles mûrissent. Ensuite, elles étaient livrées aux magasins. Maintenant, ça se passe plus comme ça. Dans les bureaux, les gars ont fait des calculs, et ils se sont rendu compte que les entrepôts, ça coûte cher. Alors ils ont trouvé la solution. Quand on arrive à destination, on tourne, le temps que les bananes mûrissent.

— Vous tournez… Comment ça, vous tournez ?

— Ben, on fait des boucles au large, sans s'arrêter, pendant des jours et des nuits, jusqu'à ce que les bananes soient mûres. Alors on les livre. Ça peut sembler dingue, mais c'est moins cher de cramer du fioul pour rien que de louer un entrepôt.

— C'est une blague ?

— Pas du tout. Mais… on n'est pas les seuls à faire ça. En fait, c'est monnaie courante.

Glenn en restait sans voix.

— Vous savez, dit Joe, dans ce domaine, on n'est pas les pires.

— C'est-à-dire ?

— Pour les bananes, on va tourner quelques jours. Il y en a qui tournent beaucoup plus longtemps pour d'autres raisons.

Glenn écarquilla les yeux.

— Le pire, dit Joe, c'est pour les produits cotés, parce que ça peut durer longtemps.

— Les produits cotés ?

— Oui. Prenez un supertanker qui livre du pétrole, par exemple. Quand il arrive à destination et que le cours du baril monte, il n'a aucun intérêt à livrer, parce que le lendemain, sa cargaison vaudra plus cher. Et comme il en transporte cinq cent mille tonnes, il gagne des fortunes à attendre. Alors il tourne. Tant que les prix montent, il tourne. Il peut tourner trois semaines, un mois…

— Putain…

— Et je ne vous raconte pas, pour faire tourner un supertanker, il en faut, du fuel lourd…

— J'imagine…

— Et quand les cours baissent, ben c'est encore pire. Parce que là, les mecs, ils ont intérêt à vous livrer le plus vite possible. Alors les tankers naviguent à plein régime, à fond les ballons, et ça crame un max de fuel, tellement de fuel qu'il faut refaire le plein souvent. Mais comme on veut pas qu'ils s'arrêtent pour pas perdre de temps, alors ils naviguent entourés de bateaux ravitailleurs qui leur fournissent le carburant en route. Mais eux aussi, ils crament du fioul, forcément. Vous imaginez la pollution de tout ça, je vous fais pas de dessin…

— C'est révoltant.

— Mais vous en faites pas, votre incendiaire, il s'attaquera pas à un tanker. Parce que s'il est écolo, il sait que ça polluerait la mer. Par contre, si j'étais lui, je coulerais plutôt un bateau de croisière, pour sûr !

— Ça pollue beaucoup ?

— Ben tiens ! J'ai mon frère qu'est quartier-maître chez Carnival Corporation. Ils possèdent une flotte de quatre-vingt-quatorze bateaux. Il n'y a pas longtemps, il y a eu une étude, faite par les Européens. Ben, ils ont montré que ces quatre-vingt-quatorze malheureux bateaux polluent plus que les deux cent soixante millions de voitures qui roulent dans toute l'Europe ! Ils émettent dix fois plus d'oxyde de soufre que toutes ces bagnoles réunies ! En fait, même à l'arrêt, ils polluent : ils doivent faire tourner les moteurs au ralenti pour assurer l'électricité à bord. Eh ben rien que pour ça, un seul de ces paquebots à l'arrêt pendant une journée pollue plus que douze mille voitures. Aussi bien pour l'oxyde de soufre que l'azote ou même les particules fines.

— J'en reviens pas…

— En fait, vous, vos bagnoles, elles roulent à l'essence raffinée qui pollue peu mais est taxée à mort. Nous, en mer, c'est du fuel lourd qui pollue un max mais qu'est pas taxé. Zéro taxe.

— Cherchez l'erreur…

— Pas étonnant que nos usines ferment ici pour produire leurs merdes à l'autre bout du monde. On crame du fuel pour les rapporter, mais ça coûte que dalle. Et pendant ce temps, vous, on va vous emmerder pour vous faire mettre votre vieille bagnole à la casse et vous pousser à en racheter une neuve, alors que ça pollue beaucoup plus d'en fabriquer une neuve que de continuer de rouler avec la vieille. Et si en plus, la neuve vient de l'autre bout de la planète, alors le bilan carbone est juste catastrophique. En fait, on se fout de notre gueule sur toute la ligne…

25

Quelqu'un voulait me tuer. Dans cette ville, dans ma ville, quelqu'un que je ne connaissais pas voulait me supprimer, mettre fin à mon existence. Jamais je n'aurais cru expérimenter ça un jour. Une personne dans ce monde voulait que je meure.

Allongé dans l'ambulance, je reconnus, quand nous traversâmes le bras de mer, les suspentes du Brooklyn Bridge. L'éclairage de nuit leur donnait l'aspect cuivré des cordes d'une harpe géante se détachant sur le ciel d'encre.

Le son de notre sirène se mêla à tous ceux de tonalités variées qui résonnaient au loin dans la ville, baignant Manhattan de jour comme de nuit dans une symphonie dissonante qui participait à son charme particulier.

L'ambulance surchauffée empestait le médicament, et les irrégularités de la chaussée propageaient des vibrations désagréables dans ma colonne vertébrale.

Je me tordis le cou pour apercevoir derrière moi l'ambulancier au volant. Une vitre nous séparait mais le son devait passer, sécurité oblige.

— Il ne faut pas que je mette les pieds dans cet hôpital, dis-je à voix basse.

— T'as entendu comme moi : c'est la procédure.

— Ce type me poursuit et il a failli me tuer à deux reprises. Tout le monde sur le quai a entendu qu'on m'cmmenait au Tisch Hospital. Il est capable d'y être avant nous.

— Mais t'es en hypothermie…

— Laisse tomber, c'est ridicule, je vais très bien.

— Tu leur expliqueras à l'arrivée.

— Non. À l'arrivée, ils ne voudront rien entendre, ils vont me coller dans une chambre et on sera coincés.

Je baissai encore la voix.

— Détache-moi.

— Hein ?

— Détache-moi. Ces cinglés m'ont ligoté dans le brancard, je ne peux même plus bouger un petit doigt.

Anna jeta un coup d'œil inquiet vers l'ambulancier.

— Allez, dis-je.

Elle souleva discrètement le drap qui recouvrait mon corps, jeta un ultime coup d'œil à l'avant du véhicule, puis entreprit de défaire les sangles.

— Voilà ce qu'on va faire, dis-je à voix basse. À la sortie du pont, on va se retrouver en plein Manhattan, du côté de Broadway. Là, ça va être embouteillé, forcément. Et crois-moi, gyrophare ou pas, on sera bloqués. Alors dès qu'on sera arrêtés dans les bouchons, tu ouvres la porte latérale et on se sauve.

— Ça va pas, non ?

— C'est la seule solution.

— Mais on va pas faire un truc pareil !

— Sinon, une fois aux urgences, ils nous lâcheront pas.

— Mais enfin… Et puis t'es à poil, je te rappelle.

— Où sont mes vêtements ?

— Là-dedans, dit-elle en désignant un grand sac en plastique blanc avec des insignes médicaux dessus.

— Passe-les-moi discrètement.

— Ils sont trempés, au cas où t'aurais oublié.

— On s'en fiche.

Elle soupira.

— Allez, insistai-je.

— T'es un grand malade !

— Tout va bien, madame ? demanda l'ambulancier dans un micro.

— Oui, oui…

On se tut et on resta immobiles un instant.

Puis elle tendit le bras, attrapa délicatement le sac et fouilla discrètement dedans.

— Je ne trouve pas ton caleçon.

— Tant pis. Donne-moi mon jean.

Elle le sortit et me le tendit.

L'ambulance opéra un virage à droite.

— On est où, là ? demandai-je.

— Je ne sais pas trop… On longe une sorte de square sur notre gauche.

— Ça doit être City Hall Park, on va arriver sur Center Street. Je me dépêche.

Enfiler un jean froid et trempé est l'une des choses les plus désagréables au monde. Ça râpe votre peau et vous déclenche des frissons glacés tout du long.

— Mon sweat…

En fait, passer un sweat-shirt mouillé en plein hiver

est encore pire que le jean. Surtout quand vous devez l'enfiler tout en restant allongé. Un vrai supplice.

— T'as mes baskets ?

— Tiens. Et j'ai retrouvé ton caleçon.

— Laisse tomber !

— Comme tu veux.

— Euh… je ne vais pas pouvoir mettre mes baskets sans me redresser.

— Je m'en occupe.

Elle jeta un coup d'œil vers l'ambulancier puis se glissa à mes pieds.

— Fais-moi signe dès qu'on est bien bloqués dans les bouchons.

— OK.

Mes baskets enfilées, Anna se coula jusqu'à son siège.

J'attendais son feu vert, prêt à bondir.

Le trafic avançait en accordéon, sans jamais s'immobiliser vraiment.

On ne devait plus être très loin de l'hôpital. Ce serait bientôt trop tard.

— Là, on arrive dans un gros bouchon…

— Parfait, prépare-toi…

Mais soudain l'ambulance accéléra.

— Il vient de déboîter, dit Anna, et il double tout le monde sur la voie d'en face.

— Merde.

J'attendis.

— On est sur la 3e Avenue, dit Anna.

— À quelle hauteur ?

Elle regarda autour d'elle quelques instants.

— On vient de passer la 27e Rue.

— Bon sang, on y est presque…

Nouveau virage, encore à droite. Anna devança ma question :

— On vient de tourner dans la 30e. Et ça roule bien.

— Au bout de la rue, on sera arrivés ! Alors, on saute au prochain feu.

— S'il s'arrête…

L'ambulance s'arrêta, en effet. Je me redressai.

— Ouvre la porte latérale !

Anna actionna la poignée.

— Elle est bloquée.

— Vite, par l'arrière !

Je me levai d'un bond et ouvris l'un des deux portillons.

— Hé là ! cria l'ambulancier. Qu'est-ce que vous faites ? Non !

On sauta et on se sauva à toutes jambes, laissant le portillon battre dans le vent.

— Tournons dans la 2e Avenue ! m'écriai-je. Elle est en sens interdit, il ne pourra pas la prendre !

On piqua un sprint dans l'avenue sur trois cents mètres, puis on bifurqua dans la 33e Rue et, là seulement, on ralentit le pas.

— Où veux-tu aller maintenant ? demanda Anna, haletante.

— Trouver d'urgence un coin tranquille pour faire une session. Je veux localiser cet enfoiré avant qu'il ne me retrouve. La meilleure défense, c'est l'attaque.

— Un coin de nature ? Un square ?

— Je vais attraper la crève avec mes vêtements

mouillés. Trouvons plutôt un café où l'on peut s'attabler au chaud.

— OK. À toi de me dire, moi je ne connais rien, ici.

— J'suis pas trop familier du quartier, mais on va trouver.

Il nous fallut moins de cinq minutes pour repérer un endroit. Le *NY Bagels & Cafe* offrait des petites tables relativement espacées les unes des autres. Cela ferait l'affaire.

On commença par avaler un sandwich avec un lance-pierre, accompagné d'un chocolat chaud pour moi et d'un *iced tea* pour Anna. Il me fallait retrouver des forces avant de me jeter dans la session. Ma volonté était de localiser la planque du criminel. Il avait forcément un repaire à New York pour préparer ses attaques incendiaires, et avec un peu de chance et si nous étions rapides, il s'y trouverait avant de se rendre sur les lieux du prochain incendie.

— OK, dit Anna. Admettons qu'on le trouve. Qu'est-ce que tu feras ? On est face à un criminel, je te rappelle.

— Je sais, j'ai l'impression d'avoir affaire à un personnage sorti de mes romans…

— Justement, t'es romancier, pas justicier.

— Peut-être mais…

— Timothy, soyons sérieux, enfin. On appellera le FBI. On a affaire à un type déterminé, qui veut ta peau. Tu espères quoi ? Que tu vas le convaincre de renoncer ? Sois réaliste, voyons…

— Je sais, je sais… mais je sens qu'il faut que j'y aille, même si c'est pas rationnel.

— C'est même complètement stupide.

— Anna…

— Et suicidaire.

Sans le préméditer, je mis ma main sur la sienne et en fus moi-même un peu surpris.

— Anna, je ne peux pas te dire pourquoi, mais quelque chose en moi me pousse à y aller. Ce n'est pas mon genre, je suis tout sauf un va-t-en-guerre, en général j'ai même plutôt peur de mon ombre, mais là… il faut que j'y aille, je le sens… je le sais.

Anna resta silencieuse. Je me doutais qu'elle respectait les ressentis de chacun. On ne peut pas être une professionnelle de l'intuition et demander aux autres de taire ce qui émerge en eux.

La session ne dura guère plus d'une demi-heure. Les résultats semblèrent étranges, comme souvent.

Je perçus une structure grise très granuleuse, froide et humide, avec un peu de rouge par endroits. Elle apparaissait sur mes croquis comme barrée en tous sens de traits bruns, comme un dessin sur lequel un enfant aurait gribouillé. Mais le plus surprenant était mon croquis vu du dessus : il aurait pu faire penser à un gros château flanqué d'une tour à chaque angle, sauf qu'il y avait du vert, de la végétation, *à l'intérieur*. Et il y avait une présence d'eau dans les parages, en très grande quantité, tout autour ou presque.

Les émotions captées sur le lieu tournaient autour des sentiments de douleur, d'abandon, de désolation, de mort.

— Réjouissant, dit Anna. Ça t'évoque un lieu que tu connais ?

— Pas du tout.

— En tout cas, ça semble tout à fait sympathique

et attirant. Tout à fait le genre d'endroits où l'on a envie d'aller seuls à la nuit tombée.

Le fait d'intuiter les émotions associées au lieu cible, qu'il s'agisse d'émotions présentes ou passées, vous amène à les ressentir vous-même. En l'occurrence, je me sentais depuis quelques minutes plombé par le désespoir, une profonde tristesse, et la peur.

— Il y a beaucoup de peur tout autour. Ce lieu est habité par la peur.

— OK. Alors demande-toi plus précisément de quoi on a peur.

Je ressentis soudainement une grande fatigue, une sorte de nausée, des douleurs dans le ventre et le dos, et des maux de tête.

— Ce que j'éprouve… m'évoque une maladie. Une maladie grave. Il y a une maladie ou des malades associés à ce lieu.

— Un hôpital ?

— Je ne sais pas…

— Un cimetière ?

— Plutôt un hôpital qu'un cimetière, mais le problème, c'est mes croquis, parce que j'ai vu de…

Je m'interrompis brusquement.

— Qu'est-ce qu'il y a ? demanda Anna.

— Je crois que je sais…

Anna me regarda intensément sans rien dire.

— Il y a une île sur le bras de mer qui sépare Long Island de Manhattan. Roosevelt Island, elle s'appelle. Sur cette île se trouve un ancien hôpital abandonné, en ruine depuis plus d'un demi-siècle. Smallpox Hospital.

— Smallpox Hospital ?

— Un hôpital créé au milieu du XIXe siècle pour isoler les malades de la variole, très contagieuse. C'est pour ça qu'on l'a mis sur une île. C'était une épidémie redoutable, les gens tombaient comme des mouches…

— Je sais : on n'a jamais trouvé de traitement ; le taux de mortalité était monstrueux.

— Oui. Cet hôpital était un mouroir… C'est seulement vingt ans plus tard qu'on l'a fermé, quand on a pu diffuser un vaccin. Il est tombé en ruine au fil du temps. Bizarrement, on ne l'a jamais détruit, comme si c'était un sanctuaire maudit auquel on n'ose pas toucher. Le public n'a pas le droit de le visiter, mais franchement, je crois que personne n'en aurait envie. Je me suis rendu sur l'île il y a une dizaine d'années. On ne peut même pas s'en approcher, mais de loin, on voit que la végétation a pris d'assaut l'ancienne forteresse : des plantes ont recouvert les façades et se sont infiltrées partout… Dans ce lieu, la nature a eu raison de l'œuvre de l'homme.

— La nature a eu raison de l'œuvre de l'homme, répéta-t-elle pensivement. Et c'est ce lieu que l'incendiaire aurait choisi…

— C'est là, Anna. C'est sûr.

La perspective de me rendre dans cet endroit lugubre à la rencontre d'un criminel m'effrayait… Mais j'étais comme un enfant qui doit aller dans un labo d'analyses faire une prise de sang : il a une boule d'angoisse dans le ventre tout en sachant qu'il n'y coupera pas.

Je *devais* m'y rendre. C'est comme si c'était écrit. Alors je ne voulais pas me laisser aller à écouter mes peurs. Ne surtout pas laisser le doute s'insinuer dans mon esprit ébranlable.

Je repris du chocolat pendant qu'Anna se rendait aux toilettes.

Cinq minutes plus tard, nous marchions dans la 1re Avenue, plcin nord.

— Dès qu'on voit un taxi, on le prend, dis-je.

— C'est mal parti…

J'avais juste oublié qu'on était samedi soir… L'avenue était totalement congestionnée par le trafic.

— Au moins, en attendant, on marche dans la bonne direction.

On se rendit vite compte qu'on avançait plus rapidement que les voitures.

— Et… si on doit continuer à pied, il y en a pour combien de temps ? demanda Anna.

— C'est pas très loin, en fait. Le pont doit être à environ vingt minutes, je dirais. C'est faisable.

Parvenus à l'angle de la 57e Rue, on tourna à droite. Trois minutes plus tard, on était sur la rive arborée, un des rares coins piétonniers de la berge. Déserte. À croire qu'ils étaient tous en voiture.

À nos pieds, le bras de mer faisait bien deux cents mètres de large.

— L'île est juste en face, dis-je en désignant la mer obscure. L'hôpital est à droite, à la pointe sud. Si la lune n'était pas dans les nuages, on verrait au moins le bosquet qui l'entoure.

Contrairement à la partie nord de l'île qui était construite et dont les habitations scintillaient de mille feux, la pointe sud était restée à moitié sauvage. On devinait tout juste sa longue masse sombre se fondre dans la mer enténébrée comme un sous-marin commençant sa plongée.

On marchait d'un bon pas vers le pont quand soudain, je réalisai mon erreur.

— Merde…

— Qu'est-ce qu'il y a ?

— Le pont…

— Oui ?

— Le pont, il enjambe l'île, mais il ne s'y arrête pas…

— C'est une blague ?

— Je suis con, j'avais complètement oublié ! Ça fait au moins dix ans que je suis pas venu dans les parages…

— Et… comment on fait, alors, pour s'y rendre, sur ton île ?

— Ben… en fait, il y a un autre pont, de l'autre côté du bras de mer, qui dessert l'île en partant du Queens, sur l'autre rive, en face. Bref, on n'est pas près d'y être… En fait, c'est impossible à pied. On y passerait la nuit. Je suis vraiment con…

— Bon, ben… il nous faut absolument un taxi.

Un taxi un samedi soir à Manhattan à l'heure des bouchons, ça relevait du miracle. En fait, c'était cuit. On n'avait plus qu'à renoncer.

J'étais en train de me dire que mon oubli était peut-être un *acte manqué* selon l'expression freudienne, un sabotage inconscient de cette expédition qui me faisait peur, lorsque je vis soudain amarré à la berge un petit Zodiac. Il était simplement retenu par une cordelette enroulée autour d'une borne.

Je saisis le bras d'Anna et baissai la voix.

— On a une solution. Regarde !

Nous jetâmes un coup d'œil alentour. Personne.

— Tu sais piloter ce genre d'engin ? dit-elle.

— Ça doit pas être sorcier.

Je m'approchai et mis un pied à bord. Anna me suivit et s'assit sur le boudin gonflable.

— Le truc, dis-je, c'est de réussir à le démarrer. Mais on va bidouiller un peu, on va s'en tirer.

— Ton passé de scout a développé ton sens de la débrouille !

Ses paroles me firent l'effet d'une douche glacée. Elles me surprirent tellement que j'en restai coi. Jamais je n'avais confié à Anna avoir fait du scoutisme dans mon enfance. Jamais. J'en avais la certitude, la certitude absolue. Elle n'avait aucun moyen de le savoir. Aucun. Alors comment l'avait-elle appris ?

J'étais décontenancé mais je pris sur moi pour faire comme si de rien n'était.

J'entrepris d'étudier le système de démarrage du moteur, me forçant à me concentrer sur la tâche, ne voulant rien lui dire avant d'avoir essayé de comprendre comment elle pouvait savoir ça sur moi. Mais j'étais tellement déconcerté que je n'arrivais pas à étudier le moteur. Je refaisais les mêmes gestes en vain.

— Allez, bouge-toi de là, dit soudain Anna.

— Hein ?

— Laisse-moi la place.

— Mais… tu sais piloter ?

— Oui, dit-elle d'un ton détaché.

— Mais je croyais…

Elle soupira en souriant.

— Nous, les femmes, on a l'habitude de laisser aux

hommes l'illusion qu'ils savent mieux faire certaines choses. Il faut bien qu'ils se croient un peu indispensables, sinon ils déprimeraient…

Elle démarra le moteur en deux temps, trois mouvements, et mit le cap sur l'île à plein régime, dans un vrombissement aigu qui déchira le silence de la nuit. Par chance, les nuages s'étaient un peu éloignés, dévoilant une grosse lune ronde qui diffusait une lumière blafarde à la surface de la mer.

Mes vêtements étaient encore humides et le souffle d'air froid me cinglant le visage et le corps me glaçait jusqu'aux os.

Je surveillais du coin de l'œil la berge d'où nous venions, pour le cas où le propriétaire du Zodiac se manifesterait, mais rien ne bougea.

On approcha du rivage de l'île et Anna ralentit.

— Ça ne va pas, dis-je. Il y a des branchages immergés tout du long qui empêchent d'approcher. On ne pourra pas accoster sans se mettre à l'eau.

— T'as peut-être envie d'un deuxième bain ?

— Très drôle. Suis la berge vers la gauche. J'ai l'impression que c'est dégagé près du pont.

Le Zodiac longea le rivage et il fallut en effet arriver presque sous le pont pour qu'un accostage soit possible.

— Tu vois ce que je vois ? dis-je.

— Quoi ?

— Derrière le pont…

Parallèlement au pont mais de l'autre côté étaient tendus de gros câbles, et un téléphérique traversait le bras de mer, la cabine vide à peine éclairée de l'intérieur d'une pâle lueur jaune.

— J'aurai vraiment pensé à rien sur ce coup-là, dis-je.

— C'est un téléphérique public ?

— Oui. Il fait l'aller-retour entre l'île et Manhattan. J'avais aussi oublié… Mais bon, je te l'ai dit, ça fait au moins dix ans que j'ai pas mis les pieds dans le coin.

— De toute façon, je préfère le Zodiac ! Je ne suis pas fan de transports en commun la nuit.

— On a juste un petit souci : je ne vois rien sur la berge pour attacher le bateau.

— Prenons le pylône.

On arrima le Zodiac à la structure métallique d'un pylône du téléphérique planté au ras de l'eau sur la berge, puis on sauta à terre et on s'élança sans perdre de temps en direction de la pointe sud de l'île.

Je m'efforçai de ne plus penser à cette histoire de scoutisme. Je ne voulais pas m'encombrer l'esprit pour l'instant ; je tirerais ça au clair plus tard.

Après avoir longé sur quelques dizaines de mètres des immeubles en partie illuminés, l'île devint subitement désertique, comme une plaine herbeuse formant de petites buttes se succédant les unes les autres. Seule la berge était plantée d'arbres variés. On la suivit sur quelques centaines de mètres puis la prairie céda la place à un bosquet.

— On doit approcher, dis-je.

Les arbres nous privèrent des faibles lueurs de Manhattan au loin, et dès qu'un nuage passait devant la lune, nous nous retrouvions dans une obscurité presque totale.

Je ne voulais pas allumer la torche de mon téléphone pour ne pas nous faire repérer. Alors on ralentit le pas pour progresser dans la pénombre.

Les arbres nous enveloppaient d'une humidité pénétrante à l'odeur de lichen. Le silence presque religieux des lieux était à peine troublé par le lointain, très lointain écho des sirènes de Manhattan.

Soudain, Anna buta dans une pierre et s'affala dans ma direction. Je la retins en la serrant contre moi dans un réflexe de protection tandis que sa tête heurtait ma poitrine.

On s'immobilisa ainsi un bref instant, pris de court par la situation, et la tenir ainsi dans mes bras me troubla sensiblement.

Elle leva la tête vers moi et dans la pénombre je devinai plus que je ne vis son sourire irrésistible.

— Désolée, dit-elle.

Elle était un peu plus petite que moi et en levant ainsi la tête, elle avait effleuré mon nez et j'avais senti le parfum de sa chevelure.

Je relâchai mon étreinte et nous reprîmes notre chemin.

Vingt mètres plus loin, on s'arrêta tous les deux sans même se concerter.

Au milieu des arbres, se dressait dans la pénombre la façade meurtrie de ce qui ressemblait plus à un grand manoir écossais en ruine qu'à un hôpital, dévoré par une végétation que l'hiver avait dépourvue de ses feuilles. D'innombrables lianes sombres l'avaient complètement encerclé, bâillonné en tous sens, ligoté plus efficacement que ne l'aurait fait une armée d'araignées géantes. Les pierres grises à la surface granitée semblaient rongées par un ennemi invisible, ou dévorées par la lèpre.

Les fenêtres avaient été arrachées des ouvertures gothiques à arc brisé, et les toitures décapitées. Certains murs en partie effondrés dressaient désespérément dans le ciel noir leurs moignons atrophiés, toisés de haut par la lune qu'un nuage tentait d'étouffer.

— Compte pas sur moi pour mettre un doigt de pied là-dedans, murmura Anna dans un souffle.

Je ne répondis rien.

Le bâtiment me rappelait étrangement un château médiéval en ruine que j'avais choisi dans l'un de mes romans pour une scène de nuit…

Je fus soudain ébranlé par un doute : et si l'inspiration qui m'avait conduit à imaginer le château était en fait l'intuition de ce lieu que j'allais explorer aujourd'hui ? C'était mon septième roman, je l'avais écrit… voyons… trois ou quatre ans en arrière… Bon, d'un autre côté, j'avais aperçu le Smallpox Hospital lors d'une promenade sur l'île un après-midi ensoleillé cinq ou six ans avant d'écrire le roman. Peut-être avais-je juste été inspiré par sa vision ? Impossible à dire. Les méandres de l'inspiration sont des voies impénétrables.

Une fine clôture grillagée barrait l'accès aux ruines, totalement superflue tant la répugnance que suscitait l'édifice devait suffire à calmer les ardeurs du plus hardi des promeneurs.

La végétation devant la clôture était en friche, touffue et dense, mélange de ronces, de hautes herbes et de broussailles qui s'élevaient par endroits à hauteur d'homme. Le grillage, grignoté par la rouille, tombait en poussière comme une vieille dentelle mitée, laissant par endroits des trous béants permettant le passage d'un homme.

— Je vais y aller seul, dis-je à voix basse. Donne-moi mon arme.

Anna ouvrit son sac, et tandis qu'elle en remuait le contenu pour trouver le pistolet tombé au fond, j'aperçus dans la pénombre une feuille de papier imprimée en noir et blanc. Il me suffit d'une seconde pour distinguer ce qui ressemblait à une capture d'écran, en lire le titre et entrevoir la photo qui le suivait.

L'incendiaire enfin arrêté.

La photo était celle d'Elan Walker, l'homme dont j'avais découvert le visage à la télé du restaurant ce midi. Anna avait exprimé sa surprise et son émotion en découvrant avec moi la nouvelle…

Elle me tendit le Beretta. Je le pris sans rien dire. Ce n'était ni le lieu ni le moment de la confronter à sa réaction.

— Attends-moi ici, chuchotai-je. Ne te montre pas.

Elle s'accroupit au milieu des fourrés et je me faufilai dans un trou du grillage, le silence de la nuit à peine troublé par les griffures des fils de fer rouillés sur mon vêtement.

Tandis que je m'approchais du bâtiment, celui-ci se dévoilait lentement à ma vue dans toute son ampleur. Il était beaucoup plus grand que dans mon souvenir, lorsque je m'étais promené au loin, en plein jour, dix ans plus tôt. La façade principale, élevée sur trois niveaux et surmontée d'une sorte de pinacle gothique, était en retrait par rapport à deux ailes perpendiculaires dont l'avancée formait comme deux grosses tours de part et d'autre. L'ensemble semblait totalement désert.

Je m'approchai le plus silencieusement possible jusqu'au pied de la façade et, la main crispée sur le Beretta, je m'introduisis en retenant ma respiration par l'ouverture la moins obstruée par la végétation.

Odeur un peu acide, faisandée.

Les planchers des niveaux supérieurs avaient disparu, et en l'absence de toiture, on était à ciel ouvert, au cœur d'un gigantesque labyrinthe de hauts murs plus ou moins éboulés de pierres grises. La lune s'était libérée des nuages et diffusait tant bien que mal une lueur maladive au cœur des ruines. Le sol était de terre battue, jonché de nombreux débris de pierres marbrières. L'ancien dallage avait dû être pillé depuis bien longtemps.

Des broussailles et des lianes, toutes dénuées de feuilles, avaient envahi l'espace, rampant au sol et grimpant aux murs dans un enchevêtrement diabolique.

Je partis spontanément vers la gauche puis me ravisai : les plantes étaient moins denses sur la droite, ma progression serait plus facile.

J'optai donc pour cette direction et fis quelques pas avant de m'arrêter de nouveau. Pourquoi faire mon choix sur la base d'une réflexion mentale alors que je m'étais senti attiré vers la gauche ?

Le corps sait ; faire confiance à mon corps.

Je fis demi-tour.

Je franchis un passage dans un mur et me retrouvai dans ce qui avait dû être un corridor, aussi glacial qu'un caveau, qui sentait la mousse et l'humidité. Le sol était habillé de lames de plancher cassées et disjointes ; certaines manquaient, d'autres avaient basculé et se dressaient en biais sur mon passage. L'étroitesse du couloir freinait la diffusion de la lumière lunaire et j'avançais dans la pénombre. Je piétinais les plantes et lorsque l'une d'elles, trop sèche, craquait sous mes pieds, je m'arrêtais un instant, tendais l'oreille dans le silence, puis reprenais mon avancée le long du corridor.

Les murs étaient en pierres grises, de vieilles pierres rugueuses à l'aspect maladif, et certaines avaient été remplacées par des briques rouges, elles-mêmes très abîmées, la surface écorchée.

Une ouverture apparut sur ma gauche. Je fis une pause en tendant l'oreille avant de jeter précautionneusement un coup d'œil. La pièce était particulièrement sombre et je compris rapidement pourquoi : au milieu des plantes qui avaient colonisé l'espace se dressaient carrément des arbres ! De grands arbres !

Je poursuivis ma progression dans le couloir, le corps tendu par la peur, mon Beretta toujours en main. Plus loin, une autre ouverture se dessina, à nouveau sur ma gauche, et je marquai de nouveau un temps d'arrêt. On entendait juste la faible plainte du vent dans les pierres. Je fis un pas dans l'ouverture. La pièce, de très grande dimension, était un embrouillamini infâme de solives, de pierres, de briques détachées et de gravats, qui sentait la poussière de ciment. Plantées les unes à côté des autres à mi-hauteur du haut mur qui me faisait face, à l'emplacement d'un étage disparu, une longue succession de poutres parallèles ne tenaient plus que par une extrémité, l'autre restant suspendue dans le vide. L'épine dorsale d'un dinosaure géant.

Je n'imaginais personne loger dans une pareille salle sous la menace d'un effondrement de structure, et décidai de continuer l'exploration au bout du couloir.

Parvenu à son extrémité, je tombai sur une porte délabrée. La première et peut-être la seule de cet édifice décharné. Je tendis l'oreille. Silence abyssal. Je poussai doucement la porte de la main gauche mais elle résista alors qu'elle était entrebâillée de quelques centimètres. Je poussai donc plus fort, et je ne m'attendais pas à ce qui survint alors : la porte, au lieu de pivoter horizontalement sur ses gonds, tomba à la renverse, face vers le sol. Elle s'écrasa dans un bruit sourd accompagné de craquements de bois, un bruit amorti par l'épaisseur de la végétation au sol, dans un nuage de poussière. Immédiatement, des battements d'ailes froissèrent l'air au-dessus de ma tête.

Je m'immobilisai, le cœur battant à tout rompre.

Il y avait quelque chose de beaucoup plus impressionnant que la chute inattendue de cette porte : la similitude avec une scène de mon roman qui se déroulait dans le château médiéval en ruine ressemblant à cet hôpital. Le héros y traquait le criminel à l'intérieur et à un moment, il poussait une porte qui se renversait en se fracassant au sol, exactement de la même manière, provoquant l'envol d'oiseaux de proie.

J'étais troublé à l'extrême, désarçonné par la tournure des événements.

Dans le roman, je connaissais la suite de l'histoire, naturellement. Le héros, en poursuivant sa recherche du criminel dans le château, passait à travers le plancher pourri et se blessait en tombant à l'étage en dessous. Sauf que moi, j'étais au rez-de-chaussée, ça ne collait pas. Et je ne pouvais pas monter dans les étages : il n'y avait plus de plancher aux autres niveaux...

Soudain, une idée me traversa l'esprit : et s'il y avait des caves ? On pourrait passer à travers le plancher du rez-de-chaussée... Il fallait absolument que je vérifie.

La main toujours crispée sur le Beretta, je fis lentement quelques pas en avant dans la pièce s'ouvrant devant moi, foulant la porte renversée, fouillant nerveusement l'obscurité du regard. Personne en vue.

Je me retrouvai en fait dans une immense cage d'escalier toute ronde, ouverte sur les étages, avec à chaque niveau de grandes colonnes sculptées soutenant l'étage du dessus, reliées entre elles par des balustrades ouvragées, le tout formant un cercle. Les étages n'étaient plus là, mais il restait leurs squelettes de poutres. On aurait dit la cage d'escalier d'une grande demeure du Sud, avant la guerre de Sécession, comme on en voyait dans *Autant en emporte le vent.*

Cet ouvrage avait peut-être autrefois été coiffé d'une coupole, mais elle avait disparu, faisant place à un trou béant à ciel ouvert. Le grand escalier s'élevait en tournant sur lui-même mais à deux mètres de hauteur, il s'arrêtait net, sa dernière marche suspendue au-dessus du vide. Le reste s'était comme volatilisé, aspiré dans le ciel ténébreux.

L'air était froid, sec et sans parfum. Comme mort.

Le plancher n'était pas envahi de plantes mais jonché de multiples débris de bois et de plâtre. De nombreuses lames de parquet manquaient à certains endroits. Il fallait que je regarde ça de plus près.

Je fis sept ou huit pas en avant. Le parquet émit

des craquements déchirants. Je m'agenouillai devant le creux laissé par des lames manquantes, mais ne vis rien : c'était tout noir. Je pouvais me permettre d'allumer quelques secondes la torche de mon téléphone : de toute façon, le bruit de la porte avait malheureusement pu suffire à me localiser…

Je glissai la main dans ma poche mais il ne s'y trouvait pas. Je cherchai machinalement dans l'autre poche sans plus de succès. Je me souvins alors l'avoir donné à Anna pour qu'elle me guide en voiture avec l'application GPS. Elle avait oublié de me le rendre.

Je ramassai alors un bout de plâtre déchiqueté et le lâchai dans l'espace entre deux lames… Il s'écoula au moins trois à quatre secondes avant qu'il ne heurte quelque chose dans un bruit mat qui claqua et dont les vibrations résonnèrent dans un écho prolongé.

Il y avait une fosse sous mes pieds. Profonde.

Cela redevenait potentiellement conforme à l'histoire dans mon roman. Sans fournir pour autant une preuve absolue.

Je réalisai soudain l'énorme risque que j'avais pris en traversant la pièce sur ce parquet vermoulu, déjà cassé de toutes parts. J'eus subitement une image mentale saisissante : je me vis tel que j'étais, à genoux sur une lame de bois tenant à un fil au-dessus du vide, prête à lâcher et à me précipiter dans cette fosse profonde et noire. Un violent vertige s'empara de moi comme chaque fois que je m'étais retrouvé face au vide, un vertige submergeant qui prit possession de tout mon être, se répandant dans mon corps tremblant en l'engourdissant comme un alcool fort dans les veines. J'avais l'impression de voir, de sentir ce vide sous moi, comme s'il m'appelait, comme s'il allait m'avaler. Le vertige, comme toutes les phobies, peut sembler ridicule à ceux qui n'y sont pas sujets. Mais quand vous êtes sous son emprise, vous vivez un sale moment.

Je fis un effort surhumain pour essayer de prendre sur moi, de me contrôler, de me calmer un peu…

Je n'y parvins que très partiellement. Maintenant, je devais refaire le chemin en sens inverse, alors qu'il était peut-être écrit que j'allais passer à travers…

Je me redressai donc avec d'infinies précautions. Mon cœur battait tellement fort que je sentais les pulsations du sang dans mes tempes. Je pivotai sur moi-même pour me retourner et fis un pas en avant en opérant une très lente bascule du poids de mon corps d'un pied sur l'autre. Le parquet gémit et je retins mon souffle quelques instants, les jambes tremblantes. Je soulevai mon pied arrière et renouvelai l'opération dans un mouvement le plus souple possible malgré la tension que j'imposais à mes muscles : je voulais être prêt à bondir si le plancher s'effondrait sous mes pieds.

Je finis par rejoindre la porte tombée au sol, sur laquelle j'étais enfin en sécurité. Je pris une profonde inspiration pour me détendre en rassemblant mes esprits.

Alors, d'un seul coup, je sus.

L'incendiaire ne pouvait pas loger dans cette partie de l'hôpital. Il ne pouvait pas car il n'aurait jamais pris le risque de passer à travers le plancher. Il se tenait donc là où celui-ci reposait sur le sol et non sur des solives au-dessus d'une fosse. Et des pièces que j'avais vues, la seule qui reposait forcément sur la terre était la première à l'autre bout du couloir, puisqu'elle était envahie par les plantes et même les arbres. J'en avais la certitude, le pressentiment : l'incendiaire était là… Mais il fallait faire vite : j'avais fait du bruit, et il pouvait choisir de s'éclipser.

Je m'élançai dans le corridor, cramponné à mon Berreta, marchant aussi vite que la pénombre me le permettait, et soudain…

Tout se passa très vite, en une fraction de seconde. Le sol sembla s'effacer sous moi dans un craquement sec et je me sentis aspiré vers le bas. La vitesse de mon déplacement s'ajouta à la gravité et je fus légèrement déporté en avant au lieu de chuter purement verticalement. Le haut de mon corps racla l'arête déchiquetée du plancher devant moi et j'eus le temps dans un réflexe de survie de me raccrocher au bord à l'ultime seconde.

Je me retrouvai suspendu par les doigts au-dessus d'une cavité béante, noire et glaciale comme une tombe, la poitrine écorchée enflammée de douleur.

Je n'ai jamais été un grand sportif et, en temps ordinaire, j'aurais été totalement incapable de me redresser d'une telle posture. Mais l'effroi décuple les forces, et je me mis à tirer comme un malade sur mes doigts pour me hisser jusqu'à ce que mes épaules parviennent au niveau du plancher et, jouant le tout pour le tout, je lançai un bras en avant, à plat sur le plancher, et m'appuyai de toutes mes forces dessus. Mon deuxième bras rejoignit le premier et dans un ultime effort surhumain, je me redressai sur les coudes puis me penchai en avant, remontai une jambe, puis l'autre.

J'étais à bout de souffle, allongé à plat ventre, le torse labouré, le nez dans la saleté, conscient d'être un miraculé mais aussi une proie pour l'incendiaire s'il était dans les lieux. Je n'avais même plus mon pistolet.

Tout ce qui s'était passé correspondait à mon roman.

C'était trop improbable pour être juste une coïncidence. Je devais me rendre à l'évidence : en rédigeant cette histoire quatre ans plus tôt, je n'avais pas eu une inspiration littéraire sur des personnages fictifs, mais l'intuition d'événements qui allaient survenir dans ma propre vie. Des événements qui étaient maintenant en train de se dérouler... Certes, l'intérieur du château était très différent, il y avait beaucoup moins de végétation et les aménagements n'étaient pas les mêmes. Mais l'intuition donne accès à des informations brutes que l'on interprète ensuite. Or, et je l'avais appris à mes dépens au début de ma formation avec Anna, nos interprétations sont rarement justes. On se crée des images internes sur la base des informations sensorielles brutes captées. Les informations sont justes, les images créées, pure imagination.

Dans mon roman, les murs du château étaient maculés de taches de sang, ce qui n'était pas le cas ici. Mais ceux de cet hôpital comportaient des incrustations de brique rouge. L'intuition m'avait sans doute conduit à en visualiser juste la couleur. Mon imagination avait fait le reste...

Pas le moment de se laisser aller.

Je me relevai avec précaution et me remis en route. Cette fois-ci, je pris la décision de longer le mur : il me semblait que le plancher y serait plus solide qu'en plein milieu.

Deux ou trois mètres plus loin, j'aperçus un objet légèrement brillant au sol. Je me penchai et ramassai mon pistolet. J'avais de la chance. Beaucoup de chance.

Dans mon roman, la suite de l'histoire menait à une confrontation entre le héros et le criminel, le premier étant une sorte d'idéaliste humaniste, convaincu qu'au fond de tout homme le bien peut émerger si les conditions le rendent possible. Alors il mettait tout en œuvre pour tenter de convaincre l'autre de cesser ses exactions. Mais au final, c'est le contraire qui se produisait : le criminel réussissait à persuader le héros de la légitimité de ses crimes et le poussait à appuyer lui-même sur le bouton qui devait déclencher l'ultime explosion…

Mais si cette histoire traduisait vraiment l'intuition passée de ce que j'étais en train de vivre aujourd'hui, alors en anticipant les événements, je pouvais peut-être en changer le déroulement. C'est ce qu'Anna avait suggéré quand elle m'avait expliqué que la perception du futur n'empêchait pas d'en modifier légèrement la réalisation, par une sorte de rétrocausalité opérante. « On a un peu de latitude », avait-elle dit. Cela m'avait étonné au plus haut point, mais depuis, j'avais vécu tellement de choses qui m'avaient auparavant semblé impossibles que plus rien ne devait m'étonner…

De la latitude, il m'en faudrait.

Dans mon roman, l'histoire se terminait mal. Le héros mourait sur un rocher.

26

Dans toutes mes œuvres littéraires, quelle était la part d'imagination pure et la part d'intuition d'une réalité non encore manifestée ?

Moi qui avais toujours été fier de ma créativité, de mon inspiration romanesque, j'en prenais pour mon grade. Je n'avais peut-être pas créé grand-chose, en fin de compte…

Un bruit me sortit instantanément de mes pensées. Je me figeai et écoutai. Était-ce juste un oiseau ? J'attendis quelques instants. Silence. Je repris mon avancée et parvins à l'autre bout du corridor. Je tendis de nouveau l'oreille avant de franchir l'ouverture vers la pièce envahie de plantes. Juste le bruissement délicat de l'air dans les feuilles.

C'est là, je le sens.

Je fis très lentement un pas dans la salle, le Beretta en main, balayant l'espace du regard. Mais l'espace était impossible à cerner. Trop de plantes, trop de buissons, trop d'arbres. L'endroit idéal pour se planquer.

Je décidai de faire le tour de la pièce en longeant les murs, de sorte à n'avoir qu'un côté à surveiller. Je m'engageai très précautionneusement sur la droite, tous les sens en alerte, prêt à tirer si nécessaire. Le sol couvert de végétation était très irrégulier, mou et même spongieux par endroits, craquant à d'autres, et les murs étaient entièrement tapissés de feuillage. Ce n'était plus une pièce, même pas un jardin, mais une jungle enfermée entre quatre murs de huit à dix mètres de haut. Une prison végétale à ciel ouvert. Plongée dans la nuit.

L'air très chargé d'humidité distillait une palette d'odeurs terreuses, vertes et boisées, où l'on percevait des senteurs d'herbes, de fougères, de feuilles mortes, d'écorce ou encore de résine.

Le léger souffle du vent à l'extérieur agitait le feuillage des arbres qui avaient réussi à s'évader par le haut, produisant un mince frémissement. De lointains et faibles coassements parvenaient jusqu'à moi, étouffés. Tous ces bruits provenaient du dehors. La jungle intérieure était aussi silencieuse que la crypte d'une église.

Je sondai la pénombre, cherchant une ombre au milieu des ombres, à l'affût du moindre mouvement, du moindre bruissement anormal. Ma visibilité portait seulement à un peu plus de la moitié de la profondeur de la pièce, mon regard contournant les troncs, les branches, les feuillages, les lianes.

Je parvins au bout, à l'angle du premier mur, puis je tournai à gauche pour suivre la perpendiculaire. J'avançais lentement et le plus silencieusement possible, fouillant sans cesse la végétation des yeux. Un peu avant d'arriver au bout du deuxième mur, je m'arrêtai net et retins mon souffle.

Dans l'angle des murs, il y avait une toile tendue,

une toile kaki qui servait de toit à un abri de fortune avec ce qui ressemblait à un équipement de survivaliste : sac de couchage, gamelles d'aluminium, réchaud à gaz, radio à manivelle... Je me retournai et scrutai la jungle en silence. Pas un mouvement. Seuls le léger bruissement du vent à la cime des arbres et, au loin, les coassements dans les bois.

Je repris lentement mon avancée sur la gauche, le long du troisième mur. Aux trois quarts de sa longueur, la visibilité s'améliorait, la végétation étant moins dense. J'avais balayé tout l'espace : il n'y avait personne. Face à moi, au milieu du quatrième mur, il y avait une ouverture qui, logiquement, devait donner du côté où j'étais entré dans l'hôpital.

— Tu as été long.

La voix sortie des ténèbres me glaça le sang et me cloua sur place. Le son venait du haut, quelque part derrière moi.

— Baisse-toi *très* lentement et pose ton arme par terre, dit l'homme en détachant chaque syllabe d'une voix calme mais pleine d'autorité.

Tout tournait dans ma tête. J'avais du mal à réaliser, ou à accepter, que c'était fini, que j'étais à sa merci, sans issue possible. J'avais perdu.

Tendu et anxieux à l'extrême, je fis ce qu'il demandait.

— Cela fait une heure que je t'attends.

Pourquoi disait-il ça ? Et pourquoi m'attendait-il ? Comment savait-il que je viendrais ce soir ? Certainement pas intuitivement, puisque dans l'intuition les temps se confondent, les informations du passé se mélangent sans distinction avec celles du présent et du futur, Anna me l'avait expliqué. Il pouvait savoir que je viendrais, mais pas *ce soir*. Alors comment l'avait-il su ? Qui avait pu le lui dire ?

— Maintenant, fais lentement cinq pas en avant.

Je m'exécutai.

Un bruit sourd me fit sursauter, un choc lourd sur le sol.

Je compris qu'il avait dû sauter de l'un des arbres.

— Tu peux te retourner.

Lentement, je pivotai sur moi-même.

L'homme qui me faisait face avait peut-être la soixantaine. Difficile à dire dans la pénombre. Taille et corpulence moyennes, teint mat, cheveux rassemblés en queue-de-cheval, sourcils froncés, l'air décidé. Il n'avait pas la mine angoissante d'un pervers ou d'un sadique, mais on sentait l'énergie dangereuse d'un jusqu'au-boutiste.

Quelque chose clochait mais je ne savais pas quoi.

— Pourquoi me poursuis-tu ? dit-il assez sèchement.

Il n'avait pas d'arme. Voilà ce qui clochait. La mienne gisait à ses pieds…

— Pourquoi terroriser la population avec ces incendies ? rétorquai-je.

J'étais dégoûté de m'être rendu alors même que c'était moi qui étais armé. Je m'étais bêtement soumis à son autorité. Il ne m'avait même pas menacé. L'assurance qui se dégageait de sa voix m'avait conduit à le penser. Encore une interprétation. Une de trop…

— Pourquoi ces incendies ? répéta-t-il calmement. Je crois que tu le sais.

Je n'aimais pas le ton qu'il venait de prendre, le ton serein de quelqu'un qui n'a rien à se reprocher, incapable de se remettre en question.

— Vous avez essayé de me tuer, dis-je.

Il secoua tranquillement la tête.

— Non, se contenta-t-il de dire.

Je réalisai alors qu'il avait ses deux oreilles.

— Si ce n'est pas vous, c'est votre complice.

Il ne répondit pas.

Comment diable savait-il que je viendrais ce soir ? La question tournait en boucle dans ma tête.

— Tu connais la cause que je défends, et j'aurais du mal à croire que tu y es insensible.

Nous y voilà. Comme dans mon roman. Il allait essayer de me persuader du bien-fondé de ses actes. Il ne fallait pas que je me laisse convaincre, je devais me réapproprier mon futur en le déviant de la trajectoire qu'il avait embrassée.

— Ce n'est pas parce que je suis sensible à une cause que je valide tout ce qui est mené en son nom.

Il émit un léger sourire. Son visage était celui d'un homme à la personnalité complexe. Certaines personnes ont des traits qui témoignent d'une certaine harmonie d'ensemble, quand les idées, les valeurs et les actes s'alignent avec ce qu'elles attendent de la vie. Ses traits à lui révélaient un mélange hétéroclite de détermination, de déception, de trahison, d'angoisse, de force et de souffrance. J'avais affaire à quelqu'un de torturé.

— Vous reconnaissez donc être sensible à cette cause, dit-il.

— Aucune cause ne justifie les actes extrêmes que vous commettez.

Il soupira.

— C'est longtemps ce que j'ai cru, moi aussi... J'avais confiance, comme toi, peut-être. Je croyais qu'on parviendrait à convaincre les politiques de l'urgence des changements nécessaires. Et quand ils se sont emparés du dossier et que les premiers discours, puis les premières mesures sont apparus, j'ai voulu y croire, je me suis raccroché à cet espoir. Puis j'ai compris…

— Vous avez compris quoi ?

— J'ai compris que pour eux, l'écologie n'était qu'un prétexte au service de l'économie. Toutes les mesures prises au nom de l'environnement ne répondent qu'à un seul objectif : alimenter la croissance industrielle. La plupart de ces mesures visent seulement à pousser les gens à dépenser en renouvelant leurs équipements pour faire tourner à plein régime la machine économique, alors que la planète demanderait au contraire la décroissance…

— La décroissance n'est pas viable. On l'a bien vu quand on l'a subie pendant la pandémie de Covid : c'était un désastre. Des centaines de millions de chômeurs dans le monde entier… Des millions de gens se sont retrouvés à la rue, certains ont gravement souffert de la faim… La décroissance économique est une utopie mensongère. D'ailleurs, la croissance est gravée dans nos gènes, comme dans ceux des plantes : tout sur terre aspire à croître, à se développer…

— Je parle de décroissance industrielle, pas économique. Le monde sera sauvé le jour où les gens se paieront des cours de yoga, de cuisine ou de je ne sais quoi, plutôt que de changer de télé ou de portable pour avoir trois fonctions de plus dont ils n'ont pas besoin. Le monde sera sauvé le jour où l'on consommera des produits de saison cultivés localement, plutôt que de faire faire quatre fois le tour de la planète au contenu d'un yaourt aux fruits avant qu'il arrive dans votre assiette…

Il était parti, on ne l'arrêtait plus.

— Le monde sera sauvé le jour où on laissera les gens s'habiller comme ils veulent plutôt que de créer des modes qui les font se sentir ringards l'année d'après. Et la forêt amazonienne sera sauvée le jour où on cessera de faire croire aux hommes qu'ils deviendront forts et virils en mangeant du bœuf tous les jours…

Ce n'était pas faux. Je m'étais toujours dit qu'il avait fallu être un génie du marketing pour réussir à faire gober aux hommes qu'ils deviendraient virils en mangeant un animal castré.

Ne te laisse pas convaincre comme dans ton roman !

— Vous critiquez les politiques, mais la plupart des dirigeants dans le monde se sont engagés sur des résultats, comme la réduction de l'empreinte carbone.

— À quel horizon ? Tu es bien naïf… 100 % des engagements pris par les gouvernements ont des échéances postérieures à la fin de leurs mandats. Donc aucun n'aura de comptes à rendre. Tout ça, c'est du pipeau. Juste de beaux discours, la main sur le cœur.

J'avais affaire à une sorte d'idéaliste au sentiment de trahison exacerbé. Je comprenais qu'on puisse en désespoir de cause sombrer dans la violence, mais c'était inacceptable. Sans parler d'une énorme erreur stratégique : de quoi détourner tout le monde de la cause écologiste. Je sentis monter en moi l'envie de l'en convaincre, de le persuader d'arrêter ses destructions et de s'y prendre autrement pour servir ses idéaux.

Arrête. Libère-toi du futur écrit dans ce roman…

Il fallait que je me sorte de là. Obtenir qu'il me laisse partir… C'est de ça que je devais le convaincre… Et aussi découvrir comment il savait que je viendrais ce soir…

Soudain, la réponse s'imposa d'elle-même à moi, infâme et répugnante.

Anna.

Anna seule disposait de l'information. Elle seule pouvait le prévenir. C'était tellement inacceptable que j'avais refusé de le voir, alors que c'était évident.

L'homme continuait son laïus, justifiant ses actes, essayant sans doute de me convaincre, mais je ne l'écoutais plus. Tout tournait dans ma tête, très vite, des fragments du passé rejaillissaient en désordre dans mon esprit et s'assemblaient en un nouveau tout cohérent, implacable : Anna insistant pour quitter la voiture près du bananier… et m'y laissant seul à bord avant l'attaque du chariot élévateur ; Anna éteignant soigneusement son téléphone portable après chaque utilisation, Anna simulant la surprise en apprenant l'annonce de l'arrestation de son ancien collègue, Anna s'absentant aux toilettes juste avant de quitter le café pour venir ici ; Anna refusant de m'accompagner à l'intérieur de ces ruines… Toute l'histoire de la perte de ses capacités intuitives après une prise de LSD devait être un mensonge pour justifier son refus d'identifier le coupable… Elle avait berné tout le monde, même la Maison-Blanche, et fait appel à un novice pour réduire les chances d'intuiter correctement l'incendiaire… Mais pourquoi m'avoir choisi, moi ?

Et en plus, j'étais tombé sous son charme... Comment avais-je pu être aussi candide ?

Arrête de cogiter. Sors-toi de là.

L'homme continuait à justifier ses crimes, enchaînant les arguments, les démonstrations, les preuves...

Je l'interrompis.

— Toutes les guerres se sont appuyées sur des causes qui semblaient justes aux yeux de ceux qui les ont déclarées.

— Et certaines guerres étaient peut-être nécessaires...

— Vous desservez la cause que vous prétendez soutenir. Les associations de défense de la nature sont dégoûtées par vos actes violents : vous sapez leur travail, vous décrédibilisez leurs arguments. C'est du pain bénit pour leurs détracteurs.

— Tu es à côté de la plaque... Au stade où on en est, il ne s'agit même plus de défense de la nature... Ce sont les conditions de la vie humaine sur terre qu'on détruit à grande vitesse, pour le profit de quelques-uns et par l'aveuglement et l'inconséquence de tous les autres. Tu n'imagines même pas le cauchemar que va devenir l'existence terrestre si on ne change rien.

— Mais les choses commencent à changer. On va y arriver. J'ai confiance en l'être humain.

Il me fixa quelques instants en secouant la tête en silence.

— Pas moi. La plupart des gens sont incapables de faire l'effort d'arrêter de fumer quand on leur annonce un cancer du poumon, alors pourquoi veux-tu qu'ils arrêtent de se gaver de bœuf juste pour sauver la forêt amazonienne ? Même s'ils sont sensibles à cette cause, ils ne veulent pas changer leurs habitudes, alors pour éviter de culpabiliser, ils préfèrent ne pas se poser de questions. Ça ne sert à rien de leur expliquer que sans les forêts tropicales et les glaces du pôle Nord, ils auront *plus tard* des régions tellement desséchées qu'elles deviendront invivables, et d'autres au contraire soumises à des pluies torrentielles toute l'année, et qu'au final tout le monde vivra l'enfer sur terre. Ce qu'ils veulent, c'est continuer à bouffer du steak *maintenant*, sans se poser de questions sur sa provenance ni celle du soja ou du maïs qui le nourrissent, ils veulent continuer à s'acheter sans cesse de nouvelles fringues sans se poser de questions sur la quantité d'eau nécessaire pour produire un seul de ces vêtements, continuer à voyager loin sans se poser de questions, à partir en croisière sans se poser de questions, continuer à s'acheter les merdes qu'on fait venir pour eux de l'autre bout du monde sans se poser de questions et, bien sûr, placer leur épargne sans se poser de questions. Voilà la réalité. Alors dans ces conditions, le seul espoir pour provoquer un sursaut salutaire, ce sont des actes forts qui déclenchent une prise de conscience.

— N'empêche que bon nombre d'entreprises dans tous les domaines prennent maintenant en compte le respect de la planète et…

— Foutaises ! La plupart du temps, ce ne sont que des arguments marketing totalement bidon pour donner bonne conscience aux consommateurs, qui gobent gentiment les jolies fables qu'on leur raconte.

Je ne savais pas ce que cet homme avait vécu pour en arriver là, mais il ne croyait plus en rien ni en personne.

— En frappant fort les coupables de cette anesthésie généralisée, l'espoir est de réveiller les foules.

Il se tut et le silence reprit possession de la jungle.

Mon Beretta gisait toujours à ses pieds. Je me demandais ce que faisait Anna en ce moment…

— Je vous envie d'avoir des ennemis, lui dis-je. C'est facile, et paradoxalement, c'est sans doute agréable. Haïr donne de l'énergie pour se battre tout en se sentant dans son bon droit. Ça renforce ses certitudes. Moi, je n'ai pas de certitudes parce que je n'ai pas d'ennemis. On est face à un problème complexe, systémique…

— Tu dis ça parce que tu ne connais pas tes ennemis. Quand tu les connaîtras, tu ne pourras que les haïr et vouloir les détruire.

Ses mots me troublèrent, me dérangèrent particulièrement.

— Je souhaite ne jamais haïr qui que ce soit.

— Noble parole… totalement utopique.

Un léger grattement sur ma droite, au niveau du sol, attira mon attention. Sans doute une souris ou un petit mulot.

— Dans ce problème planétaire, dis-je, peut-être… peut-être que chacun de nous est son propre ennemi.

L'homme se baissa et ramassa mon pistolet. Mon ventre se noua et instinctivement, je reculai.

— Ne bouge pas.

Je me figeai.

— Le FBI est sur les dents, dis-je. Arrêtez ce que vous faites sinon vous finirez par vous faire pincer, condamner à mort et exécuter.

Il me fixa quelques instants et un sourire triste se dessina sur son visage torturé.

— La cause que je défends est plus grande que moi. Elle est plus importante que ma seule personne.

Il avait dit ça avec un accent de sincérité non feint, sans fanfaronnade, et je compris qu'il irait jusqu'au bout de ce qu'il avait entrepris.

Le sourire triste quitta son visage et il ajouta :

— De toute façon, l'effondrement de ce soir sera le dernier. J'aurai fait ce que j'avais à faire pour éveiller les consciences. Ensuite, que chacun assume ses responsabilités. Advienne que pourra. On n'entendra plus jamais parler de moi, je retournerai vivre dans ce qui reste de la forêt amazonienne, loin des hommes dont je ne veux plus entendre parler.

Mais je ne l'écoutais plus. Quand je l'entendis annoncer l'effondrement prévu, je partis en mode intuitif, et m'interrogeai.

C'est comment ? C'est comment ?

Très vite, je vis du sombre, très sombre, et puis… une image se dessina dans mon esprit… l'image d'une sorte de… galet, de galet très sombre…

Un galet sombre ?

Une firme d'investissement évoquant un galet sombre…

Il me fallut moins de dix secondes pour trouver.

— Je sais ce que vous allez faire sauter ce soir.

L'autre leva un sourcil et me regarda, dans l'expectative.

— Blackstone. La tour Blackstone.

L'homme me fixa sans cacher sa surprise.

— Je suis impressionné.

La tour Blackstone…

Mon cœur se serra tandis qu'une angoisse s'emparait de moi.

Mon cousin !

— Mon cousin travaille dans les bureaux de JPMorgan. Ils sont dans la tour Blackstone !

*

À plat ventre dans les broussailles comme un soldat rampant en territoire ennemi, les avant-bras à moitié labourés par les ronces, Jeffrey Carper n'en croyait pas ses yeux et son oreille.

Le type qui menaçait Fisher, il l'avait tué l'année d'avant. Nicholas Scott, qu'il s'appelait. C'était incompréhensible, limite affolant.

Jeffrey en arrivait presque à se réjouir que Fisher se soit sorti vivant de sa plongée en voiture, sans quoi il n'aurait peut-être jamais trouvé Scott.

Fisher… Si tout s'était passé comme prévu, il serait actuellement dans un tiroir à la morgue, le bidon rempli de flotte. Quand il l'avait vu partir en ambulance, pas si amoché que ça, il avait senti qu'il y avait une chance sur deux qu'il se tire de là. Heureusement qu'il avait pu pister son téléphone portable pour le rejoindre ici.

Quand il vit Scott ramasser le flingue de Fisher, il se dit qu'il allait peut-être bien faire le sale boulot à sa place. Surtout que lui, il était coincé, là : deux d'un coup, c'était trop risqué : impossible de faire passer ça pour un accident.

Spectateur. Voilà ce qu'il allait être. Le seul rôle

qu'il pouvait s'offrir, pour une fois. Aux premières loges.

Mais quand il entendit le nom de la prochaine cible, il se dit que là, il fallait agir.

La tour Blackstone, c'était juste en face, à Manhattan.

Un tuyau comme ça, on n'en chope pas tous les jours.

Il rampa en reculant, lentement et en silence, et s'évanouit dans le bosquet.

*

— Il faut tout arrêter ! criai-je.

— La banque JPMorgan, dit l'incendiaire en levant un sourcil. Tiens, tiens… Depuis les accords de Paris sur le climat, JPMorgan s'acharne à investir des fortunes dans les énergies les plus polluantes au monde : soixante-quinze milliards pour des secteurs tels que l'exploration pétrolière en Arctique…

— C'est pas la question, je…

— Le *Financial Times* a rapporté en mai 2020 que la banque a été accusée d'ignorer les droits humains fondamentaux, de fermer les yeux sur les pratiques d'esclavage moderne dans les entreprises où elle investit, de…

— Je m'en fous ! Mon cousin finance ses études en nettoyant leurs bureaux le week-end, OK ? Il y est forcément en ce moment ! Alors arrêtez tout, bordel !

— Du calme… Une alerte est toujours diffusée avant l'incendie ; je ne vise jamais les gens. De toute façon, à l'heure qu'il est, je ne peux plus rien arrêter…

— Mais il fait le ménage avec un casque sur les

oreilles ! C'est un jeune, il met la musique à fond, il n'entendra jamais votre alerte de malheur !

Quelque chose me poussa à agir, un élan très fort qui me fit oublier la menace. Je me retournai et me précipitai vers l'ouverture au fond de la pièce, au risque de me faire tirer comme un lapin. Mais je n'y croyais pas, quelque chose en moi savait qu'il ne tirerait pas.

Il ne tira pas.

Je sautai à travers l'ouverture, me griffant les bras et les jambes dans la végétation au passage.

Anna n'était plus dans sa planque. Mes soupçons devenaient une certitude. Si ça se trouve, elle était en route pour Blackstone pour déclencher la mise à feu.

Je pris mes jambes à mon cou et m'élançai dans la nuit presque noire, courant plus vite que je ne l'avais fait depuis bien longtemps.

J'arrivai hors d'haleine en vue du pylône auquel on avait arrimé le Zodiac. Mais soudain, le hurlement de son moteur déchira la nuit, et je vis, impuissant, son ombre filer sur le bras de mer.

Je m'arrêtai, exténué et vaincu, à bout de souffle. C'était cuit. J'étais coincé sur l'île. Même si je trouvais une voiture, le temps de prendre le pont vers le Queens et faire le grand tour pour revenir sur Manhattan dans les bouchons du samedi soir, j'arriverais après la bataille.

Mon cousin…

Il fallait que je prévienne quelqu'un, vite, que j'appelle Robert ou Glenn. J'avalerais mon chapeau, tant pis.

Je mis la main sur ma poche… et me souvins qu'Anna ne m'avait pas rendu mon téléphone.

Ben voyons. Elle n'avait rien laissé au hasard.

Je m'étais fait avoir en beauté, sur toute la ligne.

Un bruit métallique assez sourd me fit sursauter, et je me retournai.

Le téléphérique.

La gare, juste au-dessus, émettait une faible lueur. Et si… il y avait encore une navette à cette heure-ci ?

Je bondis dans la direction de la station, gravissant la pente puis les marches deux à deux au pas de charge tandis qu'à l'intérieur une légère sonnerie retentissait.

Bon sang, il va partir !

J'arrivai devant l'entrée et vis de loin la grande cabine rouge à quai. Je sautai par-dessus les tourniquets. Quelqu'un cria derrière moi ; je n'en tins pas compte.

Je vis les doubles portes coulissantes entamer leur fermeture automatique tandis que j'arrivais sur le quai. Je piquai alors un sprint et me jetai littéralement dessus, les mains en avant pour les retenir, mais leurs caoutchoucs se rejoignirent implacablement sur mes doigts.

Je tirai de toutes mes forces pour les écarter. Rien à faire.

Bon sang, à cinq secondes près, c'est trop con !

La cabine se mit lentement en branle, sans personne à bord, s'élevant du quai en faisant crisser les roulements dans une odeur de lubrifiant.

Une telle malchance était inacceptable. C'était

comme si tout se liguait contre moi. Comme si le destin avait déjà décidé pour moi.

— Eh, vous !

Le gardien venait d'arriver sur le quai et se précipitait vers moi.

Je n'eus pas le temps de réfléchir et, obéissant autant à mon instinct de fuite qu'à une ultime volonté de refuser la fatalité, je grimpai sur les barrières qui longeaient le bord du quai et me projetai mains en l'air en direction de la cabine du téléphérique. Je parvins *in extremis* à agripper le bord horizontal du panneau métallique sous la vitre arrière et à me suspendre par les mains. La prise était bonne et je me sentis soulevé dans les airs. Je n'étais pas très musclé mais je devais être capable de tenir le temps de la traversée, qui ne devait pas excéder trois ou quatre minutes. Pas facile mais jouable.

C'était compter sans mon épaule blessée : la contraction de mon bras gauche réactiva fortement la douleur qui s'enflamma comme une traînée de poudre. Une douleur violemment aiguë, comme si on voulait m'arracher le bras.

Il fallait que je tienne à tout prix, je n'avais pas le choix : on s'était déjà élevé de sept ou huit mètres ; lâcher signifiait me broyer les os sur le roc en contrebas.

L'image de mon roman me traversa l'esprit. Le héros mourait sur un rocher…

N'écoute pas la douleur ! Ne lâche pas ! Sois fort !

Tout le monde a lu ces témoignages de la Première Guerre mondiale, où des soldats relatent avoir continué de courir sous le feu ennemi malgré une jambe cassée, se coupant totalement de la douleur le temps de se mettre à l'abri. Le corps a des ressources insoupçonnées, pourvu qu'on les active par les ressorts de la peur… ou la force de sa volonté. C'était mon seul espoir, et je décidai d'y croire dur comme fer. Je me mis à me répéter comme un mantra que jamais je ne lâcherais.

Je suis plus fort que la douleur, plus fort que mon épaule hurlante, je tiendrai, je le veux, je le décide, mon bras est en acier, rien ne peut le faire lâcher, je suis fort, je tiens ; trois minutes, il suffit de tenir trois minutes ; mais je tiendrai quatre, cinq, dix ! Et puisque je décide de tenir dix, je tiendrai ces trois putains de minutes !

La cabine avait pris de la vitesse et s'élevait au-dessus de la mer.

Je me fous du vide. Je suis plus fort que le vertige. Plus fort que cette saloperie de douleur que je vais mater, que je mate parce que je le veux.

Je me sentis porté par ma volonté… J'allais tenir, c'était sûr. Jamais je n'avais trouvé en moi une telle pugnacité, une telle détermination, un tel acharnement à m'accrocher à ma résolution.

Moi qui m'étais toujours vu comme plutôt fragile, indulgent avec moi-même, presque faible, je découvrais un sentiment de puissance complètement nouveau pour moi, un sentiment extraordinaire et… totalement jouissif.

La fierté me poussa à regarder un instant vers le bas pour narguer mon vertige, pour le défier, avec l'envie d'en découdre chevillée au ventre.

J'avais vingt à trente mètres de vide sous les pieds, mais j'étais tellement arc-bouté sur ma détermination que je ne ressentis rien.

À cet instant, je compris que désormais plus rien ne m'arrêterait dans la vie, ni un manager ou un agent tyrannique, ni mes peurs, ni mes hésitations, ni mes doutes et mes incertitudes, ni ma crainte du regard de l'autre : rien ne pourrait dorénavant m'empêcher d'accomplir tout ce qui me tenait à cœur dans l'existence.

La cabine du téléphérique approchait du plus haut pylône. Nous aurions alors atteint l'altitude maximale et le reste du trajet se ferait à l'horizontale, ce qui devrait soulager un peu mes bras.

Mais le passage du pylône induisit un mouvement de balancier à la cabine, un mouvement marqué, et mon corps suspendu dessous accompagna ce balancement en l'accentuant, comme un pendule, décuplant la tension dans mes bras. La douleur devint insupportable.

Tiens ! Il faut tenir ! Tu n'as pas le choix !

Je parvins à endurer la douleur mais je sentis mes doigts glisser sous la tension accrue. Ils glissaient, et je ne pouvais absolument rien faire…

Quand ils perdirent le contact avec le métal froid, je me sentis aspiré vers le bas, et je m'entendis hurler tandis que mon corps impuissant fendait l'air comme un pantin désarticulé.

Le temps s'étira et la chute me sembla infinie. La seule chose qui me traversa l'esprit fut que ma survie dépendait de la façon dont j'allais heurter la surface de la mer : à cette vitesse, elle serait dure comme du béton. Je parvins tant bien que mal à me redresser dans les airs et lorsque mes pieds frappèrent violemment l'eau, je ressentis le choc tout le long de ma colonne vertébrale puis…

Plus rien
Le noir absolu
Le froid saisissant
L'eau dans les oreilles, le nez, les yeux
Le silence engourdissant qui m'avale tout entier
Mon corps ramolli aspiré sans fin vers le fond,
ce fond qui n'en finit pas
Une sensation de vase épaisse, gluante et impudique
qui m'accueille, m'engloutit et tente de me retenir
dans ses plis poisseux.

Je me débattis, donnai des coups de reins, agitai les bras et les jambes dans un instinct de survie pour me libérer et me hisser vers le haut. Mais était-ce bien vers le haut ? Plus de repères. Plus rien. Juste de la chance. Ou de l'intuition.

J'eus ensuite la sensation d'une remontée sans fin, à me débattre désespérément dans des milliards de mètres cubes d'eau, terriblement à court d'oxygène, mais avec au fond de moi l'envie acharnée de m'en sortir et de survivre.

Je finis par me retrouver miraculeusement à la surface, et lorsque l'air frais pénétra fougueusement mes poumons asphyxiés, je ressentis un bonheur proche de la jouissance.

J'étais sauvé. En plein milieu du bras de mer, mais sauvé.

Il me faudrait certes rejoindre la rive mais je trouverais en moi la force nécessaire, je le savais désormais. Alors je pris le temps de reprendre mon souffle en savourant mon extase, le délice de respirer, l'ivresse de vivre.

Les lumières de Manhattan scintillaient comme des millions de lucioles au bord de l'eau. Le lointain tumulte des sirènes témoignait de la vie foisonnante et trépidante de la métropole. C'était la plus belle ville au monde.

Soudain je reconnus le vrombissement du Zodiac, et le vis avancer dans ma direction.

Anna avait dû avoir des remords en me voyant chuter du téléphérique. Je n'allais même pas avoir besoin de nager pour rejoindre la rive !

Je levai les bras en l'air pour l'aider à bien me repérer dans la pénombre, tout en remuant les jambes pour me maintenir à flot. Je compris rapidement que c'était superflu : j'étais bien localisé, le Zodiac venait droit sur moi, l'avant du bateau relevé par la poussée du moteur. Mais… il se rapprochait à grande vitesse et…

Anna ne m'avait pas vu ! Elle…

Je plongeai *in extremis* et entendis sous l'eau le hurlement du moteur à peine assourdi par l'immersion. Le passage de l'hélice juste au-dessus de moi créa un puissant remous qui me secoua dans tous les sens. Je remontai immédiatement à la surface d'un mouvement de jambes.

— Anna ! Je suis là ! Anna !

Elle avait déjà fait demi-tour et revenait vers moi. C'était gagné.

Mais une fois de plus, le Zodiac se rapprocha à pleine vitesse, droit sur moi, et j'eus à peine le temps de plonger à nouveau, terrifié par cette évidence : elle voulait me tuer.

Il fallait que je me tire de là. Je me mis à nager sous

l'eau pour m'éloigner le plus possible du lieu de ma dernière apparition, et je nageai aussi longtemps que l'apnée me fut supportable, puis je refis très lentement surface en n'exposant que la partie supérieure de ma tête, suffisamment pour voir et respirer. Le Zodiac se tenait en attente au large, sombre comme un requin dans les ténèbres, mais ce que je vis en même temps me donna espoir : dans la même direction, un peu plus loin, passait une vedette de la police maritime. Je me mis à hurler en levant les bras en l'air :

— Police ! Police ! Police ! À l'aide ! Police !

Mais le Zodiac redémarra immédiatement en fonçant droit sur moi à plein régime. C'était à peine croyable qu'elle ose continuer sous les yeux de la police ! Je me résignai à plonger de nouveau, mais cette fois, je ressortis immédiatement après le passage du bateau et appelai de plus belle.

— Police ! Au secours ! Police ! À moi !

La vedette alluma un projecteur qui balaya la surface de l'eau dans tous les sens. Je continuai d'agiter les bras en hurlant quand mes cris furent couverts par le moteur du Zodiac… qui revenait à la charge. Au moment même où les policiers braquaient enfin leur projecteur sur moi, je n'eus d'autre choix que de plonger à nouveau.

Je m'immobilisai sous l'eau, décontenancé par l'incompréhension. Pourquoi Anna s'acharnait-elle… devant la police ? Elle n'avait aucune chance de s'en tirer. C'était presque suicidaire… Pourquoi vouloir ma mort au point de se sacrifier elle-même ?

Lorsque je refis surface, la vedette de la police avait arraisonné le Zodiac, deux ou trois cents mètres plus loin. Ils ne m'avaient manifestement pas vu… et ne pourraient plus me voir ni m'entendre à cette distance. Ils risquaient de se contenter de verbaliser Anna pour excès de vitesse en zone côtière puis s'en aller. Je me retrouverais de nouveau à sa merci.

J'étais épuisé, mais il me fallait rejoindre une rive au plus vite. Celle de Roosevelt Island était la plus proche, alors je pris sur moi pour rassembler mes dernières forces et nager, nager, et encore nager.

Arrivé près de la berge, je me relevai et sortis de l'eau, puis me retournai pour balayer des yeux le bras de mer. La vedette de police était toujours accolée au Zodiac. Très bien. Je fis quelques pas en titubant et me laissai tomber à genoux sur la plage avant de rouler sur le dos. Là, je repris ma respiration à pleines bouffées d'air frais, les yeux grands ouverts sur le ciel étoilé.

Pour la troisième fois de la journée, on avait attenté à ma vie.

Je me retrouvai coincé en pleine nuit sur cette île de malheur, résidence d'un psychopathe, avec, pour seul moyen de m'en sortir, un téléphérique dont le gardien voulait à tout prix me choper. Royal.

Des bruits de pas rapides me firent sursauter. Quelqu'un courait dans ma direction.

Je me levai d'un bond et fis face, poings serrés, à la silhouette qui fonçait sur moi dans l'ombre.

Mais l'ombre s'estompa en se rapprochant et…

Anna.

J'eus l'impression d'être devenu fou, d'avoir perdu la tête, tandis que tout vacillait dans mon esprit.

— Tim ! Tu es sain et sauf, dit-elle à moitié en pleurs.

Il me fallut quelques instants pour sortir de ma torpeur et desserrer les poings.

— J'ai cru que le Zodiac t'avait tué, dit-elle en se jetant dans mes bras.

Je restai crispé, les idées en vrac, je ne comprenais plus rien et j'étais chamboulé par des émotions contradictoires.

— J'ai eu si peur, dit-elle en sanglotant.

Ses larmes eurent raison de ma raideur. Je me détendis, et me sentis soudain ému de tenir Anna dans mes bras.

Elle semblait bouleversée et soulagée en même temps.

Mon nez glissa dans ses cheveux, je humai longuement son odeur, et fermai les yeux…

C'était comme si la succession d'événements incompréhensibles avait débranché mon mental ; je ne pensais plus, je me contentais de suivre mon instinct, mon intuition corporelle.

Elle se blottit contre moi ; l'entourant de mes bras, je la serrai tendrement, transporté par la chaleur de son corps contre le mien. Mon menton glissa sur ses tempes, mes lèvres frôlèrent sa joue et effleurèrent ses larmes délicatement salées tandis que je m'enivrais du parfum de sa peau.

Ma bouche se rapprocha de la sienne, qu'elle inclina lentement vers la mienne. Je perçus la douceur de son souffle, qui eut raison de mes dernières résistances ; je me sentis fondre littéralement pour elle. Irrésistiblement et merveilleusement.

Soudain, l'image de mon cousin surgit dans mon esprit.

— Il faut filer à la tour Blackstone ! Mon neveu y travaille le soir et…

— Je sais, je t'ai entendu le dire, tout à l'heure.

Les pupilles de ses yeux luisaient dans la pénombre. Deux joyaux.

— On y va ? dis-je à regret.

— Ça va être difficile…

— Pourquoi ?

— Il faut d'abord que… tu me libères, dit-elle avec un sourire malicieux.

Après une seconde d'hésitation pendant laquelle mon corps sembla en total désaccord avec mon cerveau, mes bras s'ouvrirent.

— On a un problème, dis-je. On n'a plus de Zodiac pour aller à Manhattan.

— On va prendre le téléphérique. Mais plutôt dedans, cette fois-ci…

— Le gardien va me reconnaître, dis-je en secouant la tête, et ça va mal se passer. Il est fichu de me retenir en attendant la police. En tout cas, il ne me laissera jamais monter à bord.

Elle se contenta de me répondre par un sourire énigmatique.

Nous marchions vers la station quand soudain, une anomalie apparut dans mon esprit, et je ralentis.

— Qu'est-ce qu'il y a ? demanda Anna.

— Comment se fait-il que j'aie été poursuivi en Zodiac par quelqu'un… qui me précédait pour quitter l'île ?

— J'ai des éléments de réponse, mais c'est une longue histoire… Je te raconterai à bord du téléphérique, dit-elle en pressant le pas.

Comme je m'y attendais, le gardien me reconnut de loin. Il jubila et croisa les bras. Petit mais baraqué, le menton haut et un léger sourire revanchard aux lèvres sous ses grosses moustaches, il savourait manifestement à l'avance la confrontation à venir.

Je me demandai ce que j'allais lui fournir comme arguments, à la fois pour justifier le passé et obtenir qu'il nous laisse monter à bord. J'étais à court d'idées…

On s'approcha et, sans lui laisser le temps de parler, Anna brandit sous son nez son badge professionnel.

— CIA. Départ immédiat, dit-elle avec une autorité naturelle.

Il tenta de bredouiller quelque chose, renonça, puis se précipita pour débloquer les portillons et nous précéder en courant jusqu'à la cabine.

Trente secondes plus tard, elle se mettait en branle dans un crissement des roulements qui me fit frémir en me rappelant mon dernier voyage.

— Il m'aura servi une dernière fois, dit Anna en rangeant son badge. Je dois le rendre lundi.

La cabine prit rapidement de l'altitude, et lorsqu'elle franchit le plus haut pylône et se mit à tanguer, je jetai un coup d'œil par la vitre. Difficile de croire que j'étais sorti indemne d'une telle chute.

— Tu sais aller à la tour Blackstone ? demanda-t-elle.

— Je préfère vérifier. Donne-moi mon portable.

Anna le sortit de son sac et me le tendit. Je le pris et consultai l'itinéraire GPS.

— De la gare d'arrivée du téléphérique, il prévoit seize minutes à pied. Impossible de savoir si on arrivera à temps pour sauver mon cousin.

Elle me regarda, et sous la faible lueur jaune diffusée par le plafonnier de la cabine, je lus dans ses yeux de l'empathie et une sincère inquiétude.

— Je vais essayer de le joindre.

Son portable était sur boîte vocale. Je lui laissai un message, lui ordonnant de quitter la tour au plus vite, question de vie ou de mort.

— J'appelle Robert Collins, dis-je à regret.

— Non ! dit-elle.

— Pourquoi ?

— Je te le conseille pas, dit-elle en détournant les yeux. Je… ne suis pas sûre qu'on puisse faire confiance au FBI dans cette affaire.

Pourquoi me disait-elle ça ? Ça n'avait pas de sens.

— Je crois que tu as pas mal de choses à me raconter…

— Regarde ! dit-elle soudain en désignant du doigt la rive de Manhattan.

La vedette de la police avait escorté le Zodiac jusqu'à la berge. Dans la pénombre, on apercevait des silhouettes d'hommes sur le quai à proximité.

— Celui-là ne devrait plus t'embêter, dit-elle sur un ton ironique.

— Alors, qu'est-ce que tu voulais me dire ?

Elle prit son inspiration et leva les yeux vers moi.

— J'étais tapie dans les buissons devant l'hôpital en ruine, à trois ou quatre mètres de là où tu m'avais laissée. Tu avais disparu de ma vue depuis un certain temps quand j'ai entendu une sorte de frottement dans les broussailles, sur ma gauche. J'ai d'abord pensé à un chien errant ou à un petit animal sauvage. Je n'étais pas hyper rassurée, mais je me suis calmée en me répétant qu'un animal attaque rarement un humain qui ne le menace pas. Alors je suis restée parfaitement immobile tout en fouillant des yeux la pénombre. Et là, j'ai vu la silhouette d'un homme qui rampait en direction des ruines. Ça m'a glacé le sang. J'étais paralysée, je n'osais plus faire le moindre geste, je me retenais de respirer, je priais pour qu'il ne me remarque pas. Il a rampé encore un peu puis il s'est arrêté. Il était seulement à cinq ou six mètres de moi ! L'horreur… Il ne bougeait plus, moi non plus, et ça a duré, ça a duré… Au bout d'un moment, il y a eu un gros bruit dans l'hôpital, puis plus rien. Je me demandais ce qu'il t'arrivait. Mais je ne pouvais rien faire, même pas bouger le petit doigt. Puis, des éclats de voix, et là, je t'ai aperçu par l'ouverture de gauche. J'ai vu l'autre aussi. Et j'ai presque tout entendu de ce que vous disiez. Et puis soudain, avant la fin de votre échange, le type à côté de moi s'est remis à ramper, à reculons. J'étais terrifiée à l'idée qu'il me voie. Et ensuite, assez rapidement, t'as déboulé toi aussi. J'ai voulu te rejoindre un peu après, mais c'était trop tard : quand je suis arrivée en vue du téléphérique, je t'ai trouvé suspendu à la cabine… Ensuite j'ai cru assister à ta mort en direct…

Elle se tut et le silence emplit l'habitacle, à peine voilé par le faible grincement dû au léger tangage.

— Et c'est ce type qui aurait pris le Zodiac et tenté de me tuer ?

— Sans doute.

— Il était comment, physiquement ?

— Il faisait sombre et il était à plat ventre. J'ai juste vu qu'il était chauve et avait une oreille en moins.

— Comme celui qui m'a attaqué avec le chariot élévateur.

— Tu ne me l'avais pas dit.

J'avais écrit tellement d'histoires mettant en scène un personnage avec un tueur aux trousses, que ça me faisait très bizarre de me retrouver dans cette situation. Une situation terrifiante que j'aurais aimé ne jamais expérimenter.

— C'est étrange, dis-je, qu'il soit parti avant même la fin de ma confrontation avec l'autre.

Anna soupira.

— Peut-être qu'il a eu un choc en voyant l'incendiaire.

— Un choc ? Pourquoi aurait-il été choqué ?

— Sans doute pour la même raison que moi.

Elle avait dit ça d'une voix légèrement traînante, comme à regret.

— Comment ça ?

Elle prit une lente et profonde inspiration.

— Cet homme est mort l'année dernière. J'étais à son enterrement.

27

Jeffrey tendit les poignets sans rechigner tandis que les policiers lui passaient les menottes. Il s'offrit même le luxe de leur sourire.

Ils le poussèrent dans le fourgon. Un flic s'assit en face de lui et les deux portillons arrière claquèrent à l'unisson.

Le fourgon démarra.

Jeffrey planta un regard pénétrant dans les yeux du flic en face de lui, et décida de ne plus le lâcher. C'était un jeune, un peu merdeux, mais ça se voyait à deux kilomètres qu'il était inexpérimenté.

Au bout d'un moment, il vit que le flic était mal à l'aise.

— Qu'est-ce qu'il y a ? demanda le policier en essayant de cacher son trouble.

Jeffrey prit un vrai plaisir à répondre par un sourire malsain, un sourire à effrayer les gonzesses.

Le flic regarda ailleurs, mais Jeffrey ne le lâchait pas, pariant que son regard reviendrait à lui.

Moins d'une minute suffit.

Jeffrey en ressentit une vraie jubilation.

— Ça suffit, merde ! cria le flic.

Jeffrey renouvela son sourire préféré, toujours sans le quitter du regard.

— Y a un problème ? cria un agent derrière la vitre, à l'avant.

— Ça va, je gère, dit le petit merdeux.

— On dirait pas, répondit l'autre.

Le flic baissa les yeux, fulminant. Jeffrey était au bord de l'extase.

Quelques minutes plus tard, on l'emmena dans le commissariat de Midtown North, dans la 54e Rue.

— Vous avez droit à un coup de fil, lui dit le policier qui le réceptionna en lui notifiant son arrestation. Si vous voulez appeler votre avocat, c'est le moment.

Il acquiesça et on lui passa le téléphone.

— C'est moi, dit-il quand on décrocha.

Silence à l'autre bout du fil.

— Je vous avais dit de ne jamais appeler…

— Sauf en cas de force majeure, coupa Jeffrey. C'en est un.

Nouveau silence.

— Attendez une minute, je quitte la salle…

Quelques instants plus tard, l'interlocuteur reprit :

— Je suis à un colloque international à New York, j'ai très peu de temps. Que se passe-t-il ?

— Ça se corse grave, dit Jeffrey.

— J'écoute.

— Ils ont découvert l'incendiaire.

— C'est très bien. C'est ce qu'on attendait d'eux.

— En fait, il aurait mieux valu qu'ils ne le trouvent pas.

— Pourquoi ?

— Parce que vous et moi, on le connaît très bien.

— Comment ça ?

— Les cheveux en queue-de-cheval, ça vous rappelle quelqu'un ?

— Je vous ai dit que je n'avais pas le temps…

— C'est Nicholas Scott.

— Je croyais que…

— Moi aussi.

Long silence.

— Où sont-ils maintenant ?

— Dans la nature.

— Vous les avez laissés partir ? Vous auriez dû faire d'une pierre trois coups…

— Vous pouvez me rappeler la règle d'or ?

Un soupir.

— Rien de tenté qui ne ressemble à un accident.

— Voilà. Je m'en suis tenu aux consignes.

Silence.

— Et à l'heure qu'il est, ajouta Jeffrey, soit Fisher s'est fait buter par Scott, soit il doit être en route vers la prochaine cible. Son cousin y travaille. Il va vouloir le sauver avant que ça crame.

— Où ça ?

— La tour Blackstone.

— La tour Blackstone ? répéta l'autre sur un ton stupéfait.

— Oui.

Nouveau silence.

— Où est le cousin, précisément ?

— Chez JPMorgan, dans la tour.

— Foncez-y et faites ce que vous avez à faire. Vous avez carte blanche.

— Minute… Si Saunders est avec lui, ils vont être

deux plus le cousin, sans compter Scott s'il rapplique. Et naturellement, il faut suivre la règle d'or, c'est ça ?

— Obligatoirement, dit l'autre en détachant chaque syllabe.

— Et je dois faire ça... seul face à eux quatre ?

— Vous en êtes capable, Jeffrey. J'ai confiance en vous.

Jeffrey savoura ses paroles. C'était le seul homme sur terre à lui faire confiance, et rien que pour ça, il le suivrait au bout du monde.

— Petit détail : il va d'abord falloir m'aider à sortir du commissariat de Midtown North à Manhattan.

— Qu'est-ce que vous fichez là ?

— Vol de Zodiac et excès de vitesse en zone côtière.

Il l'entendit soupirer.

— Ça va être compliqué, Jeffrey...

— Rien n'est compliqué quand on est conseiller du président des États-Unis.

*

Blackstone...

Pas Blackstone, se dit Barry Kantor en secouant la tête, confus et contrarié. Il ne fallait pas. Ce serait pire que tout. Déjà, on ne pouvait pas détruire le siège d'une firme qui gère l'épargne de plusieurs dizaines de millions d'Américains. Et il y avait autre chose, plus grave encore...

On ne pouvait pas laisser un criminel attirer l'attention de la presse sur les activités de Blackstone en Amazonie. S'ils creusaient le sujet, ils risquaient de découvrir la vérité, et la vérité serait plus qu'embarrassante pour le président, puisque tout le monde savait que le patron de Blackstone était l'un de ses précieux alliés et un généreux donateur. Si Blackstone était incriminée, le président était cuit. À sept mois des élections, pouvait-on prendre ce risque ?

Certes, le montage financier serait difficile à décrypter. Très difficile, même. Comment repérer, parmi les centaines d'entreprises dans lesquelles Blackstone investissait ses milliards, la société brésilienne Pàtria, qu'elle possédait à plus de 40 %, elle-même disposant de plus de 50 % du capital d'une autre société brésilienne, Hidrovias do Brasil, dans laquelle Blackstone détenait en plus 9 % des parts en direct, ce qui lui permettait au final de quasiment contrôler cette boîte sans apparaître actionnaire majoritaire ? Pas facile de démêler les fils de cet embrouillamini… mais certains journalistes étaient suffisamment fouille-merde pour y parvenir. Pouvait-on prendre ce risque ?

Bon, encore faudrait-il qu'ils découvrent ensuite le rôle caché d'Hidrovias do Brasil dans la déforestation. Au grand jour, cette firme apparaissait comme un acteur logistique brésilien classique, bien sous tous rapports. Là encore, il faudrait creuser pour savoir qu'Hidrovias avait activement œuvré auprès du gouvernement brésilien de Jair Bolsonaro pour le développement et le goudronnage de l'autoroute BR-163 qui, dorénavant, traversait l'Amazonie. Hidrovias avait même aidé le gouvernement Bolsonaro à réunir les fonds nécessaires au financement de cette autoroute. Pas facile à découvrir pour un journaliste, mais là encore, pouvait-on prendre ce risque ?

Barry imaginait déjà les articles dans la presse, expliquant en long et en large à quel point l'autoroute avait engendré l'explosion de la déforestation par une facilitation du transport du maïs et des céréales produits par les exploitants déforesteurs et destinés aux éleveurs de bœufs du monde entier. Les journalistes écriraient aussi qu'Hidrovias do Brasil avait bâti à Miritituba, sur les rives du rio Tapajòs, en plein cœur de l'Amazonie, un grand terminal d'embarquement du soja et autres céréales. Ils décriraient les camions en file indienne sur la route BR-163, une file à perte de vue, pare-chocs contre pare-chocs, jusqu'au terminal de Miritituba, puis les grains transférés sur d'immenses barges qui allaient rejoindre le fleuve Amazone et traverser l'Amazonie jusqu'aux grands ports près de Belém, d'où ils seraient expédiés par cargo vers Rotterdam et Shanghai. Ils expliqueraient en quoi ce terminal et la route qui y menait, en facilitant l'exportation de ces produits, avaient créé un appel d'air pour une demande internationale accrue, poussant les exploitants brésiliens à la déforestation sauvage…

Si on divulguait tout ça, le président était mort.

Pouvait-on prendre ce risque ?

Barry retourna dans la salle de conférences. Le Premier ministre canadien avait la parole. Barry se pencha vers son assistant.

— Prévenez le président que j'ai dû filer pour une urgence, dit-il à voix basse.

Puis il prit son attaché-case et quitta la salle.

Une fois dans le couloir, il se rendit en hâte dans le bureau mis à sa disposition le temps du colloque, prit son téléphone portable et composa le numéro de Robert Collins.

— Je connais la prochaine cible de l'incendiaire, lui dit Barry.

Un bref silence.

— Comment pouvez-vous le savoir ? demanda Collins sur un ton qui marquait sa surprise.

— Peu importe. Vous êtes toujours à New York ?

— Tant que l'incendiaire ne se montre pas ailleurs.

— Tant mieux. Glenn Jackson est avec vous ?

— On s'est séparés après l'attaque du bananier. Il est encore à New York mais j'ignore où.

— Tant pis. Robert, j'attends de vous que vous empêchiez le prochain incendie à tout prix, en toute urgence, sachant qu'il peut se déclencher d'un instant à l'autre.

— Je ferai de mon mieux.

— Il s'agit de la tour Blackstone à Manhattan.

— OK, je m'en occupe.

— Il n'y a pas de temps à perdre. Réussissez cette mission, et le président vous en sera personnellement reconnaissant. C'est un gros enjeu pour lui.

Collins ne répondit pas mais Barry savait que rien ne pouvait le motiver plus.

— Une dernière chose, ajouta-t-il.

Il marqua un silence avant de continuer.

— Pas un mot à la presse. Personne ne doit savoir que cette tour a été visée.

Dès qu'il eut raccroché, Barry décida d'appeler Glenn Jackson pour lui tenir à peu près le même discours. Ces deux-là étaient tellement différents qu'il valait mieux qu'ils bossent séparément, chacun avec ses méthodes.

Mais il tomba sur la messagerie et ne voulut pas laisser de message. Il le rappellerait plus tard. Il raccrocha et se rejeta lentement en arrière dans son fauteuil.

Toute cette affaire se goupillait très mal…

Le président avait eu tort de mettre Anna Saunders sur le coup. Barry avait tout fait pour l'en dissuader, en vain. Il n'aurait pas dû céder. Être plus explicite avec lui plutôt que de garder pour soi tous les détails afin de le protéger.

Barry se souvenait, comme si c'était la veille, de comment tout avait commencé, un an plus tôt…

L'affaire du tueur en série de l'Oklahoma ; l'équipe des intuitifs de Fort Meade mise à contribution ; leur succès dans la localisation du tueur ; le déjeuner à la Maison-Blanche avec toute l'équipe d'intuitifs pour fêter la résolution de l'affaire ; le chef de l'équipe qui raconte à tout le monde par excès de modestie qu'il faut parfois se méfier de l'intuition, qu'on n'est jamais sûr à 100 % des informations obtenues.

— Pour preuve, leur avait-il dit en riant, je vais vous raconter une séance d'entretien, et vous comprendrez qu'il ne faut pas tout prendre au pied de la lettre !

— Qu'est-ce qu'une séance d'entretien ? avait demandé Barry.

— De l'entraînement. Lorsqu'il n'y a pas d'affaire à traiter, on doit quand même entretenir notre intuition en pratiquant. Alors on choisit des sujets, des cibles au hasard. Ce jour-là, je m'étais donné comme cible « L'information la plus intéressante de la semaine aux États-Unis », et ce qui m'est apparu était juste totalement délirant : j'avais visualisé que le président des États-Unis avait une relation avec Amber Jane, vous savez, la gamine de seize ans qui déchaîne ses fans lors de ses concerts un peu partout !

Tout le monde avait éclaté de rire. Barry s'était joint au rire collectif, mais lui avait ri jaune, car il savait. Il savait que le président avait vraiment couché avec cette fille. Ce type et son équipe de Fort Meade pouvaient être très dangereux si leur intuition leur donnait accès à d'autres informations compromettantes. Il avait décidé de les mettre sur écoute. C'était comme ça que tout avait commencé…

Et maintenant, c'était au tour de Fisher de se montrer potentiellement dangereux. L'autre jour, il avait sans le savoir effleuré la vérité et on avait frôlé la catastrophe.

Oui, vraiment, le président avait eu tort. Il ne faut jamais jouer avec les allumettes…

Barry devait réparer les dégâts. C'était plus qu'essentiel : c'était vital.

Il ouvrit son attaché-case, souleva les documents et saisit son revolver qu'il glissa dans la poche de sa veste. Puis il prit son téléphone et appela son chauffeur.

— Tenez-vous prêt, on part dans cinq minutes.

— Bien, monsieur.

Cinq minutes plus tard, Barry montait à bord de la voiture officielle.

— Tour Blackstone. En express mais sans gyrophare.

*

Robert avait à peine raccroché qu'il appela le service de déminage de New York.

— J'ai besoin d'une unité au 345 Park Avenue, à la tour Blackstone. En urgence.

— L'urgence ne va pas être possible. L'équipe est mobilisée sur une alerte à la bombe dans un train au nord du Bronx. Ça se présente plutôt mal, il faut fouiller tout le train. Elle ne pourra pas être sur Park Avenue avant… disons une heure dans le meilleur des cas.

— Et le reste de l'équipe ?

— Toute l'équipe y est. On est samedi soir et en plus, on a des arrêts maladie.

Robert raccrocha.

Il devait trouver le moyen d'empêcher cet incendie sans faire de vagues. S'il dépêchait les pompiers, toute la presse déboulerait avec…

Il devait réfléchir. Oui, réfléchir. C'est en réfléchissant qu'il trouverait une solution.

Réfléchir…

Il se prit la tête pendant une demi-heure et s'arracha les cheveux parmi ceux qui restaient, et quand l'idée finit par se former dans son cerveau concentré, Robert ne s'emballa pas mais l'étudia sous tous les angles. Quand il eut analysé toutes ses implications, alors, seulement, il put conclure que c'était une bonne idée.

Il n'était pas mécontent de pouvoir agir seul, sans son grand mollasson de collègue. La reconnaissance promise du président, ce serait pour lui. Gros enjeu signifie grosse récompense.

*

La cabine de téléphérique approchait du pylône planté sur le sol de Manhattan.

— Passe-moi ton téléphone portable, Timothy.

— Pourquoi ?

Anna fit « chut » d'un geste du doigt devant ses lèvres.

— Passe-moi ton téléphone portable.

Je le lui tendis.

Elle le prit et l'éteignit.

— Je ne pense pas que le type chauve nous ait suivis jusqu'à l'île, dit-elle. Je te rappelle qu'on était auparavant à bord d'une ambulance qui fonçait en doublant tout le monde dans le trafic. Je crois plutôt qu'il a pisté ton téléphone.

— Mais… comment aurait-il pu ?

— Tu vas comprendre dans une minute…

— Je crois qu'il vaudrait mieux en effet que tu me dises tout ce que tu sais.

Elle acquiesça tout en me rendant mon téléphone.

— L'incendiaire est un ancien collègue de Fort Meade que l'on croyait mort dans un accident de voiture, ce qui explique que Collins et Jackson n'aient pas réussi à mettre la main dessus quand ils ont suspecté un ancien du service.

— Quand je pense que ce salopard a obtenu que je lâche mon Beretta alors que lui-même n'était pas armé !

— De toute façon, ça n'aurait rien changé, tu n'aurais jamais pu tirer sur lui…

— Tu n'en sais rien…

Anna sembla hésiter un instant avant de continuer.

— On ne tire pas sur un homme qui nous a bercé dans ses bras quand on était petit.

Silence.

— Qu'est-ce que tu racontes ?

— Cet homme… était un ami de ton père, Timothy.

— Hein ?

— Et ce n'est pas tout…

— Quoi ?

— C'était un collègue, aussi.

Tout ça ne tenait pas debout…

— Tu viens de me dire que ce type était un de tes collègues à toi, à Fort Meade.

— Oui.

— Je ne comprends rien. Et puis pourquoi tu me parles de mon père, subitement ?

— On travaillait ensemble, tous les trois.

— Mais non…

J'étais décontenancé par ses propos incohérents, totalement décalés de la réalité.

— Nous étions tous les trois des intuitifs du projet *Star Gate* à Fort Meade, avec deux autres en plus. Ton père dirigeait cette équipe, Timothy.

— Mais… Qu'est-ce que c'est que cette histoire ! Mon père était botaniste, il enseignait la botanique à Georgetown University.

— C'était la version officielle…

— Mais enfin ! Il y a passé sa vie entière. Je l'ai déjà suivi à Georgetown ! Plusieurs fois ! J'ai même assisté à l'un de ses cours dans un amphithéâtre plein d'étudiants !

— Tu sais combien d'heures de cours il donnait ?

Je haussai les épaules. Non, je l'ignorais, bien sûr.

— Il avait des horaires aménagés, Timothy. Quinze heures par mois, huit mois par an. Et à la différence de ses collègues, il ne menait pas de recherches le reste du temps… car il était à Fort Meade avec nous.

La cabine du téléphérique franchit un pylône et se remit à tanguer, comme les idées dans ma tête. J'étais profondément déstabilisé. Tout ça me semblait rocambolesque, impossible. En même temps, pourquoi Anna inventerait-elle cette histoire ? Je ne savais plus quoi penser. Et puis, j'étais très dérangé à l'idée que mon père ait pu nous cacher tout un pan de sa vie, à moi, à sa famille, pendant toutes ces années…

— Quand tu as quitté les ruines tout à l'heure, dit Anna, j'ai parlé à l'incendiaire.

— Tu lui as parlé ?

— Bien sûr. C'est mon ancien collègue, je te dis. Son nom est Nicholas Scott. Il m'a tout raconté. C'est pour ça que je ne t'ai pas rejoint tout de suite.

Je ne la quittais pas des yeux.

Elle hésita un instant avant de poursuivre.

— Je préfère te prévenir, Timothy, ce que je vais dire maintenant va être… dur pour toi.

Pourvu qu'elle ne m'apprenne pas des choses… qui salissent la mémoire de mon père. Pourvu…

— Un jour, dit-elle, ton père a fait une session de *Remote Viewing* consacrée à l'avenir de l'humanité, à notre avenir à tous, et il lui est apparu des choses… horribles. Un bouleversement des équilibres écologiques provoquant des réactions en chaîne totalement incontrôlables et qui mènent toute l'humanité à sa perte : une dégradation violente de la qualité de vie sur terre, des conditions climatiques horribles de sécheresse totale dans le Sud et de pluies incessantes dans d'autres régions, des incendies gigantesques et interminables qui ravagent des pays entiers, des migrations de centaines de millions de réfugiés avec tous les heurts culturels que cela peut engendrer, des tensions extrêmes, des guerres civiles, les gens qui se battent pour l'eau, pour la nourriture, pour survivre, des continents entiers à feu et à sang… Cette vision apocalyptique a bouleversé ton père, et l'a conduit à faire d'autres sessions plus centrées sur ce thème. Ce qui lui est apparu, au final, c'est que le point de non-retour dans la dégradation menant à la catastrophe arriverait avec la déforestation en Amazonie. Un peu comme si cette immense forêt était l'ultime rempart protecteur, à ne surtout pas abattre.

Elle marqua un temps d'arrêt, puis reprit.

— Ton père a confié le résultat de sa session à un supérieur de la CIA. Quelques jours plus tard, ce supérieur est revenu vers lui avec une autorité très inhabituelle et lui a intimé l'ordre de garder le silence sur cette intuition. Ton père n'a pas compris cette réaction et il s'est retrouvé face à un choix difficile : se taire, au risque de trahir ses valeurs, la nature et même toute l'humanité, ou parler et trahir son serment de confidentialité envers son pays via la CIA. Un vrai dilemme. Il a fini par choisir de garder le secret en essayant de se convaincre que les hautes sphères du pouvoir, maintenant informées, allaient certainement prendre des mesures : il n'avait juste pas à être associé à des décisions politiques qui ne le regardaient pas.

La cabine du téléphérique naviguait maintenant en plein Manhattan, comme si nous volions entre les tours, à mi-hauteur et tout près d'elles, avec une vue plongeante à l'intérieur des bureaux éclairés, une vue qui donnait le sentiment de pénétrer les secrets de tout un univers habituellement inaccessible.

— Quelque temps plus tard, ton père a eu une autre intuition : la responsabilité cachée de proches du président dans la déforestation amazonienne, et le président qui ferme les yeux pour préserver ses intérêts financiers et politiques. Ton père a alors compris le silence imposé par sa hiérarchie sur ce point dès lors très sensible ; il prenait tout son sens... Si la presse s'intéressait de trop près à ce sujet, on courait le risque d'un tremblement de terre politique, le président n'aurait même pas pu se représenter. Ton père s'en est alors ouvert au reste de l'équipe. Ils en ont longuement parlé ensemble, hésitant sur la suite à donner à cette affaire.

— Tu étais au courant ?

— Moi, j'étais en année sabbatique, par une étrange coïncidence en Amazonie, un peu coupée du monde... J'avais parfois quelques nouvelles de mes collègues, et ton père m'avait rapidement expliqué la situation, mais je n'ai pas suivi leurs débats.

— Et qu'est-ce qui s'est passé, ensuite ?

— Nicholas Scott m'a raconté que ton père et son équipe sont allés quelques semaines plus tard au restaurant pour fêter le départ en retraite de l'un d'eux. Mais au moment de prendre la voiture, Nicholas a eu le sentiment qu'ils allaient avoir un grave accident et qu'il fallait donc annuler la fête. Tout le monde a rigolé, invoquant une déformation professionnelle. Comme je te l'ai déjà expliqué, le risque de notre métier, c'est de sombrer dans la superstition en prenant la moindre peur qui nous traverse l'esprit pour une intuition. « On va rouler très lentement », promirent-ils. Mais Nicholas n'en démordait pas et, au dernier moment, il n'est pas monté dans la voiture. Il a vu ses collègues s'éloigner, puis leur voiture sortir de la route et faire un vol plané depuis le pont pour venir percuter la citerne d'essence qui a explosé, comme tu le sais.

Elle se tut et je me sentis empli de tristesse, imaginant mon père qui aurait pu être sauvé s'il avait écouté son collègue, s'il avait pris au sérieux ce qui était bien une intuition.

— À mon retour d'Amazonie, j'ai été étrangement cuisinée par ma hiérarchie sur mes contacts avec le reste de l'équipe pendant mon voyage. Les avais-je eus au téléphone ? Avais-je échangé des courriers ? Des e-mails ? J'ai eu l'intuition qu'il fallait répondre non, que j'étais restée isolée tout ce temps pour me ressourcer sans penser au bureau. Heureusement pour moi, nos seuls contacts s'étaient faits via une application Internet et n'avaient pas laissé de trace.

— Que cherchaient-ils à savoir ?

— C'est la question que je me suis posée. Sans réponse. Mais quelques mois après, alors que je me retrouvais seule dans le service et complètement débordée, j'ai eu cette prise de LSD dont je t'ai parlé. Je t'ai raconté à quel point ça m'avait donné pendant près de quatre heures des intuitions fulgurantes, un accès à plein d'informations de façon totalement fluide.

— Oui, je me souviens.

— J'ai alors eu l'idée de chercher la réponse à cette question.

Elle marqua une nouvelle pause avant d'ajouter, d'une voix hésitante et désolée :

— Ton père n'est pas mort dans un accident de voiture, Timothy. Il a été assassiné.

Elle se tut et ses paroles semblèrent résonner à l'infini dans l'habitacle de la cabine.

J'en restai sans voix. Abasourdi.

La cabine se mit à ralentir, puis elle s'enfonça dans l'antre sombre et lugubre de la station d'arrivée, et s'immobilisa dans un silence de mort.

— Qui a fait ça ?

— Dans les ruines, tout à l'heure, Nicholas m'a dit avoir été aussi stupéfait qu'horrifié de voir la voiture quitter la route, car elle n'avait aucune raison de le faire. Personne en face, pas de brouillard, rien. Elle est juste sortie de sa trajectoire. L'intuition d'un crime d'État lui est immédiatement apparue, très forte, et c'est ce qui l'a poussé à disparaître en se faisant passer pour mort quand il a compris que l'extrême violence de l'explosion ne laisserait rien des cadavres. Il n'avait aucune famille, alors disparaître ne causerait de chagrin à personne. Et bien sûr, il a cherché à savoir qui était derrière ça. Il a multiplié les sessions de *Remote Viewing*. Mais chaque fois qu'il se connectait à l'événement, l'émotion était telle qu'elle parasitait toute intuition. Comme tu l'as appris, on doit se libérer des émotions pour avancer dans le protocole. Lui n'a jamais pu. Mais compte tenu de l'intuition de ton père sur les secrets du président, on se doute que ça vient bien des hautes sphères du pouvoir. Maintenant… vu ce qui se passe depuis hier, j'ai une idée plus précise sur la question.

Les portes s'ouvrirent lentement.

— Dis-moi…

— J'y ai pensé en courant te rejoindre, tout à l'heure. Tu te souviens du compte rendu de session que tu nous as fait hier matin, au bureau local du FBI. À un moment, tu nous as confié l'intuition qui t'était venue la veille au soir dans ta chambre d'hôtel : un homme amputé d'une oreille manœuvrant un jouet, une voiture téléguidée.

— Euh… oui. Je n'y pensais plus. D'ailleurs… je n'avais même pas fait le lien avec mon agresseur.

— Le jour de l'accident, ton père et son équipe étaient dans une Tesla qu'on leur avait prêtée. C'est une voiture semi-autonome et… connectée. Elle a très bien pu être pilotée à distance, et délibérément envoyée sur une citerne d'essence pour tout pulvériser en effaçant toute trace.

— Mon Dieu…

— Et rappelle-nous quand est-ce que tu as commencé à être menacé puis traqué ?

— Hier soir, une douzaine d'heures après avoir partagé cette intuition…

— Voilà. Et qui était présent à cette réunion ?

— Robert Collins, Glenn Jackson… et Barry Kantor.

— Exactement.

On sortit sur le quai de la gare.

— Occupons-nous de mon cousin.

— Je te suis.

Je commençai par rallumer mon téléphone pour

essayer de le joindre à nouveau mais son portable était toujours sur boîte vocale.

On s'élança hors de la station dans la 60e Rue, au pas de charge. Mais j'avançais mécaniquement. Il fallait que je sauve mon cousin, je le savais, mais je me sentais comme coupé de mes sentiments, de mes émotions, de mon corps. Comme si cette affaire avait émoussé mes idéaux, entamé ma volonté, et que je ne croyais plus en rien.

— Finalement, dis-je tout en courant, pourquoi t'es-tu adressée à moi sur cette affaire d'incendiaire ?

— Je te rappelle que j'ignorais que Nicholas Scott était encore en vie, mais quelque part, je sentais que toutes ces affaires étaient liées, et que si je recrutais le fils de mon ancien chef assassiné, c'était une opportunité pour tout résoudre. C'était peut-être un reste d'intuition. Et puis comme on ne connaissait de toi que ton nom d'auteur, je savais qu'ils ne feraient pas le lien avec ton père, à moins d'une enquête approfondie qui ne se justifiait pas puisque tu devais rester quelques jours à peine.

Elle s'arrêta un instant de parler, un peu essoufflée, puis reprit :

— Tu sais, depuis le jour où j'ai eu cette vision sous LSD, je vis dans la peur. Je me doutais que c'était un crime d'État, mais j'en ignorais la raison même si je faisais le lien avec la pression subie par ton père pour taire son intuition. Je n'avais aucun élément pour en savoir plus. Manifestement, mes collègues avaient eu accès à quelque chose qu'ils n'auraient pas dû savoir. Et j'avais très peur qu'on me soupçonne de le connaître aussi. Mais je regrette de t'avoir impliqué. Maintenant, c'est toi qui es visé.

— Mon tueur est aux mains des policiers. J'ai un peu de répit.

Si la déduction d'Anna concernant la voiture téléguidée était juste, cet homme était donc aussi l'assassin de mon père. Sans doute un vulgaire homme de main, mais quand même son assassin.

Soudain, quelque chose me revint à l'esprit.

— C'était bien un crime d'État, dis-je.

— Qu'est-ce qui te fait dire ça ?

— Ce tueur. Quand il a essayé de m'avoir avec le Zodiac, il a continué alors qu'une vedette de la police maritime s'approchait. Il ne craint pas la justice de ce pays…

— Alors tu l'auras vite de nouveau après toi.

C'était étrange, mais je ne ressentais plus la peur. Une autre émotion commençait à frayer son chemin à travers l'armure d'insensibilité qui m'était tombée dessus depuis la révélation de cette histoire. Elle ne faisait qu'émerger mais je la sentais déjà prendre de l'ampleur, et quelque part en moi, je savais qu'elle risquait même de me dévorer tout entier en s'emparant de mon âme.

La vengeance.

Trouver les coupables, et les châtier pour leur crime.

Quand j'avais dit souhaiter ne jamais haïr qui que ce soit, Nicholas Scott avait répondu : « Noble parole totalement utopique. » Il avait raison. Je n'étais jusque-là qu'un petit intello biberonné à la bien-pensance mais coupé de la dure réalité des choses, bien à l'abri des vicissitudes du monde.

28

Tim Fisher s'était sauvé de l'ambulance, Glenn l'avait appris. Ce gars-là avait une idée en tête, forcément, et Glenn aurait donné cher pour la connaître. Alors il pistait son téléphone portable, et le suivait à la trace.

Il l'avait localisé sur Roosevelt Island mais depuis dix minutes, plus rien, c'était le black-out. Pourquoi ? Une panne de batterie ?

Bizarre, se rendre sur l'île Roosevelt. Ça ne devait pas grouiller de firmes de finances, là-bas. Pourtant, il aurait parié que Fisher continuait de chercher l'incendiaire. Et vu qu'il avait été le premier près du bananier, son intuition devait carburer à mort.

Glenn sentait qu'il fallait continuer de le pister. Mais ce foutu signal avait disparu ! Alors il attendait qu'il réapparaisse.

Il sentit un début de stress monter en lui, et comme il n'en voulait pas, il mit un ourson dans sa bouche puis se laissa glisser dans l'état d'esprit cotonneux qui lui était familier, un état où tout glisse et rien n'a d'importance. Un état dans lequel le temps ne s'écoule plus, il flotte.

Quand il était petit, sa mère lui disait parfois : « Glenny, t'es dans la lune ! » et il avait envie de lui répondre : « Si tu savais comme elle est douce… »

Ah… sa pauvre mère. Comme elle lui manquait…

Le signal revint d'un seul coup et Glenn émergea de son coton. Ça n'aurait vraiment servi à rien de stresser, se dit-il en souriant.

Fisher était revenu à Manhattan, il avançait sur la 60e Rue. Glenn observa la vitesse de déplacement. Elle était régulière, donc il n'était pas en voiture dans les bouchons. À pied ? En scooter ? S'il était à pied, alors il était pressé.

Glenn le vit tourner à gauche dans Park Avenue puis descendre l'avenue vers le sud.

Glenn prit en main sa canette de Coca, but une longue gorgée qui coula fraîche et sucrée dans sa gorge, puis se rejeta en arrière sur son fauteuil. Le mobilier du FBI new-yorkais était moins confortable que celui de Washington.

Il continua de boire tranquillement en observant le point lumineux se déplacer sur son écran, descendant Park Avenue tout du long à vitesse constante. Et soudain, il s'arrêta. Glenn fronça les sourcils, puis se redressa et se rapprocha de l'écran.

345 Park Avenue. Voilà où il était. Et il ne bougeait plus.

Glenn patienta quelques instants puis, comme le point lumineux restait fixe, il lança une recherche pour connaître le nom de l'entreprise répondant à cette adresse. En fait, il y en avait un certain nombre…

Blackstone

JPMorgan Chase

Capital Trust
Bank of America
Deutsche Bank
Piper Sandler…

Ma parole, c'est le lieu de rendez-vous des philanthropes !

Glenn sentit son cœur battre plus fort. Comme s'il s'apprêtait à décrocher le jackpot au casino.

C'était la prochaine cible, il était prêt à le parier. Il le sentait. Et il sentait aussi qu'il allait arriver à temps pour stopper l'incendie et même arrêter le criminel. Il se voyait déjà réussir, l'ordre enfin rétabli et la justice pouvant être rendue. Et lui… ma foi, peut-être enfin une promotion, après toutes ces années…

Il finit d'un trait son Coca, ferma la fenêtre de son écran et se leva pour partir quand son téléphone portable se mit à vibrer.

Appel masqué.

— Jackson, dit-il en décrochant.

— C'est Barry Kantor. La prochaine cible est la tour Blackstone.

— Mais… Comment le savez-vous ?

— Peu importe. Il faut à tout prix empêcher cet incendie. À tout prix, vous m'entendez. Mais en toute discrétion, et sans prévenir la presse. Filez sur place. L'incendiaire y est forcément. Je vous demande de le trouver. J'ai eu des infos sur lui : il a la soixantaine, de type amérindien, les cheveux en queue-de-cheval, et portera peut-être une casquette brune et des lunettes beiges. Et il est extrêmement dangereux. Alors ne prenez aucun risque, ne cherchez pas à l'arrêter, liquidez-le.

Glenn accusa le coup.

— Je peux quand même tenter de…

— Ne tentez rien. Faites ce que je vous dis.

Glenn avala sa salive.

— Je me rends sur place, et je vais essayer de le trouver.

— N'essayez pas. Trouvez-le.

Et il raccrocha.

Choqué et soucieux, Glenn rangea son téléphone dans sa poche. Il n'aimait pas la tournure des événements. Il n'avait pas fait ce métier pour être un bourreau.

Il secoua la tête.

Pas sa conception de la police. Vraiment pas.

Il descendit en hâte dans la rue, sur Federal Plaza. Il aurait pu demander une voiture du FBI mais avec le trafic, il n'arriverait jamais à temps. Il repéra un motard arrêté au feu rouge. Il courut jusqu'à lui et lui mit sa carte du FBI sous le nez.

— Emmenez-moi au 345 Park Avenue.

— Mais…

— C'est une urgence.

Et Glenn monta à l'arrière de la moto.

Le pilote démarra.

Glenn, satisfait, se dit qu'il y serait en une dizaine de minutes. Mais il déchanta très vite : son chauffeur roulait à la vitesse du trafic en restant sagement dans la file de voitures ; il s'arrêtait à chaque feu, même à l'orange, cédait chaque priorité… On aurait dit un débutant à sa première leçon. À ce rythme-là, il faudrait plus d'une heure.

— Foncez, mon vieux ! J'suis pas inspecteur du permis de conduire.

— Non, mais je croyais que...

— Vous avez carte blanche, foncez.

— Ah, mais... il fallait le dire tout de suite...

Il donna un tel coup d'accélération que la moto se cabra sur la roue arrière. Il monta sur le trottoir et entreprit de slalomer entre les piétons. Glenn, à moitié terrifié, s'accrocha tant qu'il put lorsque la moto s'engagea dans un escalier, descendit dans un jardin public et traça à fond la caisse sur la pelouse.

Ils enfilèrent les rues et les avenues, alternant entre les trottoirs, les contresens et les espaces verts, et faisant parfois brusquement demi-tour pour éviter un bouchon trop dense.

Puis la moto finit par piler et Glenn eut l'impression que son corps pesait deux cents kilos quand il se pressa sur le dos du pilote sans qu'il puisse le retenir.

— On est arrivés, dit celui-ci.

Glenn descendit en titubant, le cœur dans l'estomac.

— On se demande ce que fait la police, bredouilla-t-il.

L'autre lui sourit, lui adressa un clin d'œil et redémarra sans attendre.

— Merci ! lança Glenn.

Mais il était déjà parti.

*

À bout de souffle, Anna et moi venions d'arriver en vue de la tour Blackstone, une haute tour sombre qui se dressait dans le ciel avec la volonté clairement affichée de dominer ses voisines. Un bon nombre d'étages étaient éclairés.

La tour était située à un carrefour, en retrait d'une grande dalle surélevée de quatre ou cinq marches et plantée de quelques arbres égarés au milieu du béton comme des Martiens qui se seraient trompés de planète.

On se précipita sur les grandes portes vitrées. Fermées. Il y avait de la lumière dans le hall, mais aucun bruit, aucun mouvement. L'alerte n'avait pas encore été enclenchée. Immense soulagement.

Je frappai tant que je pus contre une vitre et un gardien finit par se pointer, l'air mécontent.

— Ne lui dis pas la vérité, me glissa très vite Anna, sinon il va déclencher l'alarme incendie et on va devoir affronter une armée d'employés de ménage à contre-courant.

Elle brandit une fois de plus son badge de la CIA et le gars nous ouvrit.

— JPMorgan, quel étage ? demandai-je.

— L'accueil est au 43e, dit-il. Mais vous ne trouverez aucun salarié à cette heure-ci un samedi soir.

— Il y a du personnel de ménage, n'est-ce pas ?

— Oui, bien sûr.

On s'élança à travers le vaste hall dallé de marbre blanc en direction des ascenseurs. Nos pas résonnèrent dans le silence glacial des lieux. Soudain, Anna s'arrêta et se retourna.

— Donnez-moi une clé ! cria-t-elle au gardien. Ils risquent de ne pas nous ouvrir.

Le gars hésita.

— Qu'est-ce que vous voulez faire là-haut ? Moi,

j'ai des consignes… j'ai pas le droit d'ouvrir un bureau…

Anna le fixa droit dans les yeux en s'avançant vers lui.

— Sécurité intérieure, et c'est une urgence absolue.

Une fois de plus, son ton déterminé eut raison de la résistance de son interlocuteur. Il ne pipa mot, se rendit derrière le grand bureau d'accueil, pianota sur un clavier, puis ouvrit un tiroir et nous tendit une clé.

On repartit en courant vers les ascenseurs.

Anna marqua soudain un temps d'arrêt et secoua la tête :

— On prend le risque de rester bloqués là-dedans…

— Quarante-trois étages, Anna, on ne va pas prendre les escaliers… J'y vais tout seul. Reste là.

— Hors de question.

Et on s'élança tous les deux dans l'ascenseur ouvert.

La cabine nous aspira vers le ciel en vibrant. J'avalai ma salive pour déboucher mes oreilles.

Les portes s'ouvrirent au 43ᵉ et on se précipita sur le grand palier moquetté.

À nouveau des portes vitrées. J'actionnai la poignée. Verrouillée.

— Heureusement que tu penses à tout, dis-je pendant qu'Anna introduisait la clé dans la serrure.

Il y avait deux couloirs qui partaient dans deux directions opposées.

Soudain, venant de la cage d'escalier, l'alarme incendie se mit à hurler.

On se figea tous les deux et Anna me saisit le bras d'une main crispée.

Mon cœur se serra.

Nous échangeâmes un regard, un regard lourd de sens, sans dire un mot, puis Anna me lâcha le bras et s'avança.

— Prends à gauche, je vais à droite, me dit-elle. Les couloirs doivent faire le tour de l'étage et se rejoindre. Sinon on se retrouve là dans cinq minutes.

Je m'élançai sur la gauche. Le couloir distribuait une succession de bureaux aux cloisons transparentes, tous vides. Puis, au bout, je débouchai sur un petit *open space*.

Au milieu de l'allée centrale, un aspirateur délaissé. Je balayai l'espace du regard et aperçus mon cousin, me tournant le dos dans un fauteuil face à la baie vitrée devant la ville illuminée, avec… un gros casque audio coiffant ses oreilles. Je ne pus m'empêcher de sourire en m'approchant, malgré le stress. La vitre immense descendait jusqu'au sol, se faisant oublier et donnant l'impression qu'on pouvait d'un pas s'envoler au-dessus de la forêt de gratte-ciel.

— C'est comme ça que tu fais le ménage ?

Le fauteuil pivota sur lui-même et je m'arrêtai net, abasourdi.

Assis face à moi, le chauve pointait sur moi un Glock 35.

29

Glenn vit la moto s'éloigner en vrombissant et se retourna. La tour Blackstone était encore silencieuse ; il arrivait à temps. En retrait sur une dalle bétonnée, elle occupait tout l'espace entre la 51e et la 52e Rue, le long de Park Avenue, formant une sorte de grande place au carrefour. Il balaya du regard tout le site pour trouver où l'incendiaire pourrait se nicher.

Se mettre dans la peau de l'ennemi

Évidemment, se dit-il, à sa place je m'éloignerais de la tour à brûler. Même si ça ne peut pas s'effondrer tout de suite, je ne prendrais pas de risque. Mais en même temps, je voudrais peut-être voir le résultat de mon travail… Bref : en retrait, mais pas trop. Il fallait donc chercher un peu plus loin, dans une rue adjacente, à un endroit qui permettrait de voir au moins le haut de la tour même si sa base était cachée.

Tournant le dos au gratte-ciel, Glenn hésita entre prendre l'avenue à droite ou à gauche.

Je le sens bien à droite, se dit-il. Et il marcha vers la 52e Rue. Dans ce quartier d'affaires, les trottoirs étaient déserts à l'exception de quelques clochards assis par terre à l'abri des renfoncements formés par les entrées d'immeubles ou d'agences bancaires. Sur la chaussée, en revanche, les voitures ne manquaient pas, noyées dans les vapeurs blanchâtres de gaz d'échappement au milieu de la nuit fraîche… S'il ne trouvait pas l'incendiaire, il ne faudrait pas attendre le dernier moment pour boucler le quartier. Kantor était bien gentil de demander la discrétion, mais il faut quand même du temps pour évacuer toute une zone…

Son instinct le poussa à continuer tout droit, accompagné du ronflement des moteurs au ralenti de toutes les voitures agglutinées, et il avança jusqu'à la 53e. Là, il hésita quelques secondes, puis la traversa. Il s'arrêta de nouveau et inspecta les alentours. Pas de café offrant une vue sur le quartier qui pourrait servir de base arrière. Juste des banques. En fait, il y avait une banque à chaque carrefour, parfois même deux…

Il poussa jusqu'à la 54e. Rien hormis le terre-plein central de l'avenue, engazonné et planté d'arbustes, mais inoccupé.

Était-il encore dans la tour ? Ce serait étonnant qu'il n'ait pas piégé les lieux à l'avance pour agir depuis l'extérieur le jour J… Glenn hésita. Son instinct l'aurait-il trompé ? Aurait-il dû partir à gauche plutôt qu'à droite en quittant la tour ? Il fit demi-tour pour redescendre l'avenue vers la 50e Rue.

C'est alors qu'il le vit.

Il était passé une première fois devant lui sans le repérer, le prenant pour un clochard parmi d'autres. L'homme était un peu plus loin vers la gauche, assis dans la pénombre sur le rebord en marbre d'un bassin à l'angle de la 52e. Il répondait pile-poil à la description de Kantor : peau mate, cheveux en queue-de-cheval, casquette brune, lunettes aux verres légèrement fumés, habillé d'un jean défraîchi et d'une vieille parka marron. Il semblait concentré sur l'intérieur d'un sac de voyage entrouvert posé sur ses genoux. À la faible lumière blafarde qui se reflétait sur son visage, Glenn devina qu'il y cachait un ordinateur portable.

Il prit une profonde inspiration.

Le moment était venu.

Glenn glissa discrètement la main dans sa poche jusqu'à sentir le métal froid de son arme de service, un SIG Sauer qui ne le quittait pas.

Habituellement, quand il était en opération, Glenn était concentré à 100 % sur son objectif et les chutes du Niagara auraient semblé faiblardes à côté du torrent d'adrénaline qui se déversait dans son organisme. Pas de place pour le doute, la peur, ni quoi que ce soit : tous les sens en éveil, le cerveau, les muscles et tout son corps mobilisés, il se fondait dans l'action, il faisait un avec elle, il *était* l'action. Le passage à l'acte représentait l'apogée de l'enquête, l'apothéose, la catharsis du policier.

Mais ce soir-là, alors que le moment tant attendu de la confrontation avec l'ennemi public n° 1 se concrétisait enfin, Glenn se sentait… dissocié de l'action à mener.

Son rôle de policier, c'était d'arrêter les coupables, pas de les exécuter. Mais obéir aux ordres était aussi la règle de base de son métier. Alors il se sentait coupé en deux, presque écartelé entre ses valeurs et son devoir.

Maintenant. Il le faut.

Il continua d'avancer sur le trottoir d'un pas en apparence tranquille. En réalité, il ne quittait pas sa cible du coin de l'œil et se tenait prêt à tout.

Au tout dernier moment, quand il fut à la hauteur de la cible, à deux mètres à peine, il sortit très rapidement le SIG Sauer tout en pivotant sur la gauche et visa la tête.

— Bonsoir, Glenn, dit l'autre très calmement.

Glenn se figea de stupéfaction et d'incompréhension, crispé sur son arme. Tout se bouscula dans sa tête à toute allure. Comment diable pouvait-il connaître son prénom ? Qui avait pu lui balancer l'info ? Et comment pouvait-il connaître aussi son visage pour l'identifier ? Qu'est-ce que c'était que ce délire ?

Il en avait des tremblements nerveux, cramponné à son flingue.

— Qui êtes-vous ?

L'autre, en guise de réponse, se contenta de lever lentement la main vers son visage.

— Pas un geste ! cria Glenn.

Mais l'autre continua son mouvement sans même marquer une pause dans sa fluidité. Glenn sentait sa nervosité atteindre un sommet.

Maintenant ! Tire !

Mais c'était impossible, il n'y arrivait pas…

Poursuivant tranquillement son geste, l'homme acculé retira ses lunettes teintées.

Glenn fronça les sourcils et le dévisagea dans la pénombre.

Quand il le reconnut, il crut rêver.

— Nicholas ? bredouilla-t-il d'une voix hésitante, presque timidement.

L'autre le fixait maintenant dans les yeux, d'un regard qu'il devinait plus qu'il ne voyait, un regard qui lui sembla grave et calme.

— Nicholas... Scott ? C'est... toi ? Comment... est-ce possible ? bafouilla Glenn.

Il se souvenait comme si c'était la veille des deux affaires sur lesquelles ils avaient collaboré, avec l'ancienne équipe de Fort Meade. Puis l'accident, la voiture pulvérisée, Nicholas laissé pour mort...

— Mais... comment... t'en es-tu... tiré ?

Soudain, son téléphone se mit à vibrer.

Glenn n'en tint pas compte au début, puis il se dit qu'il se devait de répondre. Il ne pouvait pas prendre le risque de passer à côté d'une info capitale dans le contexte de l'attentat en cours.

Sans quitter des yeux Scott qu'il tenait toujours en respect avec son arme, il glissa la main gauche dans la poche de sa veste et prit le portable.

Appel masqué. Kantor ?

Il décrocha avec une infinie précaution, sans quitter Scott des yeux.

— Où en êtes-vous ? dit Kantor.

Glenn hésita une seconde, se mordit nerveusement les lèvres.

— La situation est sous contrôle, dit-il. La tour ne s'effondrera pas. Je viens de mettre la main sur notre homme.

— Parfait. Vous savez ce qu'il vous reste à faire, dit Kantor avant de raccrocher.

30

Le chauve retira prestement le casque audio d'un mouvement de la main gauche, dévoilant son oreille amputée, puis se leva du fauteuil et me fit reculer, son Glock toujours pointé sur moi, visant mon cœur.

Puis il se déplaça latéralement vers la gauche, s'éloignant de la baie vitrée.

Au loin, sur le palier de l'étage, l'alarme incendie semblait hurler de plus belle, rappelant l'urgence de l'évacuation.

— Rapproche-toi de la vitre.

Il avait dit ça d'une voix âpre totalement dénuée d'émotion, la voix d'un aliéné qui ne ressent rien.

À cet instant, je sus qu'il voulait m'exécuter, et qu'il n'aurait pas le moindre cas de conscience. Il n'hésiterait pas une seconde. Mais que pouvais-je faire ?

Je sentis mes forces m'abandonner devant la fatalité de la situation. Même quand elle est inéluctable, la mort reste inacceptable.

J'obéis en me déplaçant lentement vers la droite.

Il leva son arme dans ma direction en la plaçant à hauteur de sa vision, et lorsque je vis son doigt se refermer sur la détente, je compris que j'allais quitter pour toujours ce monde terrestre que je n'avais pas pris le temps d'aimer vraiment, cette existence que je n'avais peut-être pas su apprécier à sa juste valeur, dont je n'avais pas assez savouré chaque instant. La vie est ainsi : c'est seulement quand elle vous quitte qu'on réalise ce qu'elle valait. Trop tard.

La déflagration fut monumentale, accompagnée d'une terrible explosion de verre qui sembla m'emporter dans un souffle glacial.

Il me fallut quelques secondes pour recouvrer mes esprits et comprendre qu'il avait tiré dans la baie derrière moi et que je n'étais pas touché.

Sous le choc, je m'étais recroquevillé sur moi en fléchissant les genoux et en ramenant mes bras devant mon ventre. Je regardai par-dessus mon épaule. Il n'y avait plus de vitre. Je me retrouvais les talons presque au bord du vide.

Une bouffée de vertige m'assaillit sur-le-champ. Tête qui tourne et jambes qui flageolent. Pourquoi m'infliger ça, à moi ?... Comme si la vie s'acharnait inlassablement, jusqu'au bout, à me mettre face à cette peur incontrôlable, ce vide qui me terrifiait plus qu'une arme à feu... Mais qu'avais-je donc à apprendre de l'existence, quel démon intérieur devais-je affronter, pour en être enfin délivré ?

— Redresse-toi ! dit-il.

Alors, en un éclair, je compris... Je compris que toute ma vie, j'avais fléchi devant mes peurs. J'avais recherché la protection, le confort, plutôt que d'oser me tenir debout et affirmer mes choix. Le vertige, c'est le démon des lâches. En fuyant sans cesse l'objet de mes peurs, de toutes mes peurs, je nourrissais mon démon.

Je me redressai.

— Saute ! me dit-il alors.

Son ordre me glaça le sang.

Pas ça… N'importe quoi mais pas ça…

Je ressentis soudain une vague de colère monter en moi.

Qu'il me tire dessus s'il le veut mais jamais il n'obtiendra de moi que je saute.

Je le regardai droit dans les yeux.

Et je sus qu'il ne tirerait pas sur moi. Pourquoi ? Certainement pas par faiblesse. Lui avait clairement d'autres problèmes mais pas celui-là. C'était plutôt que…

— Vous voulez l'apparence d'un accident, comme pour l'équipe de Fort Meade ?

Il resta totalement impassible, manifestement décidé à ne pas répondre.

— Qui vous a commandité ?

— Tais-toi et saute.

— C'est vous, dis-je, qui avez envoyé la Tesla dans la citerne d'essence. C'est vous qui avez tué mon père.

Il y eut d'abord un soupçon de surprise dans son regard, puis il ne put se retenir de sourire, l'affreux sourire de celui qui ne connaît de joie que dans la souffrance des autres.

Une pulsion de haine s'empara de moi.

— C'était un vrai plaisir, dit-il.

Il avait clairement dit ça dans le but d'accentuer ma douleur, et cela décupla ma haine. Je n'avais plus qu'une seule envie, une envie puissante et irrésistible, c'était de me jeter sur lui et le détruire, le torturer, le faire souffrir à mon tour ; et m'abreuver de sa souffrance pour assouvir ma vengeance. Je savais qu'il ne tirerait pas, qu'il n'en avait peut-être même pas le droit, et, mû par ma haine dévorante, j'étais prêt à bondir sur lui quand une prise de conscience terrible s'imposa subitement à moi : par cet acte, je m'apprêtais à devenir… comme lui, à chercher comme lui une forme de plaisir dans la souffrance inculquée. Et cette idée m'apparut juste insoutenable. Horrible. Cet homme était l'odieuse incarnation d'une facette de mon âme, certes infime, mais tout de même existante en moi. Et c'était insupportable.

Ce fut comme si tout mon être subissait une tension interne extrême et fulgurante, et j'y mis fin soudainement et presque sans réfléchir en tournant les talons pour m'en aller, en assumant le risque qu'il me tire peut-être dessus malgré tout. La seule issue, c'était de partir. J'en ressentis aussitôt une libération. La sagesse de la fuite.

Je n'avais rien anticipé, et certainement pas ce qui se passa ensuite : le tueur se jeta sur moi et me plaqua au sol. Dans la foulée, il m'attira de toutes ses forces vers le bord du précipice, vers le gouffre glacial et béant. Je compris alors qu'il n'était plus question de sagesse ni de quoi que ce soit, l'un de nous allait mourir et il ne fallait pas que ce soit moi.

Je me débattis comme un lion et on roula dans un sens puis dans l'autre, se rapprochant du vide puis s'en éloignant pour y revenir très vite. Il était plus musclé que moi mais sa main droite était mobilisée par l'arme qu'il portait, et j'en tirais un avantage. Il essaya alors de m'assommer avec, et je profitai de la seconde de répit pendant laquelle il la dressait au-dessus de ma tête avant de frapper, pour saisir son bras avec mes deux mains et, en faisant rouler tout mon corps sur lui-même pour décupler leur force en accompagnant leur mouvement, je le précipitai dans le vide.

Le hurlement qu'il poussa s'éloigna rapidement dans sa chute et je plaquai les mains sur mes oreilles pour ne pas entendre l'issue fatale.

31

Un bouchon monstre.

Barry Kantor demanda à son chauffeur de s'arrêter.

— Je vais continuer à pied. Vous m'attendrez le plus près possible de la tour. Je vous appellerai en repartant.

Il ouvrit sa portière et sortit de voiture. L'air froid le saisit et il boutonna son pardessus. Le trottoir semblait désert comparé à la rue encombrée. Ça sentait fort les gaz d'échappement qui se répandaient en volutes éclairées par les phares des voitures. Il s'était attendu que Manhattan soit embouteillé un samedi soir, mais là, dans le quartier d'affaires, c'était plutôt surprenant.

À pied, ce serait rapide. Il avait perdu l'habitude de marcher en ville, et cela lui donnait presque l'impression d'être un homme ordinaire. Il sourit à cette idée.

Il sortit son téléphone et appela Jeffrey. Pas de réponse.

Deux cents mètres plus loin, une mauvaise surprise l'attendait : un cordon de police bloquait la rue et orientait les voitures sur Madison Avenue. En approchant, il vit les barrières des policiers qui quadrillaient tout le quartier de la tour. Bon sang… Qui les avait prévenus ?

Il aperçut ensuite des camions de télévision et cela le contraria encore plus. Exactement ce qu'il avait voulu éviter.

Il s'approcha et montra sa carte à l'agent qui bloquait le passage.

Mais celui-ci secoua la tête, l'air navré.

— Je suis désolé, mais vous pouvez pas passer. Y a une tour qu'est sur le point de tomber, c'est dangereux, faut rester à l'écart.

— Je sais, c'est pour ça que je viens, dit-il avec une grande confiance en lui. D'ailleurs, je suis attendu.

Comme toujours, son charisme eut l'effet escompté : il s'avança et l'autre s'effaça.

Un peu plus loin, il aperçut une bonne dizaine de véhicules de pompiers stationnés.

Il n'avait pas fait dix pas en direction de la tour qu'un journaliste se lançait à ses trousses.

— Monsieur Kantor, quelques mots pour Fox News s'il vous plaît.

Kantor se retourna, face à la caméra et au projecteur éblouissant.

— Pouvez-vous nous dire ce qui se passe exactement ? dit le journaliste. La tour Blackstone va-t-elle s'effondrer comme certains l'avancent ?

— Je dirais que la situation est sous contrôle. Il est trop tôt pour apporter des conclusions, mais sachez qu'à cette heure l'hypothèse la plus probable est celle d'une fausse alerte déclenchée par un plaisantin.

— Dans ce cas, pourquoi avoir bloqué tout le quartier ?

— Dans le contexte actuel, le président, qui suit toute cette affaire de près, n'a voulu prendre aucun risque. Protéger la population est naturellement notre priorité. Nous appliquons donc le principe de précaution même si, je le répète, il ne s'agit sans doute que d'une fausse alerte. Je vous remercie.

Et il commença à tourner les talons.

— Une dernière question. On vous voit vous diriger vers la tour. N'est-ce pas quand même risqué ?

— Vous voyez comme moi que la tour a été évacuée, mais certains témoignages rapportent qu'un jeune homme serait resté au 43e étage. On ne peut pas prendre le risque d'y laisser un innocent tant que la menace n'est pas totalement écartée.

— Mais ce n'est pas votre rôle de le secourir, alors pourquoi vous ?

— Ce jeune homme se trouve être de la famille de l'un des enquêteurs que j'ai missionnés sur cette affaire. C'est pourquoi je me sens une responsabilité personnelle, et je considère qu'il est de mon devoir de m'en charger. Je vous remercie.

Ce coup-ci, il tourna les talons pour de bon, laissant le journaliste commenter ce qu'il qualifia immédiatement d'acte héroïque.

*

Près du bassin à l'angle de la 52e Rue, Glenn gardait son arme pointée sur Nicholas Scott, et c'était très troublant pour lui, lui qui avait côtoyé cet homme, l'avait apprécié, et avec qui il avait travaillé. Il se souvenait même d'avoir partagé avec lui une certaine complicité. C'était à l'époque où Glenn venait de perdre sa mère en Espagne et Scott lui avait offert une oreille attentive, un soutien bienveillant.

Comment cet homme aussi humain avait-il pu dériver au point de se retrouver là, accusé des pires exactions, identifié comme dangereux criminel à abattre ?

Le bras tendu vers lui sans faiblir, Glenn obéissait à son devoir, veillant à ne pas se laisser attendrir par leur relation passée. Être professionnel jusqu'au bout.

Mais quand Scott se mit à lui exposer sa thèse certes extravagante de l'assassinat politique de l'équipe de Fort Meade, comment Glenn aurait-il pu refuser de l'écouter à son tour ? Alors il l'écouta, avec beaucoup de scepticisme, mais il l'écouta. Et au fur et à mesure des explications, il commença à se sentir de plus en plus troublé par les affirmations que Nicholas formulait très calmement, très posément.

D'abord, il était sincère, ça sautait aux yeux. Mais il ne suffit pas d'être sincère pour avoir raison, Glenn le savait pour l'avoir souvent observé dans sa carrière. Combien de fois avait-il arrêté des gens de bonne foi qui s'étaient fait des films délirants sur un patron, un élu ou juste un voisin, et l'avaient flingué de peur qu'il ne passe à l'acte avant eux…

Ensuite, tout ce qu'avançait Nicholas concordait et formait un tout cohérent, logique. Mais là encore, ça ne prouvait rien.

Mais quand, en en venant aux faits du jour, il lui détailla le lien caché entre le président, Blackstone et la déforestation amazonienne, Glenn y trouva une explication inattendue à l'étrange exigence de confidentialité de Kantor sur l'opération en cours. C'était comme la pièce manquante du puzzle qui permettait soudain de comprendre tout le tableau.

Et si Scott disait vrai ?

L'ancien intuitif de Fort Meade continuait, on ne l'arrêtait plus, il expliquait maintenant les responsabilités des grandes firmes de finances en Amazonie, dans la destruction des équilibres écologiques indispensables à notre survie, et Glenn l'écoutait, l'écoutait, et plus il l'écoutait, plus il trouvait ses raisonnements sensés, pertinents, justes.

Il était maintenant tenté de le croire…

Heureusement, il se ravisa soudain : tout ça ne justifiait pas les destructions d'immeubles !

— Ce n'est pas à nous, citoyens, de faire justice, dit-il. Sinon, c'est le retour au Far West et c'est le plus fort qui finira par imposer sa loi. La loi doit être écrite par les élus du peuple, et la justice doit être indépendante. C'est ça, la démocratie !

Scott le regarda en secouant lentement la tête avec l'air désabusé de celui qui ne croit plus en rien.

— La démocratie, quelle démocratie ? dit-il avec un sourire triste et désillusionné.

Il soupira, puis reprit.

— La démocratie a précisément été confisquée par ces grandes firmes d'investissement. Parce qu'elles gèrent l'épargne retraite de centaines de millions de gens, elles détiennent des dizaines de milliers de milliards de dollars. Des milliards qui leur permettent d'acheter dans le monde entier des entreprises, des immeubles, des logements, des écoles, des hôpitaux. Des milliards qu'elles positionnent où bon leur semble, faisant la pluie et le beau temps sur les marchés financiers ; des milliards qui leur permettent de prêter des fonds à pratiquement tous les États du monde qui deviennent ainsi leurs débiteurs. Des milliards qui les rendent tellement puissantes qu'elles ont le pouvoir d'impacter l'économie des pays. Et petit à petit, ce pouvoir s'étend, se répand comme une pieuvre étirant ses tentacules, et ce sont ces firmes qui, de plus en plus, dictent leurs règles, influencent les lois, et font pression sur les gouvernements du monde entier pour obtenir ce qu'elles veulent.

— Tu… exagères peut-être… un peu, non ?

— Tu veux quelques exemples ? Prends BlackRock, la plus grosse firme d'investissement au monde. BlackRock, qui a embauché depuis 2004 au moins quatre-vingt-quatre anciens membres de gouvernements et de banques centrales du monde entier, a obtenu du gouvernement mexicain de gérer les fonds de pension du Mexique. Et maintenant, devine où est-ce qu'ils placent l'argent des Mexicains ? Dans des sociétés qui appartiennent à BlackRock !

— Mais…

— Cette firme a été qualifiée de plus grand investisseur mondial dans la déforestation par l'ONG Amazon Watch. Au-delà de leurs investissements colossaux dans les secteurs agro-industriels accusés d'encourager la destruction de la forêt amazonienne, ils investissent aussi massivement dans les forages pétroliers en Amazonie occidentale. Les zones visées, d'une superficie plus grande que celle de tout l'État du Texas, sont des régions reculées qui nécessitent la construction de routes qui elles-mêmes ouvrent la voie à l'exploitation illégale du bois, et à l'installation de colonies d'exploitants dans des territoires indigènes qui s'y étaient pourtant opposés.

— Attends, attends… Tu essayes de m'enfumer, là. Tu parles de BlackRock… alors que c'est la tour Blackstone qui est visée.

— BlackRock, Blackstone, dans les deux cas, c'est très sombre…

— Tu ne réponds pas à ma question.

— BlackRock a été créée par un ancien de Blackstone avec la bénédiction de ce dernier. Le monde financier est consanguin, Glenn… Mais on peut aussi parler de Blackstone, si tu y tiens. Et tu vas voir que ces gens-là ont plus de pouvoir que les États. Blackstone a dépensé plus de quatre millions de dollars en 2020 pour mener des actions de lobbying auprès des gouvernements. Ce n'est pas tout. La firme et ses dirigeants ont aussi fait plus de vingt-sept millions de dollars de donations à des politiciens, le président de Blackstone donnant à un camp, son adjoint au camp adverse. Pile, on gagne ; face, on gagne encore. Je peux te raconter une anecdote, si tu veux voir l'étendue de leur pouvoir : Blackstone a une filiale, TeamHealth, un cabinet médical employant plus de seize mille médecins dans tout le pays, qui a été accusé de cacher aux patients pauvres leur droit à bénéficier de soins caritatifs à l'hôpital. Alors les pauvres se résignaient à se faire soigner au prix fort chez TeamHealth… qui leur envoyait ensuite des factures faramineuses qui représentaient jusqu'à un tiers de leur salaire annuel ! Les pauvres, bien sûr, ne pouvaient pas payer… Alors il les poursuivait en justice… En 2020, alors qu'on était en pleine crise du coronavirus, TeamHealth a décidé de baisser fortement les salaires des seize mille médecins, et dans le même temps, il a dépensé un million de dollars pour faire du lobbying auprès du gouvernement dans le but d'obtenir... des aides publiques. Toutes ces pratiques étaient tellement choquantes que le Congrès américain a écrit au P.-D.G. de Blackstone pour lui demander des comptes sur ce qui menaçait de nuire à la santé et à la sécurité financière des gens. Il lui a répondu en lui faisant comprendre de se mêler de ses affaires. Tu réalises ? Il a répondu ça au Congrès, mon vieux. Voilà. Ces gens-là sont intouchables.

Glenn était effondré. Toute sa vie, il s'était consacré à faire respecter les institutions démocratiques. Faire appliquer la loi, arrêter ceux qui la violaient et ainsi, rétablir l'ordre, l'ordre voulu par le peuple à travers les lois écrites par ses élus.

— Blackstone a racheté tellement de locaux en Grande-Bretagne qu'elle est devenue la plus grande propriétaire bailleresse des petites entreprises britanniques. Eh bien, Blackstone a été accusée de mettre en péril la viabilité de ces entreprises en refusant de renoncer aux loyers quand ces entreprises étaient forcées de fermer pendant la pandémie de Covid... Ces dernières années, Blackstone a acquis des centaines de milliers de logements en Europe, aux États-Unis, en Asie et en Amérique latine, la plupart du temps via des filiales. Leur politique est souvent de faire monter en gamme les logements acquis pour les relouer plus cher, quitte à expulser les locataires en place. Le P.-D.G. de Blackstone a d'ailleurs récemment déclaré : « Nous sommes le plus grand propriétaire privé immobilier du monde. Et la valeur de nos actifs a explosé avec des augmentations de loyer énormes. » L'ONU a lancé une enquête. La présidente du groupe de travail et la rapporteuse ont publié un rapport accablant. Les Nations unies accusent Blackstone et d'autres firmes de finances d'exploiter les locataires, d'alimenter une crise mondiale du logement, et de faire des ravages dans le droit des locataires. Elles citent dans leur rapport qu'une filiale de Blackstone leur impose des frais exorbitants pour des réparations mineures et facture jusqu'à cent dollars de pénalité chaque retard de loyer, même si ce retard est… de une minute. Dans des…

— Mais… C'est ce qui est arrivé à ma mère… C'est exactement ce qui lui est arrivé en Espagne…

— Dans des lettres que les Nations unies ont écrites à Blackstone ainsi qu'aux gouvernements de la République tchèque, du Danemark, d'Irlande, d'Espagne, de Suède et des États-Unis, elles accusent Blackstone et d'autres firmes d'investissement d'éloigner les locataires à revenus moyens et faibles de leurs logements, de réduire le nombre de logements abordables, et d'entreprendre des expulsions agressives pour assurer le niveau de leurs revenus locatifs. Et elles reprochent aux pays visés de ne pas défendre les droits des locataires de logements ou de bureaux face à ces firmes. Blackstone s'est juste contentée de contester les faits. Ces gens sont au-dessus des gouvernements, et même les Nations unies ne les inquiètent pas.

Scott ne s'arrêtait plus. Il était intarissable sur le sujet. Mais Glenn ne l'écoutait plus. Il était bouleversé. Il ne s'était jamais remis de la mort de sa mère.

Mourir de froid au XXIe siècle à cause d'une expulsion illégale, c'était juste révoltant, et il ne s'était jamais pardonné d'avoir renoncé à se rendre sur place pour intenter un procès à la firme responsable.

Il rangea son arme dans sa poche.

— De nos jours, dit Scott, la mode est au respect des hommes et de la nature. Alors ces firmes clament haut et fort l'attachement qui est le leur à ces valeurs. On l'imprime sur les plaquettes en papier glacé, on l'affiche sur les sites web. Dormez tranquilles, braves gens, les firmes prennent soin de tout. Mais vois-tu, l'âme humaine a quand même besoin de se sentir en paix avec elle-même. Ces gens-là ne font pas exception. Alors quelques donations caritatives, si possible bien médiatisées, leur permettent de s'acheter une bonne conscience. Au fur et à mesure qu'ils répandent le mal à la surface de la Terre, ils saupoudrent d'infimes miettes de bien. Et quand ils se regardent dans la glace le soir, il y a fort à parier qu'ils pensent à tout ce qu'ils ont saupoudré, et se sentent fiers, fiers d'être des milliardaires humains et généreux, fiers d'être des gens bien. Alors, partout, on rebaptise des lieux à leur nom, on érige des plaques de bronze vantant leur générosité, on les gratifie de prix et de médailles. Même les Français, dont Dieu sait qu'ils sont pourtant rebelles, s'inclinent devant eux plus bas qu'autrefois devant Louis XIV. Le président Jacques Chirac a remis la Légion d'honneur au P.-D.G. de Blackstone, son successeur Nicolas Sarkozy l'en a promu Officier, puis François Hollande l'a carrément élevé au grade de Commandeur. Et parce qu'il a financé la rénovation d'une petite partie du parc du château de Chambord, il peut maintenant venir y chasser les biches et les cerfs, comme autrefois les rois de France. Quant à Emmanuel Macron, lui, c'est le président de la branche française de BlackRock qu'il a élevé au rang d'Officier de la Légion d'honneur.

Il se tut et Glenn, effondré, s'assit sur le rebord du bassin.

Il ne ressentait même plus le froid saisissant qui s'était emparé de la ville.

Les voitures continuaient de s'agglutiner sur l'avenue, imperturbables.

Il leva les yeux.

La tour Blackstone se dressait comme un doigt tendu dans le ciel à tous ceux qui, comme lui, croyaient en la démocratie et la justice.

— Ces gens-là rachètent tout, dit Nicholas. Les logements, les bureaux, les hôpitaux, les entreprises, les écoles… Ils vont bientôt posséder le monde, et nous imposer leurs règles de vie, leurs règles de travail. Et le pire, c'est qu'ils le font avec l'épargne retraite que des braves gens leur ont confiée. Ils utilisent l'argent du peuple pour asservir le peuple. Le comble du cynisme.

Nicholas tourna vers Glenn son ordinateur portable. L'écran affichait un bouton sur lequel pointait le curseur.

— Tu comprends maintenant pourquoi je vais cliquer sur ce bouton et faire tomber l'une de leurs putains de tours ?

Glenn ne répondit pas. Il était trop bouleversé pour dire quoi que ce soit.

Mais il tendit la main et cliqua à sa place.

32

J'étais traumatisé par ce qui venait de se passer, traumatisé de savoir qu'un homme s'était tué, traumatisé d'avoir moi-même frôlé la mort d'aussi près.

Mais l'alarme incendie incessante me rappela l'urgence de la situation. Il fallait trouver mon cousin et s'enfuir au plus vite.

Je me demandais où était Anna quand j'entendis des pas. Je me retournai.

Barry Kantor me faisait face, un revolver à la main, qu'il leva tout de suite dans ma direction.

Pitié, on ne va pas remettre ça…

Il vit le trou béant à la place de la baie vitrée, puis regarda autour de lui. Voyant que j'étais seul, il dut comprendre ce qui s'était passé.

Je pris les devants.

— C'est vous qui avez commandité l'assassinat de l'équipe de Fort Meade.

Il ne montra pas sa surprise mais je la lus néanmoins dans ses pupilles.

— La raison d'État est supérieure aux intérêts individuels, dit-il d'un ton mi-pédagogue, mi-solennel.

Le sentiment de supériorité de certains politiciens surpasse tout ce que l'on peut voir ailleurs.

— Ces personnes étaient pourtant des serviteurs de l'État.

— Ils menaçaient les intérêts du pays.

— Du pays… ou du président ?

— C'est la même chose. Le pays est incarné par le président.

— Parmi eux, il y avait mon père.

Quelques secondes de silence.

— Mme Saunders a bien caché son jeu…

C'était tout ce qui venait à l'esprit de ce salopard. Même pas une once de gêne vis-à-vis de moi, sans bien sûr parler d'empathie…

Soudain, mon sang ne fit qu'un tour. La silhouette d'Anna se profilait silencieusement derrière Kantor. Je m'interdis de la regarder pour ne pas attirer son attention sur elle. Je me forçai à enchaîner tout de suite pour l'obliger à rester concentré sur moi.

— Après avoir fait assassiner le père, vous voulez tuer le fils.

— Vous ne me laissez guère le choix.

Anna s'écria alors :

— Tu bouges de un millimètre et je te bute !

Le saisissement de Kantor fut total. Pour une fois, il ne jouait pas une émotion convenue ou attendue par l'auditoire. J'eus l'impression bizarre de le voir vraiment, lui, pour la première fois.

Anna se tenait derrière lui et, le bras tendu jusqu'à la base de son crâne, elle le menaçait à bout portant. La tête de Kantor me cachait l'arme mais son expression horrifiée indiquait que manifestement, lui la sentait.

— Baisse-toi très lentement et pose ton flingue par terre, dit-elle.

Mais contre toute attente, il resta immobile.

— À trois, tu n'es plus de ce monde, dit-elle alors d'un ton déterminé.

Il ne bougea pas et garda son revolver braqué sur moi.

— Un…

La tension monta en flèche en chacun de nous. Je la sentais en moi et la voyais sur le visage de Kantor. Anna, elle, semblait animée d'une force inébranlable qui se répercutait dans sa voix et se lisait sur ses traits et dans sa posture. Une lionne à l'attaque. Enragée.

— Deux…

Le ton intransigeant qui était le sien ne laissait guère de doute sur sa détermination. Il était clair qu'elle irait jusqu'au bout et n'hésiterait pas une seule seconde à lui faire sauter la cervelle.

— OK, lâcha Kantor.

Et il s'exécuta, se baissant lentement comme elle le lui avait demandé. Elle l'accompagna dans son mouvement tout en gardant plus de hauteur et je découvris alors l'arme qu'elle tenait implacablement pressée sur la nuque de Kantor.

Une grosse agrafeuse métallique de bureau.

Je sentis instantanément une vague de sueur perler sur mon corps tandis que je retenais mon souffle, les yeux rivés sur Kantor qui continuait de se baisser.

Il lui suffisait d'incliner à peine la tête pour découvrir la supercherie.

Sa descente me sembla interminable.

Il posa enfin l'arme à terre.

— Redresse-toi très lentement !

Cette fille avait une confiance en soi à faire fléchir l'Empire State Building.

Il obtempéra, l'agrafeuse toujours collée dans la nuque.

— Timothy, ramasse son arme !

J'avalai ma salive et m'approchai, anxieux mais très concentré.

J'attendis de me trouver juste devant lui pour me baisser lentement, sans jamais le quitter des yeux, à l'affût du moindre mouvement de sa part.

Mais soudain, un chuintement sifflant fusa du plafond et me fit sursauter. Je levai immédiatement les yeux et vis les sprinklers à incendie se mettre en action, un giclement d'eau froide nous aspergeant en pluie fine. Kantor avait comme moi tourné la tête et il écarquilla les yeux de stupeur en voyant l'agrafeuse. En un éclair il plongea vers son arme posée au sol. Je fis de même et ma main l'atteignit en premier. J'eus le temps de la saisir mais il se laissa tomber de tout son poids sur moi et emprisonna ma main dans les siennes, m'empêchant de tourner l'arme vers lui.

Je n'eus pas le temps de réagir qu'Anna s'était déjà jetée sur lui et lui plaquait l'agrafeuse sur le visage en hurlant :

— Lâche ou je t'agrafe l'œil !!!

Il y eut un moment de tension extrême, Kantor se raidit de tout son être, trembla de rage en broyant ma main entre les siennes… et lâcha prise.

Je me levai d'un bond, le revolver en main pointé sur lui, et reculai de plusieurs pas pour ne prendre aucun risque.

Anna fit de même.

— Filons ! me lança-t-elle.

Je fis un cercle pour contourner Kantor à bonne distance et suivis Anna à reculons vers la sortie tout en le tenant en joue.

— Tu as toujours la clé ? cria Anna quand nous fûmes sur le palier de l'étage, assourdis par le hurlement de la sirène d'incendie.

— Oui.

— Enferme-le à double tour.

— Non, il faut d'abord trouver mon cousin !

— Il était ligoté et bâillonné avec du Scotch sur une chaise de bureau. Je l'ai libéré et lui ai dit de s'enfuir.

Je fermai en hâte la porte à double tour et nous nous précipitâmes dans les escaliers sous les projections d'eau pulvérisée par tous les sprinklers.

On dévala les étages, les uns après les autres, les numéros s'égrenant en chiffres dorés sur la porte palière de chaque niveau.

42

41

40

L'image de Kantor me vint à l'esprit. Je l'imaginais coincé dans ce bureau du 43e étage tandis que je descendais vers ma survie.

39

L'éclairage avait lâché. Seuls les signaux de sécurité continuaient de diffuser leur faible lueur verte.

38

L'eau giclait de partout, j'en avais plein les yeux et elle dégoulinait sur mon visage et dans mon cou.

Je ne cessais de penser à Kantor enfermé et je commençais à culpabiliser.

37

Impression de traverser un geyser. Malheureusement, toute cette eau n'empêcherait pas la tour de s'effondrer. Glenn m'avait dit que les autres tours étaient tombées malgré les sprinklers.

36

Je descendais, je descendais, mais pas vers ma survie ; vers les ténèbres épaisses de mon âme, hanté par l'image de Kantor enfermé.

35

L'eau suintait le long des murs et coulait au sol qui devenait glissant. L'air embué était opaque. Un hammam infernal.

La sirène incessante me rendait dingue.

34

J'avais condamné à mort Kantor. J'étais un assassin.

33

Je m'arrêtai.

Anna, qui me suivait, faillit me renverser.

— Qu'est-ce qui se passe ? cria-t-elle.

— Je ne peux pas faire ça.

— Quoi ?

— Je ne peux pas tuer Kantor comme ça, froidement.

— Qu'est-ce que tu racontes ? Viens ! dit-elle en essayant de m'entraîner par le bras.

— Non. Descends, moi je remonte le chercher.

— T'es complètement fou. Viens ! Tout va s'effondrer !

— Il y a déjà un homme qui est mort en se battant avec moi et…

— C'était de la légitime défense, Tim !

— OK, mais pas là. J'ai enfermé Kantor pour le tuer. Je ne peux pas faire ça. Je ne suis pas un criminel.

Anna me fusilla du regard. L'eau ruisselait sur son visage en colère.

— Il a fait assassiner ton père, bordel ! C'est lui le criminel !

— Il faut qu'il soit jugé. Ce n'est pas à moi de l'exécuter. Je le regretterais toute ma vie.

— Fallait y penser avant, merde ! Tu ne vas pas remonter dix étages, enfin !

— Je ne pourrais pas vivre me sachant un assassin.

— Mais tu vas mourir ! Pense un peu à toi !

— Anna… Tu m'as appris à écouter mon corps… Je sens que je dois y aller. Je le sens dans mon corps, dans mon cœur…

Anna me fixa intensément du regard sans dire un mot, puis je vis progressivement le renoncement se dessiner sur son visage. Des larmes envahirent ses yeux déjà trempés. Sa colère avait disparu, son énergie était retombée ; elle semblait bouleversée, presque abattue.

— Timothy, bredouilla-t-elle, rappelle-toi ton roman… Je t'en supplie…

Ses lèvres tremblèrent. Elle ne me quittait pas des yeux.

— À la fin, bafouilla-t-elle, le héros mourait sur un rocher…

Elle s'interrompit de nouveau, se mordant les lèvres.

— Blackstone, dit-elle. Le rocher noir.

Ses paroles résonnèrent dans mon esprit comme un glas qui sonne soudainement, vous met face à l'évidence, et vous donne le bourdon en réduisant à néant toute espérance.

Je regardai Anna. L'eau coulait sur son visage, inondait sa chevelure. Ses yeux, comme deux saphirs perdus dans un torrent, avaient capitulé, ne me demandaient plus rien. Elle s'abandonnait, et dans cet abandon, elle était belle, plus belle qu'elle n'avait jamais été, et je réalisai à quel point je tenais à elle, à quel point je l'aimais.

Je ne pouvais rien répondre. Si c'était en mon pouvoir d'influer sur le futur, je m'y attellerais avec toute la force que me donnait l'envie prodigieuse de la retrouver. Mais si ce futur était immuable, si mon destin était écrit, gravé dans le marbre, alors je mourrais dans cette tour, et que je monte ou pas sauver Kantor n'y changerait rien.

Alors je ne répondis rien, mais laissai mes lèvres s'approcher lentement des siennes et, sous les trombes d'eau qui se déversaient sur nous, je l'enlaçai, et l'embrassai langoureusement.

33

J'arrivai au 43e étage à bout de souffle. J'ouvris précipitamment la porte palière, le revolver en main, et retrouvai rapidement Kantor, stupéfait de me revoir. Les cheveux dégoulinants et le costard trempé, il avait un peu moins fière allure que d'ordinaire.

Je lui fis part en quelques mots hâtifs de mon revirement et de ma décision de l'escorter en bas de la tour pour qu'il soit jugé.

Il me toisa avec beaucoup de mépris.

— Décidément, dit-il, vous passez votre vie à douter. Vous former ou pas au *Remote Viewing*, continuer ou pas de rechercher l'incendiaire, tuer ou pas Barry Kantor…

Il me piqua au vif, et je faillis regretter d'être remonté pour lui.

— Les certitudes privent parfois l'homme de son humanité, dis-je. Seule une machine ne doute jamais, le doute est le propre de l'homme.

Il croisa les bras.

— Vous m'imaginez une seconde, moi, être arrêté en public, sur le parvis de cette tour, aux yeux de tous et devant les caméras ?

— Je… vous offre la vie sauve…

— C'est hors de question.

Je m'attendais à tout sauf à ça. Jamais je n'aurais imaginé que son image puisse primer… sur sa propre vie, qu'il préfère mourir en préservant son ego que de vivre en le ravalant.

— Vous avez raison, lui dis-je, restez. La mort ne changera rien pour vous puisque vous n'avez jamais vécu : coller à une image, c'est mourir à soi.

*

En retrait derrière le cordon de police, Robert Collins attendait la suite des événements entouré de pompiers et de policiers, et aussi des incorrigibles badauds agglutinés derrière les barrières.

Des sirènes fusaient de toutes parts dans une cacophonie agressive. Les policiers dirigeaient les puissants faisceaux lumineux de leurs projecteurs sur la tour.

Anna Saunders l'avait rejoint depuis quelques instants. Il avait été surpris de la trouver là. Comme la dernière fois près du bananier. Stressée, à moitié en pleurs, elle ne lui avait pas adressé la parole. Elle ne quittait pas des yeux la base de la tour en se mangeant les lèvres.

Robert, lui, était serein.

Des gens couraient plus loin dans la 52e Rue, et aussi dans l'avenue.

— Reculez vers la 53e Rue, ça va s'effondrer ! cria quelqu'un dans un porte-voix.

Il y eut plusieurs mouvements de foule désordonnés.

Robert se dit que la police new-yorkaise était nettement moins bien organisée que celle de Washington.

Soudain, il aperçut enfin Glenn qui venait à sa rencontre.

— Alors, Kantor m'a dit au téléphone que t'avais chopé l'incendiaire ?

Glenn secoua la tête.

— En fait… j'ai failli l'attraper mais il m'a échappé.

Robert le regarda, incrédule, pendant quelques instants.

— T'es vraiment un loser, dit-il en ricanant.

Glenn acquiesça, avec un petit sourire aux lèvres. Robert s'attendait à ce qu'il sorte de sa poche un ourson en chocolat, comme chaque fois qu'il lui envoyait une pique, mais non.

On entendait des cris jaillir dans les rues, au loin, un peu partout.

À côté de lui, Anna Saunders s'était remise à pleurer.

L'incendiaire s'était enfui…

Évidemment, c'était une mauvaise nouvelle pour le service… Mais plutôt une bonne pour lui. Lui seul récolterait la reconnaissance du président quand il saurait ce qu'il avait fait.

Il se tourna vers Glenn.

— La tour ne tombera pas, dit-il sans cacher sa satisfaction.

— Qu'est-ce qui te permet de dire ça ?

— Regarde bien la façade.

— Oui, et alors ?

— Tu vois pas qu'elle est plus brillante que celle des autres tours ?

— Oui, peut-être…

— C'est de l'eau qui suinte, dit-il fièrement. Je suis arrivé à temps et j'ai déclenché les sprinklers en avance. L'incendie ne prendra pas.

Glenn fit la moue puis secoua lentement la tête.

— Ça va rien changer. L'autre jour, j'ai eu au téléphone les collègues de Baltimore, Chicago et Valley Forge, et ils m'ont dit que les sprinklers s'étaient déclenchés automatiquement quand le feu a pris. Ça n'a pas empêché les tours de s'effondrer comme les autres. Ils disaient que le gars mettait sans doute ses explosifs dans les locaux électriques où, bien sûr, il n'y a pas de sprinklers. Ça chauffe à blanc les fondations, la chaleur se propage dans toute la structure métallique et ça la fait fondre. Pas besoin que le feu monte dans les étages.

Robert accusa le coup.

— Pourquoi tu me l'as jamais dit ?

— Tu ne m'as jamais posé de questions, tu préfères œuvrer seul dans ton coin.

— T'es vraiment le plus nul des collègues.

Robert fulmina. Si la tour tombait, il se dédouanerait en le dénonçant pour rétention volontaire d'informations, et il le ferait virer.

Puis il se força à se calmer pour pouvoir se concentrer et réfléchir.

— Là, c'est différent, finit-il par dire. Parce que moi, j'ai déclenché les sprinklers *avant* le départ de l'incendie. Ça change tout. C'est pour ça que t'as toute cette flotte qui coule dehors. Elle a eu le temps de se répandre. Forcément, elle a aussi inondé le sous-sol et les locaux électriques. Le feu, il prendra pas. Je suis arrivé *avant*.

— Et moi, je te dis que la tour va tomber.

On entendit soudain un grondement, le grondement sourd et terrible d'une explosion souterraine qui fit trembler le sol et résonna dans les entrailles de Robert comme si tout son corps se mettait à vibrer.

Des hurlements fusèrent de toutes parts.

À côté de lui, Anna, les yeux toujours rivés sur la tour, se mit à sangloter.

Robert maudit Glenn, qui risquait pour une fois d'avoir raison.

Il vit un rat s'enfuir dans le caniveau de l'avenue.

Il crut alors apercevoir des flammes, oui des flammes, derrière les vitres… à tous les étages, alors que l'eau continuait de couler sur la façade de la tour.

Comment est-ce possible ? Comment est-ce possible ?

Puis, quelqu'un se mit à crier :

— Regardez ! Y a un type qui sort de la tour !

Robert plissa les yeux alors que les hurlements décuplaient. En effet, un homme sorti du bas de la tour courait vers eux, seul sur l'immense dalle et le carrefour désertés.

— Mon Dieu, c'est Fisher, dit Glenn. Il ne s'éloignera jamais à temps…

Tous les yeux étaient rivés sur lui, chacun retenait son souffle, mais soudain, Fisher s'arrêta net et eut un mouvement de recul.

— Qu'est-ce qu'il fout ? lâcha Glenn.

Soudain, Robert se trouva bousculé par la foule derrière lui qui renversait les barrières, le doublait et courait… en direction de la tour.

Mais ils sont fous !

Robert se retourna… et se figea de tout son être.

Il n'en crut pas ses yeux.

Face à lui, dans la 52e Rue, c'est une autre tour, une immense tour en flammes qui vacillait sur elle-même dans la nuit.

Stupéfait, ébahi et désorienté, Robert recula, recula instinctivement, comme tout le monde.

— C'est la tour BlackRock ! cria quelqu'un. C'est la tour BlackRock qui tombe !

Robert écarquilla les yeux.

BlackRock...

Il se retourna vivement.

La tour Blackstone se dressait dans la nuit, silencieuse et... mouillée. L'eau ruisselait sur toute sa hauteur, et sa façade de verre, luisante comme un miroir, réfléchissait les flammes dansantes de l'autre tour incendiée.

Robert comprit qu'il venait de détruire, en la noyant de l'intérieur sous des trombes d'eau, la tour du principal allié du président.

34

Le lendemain matin, quand j'ouvris un œil et me rappelai où j'étais, je ne pus m'empêcher de sourire de bien-être : dans le lit moelleux de ma chambre, dans ma petite maison du Queens, avec Anna à mes côtés. On n'avait pas pu se quitter la veille au soir, alors nous étions revenus ici tous les deux, tard dans la nuit, et j'étais tellement épuisé, au bout du bout de mes ultimes forces, que j'étais tombé comme une masse dans le lit sans même prendre le temps de fermer les volets.

Les rayons du soleil filtraient à travers mes rideaux blancs et, dans le mince espace entre les deux, j'aperçus un coin de ciel bleu. Le printemps se décidait enfin à apparaître.

À côté de moi, Anna dormait encore, ses longs cils délicatement recourbés sur ses paupières ensommeillées, de jolies mèches de cheveux éparpillées sur l'oreiller de lin blanc. Je restai un long moment à la regarder en silence, contemplant ses traits détendus, ses narines délicates qui enflaient doucement au rythme de sa respiration, et je me sentis heureux d'être là, à écouter son souffle léger et régulier, à la regarder vivre.

Abandonnée au sommeil, elle était délicate et vulnérable, très loin de la lionne combattante qui m'avait délivré la veille. Et j'aimais autant ces deux versions d'elle-même, ces deux facettes contrastées de la même personne.

Anna dut sentir mon regard sur elle car elle ouvrit les paupières, et un subtil sourire se dessina sur ses lèvres rebondies.

Assis sur le tapis, Al Capone la regardait d'un air désapprobateur. Il finit par sauter sur le lit et s'allongea entre elle et moi, lui tournant le dos.

— Je crois que le message est clair, murmura Anna d'une voix endormie.

On tira notre flemme au lit toute la matinée, jusqu'à ce que la faim nous tiraille.

— Et si on faisait un pique-nique à Central Park ? proposa Anna.

— Si ça te fait plaisir…

— Je n'y ai jamais mis les pieds, alors c'est l'occasion : il fait beau.

— Vendu.

— Faudrait peut-être juste que tu prennes d'abord une douche.

— Pourquoi tu dis ça ?

— Les sprinklers n'ont pas suffi à rincer l'odeur de tes deux bains dans l'océan. Tu pues l'iode et les algues.

Je ne pus m'empêcher de sourire.

— On se connaît depuis six jours et tu me parles comme si on était mariés depuis dix ans.

— Et toi, tu te comportes comme si on l'était depuis vingt !

Je sautai sous la douche, puis enfilai un vieux jean et un sweat, et une heure plus tard, nous dévorions des sandwichs sur une petite prairie isolée de Great Hill, au nord du parc. Entourés de bosquets, il nous était absolument impossible de nous savoir au cœur d'une grande ville.

Par une sorte d'accord tacite, on s'évertua à parler de choses légères et positives, avec l'envie marquée de savourer ce moment partagé, dans la nature, sous ce soleil printanier tant attendu.

Mais au bout d'un moment, chacun sentit que c'était incontournable : on avait besoin d'évacuer le stress de ces derniers jours, et pour ça, rien n'est plus efficace que de vider son sac si on veut pouvoir ensuite tourner la page.

Alors on se repassa le film des événements depuis notre rencontre. On reparla de Glenn, qui était venu nous rejoindre la veille sur le parvis de la tour. On s'était éloignés de l'attroupement et il nous avait confié son entrevue avec Nicholas et aussi tout ce qu'il avait appris par ailleurs, au cours de l'enquête, sur la lourde responsabilité des firmes au plan écologique. Il nous raconta qu'il avait lui-même annoncé à Kantor au téléphone tôt dans la soirée que la situation était sous contrôle, que la tour ne tomberait pas. Ce que j'avais pris pour une forme de panache face à la mort n'était donc que du bluff. La police s'était lancée à sa recherche mais il avait quitté les lieux en profitant du mouvement de panique générale. Glenn pensait qu'un mandat d'arrêt international serait probablement lancé contre lui, au résultat certes incertain. Mais Glenn s'était dit plus que tout attaché à la justice, et prêt à le poursuivre jusqu'au bout du monde. Je l'avais cru.

— En tout cas, conclus-je, je ne suis pas mort sur ce rocher noir ! Soit mon roman n'avait rien d'intuitif, soit j'ai réussi à influer sur mon futur.

Anna me parla longuement de mon père, de leur travail ensemble, et de sa vision intuitive si inquiétante de l'avenir qui avait été le point de départ de tous ces événements. On partagea nos analyses, nos idées et nos émotions.

Et soudain, on entendit, seul bruit échappé de la ville, les cloches de la cathédrale St John the Divine qui sonnaient 13 heures.

Mon cœur fit un bond. J'avais complètement zappé l'émission.

— Oprah ! J'ai Oprah à 13 h 30 !

Je me jetai sur mon téléphone portable.

Les messages s'alignaient, tous signés de son assistante.

— Bon sang ! Il était en mode silencieux, je n'ai rien entendu !

— Qu'est-ce que tu vas faire ?

— J'y fonce.

— C'est loin ?

— Vers Times Square.

— Mais… il faudrait peut-être te changer, dit-elle en toisant mon vieux jean et mon sweat défraîchi.

Ma tenue était juste… déplorable.

— Bon… tant pis… J'ai pas le temps, je ferai avec !

On plia bagage et on fila. Je rappelai l'assistante

en marchant et lui confirmai que tout allait bien, je serais là *à peu près* à l'heure.

— À peu près ? Mais c'est un direct ! me rappela-t-elle d'un ton alarmiste.

Je raccrochai et on accéléra le pas.

— Et… ton trac, ça va aller ? demanda Anna.

Bizarrement, je ne le ressentais pas, comme s'il s'était… évaporé.

— Ça va aller. Je crois que je finis par accepter mes défauts. J'ai peut-être enfin compris qu'on en avait tous…

Et en la voyant sourire, j'ajoutai :

— Sauf Barry Kantor, bien sûr !

Nous arrivâmes au dernier moment. J'eus droit à une séance de maquillage express puis on m'équipa d'un micro-cravate et je fus projeté sur le plateau, accueilli chaleureusement par Oprah malgré mon arrivée tardive.

On m'installa à ma place dans un fauteuil, Oprah à la sienne, on fit un rapide essai son, puis, en attendant la prise d'antenne, on nous diffusa le direct sur un écran. C'était le flash info qui précédait notre émission : « Le *Department of Justice* a ordonné la libération de l'homme arrêté à tort dans l'affaire des tours incendiées. Par ailleurs, Barry Kantor, le conseiller du président, dont je vous rappelle qu'il est soupçonné d'avoir fomenté un assassinat politique l'année dernière, reste introuvable. Il a été vu pour la dernière fois hier soir dans la tour Blackstone à New York peu avant l'incendie de la tour voisine… »

Le présentateur annonça ensuite notre émission à venir puis on lança un spot publicitaire.

— Attention, dit soudain le chef opérateur dans les haut-parleurs, l'antenne dans cinq secondes, trois, deux, un. Silence : Générique !

La musique emplit l'espace. Dans un coin de la salle, au niveau du sol, un petit écran affichait la mesure de l'audimat : un peu plus de vingt-deux millions de téléspectateurs.

Vingt-deux millions…

Je dénombrai huit caméras, dont une petite robotisée qui se déplaçait sur un rail devant moi.

Bien sûr, je me sentais intimidé à l'idée de prendre la parole devant autant de gens, mais je me dis que c'était des gens comme moi, avec aussi leurs faiblesses et leurs imperfections. Je n'étais qu'un être humain au milieu d'autres êtres humains, rien de plus.

Oprah, d'un naturel impressionnant, m'introduisit auprès des téléspectateurs et présenta brièvement mon œuvre littéraire avant d'embrayer sur mon dernier polar, dont elle m'invita à raconter le synopsis.

Je réunis mes pensées pour répondre mais… bizarrement, c'était comme si elles s'emmêlaient dans mon esprit, et je ressentis comme un poids dans le ventre, comme une lourde force d'inertie qui m'invitait à… me taire. Subitement, ce polar me sembla… secondaire, dérisoire. Moi qui rêvais depuis des années d'être invité dans cette émission pour parler de mes livres et lancer ma carrière, je n'en avais soudain plus envie. Ce qui me traversa alors l'esprit, c'est l'image des vingt-deux millions de téléspectateurs à l'écoute et ma petite voix intérieure me souffla :

Dis ce que tu as vraiment envie de dire. Ne laisse pas passer cette occasion, c'est une chance historique.

— Timothy Fisher ?…

— Excusez-moi. J'étais dans mes pensées… En fait… je crois que… je n'ai pas envie de parler de mon roman.

Oprah éclata de rire mais ses pupilles se teintèrent d'un léger voile d'inquiétude. On était en direct… et l'émission devait durer une heure.

— Je vous ai pourtant invité pour ça !

— C'est vrai, mais je réalise… que je préfère aborder les sujets qui me tiennent particulièrement à cœur en ce moment.

Oprah sourit tout en fronçant les sourcils.

— Et qu'est-ce qui vous tient à cœur en ce moment ?

— Nous. Nous, les humains. Notre place sur Terre et notre devenir.

Avec un certain sens de l'adaptation et une vraie ouverture d'esprit, Oprah me laissa m'exprimer, et je pus parler d'intuition, de ce sens méconnu que nous avons tous et que l'on gagne tellement à apprivoiser, un sens qui nous aide à être en accord avec nous-mêmes, en harmonie avec le monde, en phase avec l'horloge de l'univers. Je pus parler d'écologie et confier mon sentiment qu'elle est avant tout écologie de l'esprit : si on est en paix avec soi-même, connecté à ses intuitions, à son corps, et qu'on respecte sa réalité intérieure, il y a de fortes chances qu'on respecte aussi la nature puisque nous sommes la nature, et la nature, c'est nous. Je pus aussi parler des grandes firmes de finances, et entrepris de raconter ce que Glenn m'avait rapporté la veille au soir : le rôle crucial de ces firmes dans le dérèglement climatique, la pollution, et aussi dans la misère humaine, avec notamment le ravage causé par leurs investissements dans le domaine du logement. Je parlai aussi de la pollution délibérée de certains navires marchands et des tankers…

— Les firmes d'investissement, dis-je, rachètent des entreprises dans le monde entier, dans tous les secteurs, et prennent ensuite des décisions qui affectent durement la vie des salariés. Mais du haut de ces tours, on ne voit jamais ces salariés, on ne les entend jamais, on ne sent jamais leur poignée de main. Ce sont des gens sans visage, sans voix, sans corps. Les Lakota, cette tribu Sioux encore présente dans notre pays, disent que lorsqu'un homme s'éloigne de la nature, son cœur devient dur. Du haut de ces tours, on est coupé de la nature, et on est aussi coupé des hommes.

— Justement, me dit Oprah, depuis une semaine, les enquêtes journalistiques mettent progressivement en évidence la responsabilité de ces firmes de finances, si bien qu'aujourd'hui, malgré les attaques inacceptables dont leurs locaux sont victimes, on voit bien que l'opinion publique tourne, et on sent une vague de colère voire de haine à l'encontre de leurs dirigeants. Est-ce aussi votre cas ?

C'était la première fois de ma vie que l'on me demandait si je haïssais quelqu'un. Ma première réaction fut de penser qu'en effet, d'une certaine façon, oui, je les détestais, car je détestais l'égoïsme les conduisant à prendre des décisions qui servent leurs intérêts en engendrant des désastres pour les hommes et la nature. Je m'apprêtais à le dire quand je perçus une sensation étrange dans mon thorax, différente de la fois précédente... Je m'accordai alors quelques secondes pour ressentir, écouter et décrypter le message de mon corps... Ce qui m'apparut alors fut une invitation... à douter.

Le doute a parfois cet effet miraculeux de vous donner un sursaut de lucidité. Et ce qui me traversa l'esprit avant de répondre, c'est qu'à mon humble niveau il m'arrivait aussi de prendre des décisions qui servaient mon intérêt tout en nuisant à la nature, voire aux autres...

Il m'arrivait d'acheter des fruits ou des légumes sans regarder s'ils avaient été produits près de chez moi ou à l'autre bout de la planète. Il m'arrivait d'acheter un steak sans chercher à savoir si le bœuf avait passé sa vie à brouter de l'herbe dans un champ ou à être gavé de soja d'Amazonie dans un hangar industriel. Il m'arrivait d'acheter des vêtements dont je n'avais pas vraiment besoin, et je ne pensais pas toujours à vérifier où et comment ils avaient été confectionnés. Il m'arrivait d'acheter des chaussures et, si elles me plaisaient vraiment, je n'allais pas toujours vérifier si elles n'étaient pas fabriquées par des enfants au Bangladesh ou ailleurs. Il m'arrivait, quand j'avais envie de vacances, de profiter d'une promo pour une croisière ou un voyage lointain alors que j'avais initialement prévu de rester dans mon pays. Si j'avais eu les moyens, j'aurais sans doute déjà craqué pour une voiture un peu sportive et donc assez polluante. Et quand j'avais un peu d'épargne, je choisissais un placement attractif sans trop chercher à savoir ce qu'on allait vraiment faire de mon argent...

Alors je compris. Je compris que si je détestais autant ces patrons de firmes, c'est que j'acceptais mal de voir se manifester en eux de manière décomplexée et démesurée l'égoïsme qui était présent en moi sans que j'en aie vraiment eu conscience jusque-là...

— Timothy Fisher ?...

— Désolé... En fait... Je crois que... oui, ces firmes et leurs patrons ont un pouvoir indu, un pouvoir plus grand que personne n'a jamais eu dans l'histoire du monde, mais la haine et la colère alimentent une sorte d'égrégore négatif qui nous tire tous vers le bas. On le ressent d'ailleurs aujourd'hui dans différents domaines et ça pèse sur toute l'humanité. C'est négatif et en plus... c'est inutile.

— Pourquoi ?

— Parce que nous pouvons tous changer le cours des choses, et ce dès aujourd'hui.

— Vous nous intriguez...

— Que deviendra leur pouvoir, en effet, si vous, moi, nous tous, nous choisissons simplement d'être plus regardants sur nos décisions de tous les jours ? Leurs entreprises vivent grâce à nous, à nos achats, à nos choix. Elles reposent totalement sur nous et ne sont rien sans nous. Ils sont quelques centaines. Nous sommes huit milliards. Leur pouvoir s'effondrera en moins de temps qu'il n'en faut à une tour pour s'écrouler sur elle-même.

Il y eut un silence puis j'ajoutai :

— Oui, les firmes sont plus puissantes que les

gouvernements. Mais les vrais maîtres du monde, c'est nous.

*

À la sortie du plateau, Anna m'escorta à travers les studios et on retrouva bien vite le soleil resplendissant sur le ciel bleu intense. On remonta en silence la 7e Avenue et dix minutes plus tard, nous étions de nouveau dans la verdure de Central Park.

On sortit d'une allée pour traverser un petit bosquet et on fit quelques pas dans une prairie plus naturelle que les pelouses savamment entretenues. Puis Anna ralentit, s'arrêta, et enfin se tourna vers moi.

Elle me dévisagea en silence quelques instants, une moue sérieuse aux lèvres.

— Je crois que l'intuition me revient, dit-elle.

— Non, sans blague ? C'est vrai ?

Elle hocha la tête avec un sourire un peu forcé.

— Mais... c'est génial, dis-je.

— Oui, oui.

Elle me semblait un peu bizarre.

— Comment tu t'en es rendu compte ?

— Juste avant que tu entres sur le plateau télé, tout à l'heure, une image m'a traversé l'esprit, comme ça, tout d'un coup, comme avant...

— Et c'était quoi ?

Ses yeux s'élevèrent en diagonale vers le ciel tandis qu'elle cherchait ses mots.

— J'ai eu l'image d'un auteur qui bafouille... et qui se retrouve incapable d'aligner trois phrases pour parler de son livre...

J'en restai abasourdi plusieurs secondes avant de réagir.

— Ben… c'est sympa… ça fait plaisir…

Anna garda son sérieux quelques instants, puis éclata de rire et s'approcha tellement près de moi qu'elle me fit reculer puis me renversa dans les hautes herbes et se retrouva allongée sur moi, une moue amusée aux lèvres.

— Je déconnais ! dit-elle.

Puis son sourire s'effaça et elle me fixa intensément.

— L'intuition que j'ai eue quand tu es entré sur le plateau, c'est que ton roman avait visé juste.

— Je comprends rien à ce que tu dis…

Elle ne répondit pas, mais me regarda longuement dans les yeux, puis, lentement, elle approcha son visage du mien, et déposa délicatement sur mes lèvres le baiser le plus tendre qui soit, un baiser suave mais fugace qui vous délivre en même temps la plus merveilleuse des émotions et la plus cruelle des frustrations.

Je ne pouvais détacher mon regard de ses yeux, de ses lèvres délicieuses, et j'inspirai la senteur délicate de sa peau et de son souffle. Alors je n'y tins plus, je l'enlaçai et à mon tour, je l'embrassai doucement, langoureusement, et puis… fougueusement. Alors on roula dans l'herbe en se fondant l'un l'autre dans une autre dimension, et dans cette fusion enivrante et merveilleuse, nous glissâmes dans cet univers sublime où les âmes se réunissent pour effleurer le divin.

Son visage tout contre le mien, Anna murmura à mon oreille :

— Ton roman avait vu juste. L'homme peureux,

égoïste et soucieux de son image que j'ai connu il y a quelques jours est bien mort hier soir sur ce rocher noir.

Et elle m'embrassa de plus belle.

Épilogue

Treize mois plus tard.
Rio de Janeiro, Brésil.

Allongé sur le dos, nu sous une longue blouse bleue informe, Barry Kantor demanda à voir une ultime fois le croquis.

Il se redressa en prenant appui sur ses coudes, et observa attentivement en silence le portrait dessiné avec soin.

— Passez-moi le miroir, dit-il.

— Ce n'est pas possible, il n'est pas stérile.

— Je ne le toucherai pas.

On envoya une aide-soignante le chercher puis on le lui présenta.

Il se regarda, longtemps, avec affection, et déjà une pointe de nostalgie.

Puis il détourna la tête, se rallongea et ferma les yeux.

Il ne les rouvrit pas lorsqu'on lui appliqua le masque facial, et il se laissa glisser dans les vapeurs embrumées, emportant avec lui pour toujours l'image de ce visage parfait qui avait été le sien et ne le serait plus jamais.

*

Les sommeils artificiels sont des sommeils sans rêves.

C'est au réveil que le cauchemar prit forme, quand sa conscience émergea lentement du néant où l'anesthésie l'avait envoyée. Il se sentait lourd et faible et voyait tout flou. Et ça sentait mauvais autour de lui. Très mauvais, même.

La première chose qui lui vint à l'esprit fut le miroir. Où était le miroir ?

Il tâtonna autour de lui mais ne sentit rien d'autre que son matelas. Il tourna la tête mais sa vision était encore trouble.

— Passez-moi le miroir, articula-t-il avec peine.

Mais ses mots se perdirent dans le silence de la pièce.

L'odeur était infecte. Était-ce la pièce, ou son odorat avait-il été dénaturé par l'opération ?

Il réunit toutes ses forces et entreprit de se redresser. Il y parvint et resta quelques instants assis dans son lit en plissant les yeux pour essayer d'ajuster sa vision. Il se sentait tanguer.

Bon sang, où ont-ils mis ce miroir ?

La pièce était sombre, ça n'aidait pas. Mais petit à petit, il commença à voir plus net.

La chambre était… nue… Pas de meuble… Pas de télé… Les murs semblaient… gris… Le sol… gris… en béton…

C'est une clinique du tiers-monde ou quoi ?

Il eut un accès de colère en repensant au prix de l'opération. On vous met du marbre blanc à l'accueil, on se donne l'apparence d'un cabinet luxueux, et puis une fois opéré, on vous abandonne dans ce que c'est vraiment…

Une angoisse le saisit.

Il me faut un miroir, tout de suite !

Maintenant, il voyait suffisamment net. Il se leva, fit trois pas en titubant puis trouva son équilibre.

C'est quoi, ce délire ?

Ça ne ressemblait même pas à un hôtel de seconde zone, c'était bien pire. Tout gris, vide, dans un état pitoyable et… sale. Horriblement sale.

Affolé, il porta les mains à son visage, le toucha, le tâta, le caressa. Il ne sentait rien d'anormal. Mais… il n'avait pas de pansement ! On l'avait escroqué et non opéré. Quelque part, il aimait encore mieux ça…

Puis il se souvint qu'il n'avait pas versé d'acompte. Le chirurgien lui avait juste demandé son passeport en caution.

Alors une tout autre explication lui vint à l'esprit et une violente angoisse le saisit.

Il balaya du regard l'espace autour de lui et tout se mit en place. Une lucarne plus qu'une fenêtre, avec des barreaux. Dans un coin, des toilettes à la turque comme il en avait vu dans les films, dans un état immonde. Son lit : une étroite couche revêtue d'un linge blanc taché de traces jaunes…

Il fonça sur la porte, une affreuse porte en métal rouillé et rayé de graffitis obscènes. Verrouillée.

Il tapa, appela, cria, hurla.

On ouvrit l'oculus grillagé au centre de la porte. Il tenta de regarder au travers mais ne distingua rien.

— *Qual é o problema ?* dit une voix rugueuse.

— Je veux voir le directeur ! *Directo ? Director ?*

— *Diretor ? Não ! Esperar !*

— Je ne comprends pas un mot.

— *Esperar !*

On claqua violemment l'oculus et le son du métal résonna dans la pièce vide, puis Kantor entendit des pas s'éloigner.

— *Ei ! O Americano !* cria la voix rugueuse au loin.

Puis plus rien.

Le silence retomba, mais quelques instants plus tard, il entendit de nouveaux pas. Pas les mêmes. Ou alors ils étaient plusieurs.

— *Cuidado !* dit la voix.

Le bruit de la clé dans la serrure. La lourde porte pivota sur ses gonds en grinçant, et Barry Kantor, stupéfait, vit entrer…

Glenn Jackson.

La porte se referma derrière lui dans un bruit sourd suivi du cliquetis brusque de la serrure.

Glenn Jackson. Devant lui, dans un costume brun tout froissé.

Kantor recula instinctivement. Glenn fit trois pas en avant, réprima une grimace en remuant les narines tandis que son regard balayait la pièce, puis se planta face à lui.

Ils se toisèrent en silence pendant un long moment.

Barry Kantor sentit ses forces l'abandonner.

Il était cuit.

Fini.

Il recula jusqu'au mur et s'y adossa.

Jackson ne bougea pas, mais sortit un paquet de cigarettes de la poche de sa veste et en porta une à sa bouche.

— Ça fait treize mois que je vous traque. Treize mois, jour après jour. Treize mois que je ne prends plus de vacances. Treize mois que je cherche, que je réfléchis, que je fouille.

Il s'interrompit le temps de craquer une allumette pour allumer tranquillement sa cigarette.

— Il y a un mois, j'ai failli lâcher, c'est le bureau qui voulait. Ça faisait un an, alors ça commençait à coûter cher, ils disaient. Pourtant, je savais que je vous retrouverais, je l'ai toujours su. Mais là, j'avais plus le choix, il fallait que j'arrête.

Il tira une bouffée et libéra la fumée en un long souffle continu.

Il prenait tout son temps.

— Ce soir-là, je suis rentré chez moi, un peu déprimé, et en passant à la gare devant le coin librairie en attendant mon train, j'ai vu la photo de Fisher sur un présentoir qui mettait en avant son dernier livre. Ça m'a amusé de le voir là, alors j'ai pris le bouquin en main, j'ai regardé un peu, j'ai lu le dos… Ça ne m'a pas franchement emballé, et puis moi, je ne lis pas trop, alors je l'ai reposé. Mais en le rangeant sur le présentoir, j'ai vu qu'il y en avait d'autres en poche. Ses anciens qu'ils avaient ressortis pour l'occasion. Et mon regard s'est posé sur l'un d'entre eux. Dès que je l'ai vu, j'ai su que j'allais l'acheter. Je ne pourrais pas vous dire pourquoi. Sans doute le titre. J'ai commencé à le lire dans le train, c'était un polar, et je suis assez bien rentré dedans, alors j'ai continué.

— Quel était le titre ? demanda Kantor.

Glenn tira très tranquillement sur sa cigarette. Il

prenait tout son temps, manifestement décidé à savourer sa victoire.

Barry croisa les bras.

— Je ne vais pas vous raconter l'histoire, dit Jackson. Juste la fin. Le héros est un biologiste passionné de latin et…

— De latin ? Un biologiste ?

— Oui. Il balance en moyenne trois expressions latines à l'heure, ce qui gave un peu tout le monde. Bref, le biologiste poursuit un criminel sur un îlot rocheux au large du Brésil, et finit par le coincer au sommet du rocher qui surplombe la mer. Le type est responsable d'une pandémie qui menace toute l'humanité avec un virus incurable créé en laboratoire. Ce que le biologiste ne sait pas, c'est que cette catastrophe a été rendue possible grâce à ses travaux à lui, qui ont été détournés à cause de sa négligence. Et au dernier moment, sur le rocher, le criminel le lui révèle. Et quand il entend ça, le héros est tellement choqué qu'il vacille. Il aperçoit alors son image réfléchie par la surface de l'eau. Et c'est le miroir de son âme, de sa part de responsabilité dans ce terrible drame collectif. Le titre du roman vient de là. L'autre profite alors de ce moment pour le précipiter dans le vide et il se fracasse le crâne contre les rochers.

— C'est quoi, le titre ? demanda Kantor.

Nouvelle lente bouffée de cigarette.

— Après sa mort, un flic se met en tête de poursuivre le criminel et ça dure plus d'un an. La dernière scène de traque se déroule pendant le Carnaval de Rio, où le flic finit par le débusquer. Le type y était affublé d'un masque qui le rendait méconnaissable…

Jackson laissa tomber son mégot par terre et l'écrasa du pied.

— C'est drôle, je sais pas pourquoi, mais quand j'ai reposé ce livre, j'ai été soudain persuadé que vous alliez vous faire refaire le visage. Et je sentais aussi que c'était au Brésil… Une sorte de pressentiment. Alors j'ai lancé une recherche dans ce sens, et à partir de là, ça n'a pas été trop dur de remonter jusqu'à vous.

Il inspira profondément, l'air satisfait.

— La procédure d'extradition sera bouclée la semaine prochaine.

Barry Kantor était effondré. Il avait pensé que les cinquante mille dollars promis au chirurgien suffiraient à le tenir au secret… Il aurait dû donner le double et il serait peut-être libre aujourd'hui.

— Vous avez mis combien sur la table pour faire parler cette balance ? demanda Kantor. Combien ça a coûté au contribuable ?

Glenn secoua la tête en souriant.

— J'ai longuement discuté avec lui. De toute cette affaire, de la forêt amazonienne… Et j'ai découvert qu'au Brésil aussi il y a des gens qui aiment la nature…

Il se leva, rejoignit la porte et frappa quelques coups sur le métal rouillé.

La lourde porte grinça en s'ouvrant.

Il en franchit le seuil puis se retourna.

— J'oubliais : le titre du roman de Fisher, c'est *Intuitio*. Le biologiste était latiniste. *Intuitio*, en latin, c'est l'image réfléchie par un miroir.

REMERCIEMENTS

Un soir de printemps 2015 à Paris, un inconnu vint me trouver à l'issue de l'une de mes conférences et me fit une proposition étrange : il m'offrait trois jours en tête à tête avec lui pour me former au *Remote Viewing*. Je ne sais pas ce qu'il en est pour vous, mais moi, quand un inconnu me propose gracieusement trois jours de son temps, j'ai tendance à rester un peu sur mes gardes… Pourtant, j'avais déjà lu un article sur cette méthode intrigante dans une revue américaine et la perspective de l'acquérir était très attirante. Je me souviens d'avoir botté en touche, sans accepter ni refuser, arguant du manque de temps dans l'immédiat. Mais l'inconnu est revenu vers moi quelques mois plus tard et, cette fois, la curiosité l'emporta sur la méfiance. Je louai une salle de réunion dans un restaurant du parc de Sceaux près duquel je vivais à l'époque, et nous nous y retrouvâmes un matin ensoleillé de juillet. L'inconnu avait désormais un nom, Alexis Champion, et il se trouvait être le directeur de l'institut Iris à Paris, spécialisé dans l'intuition.

Je crois que je me souviendrai toujours de cette première journée pendant laquelle, après m'avoir initié aux deux premières phases de la méthode dont le protocole me sembla bizarre et quelque peu abscons, Alexis choisit secrètement un lieu au hasard, puis en cacha la photo dans une enveloppe kraft qu'il posa sur la table devant moi. Quand il m'indiqua que ma mission était de parvenir à décrire le lieu en question, ma réaction fut de penser que c'était impossible. Juste impossible. Je voulus néanmoins jouer le jeu et suivis donc scrupuleusement le protocole de la méthode. Il me fallut près de quarante-cinq minutes pour aboutir, plutôt sceptique, à la rédaction d'un court résumé de mes perceptions : *Une structure composée de lignes horizontales parallèles et des formes rondes multiples ; c'était mouillé vers le bas et lumineux vers le fond.*

Vous avouerez que cette description est assez spécifique : elle peut difficilement s'appliquer à beaucoup de lieux.

Quand Alexis ouvrit l'enveloppe et sortit la photo d'une cave d'affinage avec de nombreux fromages ronds disposés sur des étagères parallèles, une flaque d'eau au sol et une lucarne au fond, je sentis dans l'instant le monde vaciller, le monde de mes certitudes issues de la vision mécaniste de l'univers que l'on m'avait transmise depuis mon plus jeune âge.

La suite de la formation me permit d'affiner mes perceptions et d'aller beaucoup plus loin dans le type d'informations que je pouvais obtenir.

La découverte de l'existence de l'intuition a naturellement fait évoluer ma relation à la vie. En comprenant que je pouvais avoir, comme chacun, un accès intuitif à une certaine réalité présente et même future, j'ai appris à accorder plus d'importance à mes ressentis et aux idées qui me traversent l'esprit sans raison apparente. Ainsi, à l'automne 2019, quand mon éditeur m'a demandé si je pensais pouvoir être prêt pour une publication de cet ouvrage en octobre 2020, j'ai commencé par acquiescer puis ai immédiatement eu un sentiment bizarre, le sentiment qu'il y aurait un problème extérieur qui rendrait la période de l'automne très compliquée pour une parution. J'en ignorais totalement la raison, et je n'aurais pas su dire s'il s'agirait d'un mouvement de grève paralysant le pays, d'une vague terroriste ou d'une catastrophe climatique, mais je sentais profondément et assez intensément dans mon corps qu'il ne fallait pas que ce livre paraisse en octobre. Je lui en ai fait part et il m'a répondu : « C'est étrange, mais si tu ne le sens pas, ne le publions pas en octobre. » Et c'est ainsi que nous avons choisi le printemps 2021. Quelque temps après cet échange, la pandémie de Covid apparut sur Terre et en octobre 2020, elle entraînait un confinement et la fermeture de toutes les librairies de France…

Je vais vous raconter une autre anecdote qui illustre l'usage que l'on peut faire de l'intuition : pour le choix d'un lieu de vie. Quand ma femme et moi avons décidé de quitter Paris, il y a quelques années, je me souviens d'avoir marché dans les rues de la petite ville que nous avions choisie, afin d'en découvrir les différents quartiers, et un jour, alors que nous longions un haut mur dans une rue résidentielle, j'eus soudain un sentiment étrange et inattendu : le sentiment qu'il devait être très agréable de vivre derrière ce mur. Cette impression pouvait sembler totalement irrationnelle dans la mesure où le mur empêchait de voir ce qu'il y avait de l'autre côté. On ne pouvait même pas apercevoir si une habitation s'y trouvait. Mais le sentiment était tellement fort que j'entrepris d'escalader le mur. En vain : il était trop haut et je manquais de points d'appui.

Quelques semaines plus tard, une agente immobilière m'appela pour me proposer une maison qui, selon elle, répondait à nos critères. J'insistai pour qu'elle me communique l'adresse. Elle me fit confiance et me la transmit. Je me précipitai sur Internet pour localiser le bien… Il était situé juste derrière le mur.

Nous y vivons en famille depuis maintenant trois ans. Jamais nous ne nous sommes sentis aussi bien dans une maison.

Lorsque je décidai, trois ans après ma formation initiale au *Remote Viewing*, d'écrire un roman sur ce thème, Alexis Champion me consacra de nouveau de longues journées de son temps pour parfaire mes capacités. Puis son associée, Marie-Estelle Couval, fit de même, avec un sens aigu de la pédagogie. Je tiens à leur exprimer mes remerciements les plus chaleureux. Sans eux, ce livre n'aurait jamais vu le jour.

Je tiens aussi à remercier Paul H. Smith, ancien officier de l'armée américaine (major, chef du renseignement à Washington), qui a consacré sept ans de sa carrière militaire à Fort Meade au sein de l'équipe du projet *Star Gate*. Paul est un témoin vivant de cette aventure incroyable ; il a pris soin de répondre à mes interrogations, et je le remercie pour son temps et ses encouragements.

Je souhaite remercier mon épouse Zoé pour nos échanges fructueux, ses conseils toujours pertinents, et aussi pour sa patience : il ne doit pas être toujours facile de parler à un mari que l'on croit dans la même pièce alors que son esprit est dans un labo à Fort Meade, un téléphérique à New York ou dans les ruines d'un hôpital de Roosevelt Island.

Merci aussi aux équipes de Calmann-Lévy, du Livre de Poche et des représentants d'Hachette, qui font toutes un super boulot. Merci aux maisons d'édition étrangères qui publient mes ouvrages dans une quarantaine de pays. Et merci aux traducteurs pour leur remarquable travail parfois difficile quand des adaptations culturelles sont nécessaires.

Merci à tous les libraires, qui savent partager leur passion des livres et nous offrir ces merveilleux espaces où chacun peut venir dénicher la perle qui lui fera passer un bon moment, l'emmènera dans un autre monde, ou le nourrira à différents niveaux de son être. La France est l'un des rares pays au monde à disposer encore d'un beau réseau de librairies ; elles sont précieuses.

Enfin, merci à vous, chers lecteurs et chères lectrices, pour votre confiance, votre fidélité, votre amitié. Quelque chose nous relie. Je le sais. Je le sens. Et vous êtes très présents dans mon esprit dès que je prends la plume.

Du même auteur :

L'homme qui voulait être heureux, Éditions Anne Carrière, 2008, et Pocket, 2010.

Les dieux voyagent toujours incognito, Éditions Anne Carrière, 2010, et Pocket, 2012.

Le philosophe qui n'était pas sage, coédition Kero/Plon, 2012, et Pocket, 2014 ; Calmann-Lévy, 2022.

Le jour où j'ai appris à vivre, Éditions Kero, 2014, et Pocket, 2016.

Et tu trouveras le trésor qui dort en toi, Éditions Calmann-Lévy, 2016, et Le Livre de Poche, 2018.

Je te promets la liberté, Éditions Calmann-Lévy, 2018, et Le Livre de Poche, 2020.

L'art vous le rend bien (avec Camille Told), coédition Calmann-Lévy / Réunion des musées nationaux – Grand Palais, 2019.

Le Réveil, Éditions Calmann-Lévy, 2022.

PAPIER À BASE DE FIBRES CERTIFIÉES

Le Livre de Poche s'engage pour l'environnement en réduisant l'empreinte carbone de ses livres. Celle de cet exemplaire est de :
300 g éq. CO_2
Rendez-vous sur www.livredepoche-durable.fr

Composition réalisée par NORD COMPO

Achevé d'imprimer en France par
CPI BRODARD & TAUPIN (72200 La Flèche)
en mars 2023
N° d'impression : 3051588
Dépôt légal 1re publication : avril 2023
LIBRAIRIE GÉNÉRALE FRANÇAISE
21, rue du Montparnasse – 75298 Paris Cedex 06

68/9029/4